종교적 여가

나남
nanam

한국연구재단 학술명저번역총서
서양편 434

종교적 여가

2023년 10월 15일 발행
2023년 10월 15일 1쇄

지은이   프란체스코 페트라르카
옮긴이   김효신
발행자   趙相浩
발행처   (주) 나남
주소   10881 경기도 파주시 회동길 193
전화   (031) 955-4601 (代)
FAX   (031) 955-4555
등록   제 1-71호 (1979.5.12.)
홈페이지   http://www.nanam.net
전자우편   post@nanam.net

ISBN 978-89-300-4128-7
ISBN 978-89-300-8215-0 (세트)

이 책은 2019년 대한민국 교육부와 한국연구재단이 우리 시대 기초학문의 부흥을
위해 펼치는 학술명저번역사업의 지원을 받은 책입니다(2019S1A5A7069259).

한국연구재단
학술명저번역총서
434

종교적 여가

프란체스코 페트라르카 지음

김효신 옮김

De Otio Religioso

by

Francesco Petrarca

《종교적 여가》 한국어판을 펴내며

프란체스코 페트라르카^{Francesco Petrarca} (1304년 7월 20일~1374년 7월 18일)는 중세 말기이자 근대의 여명을 여는 전환기에 늘 알프스의 산봉우리들을 오르내리길 마다하지 않았던 인물이다. 그러기에 알프스 산속에 깊이 들어앉은 수도원들의 지하 서고나 창고에 방치되어 있던 옛 문헌들을 뒤지고 또 뒤지는 일이 가능했다. 옛 문헌을 찾아내면 바로 필사하고 고전 작품을 현실로 불러오는 작업을 하느라 여념이 없었던 페트라르카다. 그리하여 고전복원의 전통이 페트라르카로부터 시작되었고, 그 자신이 '고전 문헌학의 아버지'로 일컬어지게 되었다. 또한 고대 문화를 근대에서 부활시켰다는 의미에서 르네상스를 스스로 실천하는 '최초의 르네상스인' 또는 '최초의 르네상스적 인간'이라고 평가받는다.

페트라르카는 단순히 "장서를 수집하기 위해 책을 모으는 것을 경계하라"고 말하며, "독서는 책을 '서가'가 아닌 '머리' 속에 넣어야 하는 작업"이라고 강조했다. 페트라르카의 방대한 독서량과 고전문헌 복원작업으로 얻은, 고전에 관한 해박한 지식은 그의 주요 저작에서 잘 드러난다. 대표적으로 나남을 통해서 소개되는 일련의 페트라르카 산문 작품들, 즉 《나의 비밀》, 《고독한 생활》, 《종교적 여가》 등을 꼽을 수 있다.

페트라르카는 1304년에 태어나 1374년에 세상을 떠났으니, 정확히 70년을 살았다. 그는 인문주의자로서, 르네상스의 아버지로서 그리고 '페트라르카 시풍'(페트라르키즘)을 일으킨 장본인으로서 르네상스와 그 후대에 이르기까지 근 400여 년 동안 유럽의 시詩 문화에 결정적인 영향을 미쳤다.

페트라르카는 이미 소년기부터 키케로와 베르길리우스를 비롯한 고대 로마 작가들 작품에 깊이 빠져 있었다. 청소년기에 그는 주로 고대 로마 작가로부터 교양이나 사상을 배웠고 자기를 형성해 나갔다. 동시에 라틴 고전문학을 탄생시킨 고대 로마세계 그 자체에도 점차 강한 관심을 가지면서 매료되어 갔다.

이미 유럽에서 탁월한 인문주의자로 널리 알려져 있었고, 젊은 천재로 명성이 자자했던 그에게 1339년 계관시인(뛰어난 시인에게 내리는 명예 칭호)이라는 드높은 명예가, 그것도 파리의 소르본과 로마 시의회로부터 동시에 주어졌다. 페트라르카는 라틴 고전문학을 탄생시킨 고대 로마세계에 심취心醉하면서 로마의 정통성을 중요시하게 만들었다. 페트라르카에게 고대문화 재생 운동은 고대 로마 재생 운동, 이탈리아 재생 운동과 일체였다. 그는 로마의 제안을 받아들였다. 실제로 계관시인으로 즉위식을 치른 날은 정확하게 1339년에서 2년 뒤인 1341년 4월 9일 월요일이다. 로마에서 아폴론의 월계관이 머리에

씌워진 그 부활절 월요일을 페트라르카는 인생의 활에서 정점이라고 생각했다.

훗날 그는 노인이 되어서야 비로소 한 편지에서 이 사건에 대해 언급했다. 이 편지에서 사실 당시에 계관시인이 되기에는 그 자신이 나이로나 정신적으로나 덜 성숙했음을 인정한다. 그는 명예를 얻고 나서 한참 지난 다음에야 대표작들을 썼다. 물론 로마 계관시인으로 즉위했기 때문에 대표작의 저술도 가능했으며, 이 사건은 그의 문학적 창작력에 엄청난 추진력이 되었다.

인생의 후반기에 들어선 페트라르카는 라틴어로 쓴 서사시 《아프리카Africa》를 통해서 로마 장군 스키피오 아프리카누스의 업적과 카르타고를 굴복시키고 로마를 승리로 이끈 역사적 사건을 찬양하고자 했다. 로마로 개선하는 스키피오 아프리카누스 장군의 오른편에는 월계관을 쓴 로마시인 퀸투스 엔니우스Quintus Ennius (기원전 239~169년)[1]가 모습을 드러내는데, 페트라르카는 이 로마 시인에게 계관시인인 자신을 투영시킨다. 이런 의미에서 본다면 서사시 《아프리카》는 어쩌면 시종일관 페트라르카 자신의 명예, 개선, 계관시인 즉위를 염두에 두고 쓴 것이라고 볼 수 있다.

그러나 예술적 후원자였던 앙주의 로베르(로베르토)가 1346년에 세상을 떠나면서, 페트라르카의 라틴어 시에 대한 집착이나 자신의

---

1 퀸투스 엔니우스는 고대 로마 초기의 시인으로 '라틴문학의 아버지'라 불린다. 그리스 비극의 번역을 비롯하여 여러 가지 형식의 시를 지었는데, 특히 로마의 역사를 노래한 서사시 《연대기》는 그리스풍 영웅 율시를 라틴어에 적용한 최초의 시도로서 후대 시인에게 큰 영향을 주었다(《두산백과》 참고).

명예인 계관시인에 대한 집착에서 멀어지면서 단테 알리기에리^{Dante} ^{Alighieri}를 비하하던 상투적 표현이었던 속어 작품에 관한 생각이 드러나게 된다. 라틴어 시에 대한 집착과 고집이 반대급부(속어 이탈리아어 시)로 표출되었을 뿐만 아니라, 시 장르 역시 서사시에서 서정시로 전환한 것이다.

바로 이러한 패러다임 변화 이후 페트라르카에 대한 문학적 명성은 이탈리아어로만 쓰인 서정시집 《칸초니에레》 덕분에 더욱더 커져만 갔다. 그는 지속적으로 늘어나는 독자층을 생각하며, 인생의 후반기 내내 《칸초니에레》 구성과 시 다듬기에 진력했다. 그러나 정작 시인 자신은 이 작품이 거둘 문학적 성과를 상상조차 못 했다. 소네트와 칸초네가 주를 이루는 이 《칸초니에레》라는 시집 제목도 실은 페트라르카 자신이 부여한 것이 아니라, 16세기 이르러서야 후대인들이 부여했다. '칸초니에레^{Canzoniere}'라는 단어는 그 자체가 '시집'을 의미한다. 원래 페트라르카가 붙인 시집 제목은 이탈리아어가 아닌 라틴어 제목 *Rerum Vulgarium Fragmenta*(속어 단편 시 모음)이었다. 이는 페트라르카의 라틴어 사랑과 함께 라틴어가 당대 지식인들의 보편적 언어였음을 보여 준다.

단테는 속어에서 철학적·언어적 선견지명을 드러내고, 그의 《희곡 $^{La\ Commedia}$》이 조반니 보카치오$^{Giovanni\ Boccaccio}$에 의해 성스러운^{divina} 작품으로 거듭나 유명한 《신곡$^{La\ Divina\ Commedia}$》이 되었다. 반면, 페트라르카는 오히려 보수적으로 라틴어를 사용하던 습관에서 벗어나는 듯하다가도 시집 타이틀에 라틴어 제목을 남겨 두었다. 라틴어 글쓰기가 페트라르카에게는 너무나도 익숙한 작업이자 여전히 버릴 수 없는 구습이었다.

이탈리아어 시집 제목에 후대인들이 부여한 '칸초니에레'가 붙은 이후, 페트라르카에 대한 문학계의 관심은 이탈리아반도에만 국한되지 않고, 전 유럽의 서구문학 전반으로 확산되어 갔다. 페트라르카 본인은 이탈리아 속어에 큰 기대를 하지 않았고, 라틴어가 영원하리라 믿었을지 모른다. 그가 라틴어 학자로서의 명성을 지녔다는 사실도 그의 이러한 속내를 증명하는 것이며, 그의 사상이나 그를 대표하는 라틴어로 쓴 산문 명저들 역시도 그의 학자적인 라틴어 사랑을 드러내는 증거들이다. 역설적이게도 가장 강력했던 후원자 앙주의 로베르가 존재했을 때의 완벽한 프레임은 큰 반향을 불러일으키지 못했지만, 오히려 그것이 와해되고 사라지고 나서야 괴로움과 불확신의 갈등이 중대한 변화의 국면을 이루었고, 이 변화가 그 이후의 문학계에 지대한 영향을 미쳤다.

인문주의를 포고한 페트라르카의 산문 작품 중 라틴어로 쓴 대표작들이 아직 한국에 제대로 소개되지 않았으며 번역조차 되지 않았기에 처음으로 한국에 소개하는 감회가 남다르다. 번역은 이탈리아 토리노의 UTET 출판사에서 1987년 출판한 'Opere Classici' 전집 중 페트라르카의 라틴어 작품을 묶어 낸 *Opere Latine* vol. 1을 기본으로 했다. 이 책은 라틴어 본문과 이탈리아어 본문을 함께 실어 이탈리아 내에서도 페트라르카 고전의 본보기가 되는 판본이다. 페트라르카가 중세라틴어로 저술한 산문 작품을 이탈리아어와 영어, 일본어 등으로 옮긴 판본을 참고하여 번역하면서 번역이라는 작업이 얼마나 힘들고 고달픈지 새삼스럽게 느꼈다. 보다 나은, 완벽한 번역을 위하여 아무리 노력해도 늘 부족했음을 고백하지 않을 수 없다. 그럼에도 불구하고, 나름대로 최선을 다해 번역하고자 노력했음을 밝혀 둔다.

그리고 한국연구재단의 명저번역 지원사업이 없었다면, 쉽사리 엄두도 내지 못했을 작업이라는 사실도 이야기하지 않을 수 없다. 페트라르카의 산문 명작을 대한민국에서 처음 우리말로 소개할 수 있게 된 것을 무한한 영광으로 생각한다. 이러한 노력에도 부족한 면이 있을 것이고, 미처 다듬지 못한 부분도 있을 것이다. 이러한 부분은 앞으로 나올 후배 번역인들에게 남기고, 아쉽지만 여기서 마무리 짓고자 한다. 부족한 원고에 좋은 기운을 불어넣어 아름다운 책으로 탄생하도록 노력해 준 나남 가족 여러분에게 이 자리를 빌려 진심으로 감사의 말씀을 전한다.

2023년 8월 연구실에서
김 효 신

일러두기

1. 이탈리아 토리노의 UTET 출판사에서 1987년 출판한 'Opere Classici' 전집 중 페트라르카의 라틴어 작품을 묶어 낸 *Opere Latine* vol. 1이 번역 의 저본이 되었음을 밝힌다.

2. 이 책의 번역은 미국 뉴욕의 Italica Press Inc. 가 펴낸 *On Religious Leisure*(Susan S. Schearer 번역, 2002)를 참고했다.

3. 《종교적 여가》는 책 1권, 책 2권으로 구성되었지만, 번역본은 두 개의 장으로 나누어 제목을 달았다.

4. 각주 중 가톨릭 성경을 인용한 주는 한국천주교주교회의·한국천주교 중앙협의회에서 발행한 《성경》을 참고하여 번역하였다.

5. 옮긴이가 추가한 내용은 〔 〕안에 표시하였다.

6. 본문의 각주 중 참고문헌에 관한 주는 모두 원주이며, 그 외의 주는 모 두 옮긴이 주이다.

7. 단행본은 겹화살괄호(《 》)로, 작품이나 희곡의 제목은 홑화살괄호 (〈 〉)로 표시했다.

8. 외래어 표기는 국립국어원의 외래어표기법을 따르는 것을 원칙으로 하 되, 널리 굳어져 쓰이는 말은 예외로 했다.

종교적 여가

차례

종교적 여가의 이점을 알리는 첫 번째 편지

계관시인 프란체스코 페트라르카《종교적 여가》를
신앙심 깊은 카르투시오 수도회 수사
동생 게라르도[1]에게 바치며 행복하게 시작하다

오오, 그리스도의 축복받은 가족, 내가 여러분과 함께 있는 동안 하느님에 대한 나의 봉헌과 우리의 공통된 사랑이 여러분의 믿음에 기꺼울 만한 주제를 찾아서 말을 했다면 좋았을 것입니다. 그러나 아시

---

1   페트라르카의 동생 게라르도는 1307년에 태어났다. 형 프란체스코와는 세 살 차이로, 그와 함께 몽펠리에와 볼로냐에서 공부했다. 아버지의 죽음 후, 형과 함께 아비뇽으로 돌아가서 문학 연구와 시작(詩作)에 종사하고 진실한 사랑도 찾았다. 그런데 바로 그 진실한 사랑의 대상이었던 애인이 사망하자 이를 계기로 이제껏 시간과 돈, 열정을 바쳐 오던 모든 것을 버리고 완전히 다른 인생의 행로를 택한다. 1334년에 카르투시오 수도회 생활에 돌입했다. 정식 수사가 된 것은 1342년 4월이다. 페트라르카가 처음으로 동생이 있는 수도회를 방문한 것은 1347년 4월로, 그는 여기서 1박 2일 머물렀다. 그리고 두 번째 방문은 1353년 4월에 있었다. 그가 머무는 내내 카르투시오 수사들의 기도와 영적 환대가 있었다. 페트라르카의 《친근 서간집》과 《노년 서간집》 등에서 동생 게라르도에 대한 글들을 확인할 수 있다.

    카르투시오 수도회는 1084년 프랑스의 샤르트뢰즈에서 성(聖) 브루노(1032~1101년)가 창설한 수도회이다. 엄격한 금욕생활 속 하느님과의 합일을 추구한다. 금욕을 지키며, 세속에는 전혀 관여하지 않는다. 수도자들은 청빈·정결·순종과 침묵을 서원(誓願)한다.

다시피 시간이 너무 짧아 걱정으로 마음이 편치 않았습니다. 이 삶의 모든 달콤한 순간은 대개 바람보다 더 빨라서, 나는 출발과 동시에 도착했고, 그래서 나는 정말로 다른 맥락에서 카이사르의 말을 사용할 수 있게 되었습니다. "왔노라, 보았노라, 이겼노라!"[2] 확실히 '승리'가 소원을 성취하는 것을 의미한다면, 승자는 그의 소원을 충족하는 사람입니다.

내가 원했던 것을 성취했기 때문에 나는 승리했습니다. 나는 낙원에 왔습니다. 나는 하느님의 천사들이 이 땅에서 인간의 몸으로 사는 것을 보았습니다. 그들은 지상의 유배지에서 현재의 수고가 끝난 뒤에 천국에서 살 것이고 그리스도께로 — 이분을 위해 그들은 싸우고 있지만 — 올 것입니다. 그리스도께서 "여러분이 잉태되기 전"[3]에 여러분을 알지 못하셨더라면 여러분을 축복하지 않으셨을 것이고, 선택받은 자들 속에 들어가도록 미리 결정하지 않으셨다면 그분께서 세상의 길에서 멀리 떨어진 이 곧바르고 힘든 길을 여러분에게 보여 주신 것은 헛된 일이었을 것입니다.

하지만 수도회 방문 일정이 너무도 짧았던 탓에 우리의 대화에서 얻은 그 놀라운 영적 기쁨의 감각이 더 오래 지속되지 못한 것이 참 아쉽습니다. 나는 여러분의 고귀한 얼굴을 볼 기회가 거의 없었습니다. 이보다 더 짧은 하루가 없고 더 빠른 하룻밤도 없었습니다. 내가 여러분

---

2   수에토니우스, "율리우스 카이사르전", 《황제전》 37; 페트라르카, 《저명인전》 2.568.

3   〈예레미야서〉 1장 5절. "모태에서 너를 빚기 전에 나는 너를 알았다. 태중에서 나오기 전에 내가 너를 성별하였다. 민족들의 예언자로 내가 너를 세웠다."

의 거룩한 은둔처와 수도처를 생각하는 동안, 여러분의 헌신적인 침묵과 천사 같은 노래에 놀라는 동안, 때로는 모두를 때로는 개별적으로 여러분을 존경하는 동안, 그리고 내가 여러분에게 맡긴 내 가장 소중한 보물인 사랑하는 동생을 껴안고 가장 친한 형제와 그토록 간절히 바랐던 대화를 하면서 기쁨을 누리는 동안에, 짧은 시간이 나도 모르게 흘러가 버렸습니다.

나는 말을 정리할 기회도 없었고 내 생각을 하나로 모을 기회도 없었습니다. 여러분의 끊임없는 관용과 특별하고 열렬한 사랑은 내가 더 오래 머무르는 것이 혹시 하느님에 대한 여러분의 찬양과 여러분의 소임에 방해가 되지 않을까 염려했고, 이러한 배려에서 나는 출발을 재촉하게 되었습니다. 게다가, 다양한 주제를 두고 여러분 각자와 나눈 토론은 — 너무 많아서 오래 계속할 수 없을 정도로 — 즐겁고 짧았지만, 항상 같은 목표를 향하는 신성하고 진지한 갈망에 영감을 받았습니다. 그것은 마치 하늘의 많은 신탁神託에서 나온 것처럼 차례로 이 사람의 입에서 나온 말과 저 사람의 입에서 나온 말 이외에는 모든 것을 잊게 했습니다.

내가 더 말할 이유가 있을까요? 그리하여 나는 거의 침묵 속에서, 모든 사람을 향한 경탄 속에서 모든 것을 둘러보고, 여러 사람의 말씀을 들으며 두서없는 짧은 말을 남기고 떠났습니다. 여러분은 매우 엄격한 수도회의 한계가 허용하는 한 나와 동행하였습니다. 마지막으로 여러분은 눈과 마음으로, 그리고 한 형제를 만나러 온 내가 많은 것을 얻었기를 바라는 기도와 함께 최대한 가까이 나를 배웅하러 따라왔습니다.

마침내 자신의 고독으로 돌아와 우리 주님의 꿀벌들이며 선택받은 자손들인 여러분과 함께 마신 그 축복받은 달콤함을 생각해 보았습니다. 그리고 이제 개인적으로 경험한 것을 곰곰이 생각하다 보니, 그 짧은 체류를 통해서 내가 오랫동안 지속될 유익한 것들을 많이 받았음을 알게 되었습니다. 이 시점에서 나는 내가 그곳에 있는 동안 서두르면서 지나친 게 무엇이었는지 기억합니다. 내 목소리가 충분히 강하면 좋았을 텐데, 지치고 무지하며 근심에 압도된 죄 많은 사람의 목소리만으로는 할 수 없었던 것을, 여기서 내 의도를 잘 다듬어 글로 표현하고자 합니다. 어떤 식으로든 내 손은 혀를 대신할 것입니다.

이것이 더 만족스러울지는 모르겠으나, 확실히 더 오래 지속될 것입니다. 때로는 무거운 내용일 수도 있는 입으로 하는 말은 날아가 버리기도 하지만, 글로 쓰면 가벼운 내용조차도 우리 곁에 남아 있기 때문입니다. 그래서 글을 쓰고자 합니다.

오래전에 여러분이 스스로 뿌리 깊은 습관을 만들었기 때문에 내가 글을 쓴다는 사실이 여러분에게 중요하지 않다고 해도, 가능하다면 나에게는 그런 말을 하는 것이 중요합니다. 그러면 나는 스스로 자신이 하는 말을 듣고 자신의 말에 주의하면서 동시에 말은 많고 타인의 이야기에는 귀를 기울이지 않는 사람이 되지 않을 수 있을지 모릅니다. 이는 설교자들에게 흔한 병이지만 말입니다. 비록 내가 자신의 더 고귀하고 더 좋은 모습 안에서만 머무를지 모르지만, 멀리 있는 사람들에게 보내는 내 편지가 마치 지금 앞에 있는 사람들과의 대화 같은 것이 될 수 있도록 내 펜을 조절하겠습니다.

이제 어디서부터 시작해야 할까요, 아니면 여러분과 부분적으로만 함께 있을 뿐인데 먼저 무슨 말을 해야 할까요? 내가 여러분과 함께 있을 때 내가 직접 하고 싶었던 다윗의 그 말 말고는 또 다른 것이 무엇일까요. 즉, "시간을 갖고 (내가 하느님이라는 것을) 알아라". 4

　여러분도 알다시피 저 왕과 같은 예언자, 예언자 같은 왕은 그 권유를 〈시편〉 46편에 담았습니다. 내가 잘못 알고 있는 것이 아니라면, 이 두 개의 권위 있는 명령어 "*vacate et videte*"〔여가를 갖고 보아라/시간을 갖고 알아라〕에서 하느님의 영에 의해 말하여지는 것은 비록 사람의 입을 통해서이기는 하지만 여러분의 모든 인생, 모든 희망, 모든 동기, 그리고 여러분의 마지막 운명을 포함하고 있습니다. 여러분이 무엇을 하든지, 여러분이 원하는 것과 희망이 무엇이든지, 이 일시적인 삶에서뿐만 아니라 영원한 삶에서도 나는 여러분이 시간을 갖기를, 또 그렇게 함으로써 깨닫기를 기도합니다.

　오오, 복된 영혼들이여, 끊임없이 경계하는 수호자들이여, 근심하고 헌신하는 그리스도의 종들이여. 여러분의 짧은 봉사에 대한 보답으로 여러분은 영원한 자유뿐만 아니라, 영원한 적자嫡子로서의 특권을 얻게 됩니다. 정말 바라던 큰 보상이군요! 정말 운이 좋아요! 짧은 시간 종이 되지만, 오랫동안, 아니 영원히 다스릴 수 있도록 하시려는 것입니다! 야곱은 몇 년 동안이나 사람을 섬겨서 필생의 배우자를 얻었던가요! "그들은 그의 사랑의 크기에 비하면 불과 며칠밖에 되지 않는 것 같았다"5라고 쓰여 있습니다. 또 자신이 봉사했던 기간

4 　〈시편〉 46편 11절. "너희는 멈추고 내가 하느님임을 알아라. 나는 민족들 위에 드높이 있노라, 세상 위에 드높이 있노라!"

의 두 배를 섬길 때까지 원하는 것을 얻지 못했습니다.

불멸의 결혼에 대한 영원한 축복은 하느님을 섬기는 여러분에게 약속됩니다. 그분을 간절히 섬기십시오. 그분은 인류의 덤불 속에서 거대하고 이질적인 양떼를 방목하셨습니다. 여러분은 여러분의 양을 칩니다. 즉, 각자가 예수 그리스도의 행복하고 풍요로운 목장에서 자기의 영혼을 방목하는 것입니다. 걱정하지 말고 그분을 섬기십시오. 여러분은 야곱이 참고 견디어 낸 라반6과 같이 여러분의 재물과 이익을 부러워하는 부정직한 주인이 없습니다. 그러나 한 분, 여러분의 이익과 발전에 기뻐할 수 있고 여러분의 필요에 도움을 주시며 여러분을 약점 속에서도 지탱해 주시는 분이 계십니다. 여러분 각자가 비록 초라하고 가난할지라도, 여러분은 진실로 그분에 대해 말할 수 있을 것입니다.

나의 주님은 나를 염려하시고, 주님께서 나를 다스리시니 내게 아쉬울 것은 아무것도 없을 것입니다. 나를 풀밭에 세우시니 나의 주님께 짐을 내맡기고 그분께서는 나를 기르실 것입니다. 나의 주님께 길을 밝혔으니 그분 안에서 희망하고 그분께서 그것을 이루실 것입니다. 7

---

5 〈창세기〉 29장 20절. "야곱은 라헬을 얻으려고 7년 동안 일을 하였다. 이것이 그에게는 며칠로밖에 여겨지지 않았다. 그가 그만큼 라헬을 사랑하였던 것이다."

6 야곱은 사랑하는 라헬과 결혼하기 위해 라반을 14년간 섬겼다.

7 〈시편〉 23편 1~2절. "주님은 나의 목자, 나는 아쉬울 것 없어라. 푸른 풀밭에 나를 쉬게 하시고 잔잔한 물가로 나를 이끄시어." 〈시편〉 37편 5절. "네 길을 주님께 맡기고 그분을 신뢰하여라. 그분께서 몸소 해주시리라." 〈시편〉 40편 18절. "나는 가련하고 불쌍하지만 주님께서 나를 생각해 주시네. 저의 도움, 저의

그러므로 그분의 자비만으로 그러한 주인을 얻은 여러분은 시간을 갖고 기뻐하십시오. 아리스토텔레스는 말합니다. "우리는 미래에 시간을 가질 수 있도록 지금 시간을 갖지 않는다"8라고. 그러나 여러분은 영원을 위한 시간을 가질 수 있도록 지금 시간을 가져야 합니다. 다른 삶의 방식과 비교하여 분명히 드러나는 인생에서의 당신 운명을 인식하고 감사하십시오. 선원들은 바다를 건너갑니다. 그들은 지구 곳곳을 여행합니다. 그들은 강풍과 파도, 암초들 속에서 그리고 위험한 해협과 하늘의 모든 위협 속에서 뻣뻣한 사지와 얼음비에 흠뻑 젖은 머리카락 그대로 끊임없이 외국 해안을 떠돌아다닙니다. 그들은 지옥 같은 밤을 지새우며, 많은 일이 여행 내내 그 비참한 사람들을 두렵게 합니다. 베르길리우스의 말처럼, "모든 징후는 그들에게 임박한 죽음을 예고합니다". 9

비와 바람과 우박에 시달려야 하는 것이 그들의 영원한 게임인 군인들은 어떤 종류의 불행과 위험을 겪습니까? 그들은 무장한 채 밤을 보냅니다. 그들은 땅에 누워 있습니다. 그들은 자발적으로 칼에 몸을 노출합니다. 땅바닥에 엎드려서, 그들은 자신들이 조금이라도 주저한다면 약하다고, 또 두려워한다고 여겨질까 봐 투구로 피투성이의 대지를 내리칩니다. 그들은 상처를 느끼지 못한 채 상처를 입어 죽음

구원은 당신이시니 저의 하느님, 지체하지 마소서. " 〈시편〉 55편 23절. "네 근심을 주님께 맡겨라. 그분께서 너를 붙들어 주시리라. 의인이 흔들림을 결코 내버려 두지 않으시리라. "

8   아리스토텔레스, 《니코마코스 윤리학》 1177zb.
9   베르길리우스, 《아이네이스》 1. 91.

을 맞이하는데, 이는 상처들 중 가장 작지만 치명적입니다. 그들은 벌거벗은 채로 버려져 야생 짐승의 먹이가 되고 새들의 놀잇감이 되는데, 그러한 학대의 보상은 죽을 운명에 놓인 적에 대한 영광과 승리입니다. 종종 군인들의 작은 보상조차도 제대로 주어지는 경우가 별로 없습니다.

이 군인들보다 더 절망적인 일꾼이나 더 비천한 사람이 어디 있을까요? 농민들의 노동은 어떻습니까? 상인들의 걱정은? 학자들이 보낸 긴 밤은? 장인들의 땀은? 사치스러운 생활을 하는 사람들이 느끼는 무언의 두려움은? 인류의 투쟁은? 야심가들의 열정과 묵인은 어떨까요?

만약 세속적인 이익, 변덕스러운 명성, 허무한 욕망, 또는 그 어떤 바람보다 더 불확실하고 부적절하며 변덕스럽고 통속적인 호의가 아니라면, 이 모든 노력의 결과는 무엇일까요? 그렇게 많은 엄격한 난관을 통해서 그들은 그들의 목표를 열망합니다. 그곳에 도달하면, 그들은 그때 쉴 것입니다.

한편, 아리스토텔레스의 가르침에 의하면 그들은 언젠가 시간을 얻기 위해 시간을 가지지 않습니다. 즉, 그들은 휴식을 얻기 위해 일하고, 약간의 휴식을 즐기기 위해 열심히 일합니다. 아니, 진실로 그들은 전혀 쉴 수 없을지도 모릅니다. 더 진실되게 말하자면, 그래야 그들이 더 많이 일할 수 있을 것입니다. 그래서 그들은 크게 속고, 사람들의 말처럼 바른 길을 떠나 방황합니다. 그들의 지도자는 그가 철학자이든 어떤 조언자이든 그들을 속이고, 각각의 사람은 자신에게 깊이 스며든 스스로의 희망과 의견에 속는 것입니다. 확실히 오랫동안 열심히 노력하면, 목적지에 도착하든 도착하지 못하든 수고는 늘 어날 뿐이고 걱정은 두 배가 됩니다. 자신이 바라던 성공의 기쁨은 대개 실패의 고통 못지않게 걱정의 축적으로 이어집니다. 그래서 우리는 그들이 지금 시간을 갖고 있지 않으며, 따라서 그들은 전혀 시간을 얻지 못할 것이라고 더 제대로 말해야 합니다.

내가 여러분에게 드리는 조언을 얼마나 더 잘, 더 성공적으로 이행할 수 있을까요? 아니, 분명히 내가 아니라 하느님의 예언자, 아니 다른 누가 아닌 하느님 스스로이십니다. 그분은 이렇게 말씀하십니다. "시간을 가지고 내가 하느님임을 알아라."

하느님의 음성을 듣고도 떨지 않고 "나는 하느님이다"라고 선언하는 분의 가르침을 순종적으로 받아들이지 않을 만큼 인간의 명령에 반항하거나 믿지 못하는 사람이 누가 있습니까? 시간을 가져라, 이것은 우리에게 주어지는 조언 또는 더 진정한 교훈이기 때문입니다. 시간을 가져라, 나는 말합니다. 이것은 평화의 하느님에게서 달아나 그분의 노함을 사지 않는 한, 누구도 도망치거나 피할 수 없고 저항할 수 없는 그분의 명령입니다. 영원히 시간을 가질 수 있도록 지금 시간을 내십시오. 영원히 쉴 수 있도록 현재를 위해 쉬십시오. 〈시편〉의 다른 대목에서 우리에게 주는 또 하나의 희망입니다. "끝까지 평화롭게 자고, 편히 쉬세요."10

"시간을 갖고 안다"라는 것은 또 무엇입니까? "시간을 가져라", 이

---

10 〈시편〉 4편 9절. "주님, 당신만이 저를 평안히 살게 하시니 저는 평화로이 자리에 누워 잠이 듭니다."

것은 현재에 휴식이 있음을 의미하고, "안다"라는 것은 영원한 휴식이 있음을 의미합니다. 땅 위에서 휴식을 취하라, 그러면 하늘에서도 영원한 휴식을 얻을 것입니다. 심지어 땅 위에서도 눈이 순수하고 깨끗하다면 그 눈으로 알 수 있습니다. 물론 여전히 육욕적이지만 말입니다. 이것은 놀라운 일이고, 완전히 독특하며, 다른 어떤 인간의 문제보다 훨씬 더 유익합니다.

다른 사람들 사이에서는 노동이 더 많은 노동을 낳지만, 여러분 사이에서는 휴식이 휴식을 만듭니다. 이렇게 싼 가격에 이처럼 값진 보상을 샀던 적이 없습니다. 마음의 준비를 하십시오. 당신의 오른손으로 서약하십시오. 모든 열의를 다해 그런 행운의 기회를 놓치지 않도록 주의하십시오. 여러분은 자신의 영혼을 위해 평화를 추구합니까? 여러분의 영혼에서 안식을 찾는 것 외에는 아무것도 요구되지 않습니다. 휴식은 여러분에게 휴식을 줄 것이며, 그 휴식은 끈질기고 단호한 마음으로 평생 노력해야 하는 목표입니다. 휴식처럼 즐거운 일을 불러들였다면 어떠한 수고도 무거워 보이지 않았을 것입니다.

이제 여러분은 아무 일도 하지 않고 지금 쉬는 법을 배우는 것 외에는 그 무엇도 요구받지 않았습니다. 그래서 영원히 쉴 수 있도록 말이죠. 또 만약 여러분이 저 세상의 휴식을 바란다면 이 세상에서의 휴식을 경멸해서는 안 됩니다. 이 휴식은 그 자체로 달콤하며, 기다리고 있는 가장 축복받은 휴식으로 향하는 평탄하고, 곧으며, 안전하고, 기분 좋은 길로 인도할 것입니다.

형제들이여, 시간을 가지십시오. 교훈은 짧고 어렵지 않습니다. 여러분은 싸움, 항해, 쟁기질, 야망과 재산, 명성, 헛된 지식, 모든 욕망의 도구들을 모으라고 명령을 받지 않습니다. 욕망의 도구들은 쓸모없고 해로우며 치명적입니다. 그것들은 비용이 많이 듭니다. 그것들은 노동력이 필요합니다. 일단 도달하면 그것들은 우리를 만족시키지 못합니다. 그것들은 잃게 되면 우리를 괴롭힙니다. 그것들을 지켜야 하니까 걱정도 됩니다. 그것들 가운데에서 우리는 전혀 평화롭지 않습니다. 어디에서나 두려움과 수고가 있습니다.

매우 안전하고, 유용하며, 쉬운 교훈이 하나 있습니다. 시간을 가져야 한다는 것입니다. "시간을 가지세요"라고 그분은 말씀하십니다. 그분이 "안다"라는 말을 추가했다는 사실은 다른 교훈이라기보다 첫 번째 교훈의 보상이라고 생각할 수 있습니다. 사실, 이 일을 잘하지 못할 정도로 허약한 사람은 누구일까요? 쉬는 일 말입니다. 확실히 인간이 추구하는 것 중에서 어떤 것이라도 명령을 받으면 사람들은 자신의 신체나 정신의 약점, 일, 장애, 경험 부족 또는 무지를 자신의 변명거리로 내놓을 수 있을 것입니다. 이제 이 한 가지만 빼고는 아무런 명령도 내려지지 않았는데, 도대체 무슨 변명이 남아 있습니까? '시간을 가지라는 것' 말입니다.

혹시 이 명령 중 어느 것도 수행할 수 없는 사람이 있을까요? 실제로 호라티우스의 말이 일반적으로 충분히 알려져 있다면, "인간에게는 도전할 일이 없다"[11]는 것입니다. 그럼에도 많은 문제는 어렵거나 도전적일 뿐만 아니라 불가능하고 인간의 능력을 완전히 뛰어넘습니다.

누가 시간을 가질 수 없을까요? 이 사람은 바다를 두려워하고 저

---

11   호라티우스, 《송가(頌歌)》(*Odes*) 1. 3. 37.

사람은 불안을 피하며, 다른 사람은 칼과 먼지를 두려워하고, 또 다른 사람은 공부나 노동에서 달아납니다. 그러나 나는 여러분에게 묻겠습니다. 자기 자신을 미워하는 사람 말고 누가 휴식을 두려워할까요? 그러므로 시간을 가지십시오. 시간을 가지면 확실히 휴식을 취하게 되고 휴식을 취하면 알게 될 것입니다. 그리고 알게 되면 여러분은 기뻐할 것이고, 정말로 "진리에 대해 기뻐하면"[12] 여러분은 행복해질 것입니다. 그보다 더 확실한 행복은 없고 숭고한 것도 없습니다.

진정한 휴식과 완벽한 시각, 이 각각의 진정한 원인을 알 수 없는 사람들조차도 휴식을 취함으로써 영혼은 정말로 현명해지고, 특히 관찰할 수 있는 능력을 얻는다고 단언합니다.

아아, 비참하고 눈먼 인간들이여! 일을 사랑하고 두려워하며 휴식을 싫어하는 사람이 있습니다. 우리는 일을 계속하도록 강요받은 적 없는 그 노인에 대해 읽었습니다. 그는 오랜 삶으로 지쳤을 것이고 휴식이 필요했을 것입니다. 황제는 그 남자의 나이를 고려해 은퇴를 명하고, 일을 금하고, 공적 업무를 중단시키고, 고역의 근원인 원로원 의원직을 금지하였습니다. 그러나 고마워했어야 할 그 노인은 마치 죽기라도 한 듯이 오랫동안 상처받고 불평하며 눈물을 흘렸습니다. 그에게 휴식을 명한 사람이 그 어리석은 늙은이를 노동과 근심으로 되돌릴 때까지 말입니다.

이 한 사람의 이야기를 읽은 우리는 얼마나 많은 노인이 그와 똑같

---

12 〈코린토전서〉 13장 6절. "사랑은 불의에 기뻐하지 않고 진실을 두고 함께 기뻐합니다."

이 행동하는지 분명히 보아 왔습니다. 그들의 의지에 반하지 않는 한, 무슨 이유나 극단적인 노령도 결코 그들을 복잡한 일과 힘든 사업에서 벗어나게 하지 않았습니다. 그럼에도 그들은 이렇게 자연이 주는 가장 큰 혜택이 부당하다고 비난했습니다!

그렇다면 성 아우구스티누스가 《참된 종교》라는 책에서 말하는 것은 확실히 사실입니다. "이 세상 사람들은 그 포옹으로부터 분리될까 봐 두려워하기 때문에 그들에게는 일하지 않는 것보다 더 힘든 일은 없습니다."[13]

그러므로 그런 사람이 누구이든지 여기에서 그를 놓아주고, 그가 추구하는 것을 충분히 거기에서 찾기를 기대하면서, 그가 즐거움을 좇아 뛰어가게 하여 스스로 이 말을 듣게 하여 주십시오. "그는 영원히 일할 것이고 죽지 않을 것입니다."[14]

즉, 그는 눈에 보이는 모든 노동의 끝인 죽음에서조차 쉬지 않을 테지만, 영원히 살기 위해서가 아니라 오히려 일할 수 있도록 영원히 살 것입니다. 그래서 그 글에 대해 어떤 해석자는 말합니다. "경건하지 않은 사람들은 죽고 싶을지 모르지만, 그들은 그럴 수 없습니다. 그러므로 그들은 죽으려고 삽니다. 성인들의 생명이 영원하듯이 불경한 사람의 죽음도 그러합니다."

---

13 아우구스티누스, 《참된 종교》 35. 65. 라틴 교회 교부들 중 가장 위대한 아우구스티누스(354~430년)의 이 초기 작품은 페트라르카가 가장 좋아하는 책 중 하나이자 페트라르카의 《나의 비밀》을 이해하기 위한 핵심 텍스트이다.

14 〈시편〉 49편 9~10절. "그 영혼의 값이 너무나 비싸 언제나 모자란다. 그가 영원히 살기에는 구렁을 아니 보기에는."

이것들은 사실 아우구스티누스의 말입니다. 그러므로 필연적으로 일에 욕심을 내는 모든 사람은 영원히 일하게 될 것이며, 비록 몸은 죽을지언정 영혼 속에서 살 것입니다. 이것은 이방인 철학자들조차 부인하지 않는 것입니다. 그러나 그들은 그가 벌을 받기 위해 그의 몸 안에서 다시 살아난다는 사실을 확실히 알지 못합니다. 완전하고 신선하며 다른 사람이 아닌 아주 똑같은 사람인 그는 소원이 성취되기를 바라고 불평도 없이 여전히 끝없는 고문과 영원한 노동의 바로 그 목적을 위해 살 것입니다.

그에게 말할 것입니다. 왜 슬픈가요? "왜 이를 갈아요?"[15] 아니면 왜 울고 있나요? 여러분은 자신들이 찾고 있던 것을 발견했습니다. 여러분은 자신들이 원하는 것을 얻었습니다. 여러분은 시간을 갖는 것과 휴식을 취하는 것을 두려워했습니다. 이제 일을 하세요! 여기서 노동을 찾거나 휴식을 두려워할 필요는 없습니다. 그냥 아무 데나 뛰어다니고, 소송을 걸고, 논쟁하고, 투쟁하고, 소리치고, 싸우고, 모든 방법으로 일하십시오. 아무도 여러분을 만류하지 않습니다. 아무도 여러분에게 금지하지 않습니다. 여러분에게는 그러한 것들에 기뻐하고, 한때 역시 그러한 것들로 여러분을 기쁘게 할 기회를 준 동료들이 있습니다. 어떻게 생각하세요? 이 사람들은 여러분이 쉬고 싶어도 여러분을 쉬게 하지 않을 것입니다.

아우구스티누스가 같은 책의 다른 곳에서 다음과 같이 말합니다.

---

15   〈시편〉 112편 10절. "악인은 이를 보며 울화를 터뜨리고 이를 갈며 스러지는구나. 악인들의 욕망은 허사가 되는구나."

그들에게 익숙한 것이 가치를 잃고, 새로운 것을 기뻐하는 사람들은 비참합니다. 지식이 배움의 결과이기는 하지만, 그들은 그들이 아는 것보다 더 쉽게 배웁니다. 행동의 자유를 경멸하는 사람들도 불쌍합니다. 비록 승리는 싸움의 결과이긴 하지만 승리보다 더 쉽게 싸웁니다. [16]

나는 그 뒤에 나오는 내용을 침묵으로 넘기겠습니다. 내가 최근에 출판한 《고독한 생활》이라는 책에서 썼던 것을 기억하기 때문입니다. 이 책은 소재나 양식에서 밀접한 관련이 있습니다. 연대상으로 《종교적 여가》에 앞설 뿐만 아니라, 일의 결과보다는 일의 수고로움을 더 즐기는 인간의 어리석음을 한결같이 이해하도록 이끄는 밀도 있는 명상 때문에 《종교적 여가》를 뛰어넘습니다.

그렇지 않으면, 이 사람들의 잘못되고 비뚤어진 의도와 정의로운 사람들의 거룩하고 냉정한 의도 사이에 무엇이 있는지 밝히라고 압력을 가하면서, 아우구스티누스는 이렇게 말합니다.

따라서 바로 이런 결과를 바라는 〔후자 부류〕의 사람들은 무엇보다도 호기심이 없습니다. 어떤 지식이 그 안에 있다는 것을 알고 그들은 이 삶에서 가능한 한 많은 이익을 얻습니다. 그리고 고집은 둘째 치고, 더 쉽고 이로운 승리는 누구의 분노에도 저항하지 않는 것임을 알고 행동의 자유를 얻으며, 이 삶에서 가능한 이 의견을 고수하고 있습니다. [17]

---

[16]   아우구스티누스, 《참된 종교》 53~54.
[17]   위와 같음.

그리고 조금 후에 그는 말합니다.

하지만 이 삶이 끝난 후에 우리의 이해는 완벽해질 것입니다. 지금 우리
는 부분적으로만 알고 있지만, 완벽한 것이 온다면 일부분뿐만 아니라
평화와 건강 모두가 우리와 함께할 것이기 때문입니다. 육체의 부활이
일어날 때 부패한 육체는 적절한 시간과 질서 속에서 부패하지 않은 옷
을 입게 되므로 필요성도 피로감도 몸에 영향을 주지 않을 것입니다. 그
러므로 이 사람들이 평화를 사랑하고, 자신들의 몸에서 건강만을 추구
한다는 것은 놀랄 일이 아닙니다. 이 삶에서 그들이 더 사랑하는 것은
이 삶이 지난 후에 그들 안에서 완성될 것이기 때문입니다. 18

인간을 위해 육체를 가능한 한 영혼에 맡겨 왔기 때문에, 여러분은
아우구스티누스의 이런 말에서 최고의 희망을 얻을 수 있습니다. 아
우구스티누스는 내가 논의하기 시작한 그 육욕적인 사람들에게 계속
날카로운 펜을 휘두릅니다.

그러므로 어떤 사람들은 이 위대한 정신의 선물을 너무 잘 활용하지 않
아서, 지성적인 것을 보고 사랑하도록 초대했어야 하는 정신 밖의 것들
에 더 끌립니다. 19 저 사람들은 지옥의 가장 먼 어둠에 던져질 것이고,
지금 투쟁을 즐기는 사람들은 평화를 빼앗기고 가장 큰 어려움에 빠질

---

18   위와 같음.
19   지성은 하느님의 마음에서 발견되는 창조된 존재의 형태나 본질이다.

것입니다. 가장 큰 어려움의 시작은 전쟁과 논쟁입니다. 이것은 그들의 손발이 묶여 있다는 사실로 인해 의미를 가진다고 생각합니다. 즉, 기능의 수월성은 모두 빼앗기고 있는 것입니다. [20]

이런 말들에 만족하지 않고, 그가 시작했던 대화를 의도적으로 연장하면서 그는 말합니다.

왜냐하면 이러한 모든 악에 대한 선동을 동시에 사랑하고, 좋은 구경거리를 보고 먹고 마시며 육체를 만족시키고 잠을 자며, 그러한 삶에서 생기는 환상에 지나지 않는 것을 자기의 생각 속에 받아들이는 즐거움에 빠진 사람들이 많기 때문입니다. 그들의 믿음 혹은 불신 속에서 그들은 자신을 속이고, 그들이 매달리는 규칙을 만듭니다. 비록 그들이 육체의 매력에서 벗어나려고 노력하더라도 그들은 그들에게 맡겨진 재능을 잘 활용하지 못하기 때문에, 즉 그들의 정신적 통찰력 앞에서는 배운 사람이나 세련되거나 재치 있는 사람들이 모두 뛰어난 것처럼 보이지만, 그들 정신의 예민함은 손수건에 묶여 있거나 땅속에 숨겨져 있습니다. 다시 말해 관능적이고 불필요한 물질이나 지상의 욕망으로 감싸여 압도되고 있습니다.

그러므로 그들의 손과 발이 묶이고, 그들은 가장 먼 어둠 속으로 던져질 것입니다. 그곳에서 그들은 통곡하며 이를 갈 것입니다. 그들이 이런 것들을 사랑했기 때문이 아니라 그들이 사랑했던 것들이 그런 고

---

20 아우구스티누스, 《참된 종교》 53~54.

통의 원인이었고, 어쩔 수 없이 그들의 연인을 그런 고통으로 이끌었기 때문입니다. 사실, 집으로 돌아가는 것보다 여행을 더 좋아하는 사람들은 그들의 육체와 정신이 항상 움직이고 다시는 돌아오지 않기 때문에 먼 곳으로 보내야 합니다. 21

아우구스티누스에게서 선택적으로 이 단어들을 빌렸기 때문에, 내가 맡은 일의 많은 부분이 내 것이 되지 않도록 많은 부분을 생략합니다. 오랜 열정과 많은 시간을 들여서 추구해 온 단어들이 다른 사람의 것으로 보여서는 안 되지만 말이죠. 이런 가치 있고 화려한 말들은 개인의 것이 아니라 "공공의 표현"22이어야 합니다. 물론 나는 이 문제에 관련된 말들을 더 기꺼이, 더 풍부하게 포함하였습니다. 그러면 이 삶에서 매우 열심히, 필요 이상으로 노력한 사람들이 기다리는 그 삶에서도 영원히 일하게 된다는 것을 보여 줄 수 있을 것입니다. 내가 말했듯이, 그들은 노동이 죽음으로 끝날 희망이 없을 수도 있는 이 목적을 위해 살 것입니다. 나는 또한 살아 있는 동안 각자에게 즐거움을 주었던 것들에 대한 큰 기쁨 혹은 처벌이 그가 죽은 후에도 그를 위해 남겨져 있다는 점을 보여 주고 싶습니다.

이것은 성경의 〈지혜서〉에 있듯이 그리스도인들에게 진실로서, "그들은 어떤 사람이라도 어떤 방식으로든 죄를 지었을 때 그 방식으로 벌을 받을 것을 알고 있습니다". 23 그뿐만 아니라 이교도 시인들에

---

21 위와 같음.
22 세네카, 《루카누스에게 보내는 서간집》 3, 59.

게도 역시 진실로서, 그 시인 중 가장 뛰어난 시인이 "죽어서도 고통이 그들을 떠나지 않는"[24] 연인들의 영혼을 저승의 외딴 오솔길에 숨겼기 때문입니다. 같은 시인은 용사들로 하여금 팔다리를 단련하고 풀밭에서 씨름하게 할 때, 그들의 영혼들을 각자의 장소에 배치하면서 이렇게 결론을 내렸습니다.

> 그들의 창은 땅에 꽂혀 있고, 곳곳에서 말들이 평원에서 풀을 뜯고 있습니다. 살아 있는 사람들이 전투용 마차와 무기 속에서 어떤 기쁨을 누렸든지, 매끈한 말을 방목하는 것에 어떤 관심을 가졌든지, 그들이 땅에 묻혔을 때도 마찬가지입니다. [25]

비록 작가가 임의로 이러한 말을 창안했을지 모르지만, 그것이 일반적인 의견이 아니었다면 위대한 사람일지라도 그러한 내용들을 상상하지 못했을 것입니다. 이 삶에서 나타나는 다양한 욕망에 따르면, 그는 죽은 후에도 다른 영혼의 상태가 남아 있으리라고 상상했지만, 이 상태는 특히 각자가 살아 있는 동안 누렸던 그것과 비슷할 것입니다. 이는 경건하고 거룩한 사람에게 적합한 다른 말이기는 하지만, 싸움을 즐기는 사람들은 평화로부터 멀어져 가장 큰 고난을 겪어야 한다고 아우구스티누스가 주저 없이 주장할 때 여러분이 확인할 수

---

23   〈지혜서〉 11장 16절. "사람이 죄를 지은 바로 그것들로 징벌도 받는다는 사실을 깨닫게 하시려는 것이었습니다."
24   베르길리우스, 《아이네이스》 6.444.
25   같은 책, 6.652~6.655.

있는 의견입니다.

이것을 고려한다면, 형제 여러분, 자주 언급해 왔고 더 자주 반복해야 하는 이 말을 제외하고 나는 무슨 말을 할 필요가 있을까요?

"시간을 가지세요."

이제 우연히 우리 가운데 선의를 갖고 있지만 다른 사람들만큼 잘 교육받지 못한 사람이 이렇게 물을지도 모릅니다.

"친구여, 우리의 걱정거리 중 어느 것을 두고 휴식을 취할까요?"

그리스도를 위해 싸운다고 공언하는 사람들이 해야 할 모든 일에서 휴식을 취하는 것은 분명 옳지 않습니다. 나는 여러분이 활동하지 않도록 격려하는 것이 아니라 그저 한가하게 지내도록, 그리고 종교적인 목적을 위하고자 격려하는 것입니다.

우리의 몸과 정신을 지치게 하는 불필요한 일들로부터, 우리 전체를 더럽히고 약하게 만드는 육체적 욕망으로부터, 우리가 지식을 습득하지 못하도록 막는 시각적 욕망으로부터, 발톱과 족쇄로 우리를 꼼짝 못 하게 하는 이 시대의 야망으로부터, 보이지 않는 횃불로 우리를 자극하는 쓸모없는 걱정으로부터, 그리고 마침내 우리의 불행한 영혼을 파괴하는 모든 죄로부터 여가를 즐기십시오.

이런 가운데서도 시간을 가지십시오. 우리가 더 이상 그곳에 있지 않을 때도 우리를 계속 끌어당기고 우리 안에 오랜 갈망을 불러일으키는 과거의 해로운 기억뿐만 아니라 이전의 선행에 대한 기억도 모두 포기하십시오. 자신감과 뒤섞인 무기력함은 잘했다는 것을 의식하는 마음을 타락시킵니다. 차라리 사도 바오로와 함께 생각하십시오. "과

거에 있었던 것들을 잊고, 앞에 있는 것을 향해 나아가십시오. 예수
그리스도 안에 계신 하느님께서 하늘로 부르시어 주시는 보상을 목표
로 나아가십시오."[26]

안토니우스 성인에 대해 여러분이 찬양하는 바를 스스로 이루십시
오. 그에 대하여 다음과 같이 말하고 있습니다.

> 그는 자신이 일한 시간만큼 노력의 가치를 두지 않고 사랑과 자발적인
> 봉사에 가치를 두었습니다. 마치 그가 항상 하느님 앞에 있는 것처럼,
> 하느님을 두려워하는 마음이 그를 발전하도록 부추겼습니다. 이전의 장
> 점을 새로운 것으로 보충하고 싶었기 때문입니다.[27]

그는 항상 바오로 사도가 위에서 인용한 말씀과 엘리야의 예언,
"오늘 내가 섬기는 주님은 살아 계십니다"[28]라는 말을 눈앞에 두었는
데, "엘리야는 지난 시간을 계산하지 않았기 때문에 '오늘'이라는 말

---

26 〈필리피서〉 3장 13~14절. "형제 여러분, 나는 이미 그것을 차지하였다고 여기
    지 않습니다. 그러나 이 한 가지는 분명합니다. 나는 내 뒤에 있는 것을 잊어버
    리고 앞에 있는 것을 향하여 내달리고 있습니다. 하느님께서 그리스도 예수님 안
    에서 우리를 하늘로 부르시어 주시는 상을 얻으려고, 그 목표를 향하여 달려가고
    있는 것입니다."
27 아타나시우스, 《성 안토니우스의 생애》 6. 성 안토니우스는 약 250년 나일강의
    코마나에서 태어나 356년에 사망했다. 그는 은둔 수도생활의 창시자(은수자들의
    아버지, 사막의 교부)로 여겨진다. 알렉산드리아의 주교 아타나시우스(295~373
    년)는 아리우스의 강력한 반대자였다.
28 〈열왕기 상권〉 18장 15절. "엘리야가 대답하였다. '내가 섬기는 만군의 주님께
    서 살아 계시는 한, 내가 오늘 반드시 임금을 만나겠소.'"

은 적절할 것입니다. 만약 자신이 매일 전투에 배치되기라도 한다면 하느님이 보시기에 가치 있는 그런 사람으로 자신을 내세우고 싶었을 것입니다". **29**

그러므로 여러분은 여러분 자신을 보시는 하느님의 눈에 장래의 위험을 미리 보고, 과거와 그 부담을 잊고, 보상에 무관심한 사람으로 보이도록 하십시오. 지금이라도 뒤에서 여러분을 유혹하는 세속적인 보살핌이 있다면, 여러분을 따라다니는 이 매혹적인 세상의 어떤 부드러운 기미가 있다면 성경의 치료법으로 자신을 감싸십시오. 아우구스티누스는 이미 우리를 위해 그 치료법을 모으는 작업을 완료했기 때문에 나는 이를 수집할 필요가 없습니다.

예수님께서 말씀하십니다.

욕심이 많은 사람에게는 이렇게 말한다. 좀과 녹이 슬고 도둑이 땅을 파서 훔치는 곳에 보물을 묻어 두지 말고, 좀과 녹이 슬지 않고 도둑이 땅을 파지 않는 하늘에 보물을 두어라. 너의 보물이 있는 곳에 너의 마음도 있다. **30**

---

29 아타나시우스, 《성 안토니우스의 생애》 6.

30 아우구스티누스, 《참된 종교》 3. 4 참고. 〈마태오복음〉 6장 19~21절. "너희는 자신을 위하여 보물을 땅에 쌓아 두지 마라. 땅에서는 좀과 녹이 망가뜨리고 도둑들이 뚫고 들어와 훔쳐 간다. 그러므로 하늘에 보물을 쌓아라. 거기에서는 좀도 녹도 망가뜨리지 못하고, 도둑들이 뚫고 들어오지도 못하며 훔쳐 가지도 못한다. 사실 너의 보물이 있는 곳에 너의 마음도 있다."

이것은 사치를 사랑하는 사람을 위하여 쓴 것입니다. "육체 안에 심는 자는 육체에서 부패를 거두며, 성령 속에 심는 자는 성령에서 영원한 생명을 얻을 것이다."

그리고 거만한 자에게는 "자신을 기르는 사람은 겸손해질 것이다".

화를 잘 내는 사람에게는 이렇게 말씀하십니다. "얼굴을 한 대 얻어맞았다면 다른 쪽 뺨을 대어라."

말썽을 일으키는 자들을 위해 말씀하십니다. "너의 적을 사랑하라."

미신을 믿는 사람들에게는 이렇게 말씀하십니다. "하느님의 나라는 너희 안에 있다."

그리고 탐구하는 사람들에게는 이렇게 말씀하십니다. "눈에 보이는 것을 찾지 말고 보이지 않는 것을 구하라. 보이는 것은 일시적이지만 보이지 않는 것은 영원하다."

마침내 모든 사람에게 이렇게 말씀하십니다. "세상의 모든 것은 육체의 욕망과 눈의 욕망이 세상의 노력과 관련되어 있으므로 이 세상과 이 세상에 있는 것들을 사랑하지 말라."[31]

그래서 아우구스티누스는 이러한 것들을 상세히 설명했고 우리에게 경고해 왔지만, 이런 종류의 수많은 다른 말들은 우리 영혼의 위로와 지도를 위해 말해 온 것입니다. 사실, 이것은 걱정하는 사람들을 위해 쓰였습니다. "내일을 걱정하지 말라. 네 목숨을 돌보아 주지 말라. 무엇을 먹어야 할지와 무엇을 입어야 할지를 걱정하지 말라. 너희의 아버지는 너희가 이것들이 필요하다는 것을 알고 계신다."[32] 오

---

31   아우구스티누스, 《참된 종교》 3.4.

히려 "하느님의 나라를 찾아라. 그러면 이 모든 것이 너희에게 주어질 것이다". 33

마음이 불안하고 방향을 잡지 못하는 사람들을 위하여 "내 멍에를 메어라". 34

동정심이 없는 사람에게 말씀하십니다. "내가 마음이 온화하고 겸손하다는 것을 나에게서 배워라."35

오래 살기를 바라는 사람에게는 이렇게 말씀하십니다. "어리석은 자여, 바로 오늘 밤 그들은 너에게서 영혼을 빼앗아 갈 것이다. 그렇다면 네가 준비한 그 모든 것들은 누구의 것이 되겠느냐?"36

권력과 위대함을 갈망하는 사람들에게 이렇게 말씀하십니다. "사람이 온 세상을 얻되 그 영혼을 잃으면 무슨 이득이 있겠는가?"37

---

32 〈마태오복음〉 6장 34절. "그러므로 내일을 걱정하지 마라. 내일 걱정은 내일이 할 것이다. 그날 고생은 그날로 충분하다." 〈마태오복음〉 6장 25절. "그러므로 내가 너희에게 말한다. 목숨을 부지하려고 무엇을 먹을까, 무엇을 마실까, 또 몸을 보호하려고 무엇을 입을까 걱정하지 마라. 목숨이 음식보다 소중하고 몸이 옷보다 소중하지 않으냐?"

33 〈마태오복음〉 6장 32~33절. "이런 것들은 모두 다른 민족들이 애써 찾는 것이다. 하늘의 너희 아버지께서는 이 모든 것이 너희에게 필요함을 아신다. 너희는 먼저 하느님의 나라와 그분의 의로움을 찾아라. 그러면 이 모든 것도 곁들여 받게 될 것이다."

34 〈마태오복음〉 11장 29절. "나는 마음이 온유하고 겸손하니 내 멍에를 메고 나에게 배워라. 그러면 너희가 안식을 얻을 것이다."

35 위와 같음.

36 〈루카복음〉 12장 20절. "그러나 하느님께서 그에게 말씀하셨다. '어리석은 자야, 오늘 밤에 네 목숨을 되찾아 갈 것이다. 그러면 네가 마련해 둔 것은 누구 차지가 되겠느냐?'"

지위가 높고, 탐욕스럽고, 지나치게 부유한 사람들을 위한 말이 있습니다. "악한 일에 소망을 품지 말고, 약탈하지 말라. 부자가 된다고 해도, 그 위에 마음을 두지 말라."38

그리고 "이 세상의 부자들에게 가르쳐라. 불확실한 재물을 자랑하거나 소망을 두지 말고 우리 앞에 있는 모든 좋은 것을 누리게 하시는 살아 계신 하느님 안에서 소망을 가지라. 그들에게 잘 살고, 선행이 풍부해지고, 관대해지고, 나누며, 미래를 위한 좋은 토대로서 보물을 쌓아 올려 진정한 삶을 얻을 수 있도록 가르쳐 주어라". 39

우리는 재물을 너무 사랑하여 이 재물에 희망을 두며 "도움이신 하느님"40을 지당한 곳에 두지 않는 사람들이 이렇게 말하는 것을 듣습니다. "부자들이 잠에서 일어났을 때 그들의 손에서 아무것도 찾지 못했습니다."41

---

37 〈마태오복음〉 16장 26절. "사람이 온 세상을 얻고도 제 목숨을 잃으면 무슨 소용이 있겠느냐? 사람이 제 목숨을 무엇과 바꿀 수 있겠느냐?"

38 〈시편〉 62편 11절. "너희는 강압에 의지하지 말고 강탈에 헛된 희망 두지 마라. 재산이 는다 하여 거기에 마음 두지 마라."

39 〈티모테오전서〉 6장 17~19절. "현세에서 부자로 사는 이들에게는 오만해지지 말라고 지시하십시오. 또 안전하지 못한 재물에 희망을 두지 말고, 우리에게 모든 것을 풍성히 주시어 그것을 누리게 해주시는 하느님께 희망을 두라고 지시하십시오. 좋은 일을 하고 선행으로 부유해지고, 아낌없이 베풀고 기꺼이 나누어주는 사람이 되라고 하십시오. 그들은 이렇게 자기 미래를 위하여 훌륭한 기초가 되는 보물을 쌓아, 참생명을 차지하는 것입니다."

40 〈시편〉 52편 9절. "보라, 하느님을 제 피신처로 삼지 않고 자기의 큰 재산만을 믿으며 악행으로 제가 강하다고 여기던 사람!"

41 〈시편〉 76편 6절. "심장이 강한 자들도 가진 것 빼앗긴 채 잠에 떨어졌습니다. 역전의 용사들도 모두 손을 놀릴 수 없었습니다."

일시적인 자존심으로 부어 있고 인간의 상태를 잊어버린 사람들에게 "야곱의 하느님, 말을 탄 사람들은 당신의 책망에 잠들었습니다. 당신은 무서우니, 누가 당신에게 대항하겠습니까?"[42]

다른 선지자의 똑같이 무시무시한 말을 잊지 마십시오. "네가 독수리처럼 높이 오르고 별들 사이에 둥지를 틀면 내가 너를 거기에서 끌어내릴 것이다. 주님께서 말씀하신다."[43]

이것은 절제에 만족하지 않는 사람들에게 쓰인 말입니다.

빈곤도 재물도 저에게 주시지 말고, 필요한 만큼의 양식만 주십시오. 제가 우연히 배부르게 되어 '하느님이 누구냐?'라고 물으며 당신을 부정하지 않도록, 필요에 따라 분노와 하느님의 이름을 위증으로 이끌지 않도록 말입니다. [44]

그리고 "만족과 함께 하는 것은 큰 이점입니다. 왜냐하면, 우리는 이 세상에 아무것도 가져오지 않았고, 의심할 여지 없이 어떤 것도 가져갈 수 없기 때문입니다. 음식과 덮을 것을 가진다면 우리는 이런 것

---

42 〈시편〉 76편 7~8절. "야곱의 하느님, 당신의 호령에 수레도 말도 까무러쳤습니다. 당신은 경외로우신 분 당신께서 진노하실 때 누가 당신 앞에 서 있겠습니까?"

43 〈오바드야서〉 1장 4절. "네가 독수리처럼 높이 치솟아도 네가 별들 사이에 보금자리를 틀고 있어도 내가 너를 거기에서 끌어내리리라. 주님의 말씀이다."

44 〈잠언〉 30장 8~9절. "허위와 거짓말을 제게서 멀리하여 주십시오. 저를 가난하게도 부유하게도 하지 마시고 저에게 정해진 양식만 허락해 주십시오. 그러지 않으시면 제가 배부른 뒤에 불신자가 되어 '주님이 누구냐?' 하고 말하게 될 것입니다. 아니면 가난하게 되어 도둑질하고 저의 하느님 이름을 더럽히게 될 것입니다."

들에 만족합니다. 부자가 되고자 하는 사람들은 유혹에 빠지고 악마의 올가미에 빠지며 인간을 파멸과 몰락으로 몰아넣는 쓸모없고 해로운 욕망에 빠지게 됩니다. 돈을 사랑하는 것은 모든 악의 근원이고 돈을 찾는 사람들은 실로 믿음에서 벗어나 많은 슬픔에 빠져들었습니다."[45]

그러나 반면에 가난한 사람들은 이 말을 듣습니다. "행복하여라, 마음이 가난한 사람들, 하늘나라가 있다."[46]

그러나 부자들은 이렇게 읽습니다. "슬퍼하여라, 부자들이여, 너희들은 굶주릴 것이다."[47]

그러나 이와는 정반대로 우리는 배고픔과 갈증을 느끼는 사람들에게 이렇게 읽어 줍니다. "행복하여라, 정의에 굶주리고 목말라 하는 사람들, 그들은 스스로 만족할 것이기 때문이다."[48]

그리고 또다시 이렇게 읽습니다. "누구든지 목이 마르면, 내게로

---

45 〈티모테오전서〉 6장 6~10절. "물론 자족할 줄 알면 신심은 큰 이득입니다. 우리는 이 세상에 아무것도 가지고 오지 않았으며 이 세상에서 아무것도 가지고 갈 수 없습니다. 먹을 것과 입을 것이 있으면, 우리는 그것으로 만족합시다. 부자가 되기를 바라는 자들은 사람들을 파멸과 멸망에 빠뜨리는 유혹과 올가미와 어리석고 해로운 갖가지 욕망에 떨어집니다. 사실 돈을 사랑하는 것이 모든 악의 뿌리입니다. 돈을 따라다니다가 믿음에서 멀어져 방황하고 많은 아픔을 겪은 사람들이 있습니다."

46 〈마태오복음〉 5장 3절. "행복하여라, 마음이 가난한 사람들! 하늘나라가 그들의 것이다."

47 〈루카복음〉 6장 25절. "불행하여라, 너희 지금 배부른 사람들! 너희는 굶주리게 될 것이다. 불행하여라, 지금 웃는 사람들! 너희는 슬퍼하며 울게 될 것이다."

48 〈마태오복음〉 5장 6절. "행복하여라, 의로움에 주리고 목마른 사람들! 그들은 흡족해질 것이다."

와서 마시게 하라."⁴⁹

다른 사람을 시시하게 보고 비웃는 자들을 위하여 "불행하여라, 지금 웃는 사람들, 너희들은 슬퍼하고 울 것이다".⁵⁰

한편, 슬퍼하는 사람들에게는 이렇게 말합니다. "행복하여라, 슬퍼하는 사람들, 그들 스스로가 위로받을 것이기 때문이다."⁵¹

그들이 불신으로 고통받지 않도록 핍박을 견디는 자들에게 이렇게 말합니다. "그리스도 예수 안에서 충실하게 살기를 원하는 자들은 모두 핍박을 견뎌낼 것입니다."⁵²

그리고 다시 한번 낙심하지 않도록, "행복하여라, 의로움의 이름으로 핍박을 견디는 자들, 하늘나라가 있다".⁵³

지치고 억압받는 자에게 이렇게 읽어 줄 수 있을 것입니다. "수고하고 짐을 진 자들아, 나에게로 오너라. 그러면 내가 너를 회복시켜 주겠다."⁵⁴

욕정으로 가득 찬 젊은이들에게 "젊음과 욕정은 허무하다".⁵⁵

---

49 〈요한복음〉 7장 37절. "축제의 가장 중요한 날인 마지막 날에 예수님께서는 일어서시어 큰 소리로 말씀하셨다. '목마른 사람은 다 나에게 와서 마셔라.'"
50 〈루카복음〉 6장 25절. "불행하여라, 너희 지금 배부른 사람들! 너희는 굶주리게 될 것이다. 불행하여라, 지금 웃는 사람들! 너희는 슬퍼하며 울게 될 것이다."
51 〈마태복음〉 5장 5절. "행복하여라, 온유한 사람들! 그들은 땅을 차지할 것이다."
52 〈티모테오후서〉 3장 12절. "사실 그리스도 예수님 안에서 경건하게 살려는 이들은 모두 박해를 받을 것입니다."
53 〈마태오복음〉 5장 10절. "행복하여라, 의로움 때문에 박해를 받는 사람들! 하늘나라가 그들의 것이다."
54 〈마태오복음〉 11장 28절. "고생하며 무거운 짐을 진 너희는 모두 나에게 오너라. 내가 너희에게 안식을 주겠다."

기뻐하며 이것이 유일한 삶이라고 생각하는 사람은, 이 말을 듣게 될 것입니다.

빛은 달콤하다. 태양을 보는 것은 즐겁다. 만약 어떤 사람이 여러 해를 살아왔고 그 모든 것에서 행복했다면, 그는 그늘진 시간과 그들이 도착했을 때 그의 허무한 과거를 드러낼 많은 날을 기억해야 한다. 그러니 젊은이여, 젊었을 때 행복하여라. 젊었을 때 마음이 행복해지도록 하고, 마음과 눈이 보는 대로 길을 걷게 하여라. 그리고 이 모든 일에 대한 보답으로 하느님께서 여러분을 심판으로 인도하실 것임을 알아라. 56

좋은 일에 대한 동기가 없는 사람들에게 하는 말입니다.

개미에게 가서, 게으른 자여, 그 방법을 생각하고 지혜를 배우라. 비록 개미는 우두머리도 지도자도 감독도 없지만, 여름 동안 스스로 먹을 음식을 준비하고, 수확 철에도 여분을 쌓아 둔다. 얼마나 오래 자고 게으를 것이냐? 언제 잠에서 깨어날 것인가? 조금 더 자고, 조금 더 눈을 붙

---

55 〈코헬렛〉(전도서) 11장 10절. "네 마음에서 근심을 떨쳐 버리고 네 몸에서 고통을 흘려버려라. 젊음도 청춘도 허무일 뿐이다."

56 〈코헬렛〉 11장 7~9절. "정녕 빛은 달콤한 것, 태양을 봄은 눈에 즐겁다. 그렇다, 사람이 많은 햇수를 살게 되어도 그 모든 세월 동안 즐겨야 한다. 그러나 어둠의 날이 많다는 것을 명심해야 한다. 앞으로 오는 모든 것은 허무일 뿐. 젊은이야, 네 젊은 시절에 즐기고 젊음의 날에 네 마음이 너를 기쁘게 하도록 하여라. 그리고 네 마음이 원하는 길을 걷고 네 눈이 이끄는 대로 가거라. 다만 이 모든 것에 대하여 하느님께서 너를 심판으로 부르심을 알아라."

이고, 손을 놓고 조금 더 잠을 잘 수 있을 것이다. 궁핍이 방문객처럼 너에게 올 것이고, 가난은 무장한 군인처럼 올 것이지만, 네가 열정만 있다면 너의 수확은 샘물처럼 올 것이고, 궁핍은 너에게서 멀리 달아날 것이다. 57

우울하고 슬픈 사람들은 다음과 같은 말을 듣습니다.

너는 네 영혼을 슬프게 하거나 네 생각 속에서 자신을 괴롭혀서는 안 된다. 마음의 즐거움은 인간의 생명이며 신성함이 깃든 보물이다. 인간의 행복은 장수에 있다. 하느님을 기쁘게 하는 일을 계속하면서 너의 영혼에 자비를 바라고, 스스로 자제하라. 너의 마음을 주님의 거룩함에 두고, 슬픔을 멀리 몰아내어라. 슬픔은 많은 사람을 죽이고 아무런 소용도 없다. 질투와 분노가 너의 수명을 줄이고, 걱정은 늙음을 앞당긴다. 58

---

57 〈잠언〉 6장 6~11절. "너 게으름뱅이야, 개미에게 가서 그 사는 모습을 보고 지혜로워져라. 개미는 우두머리도 없고 감독도 지도자도 없이 여름에 양식을 장만하고 수확 철에 먹이를 모아들인다. 너 게으름뱅이야, 언제까지 누워만 있으려느냐? 언제나 잠에서 깨어나려느냐? '조금만 더 자자. 조금만 더 눈을 붙이자. 손을 놓고 조금만 더 누워 있자!' 하면 가난이 부랑자처럼, 빈곤이 무장한 군사처럼 너에게 들이닥친다."

58 〈집회서〉 30장 22~24절. "마음의 기쁨은 곧 사람의 생명이며 즐거움은 곧 인간의 장수이다. 긴장을 풀고 마음을 달래라. 그리고 근심을 네게서 멀리 던져 버려라. 정녕 근심은 많은 사람을 망쳐 놓고 그 안에는 아무 득도 없다. 질투와 분노는 수명을 줄이고 걱정은 노년을 앞당긴다."

이것은 술고래들과 대식가*大食家들을 위한 말입니다.

학습된 사람에게는 약간의 포도주가 얼마나 충분한가? 잠을 자는 동안
술 때문에 시달리지 않을 것이며 고통도 느끼지 않을 것이다. 지나친 사
람은 불면과 위장병, 그리고 고통에 시달릴 것이다. 술에 취하지 않은
사람은 건강한 잠을 즐길 것이다. 그는 아침까지 잠을 자고 그의 영혼은
기뻐할 것이다. 59

술에 의해 생명이 줄어들면 무슨 소용이겠는가? 처음부터 술은 취하기
위해서가 아니라 즐거움을 위해 만들어졌다. 적당히 마신 포도주는 영
혼과 마음의 기쁨이다. 그것은 영혼의 건강이고 몸의 맑은 음료이다.
과음은 자극과 분노, 광범위한 파괴를 일으킨다. 60

바오로는 말합니다. "지나친 음주로 취하지 마십시오."61

59　〈집회서〉 31장 20절. "음식을 절제하면 건강한 잠을 이루고 일찍 일어나 기분이
　　상쾌하다. 잠을 설치고 메스껍고 속이 뒤틀리는 고통은 음식을 너무 많이 먹은
　　사람이 겪게 된다."
60　〈집회서〉 31장 27~30절. "술은 알맞게 마시면 사람들에게 생기를 준다. 술 없
　　는 인생이란 도대체 무엇인가? 술은 처음부터 흥을 위해 창조되었다. 제때에 술
　　을 절제 있게 마시는 사람은 마음이 즐거워지고 기분이 유쾌해진다. 술을 지나치
　　게 마신 자는 기분이 상하고 흥분하여 남들과 싸우게 된다. 만취는 미련한 자의
　　화를 돋우어 넘어뜨리고 기운을 떨어뜨려 그에게 상처를 입힌다."
61　〈에페소서〉 5장 18절. "술에 취하지 마십시오. 거기에서 방탕이 나옵니다. 오히
　　려 성령으로 충만해지십시오."

예언자 요엘에게서 이 말을 듣고 생각해 보십시오. "일어나라, 주 정뱅이들아. 그리고 울어라. 술을 마시는 너희들 모두, 포도주를 입에 담지 못하게 되었으므로 그 달콤함에 울부짖는다."[62]

하느님의 의로움을 잊은 사람에게는 이렇게 말합니다. "하느님을 잊은 모든 사람은 이해하여라. 어느 날 하느님이 너희들을 데려가시지 않도록. 그리고 너희들을 되돌릴 자는 아무도 없다."[63]

이것은 자기의 잘못을 변명하여 하느님께로 돌리는 자들에게 쓰여 있습니다. "네 마음이 죄를 짓는 데 대한 변명을 정당화하기 위해 악의에 찬 말에 빠지지 않게 하라."[64] 그리고 "나는 이제 하느님께서 인간을 똑바로 만드셨지만, 인간은 무한한 계략으로 자신을 감싸 왔다는 이 한 가지를 발견하게 되었다".[65]

그들이 정의롭고 결백하다고 간주하는 사람들에게는 이렇게 말합니다. "선을 행하고 죄를 짓지 않는 정의로운 사람은 없다."[66] 그리고 "우리가 잘못이 없다고 말한다면 우리는 우리 자신을 속이고 있는 것

---

62 〈요엘서〉 1장 5절. "술 취한 자들아, 깨어나 울어라. 술꾼들아 너희 입에 들어가다 만 포도주를 생각하며 모두 울부짖어라."

63 〈시편〉 50편 22절. "이를 알아들어라, 하느님을 잊은 자들아. 그러지 않으면 내가 잡아 찢어도 구해 줄 자 없으리라."

64 〈시편〉 141편 4절. "제 마음이 악한 일에 기울어 나쁜 짓 하는 사내들과 함께 불의한 행동을 하지 않게 하소서. 저들의 진미를 즐기지 않으리다."

65 〈코헬렛〉 7장 29절. "다만 이것을 보아라, 내가 찾아낸 바다. 하느님께서는 인간들을 올곧게 만드셨지만 그들은 온갖 재주를 부린다는 것이다."

66 〈코헬렛〉 7장 20절. "죄를 짓지 않고 선만을 행하는 의로운 인간이란 이 세상에 없다."

이고 우리에게는 진실이 없는 셈이다".67

　그들의 죄에 절망하는 자들에게 말합니다. "우리가 죄를 고백해야 한다면, 그분은 성실하고 의로우시므로 우리를 용서해 주실 것이다."68 이것 또한 다음과 같습니다.

　하느님께서는 우리의 죄에 따라 행하지 않으시고, 우리의 불의에 따라 갚지 않으신다. 하느님은 땅에서 하늘에 이르는 높이만큼 그분을 두려워하는 자들에 대한 자비를 굳게 하신다. 주님께서는 동쪽이 서쪽에 멀리 떨어져 서 있는 한 우리의 죄를 우리에게서 없애 주신다.69

　사실, 우리는 마비된 사람에게 전하는 이 말을 읽었습니다. "들것을 들고 걸어라. 너는 온전하게 되었다. 이제 더 나쁜 일이 생기지 않도록 더 죄를 짓지 말라."70

67　〈요한1서〉1장 8절. "만일 우리가 죄 없다고 말한다면, 우리는 자신을 속이는 것이고 우리 안에 진리가 없는 것입니다."
68　〈요한1서〉1장 9절. "우리가 우리 죄를 고백하면, 그분은 성실하시고 의로우신 분이시므로 우리의 죄를 용서하시고 우리를 모든 불의에서 깨끗하게 해주십니다."
69　〈시편〉103편 10~12절. "우리의 죄대로 우리를 다루지 않으시고 우리의 잘못대로 우리에게 갚지 않으신다. 오히려 하늘이 땅 위에 드높은 것처럼 그분의 자애는 당신을 경외하는 이들 위에 굳세다. 해 뜨는 데가 해 지는 데서 먼 것처럼 우리의 허물들을 우리에게서 멀리하신다."
70　〈요한복음〉5장 8절. "그러자 그 사람은 곧 건강하게 되어 자기 들것을 들고 걸어갔다." 〈요한복음〉5장 11절. "그가 '나를 건강하게 해주신 그분께서 나에게, '네 들것을 들고 걸어가라' 하셨습니다' 하고 대답하자," 〈요한복음〉5장 14절. "그 뒤에 예수님께서 그 사람을 성전에서 만나시자 그에게 이르셨다. '자, 너는 건강

그분께서는 손이 오그라든 사람에게 말씀하셨습니다. "네 손을 뻗어라."[71]

그분께서 나환자에게 말씀하셨습니다. "깨끗하게 되어라. 이것이 내가 하고자 함이다."[72]

앞을 보지 못하는 사람에게 이렇게 말씀하십니다. "다시 보아라. 네 믿음이 너를 구했다."[73] 그러자 곧 전자가 깨끗해졌습니다. 후자가 보게 되고 "하느님을 찬양하며 그분을 따랐다."[74]

이것은 그분께서 죽은 사람에게 하신 말씀입니다. "젊은이여, 내가 너에게 말한다. 일어나거라."[75] 그러자 그는 즉시 일어나서 말을 하였습니다. 비슷하게, 그래서 어느 성별도 부활에 대한 믿음을 잃지 않을 것입니다.

그분께서는 죽은 소녀에게 비슷한 방식으로 말씀하셨습니다. "소녀

하게 되었다. 더 나쁜 일이 너에게 일어나지 않도록 다시는 죄를 짓지 마라.'"

71 〈루카복음〉 6장 10절. "그리고 나서 그들을 모두 둘러보시고는 그 사람에게, '손을 뻗어라' 하고 말씀하셨다. 그가 그렇게 하자 그 손이 다시 성하여졌다."

72 〈루카복음〉 5장 13절. "예수님께서 손을 내밀어 그에게 대시며 말씀하셨다. '내가 하고자 하니 깨끗하게 되어라' 그러자 곧 나병이 가셨다." 〈마태오복음〉 8장 3절. "예수님께서 손을 내밀어 그에게 대시며 말씀하셨다. '내가 하고자 하니 깨끗하게 되어라.' 그러자 곧 그의 나병이 깨끗이 나았다."

73 〈루카복음〉 18장 42절. "예수님께서 그에게 '다시 보아라. 네 믿음이 너를 구원하였다' 하고 이르시니."

74 〈루카복음〉 18장 43절. "그가 즉시 다시 보게 되었다. 그는 하느님을 찬양하며 예수님을 따랐다. 군중도 모두 그것을 보고 하느님께 찬미를 드렸다."

75 〈루카복음〉 7장 14절. "앞으로 나아가 관에 손을 대시자 메고 가던 이들이 멈추어 섰다. 예수님께서 이르셨다. '젊은이야, 내가 너에게 말한다. 일어나라.'"

야, 일어나라."**76** 그녀의 영혼이 곧 돌아왔고 그녀는 일어났습니다.

마침내 그분께서는 나흘 전부터 무덤에 누워 있어 이미 악취가 진동하는 사람에게 말씀하셨습니다. "라자로야, 앞으로 나와라."**77** 그러자 그 명령보다 더 빨리, 머리와 발과 손이 그대로 묶인 채 무덤에서 나왔습니다.

이런 말들은 일반적으로 모든 것을 다 필요로 하는 사람들에게 쓰입니다. "구하라, 그러면 주어질 것이다. 찾아라, 그러면 발견할 것이다. 두드리라, 그러면 너에게 열릴 것이다. 누구라도 구하면 받고, 찾으면 발견하고, 두드리는 자에게는 문이 열린다."**78**

믿음을 잃은 사람은 이 말을 듣습니다. "믿음이 적은 사람아, 왜 의심하였는가?"**79**

후회하는 사람에게 그분은 말씀하십니다. "그러므로 회개할 필요가 없는 99명의 죄인보다 1명의 죄인이 회개하면, 하늘에서 더 크게 기뻐할 것이다."**80** 그리고 다시 "네 형제가 죽었다가 살아났으므로

---

76 〈마르코복음〉 5장 41절. "그리고 아이의 손을 잡으시고 말씀하셨다. '탈리타쿰!'"(이는 번역하면 '소녀야, 내가 너에게 말한다. 일어나라!'의 뜻이다.)

77 〈요한복음〉 11장 43절. "예수님께서는 이렇게 말씀하시고 나서 큰 소리로 외치셨다. '라자로야, 이리 나와라.'"

78 〈마태오복음〉 7장 7~8절. "청하여라, 너희에게 주실 것이다. 찾아라, 너희가 얻을 것이다. 문을 두드려라, 너희에게 열릴 것이다. 누구든지 청하는 이는 받고, 찾는 이는 얻고, 문을 두드리는 이에게는 열릴 것이다."

79 〈마태오복음〉 14장 31절. "예수님께서 곧 손을 내밀어 그를 붙잡으시고, '이 믿음이 약한 자야, 왜 의심하였느냐?' 하고 말씀하셨다."

80 〈루카복음〉 15장 7절. "내가 너희에게 말한다. 이와 같이 하늘에서는, 회개할 필요가 없는 의인 아흔아홉보다 회개하는 죄인 한 사람 때문에 더 기뻐할 것이다."

우리는 잔치를 하고 기뻐하여야 했다. 그를 잃었고 다시 찾았다."⁸¹

　자신의 정욕을 억제하는 자들에게 말씀하셨습니다. "하늘나라를 위해 스스로 거세한 내시內侍들이 있다. 할 수 있는 자들이라면 받아들이게 하라."⁸²

　세상을 등지고 떠난 여러분에게는 이렇게 분명히 말씀하셨습니다. "내 이름을 위하여 자기의 집이나 형제자매나 아버지나 어머니나 아들이나 밭을 떠난 모든 사람은 백배 이상의 보상을 받고 영원한 생명을 얻게 될 것이다."⁸³ 그리고 또다시 이렇게 말씀하셨습니다. "두려워하지 마라. 작은 양 떼여, 너희에게 왕국을 주시는 것을 너희 아버지께서 기뻐하셨기 때문이다."⁸⁴

　이것은 철학을 거만하게 내뱉고, 위에서 언급한 견해에 대해 못마땅한 사람들에게 하는 말입니다. "너희는 뿔을 높이 치켜세우지 말라. 하느님에 대해 부당하게 말하지 말라."⁸⁵ 철학자들의 무례함은

81　〈루카복음〉 15장 32절. "너의 저 아우는 죽었다가 다시 살아났고 내가 잃었다가 되찾았다. 그러니 즐기고 기뻐해야 한다."

82　〈마태오복음〉 19장 12절. "사실 모태에서부터 고자로 태어난 이들도 있고, 사람들 손에 고자가 된 이들도 있으며, 하늘나라 때문에 스스로 고자가 된 이들도 있다. 받아들일 수 있는 사람은 받아들여라."

83　〈마태오복음〉 19장 29절. "그리고 내 이름 때문에 집이나 형제나 자매, 아버지나 어머니, 자녀나 토지를 버린 사람은 모두 백배로 받을 것이고 영원한 생명도 받을 것이다."

84　〈루카복음〉 12장 32절. "너희들 작은 양 떼야, 두려워하지 마라. 너희 아버지께서는 그 나라를 너희에게 기꺼이 주기로 하셨다."

85　〈시편〉 75편 6절. "너희 뿔을 높이 쳐들지 마라. 고개를 치켜들고 무례하게 말하지 마라."

예언자뿐만 아니라 여자의 말에도 또한 억눌립니다. "높은 업적으로 말을 부풀리기 위해 허풍을 떨지 말라. 하느님은 지식의 주인이시며 생각은 그분을 통해 준비되시니 옛말이 입에서 떠나도록 하라."[86]

나는 무엇을 할까요? 영혼을 위로하고 치료하는 것으로 가득하지 않은, 유익한 위협과 훈계로 가득하지 않은 성경의 구석이 어디에 있던가요? 그러므로 형제 여러분, 내가 위에서 여러분에게 경고한 이 보이지 않는 재앙으로부터 시간을 가지고 더 이야기하고자 합니다. 그래서 내가 이 문제를 확실히 해결하고 여러분의 영혼을 위험에 처하도록 하는 모든 일을 끊어 낼 수 있도록 말입니다.

위험을 사랑하지 마십시오. "위험을 사랑하는 자는 그 안에서 멸망할 것이다"[87]라고 쓰여 있습니다. 자신에 대하여 종종 의심이 가는 "증거"를 자주 "찾지"[88] 마십시오. 이들은 바로 우리의 적이 쓰는 기술입니다. 자신의 장점에 대한 희망 때문에 위험할 정도로 가파른 곳으로 올라가지 마십시오. 사람은 보통 지나치게 자신만만하고 스스로 과신하여 영혼을 너무 높이 들어 올린다고 하는데, 그 결과 그는 자신이 착각하였으며 쉬운 일을 포기할 정도로 자기의 일에 소심해졌다는 것을

---

86 〈열왕기 상권〉 2장 3절. "주 네 하느님의 명령을 지켜 그분의 길을 걸으며, 또 모세 법에 기록된 대로 하느님의 규정과 계명, 법규와 증언을 지켜라. 그러면 네가 무엇을 하든지 어디로 가든지 성공할 것이다."

87 〈집회서〉 3장 27절. "고집 센 마음은 고생으로 짓눌리고 죄인은 죄악에 죄악을 쌓으리라."

88 〈코린토후서〉 13장 3절. "그리스도께서 나를 통하여 말씀하신다는 증거를 여러분이 찾고 있으니 말입니다. 그분은 여러분을 대하실 때에 약하신 분이 아니라, 여러분 가운데에서 힘을 떨치시는 분이십니다."

깨달았을 때 부끄러울 수도 있습니다. 이 실패에는 대담하게 행동하기를 꺼리는 소극성과 게으름과 무엇보다 가장 나쁜, 삶에 대한 증오와 절망이 뒤따릅니다. 이 함정과 이런 속임수를 피하십시오.

여러분의 영혼을 그리스도께 드리고, 그의 멍에를 충실한 목으로 떠맡으십시오. 그 어떤 것도 이보다 더 달콤하지 않습니다. 그분을 "두려움 속에서 섬기고, 떨면서 그분 안에서 기뻐하십시오". 89 만약 이 교훈이 지상의 왕들과 교만한 통치자들을 향한 말씀이었다면, 그리스도의 겸손한 종들은 이런 가르침을 얼마나 더 잘 이해하겠습니까? 여러분이 세속적인 세상을 버리고 하느님의 나라로 피신하였던 날 그분이 내리신 계명과, 그분과 했던 약속을 기억하십시오. 눈앞의 약속을 지키고 서원을 지키며 거룩한 성사들을 이행하십시오. 이것을 기쁜 마음으로 한다면 그것으로 충분합니다.

다른 모든 것에 대해 말하자면, 위험한 유혹은 종종 미덕과 연관되어 왔습니다. 자신의 몸이나 영혼에 관한 어떤 일이라도 자기 힘의 한계에 이르도록 해야 할 일을 하는 사람은 그 노력을 빨리 중단할 것입니다. 우리는 비정상적인 노력을 기울일 때 피로에서 한 발짝도 벗어날 수 없다는 것을 알고 있습니다. 주의 깊게 여러분의 마음을 보호하고, 확고한 의지로 여러분이 파멸적이라고 인식하는 것들을 조심하십시오. 이것은 여러분이 살아가는 방식에 있어서 배신적이고 폭력적이며 특히 위협적인 것을 경험한 사람들에게는 쉬울 것입니다. 여러분이 더 해롭다고 알고 있는 것들을 조심해서 피하십시오. 분노는

---

89 〈시편〉 2편 11절. "경외하며 주님을 섬기고 떨며 그분의 발에 입 맞추어라."

한 사람을 지독히 괴롭히고 정욕은 다른 사람을 고문하며, 자부심은 한 사람을 고양하고 우울감은 다른 사람을 위축시킵니다. 탐욕과 폭식과 심한 질투는 한 사람을 광분하게 합니다. 각 사람은 전투에서 자신의 특정한 적을 알아채고 그다음에는 특히 더 큰 위험이 어디에 있는지 알고 있어야 합니다.

그리스도의 둥지 안에서 살고 있으므로 스스로 안전하다고 생각해서는 안 됩니다. 비록 여러분이 최고의 지도자 밑에서 싸울 수 있고, 여러분의 둥지가 매우 잘 요새화되어 있고 튼튼할지라도 밤새 야생의 적들이 사방에서 소란을 일으키므로 그 어떤 곳도 완전히 안전하다고 여겨서는 안 됩니다. 성벽 앞에서 몸과 마음의 경계를 하고 적의 공격과 배신을 감시하는 무장 파수꾼들이 있지 않은 한 안전한 곳은 없습니다. 만약 여러분 중에서 그런 사람들을 발견하지 못했다면 내가 어디서 그런 경비병을 찾아봐야 합니까? 이사야는 또 누구에게(여러분에게가 아니라면) 이렇게 말하였습니까? "너의 성벽 위에, 예루살렘아, 내가 경비병을 배치하였다. 그들은 밤낮으로 주님의 이름을 찬양하는 데 결코 침묵하지 않을 것이다."[90]

나는 여러분의 감시병과 보초들을 알고 있습니다. 그 때문에 나는 눈물을 흘리게 되었습니다. 특히 최근이나 이전이나 큰 죄인이었던 내가 여러분을 다음과 같이 묘사된 사람들 속에 전혀 포함되지 않았

---

90 〈이사야서〉 32장 6절. "예루살렘아, 너의 성벽 위에 내가 파수꾼들을 세웠다. 그들은 낮이고 밤이고 잠시도 잠잠하지 않으리라. 주님의 기억을 일깨우는 자들아, 너희는 쉬지 마라."〈이사야서〉 62장 9절. "곡식을 모아들인 이들이 그것을 먹고 주님을 찬미하리라. 포도주를 짜낸 이들이 그것을 내 성소의 뜰에서 마시리라."

다는 것을 기억했을 때입니다. "이 사람들은 입술로 나를 공경하지만, 마음은 내게서 멀리 떨어져 있다."91 하지만 여러분은 입술보다 마음으로 훨씬 더 많이 사랑하고 있습니다.

진정한 미덕에는 이런 능력이 있습니다. 즉, 마음을 일깨우고 감정을 자극합니다. 그리고 뛰어난 미덕이 말을 더듬는 사람의 혀까지도 기분 좋게 만드는 것처럼, 미덕의 평판이 부족하다면 데모스테네스92가 미덕을 이야기하는 것조차 즐겁지 않을 것입니다. 그러나 고백하건대, 훌륭한 기술을 가진 어떤 죄인이나 혹은 아리스토크세누스93 자신의 음악이 내 귀에 울려 퍼지는 것 못지않게 여러분의 천상을 향한 찬양은 나를 달래어 줍니다. 확실히 여러분의 헌신은 음악의 달콤함과 같습니다. 여러분의 헌신은 그것을 표현할 수 있는 나의 능력을 넘어서기 때문에 내가 말을 잘한 것 같습니다.

이런 생각으로 자주 돌아오면서, 나는 때때로, 작가들의 변덕이 문제의 중요성을 약화하는 것처럼, 나의 글이 권위와 신뢰성이 떨어지고 시각 장애인으로 태어난 사람이 주님에 의해 빛을 보게 되었을 때 들은 말을 내가 듣는 것이 마땅하지 않을까 두렵습니다. 즉, "당신은 완전히 죄에서 태어났는데 우리를 가르치고 싶습니까?"94 그 사람처

---

91 〈마태오복음〉 15장 8절. "이 백성이 입술로는 나를 공경하지만 그 마음은 내게서 멀리 떠나 있다."

92 데모스테네스(기원전 384~322년)는 고대 그리스 아테네의 저명한 정치가이자 말더듬증을 극복한 웅변가이다.

93 타렌툼의 아리스토크세누스(기원전 4세기 말엽)는 아리스토텔레스의 제자이며 음악 이론에 뛰어났던 인물이다.

럼 나도 쫓겨날 것입니다. 그러나 여러분의 사랑은 나의 이런 걱정을 덜어 줍니다. 그리스도 안에서 여러분의 순박함은 아무도 심판하지 않고, 내가 어떻게 살고 있는지를 고려하기보다는 내가 하는 말을 들을 준비가 되어 있습니다.

이제 여러분에 대한 나의 요점으로 돌아가겠습니다. 여러분의 은둔과 철야 기도, 그리고 깨어 있는 자세가 모든 위험으로부터 여러분을 안전하게 지켜 줄 것처럼 보일지라도, 여러분은 여전히 매우 조심하고 모든 것에 대비해야 합니다. 용감하고 성공적으로 군대 생활을 마친 후, 이 망명지에서 고국으로, 군사 진영에서 왕국으로, 진정한 왕의 궁전으로 불려 갈 때, 여러분은 완전한 안전과 보장된 평화를 받기를 희망할지도 모릅니다. 그때 여러분은 성실한 군인에서, 훌륭하게 복무했고 과거의 복무에 대한 보상을 받은 퇴역 용사로 변모하게 될 것입니다.

한편, 너무 자신만만해 하지 마십시오. 생명이 끝날 때까지 위험의 끝은 없을 것입니다. 항상 주위를 둘러보고 투구와 칼로 무장한 군인처럼 전선에 서 있으십시오. 그리고 이 임무가 그런 뛰어난 용사들에게 부담을 주지 않도록 해야 합니다. 이 수고가 아무리 대단해도 보상만큼 대단하지는 않을 것입니다. 여러분은 천년에 비교하면 한 번의 올림픽95보다 길지 않게 싸울 것입니다. 그러나 영원에 비하면 하루

---

94 〈요한복음〉 9장 34절. "그러자 그들은 '당신은 완전히 죄 중에 태어났으면서 우리를 가르치려고 드는 것이오?' 하며, 그를 밖으로 내쫓아 버렸다."
95 그리스인들은 해를 꼽을 때, 4년마다 있는 특정 올림픽의 첫 번째, 두 번째, 세 번째, 또는 네 번째 해로 셌다. 그래서 우리가 기원전 776년이라고 부르는 연도

도 안 되는 아주 짧은 시간입니다. 그러므로 하늘의 왕과 여러분의 구원을 위해 행동하십시오. 거의 모든 인간이 자신들의 지상의 주인과 적은 돈을 위해 해왔던 일을 하십시오.

여러분은 여러분의 적을 잘 알고 있고 이것이 많은 사람에게 승리의 원인이 되었습니다. 사실, 모든 전쟁에서 적들이 무엇을 하고 있고 그들이 무엇을 할 수 있는지 아는 것이 최선입니다. 갑작스러운 행동은 우리를 두렵게 하고, 예상치 못한 일들은 우리를 방해하기 때문입니다. 예상되는 공격과 위협이 덜한 먼 곳에서의 접근을 내다보는 것에 대한 경계는 더 쉽습니다.

그러므로 여러분의 적들이 무슨 음모를 꾸미고 있는지, 그들이 무엇을 생각하는지 알아야 합니다. 그들의 사악한 장치, 특히 적의 세 가지 무기에 맞서야 합니다. 즉, 이 세상의 덫과 육체의 유혹과 마귀의 꾐이 그것입니다. 첫째는 실체 없는 것을 약속하고, 다음은 오랜 친구로서 유혹하지만, 마지막은 인간에게 최악의 충고를 속삭입니다. 모든 것은 한 가지에 달려 있습니다. 시간을 가지고 이 한 가지 생각에 집중하는 것입니다. 그런 적들과의 모든 유대감에서 마음을 떼는 것입니다. 여러분이 다른 일에 연루되었을 때 예상치 못한 적이 쳐들어오지 못하게 하기 위해서 말입니다. 세상은 여러분을 속이고, 육체는 여러분을 유혹하고, 악마는 여러분을 쫓아갑니다. 첫째에는 희망이 없고, 두 번째에는 즐거움이 없고, 마지막에는 충고가 없습니다. 그들은 모두 여러분의 파멸과 죽음을 위해 똑같이 공모하고 있습

는 그들에게는 (기록된) 첫 번째 올림픽의 첫해였다.

니다.

　비록 여러분의 삶과 습관과 거처에 두려워 떨지 않는, 보이지 않는 적들은 없다고 믿지만, 나는 이야기하겠습니다. 하지만 왜 두려워할 것이 없다고 생각해야 합니까? 악마는 낙원의 문턱을 두려워하지 않고, 하느님의 형상대로 그리고 그분의 손으로 만들어진 인간에게 들어와서 교활하게 공격하여, 그를 정복하고 쓰러뜨리며 추방하고 유배와 죽음으로 몰아넣었습니다. 무슨 말이냐고요? 사실 우리 주 그리스도를 유혹한 악마가 아담을 속이는 것이 그에게는 얼마나 쉬운 일이었을까요? 확실히 그가 감히 못할 일은 없습니다. 자만심과 질투심이 그를 자극하여, 다른 사람이 아닌 그리스도의 종들을 상대로 음모를 꾸밉니다. 누가 더 큰 행복을 누리며 어느 곳이 더 부러운 곳인가요? 그러니 시간을 가지고 악마들과 그 우두머리의 모든 유혹을 멀리하십시오. "그는 거짓말쟁이이고 거짓의 아버지입니다."[96]

　이것이 바로 '살아 있는 진리'가 악마를 칭하는 말이고, 누구든 그를 일행으로 들어오게 하면 그가 바로 거짓임을 알게 될 것입니다. 그는 매일 많은 것을 마음속의 귀에 제안합니다. 그 귀를 닫고 돌아서서 그의 불순하고 유혹적인 혀를 잘라 버리십시오. 떨지 마세요. 그리스도는 전선에서 분투하는 자신의 병사들에게 도움을 주십니다. 그렇

96　〈요한복음〉 8장 44절. "너희는 너희 아비인 악마에게서 났고, 너희 아비의 욕망대로 하기를 원한다. 그는 처음부터 살인자로서, 진리 편에 서 본 적이 없다. 그 안에 진리가 없기 때문이다. 그가 거짓을 말할 때에는 본성에서 그렇게 말하는 것이다. 그가 거짓말쟁이며 거짓의 아비기 때문이다." 단테 《신곡》(〈지옥편〉 23. 144) 참조.

게 하지 않으신다면, 그들은 틀림없이 수많은 전쟁에 지쳐 실패할 것입니다. 〈시편〉의 저자는 말합니다. "나의 오른쪽에 계셔서 항상 주님을 내 눈앞에 모시니 나는 용기를 잃지 않습니다."97

여러분 앞에 계신 그분을 보십시오. 그분은 항상 여러분의 오른쪽에 계시며, 그분을 부르는 모든 사람을 위해 계신 것처럼 여러분을 위해 가까이 계십니다. "주님, 주님!"이라고 말하는 모든 사람에게가 아니라 진실로 그분을 부르는 모든 사람에게 말입니다.

그분을 쫓아낸 불운한 사람은 〈시편〉의 다른 대목에서 "마귀를 오른쪽에 세워라"98라고 말하는 대로 고통을 받을 만합니다. 이 파괴적인 교환을 피하십시오. 여러분은 우리 주 예수 그리스도와 그분의 갑옷을 입었습니다.99 여러분의 이마에 십자가를 새겼습니다. 여러분은 그리스도의 이름으로 맹세했습니다. 여러분은 악마에게, 인류가 시작된 이래로 오래전 마귀가 이미 여러분에게 선포하였던 전쟁을 선포했습니다. 여러분은 이끄시는 분이 계십니다. 그분의 표식만 보고, 그분의 신성한 이름을 듣고도 견딜 수 있을 만큼 적들은 강하지 않습니다. 여러분이 동의하지 않는 한 이 전투에서 패배하는 것은 불가능합니다. 승자에서 패자까지, 강력한 지도자에서 약한 사람까지,

---

97 〈시편〉 16편 8절. "언제나 주님을 제 앞에 모시어 당신께서 제 오른쪽에 계시니 저는 흔들리지 않으리이다."
98 〈시편〉 109편 6절. "그를 거슬러 악인을 세우소서. 고발자가 그의 오른쪽에 서게 하소서."
99 〈에페소서〉 6장 11절 참조. "악마의 간계에 맞설 수 있도록 하느님의 무기로 완전히 무장하십시오."

최고에서 최악까지 누구도 동의하지 말고 도망가지 마십시오.

세속적인 역사에서 우리는 라비에누스가 승리한 카이사르에게 등을 돌리고 폼페이우스 편으로 넘어갔기 때문에 경멸당했다고 읽었습니다. 100 두 진영이 맞은 운명의 결과는 명백하지만, 카이사르가 승리하게 된 원인을 이해하는 것은 여전히 어렵습니다. 우리의 승리한 왕 그리스도를 버리고 유혹하는 적에게로 도망친 사람을 당연히 얼마나 더 경멸해야 합니까? 왜 적에게 저항하고 그의 공격을 견뎌내는 사람이 패배를 당하고 도망쳐야 합니까? 그러므로 이렇게 기록되어 있습니다. "악마에게 대항하십시오. 그러면 악마는 당신으로부터 도망칠 것입니다."101

형제 여러분, 같은 구절에 쓰인 다음의 기억할 만한 충고도 결코 앞의 충고에 못지않습니다. "하느님께 다가가십시오. 그러면 그분께서는 여러분에게 다가가실 것입니다."102

우리는 두 가지 충고를 온 영혼으로 받아들이고 그것들을 우리에게 묶어야 합니다. 이렇게 우리는 대항함으로써 비열한 적을 물리치고, 주님께 다가감으로써 우리에게 도움을 주시는 주님을 붙들고 있

---

100 갈리아 전쟁에서 원래 율리우스 카이사르의 부관이었던 라비에누스는 궁극적으로는 카이사르와 폼페이우스 사이의 내전에서 폼페이우스의 편에 가담했다.

101 〈야고보서〉 4장 7절. "그러므로 하느님께 복종하고 악마에게 대항하십시오. 그러면 악마가 여러분에게서 달아날 것입니다."

102 〈야고보서〉 4장 8절. "하느님께 가까이 가십시오. 그러면 하느님께서 여러분에게 가까이 오실 것입니다. 죄인들이여, 손을 깨끗이 하십시오. 두 마음을 품은 자들이여, 마음을 정결하게 하십시오."

을 수 있습니다. 순교자 크리산투스가 그 당시 잔혹한 제국의 행정관이자 곧 그리스도의 이름으로 순교하게 될 호민관 클라우디우스에게 응답했다고 전해지는 것처럼 우리는 그분의 은총을 발이 아니라 마음으로 추구하고 인정해야 합니다.

"하느님께서는 오직 믿음과 진실한 마음으로 그분을 찾는 만큼씩 각 사람에게 계시기 때문입니다."

분명히 이것은 모든 인류에게뿐만 아니라 특히 여러분에게도 의무입니다. 그리스도의 이름으로 기뻐하는 다른 모든 사람은 거룩한 세례로 거듭남을 한 번밖에 겪지 않았지만, 여러분은 그때 받은 세례와 다시 거룩한 수도원의 서약으로 적들과 결별했습니다. 이제 기꺼이 여러분은 "보상이 곧 죽음"[103]인 그의 진영을 떠나 그리스도의 승리 규범으로 행복하게 전환하였습니다.

더 이상 성가신 일은 적에게 일어나지 않습니다. 악마는 분명히 슬퍼하고, 분노하고, 화가 나 있지만 어떻게 해야 할까요? 그는 반대편 지도자께서 허락하는 것 외에는 아무것도 할 수 없습니다. 그러므로 희망을 잃지 말고 아무쪼록 침착하십시오. 분명히 그리스도는 그분을 따르는 사람들에게 — 그들의 전선戰線에서 여러분은 진군하고 있지만 — 그들의 안녕과 구원을 위해서가 아니라면 언제나 허락하지 않으셨고, 앞으로도 전혀 허락하지 않으실 것입니다.

이 사람은 너무 허약해서 적이 원하는 것 외에는 아무것도 할 수 없

---

103 〈로마서〉 6장 23절. "죄가 주는 품삯은 죽음이지만, 하느님의 은사는 우리 주 그리스도 예수님 안에서 받는 영원한 생명이기 때문입니다."

습니다. 실로 악마는 끊임없이 반복해서 많은 시도를 하고 헛되이 싸우며 쓸데없이 분노하고, 그러한 노력 중에도 배반의 고삐를 당깁니다. 물론, 악마는 우리가 고요한 평화 속에서 휴식을 취하지 못하도록 무엇이든지 그가 허락받은 것을 시도합니다. 그러니 긴장하십시오. 그리고 우리가 도움을 구하고 희망하는 근원뿐만 아니라 우리가 경계해야 할 무서운 배신의 근원도 인식하십시오. 결과적으로 우리는 어떤 일에도 우리 자신에게 의존하지 않고 "우리에게 도움이 오는 산으로 우리의 눈"[104]을 들어 올리는 법을 배웁니다. 그러나 우리에게 도움은 산에서 오는 것이 아니라 "하늘과 땅을 만드신 분"[105] 주님에게서 올 것입니다.

군 지휘관들은 병사의 용기와 정신을 알 수 있도록 병사들을 위험에 빠뜨리는 것에 익숙하지만 우리의 지도자는 그렇지 않습니다. 사실, 그분께서는 우리를 시간의 시작 전부터 알고 계시는 분이십니다. 하지만 그렇기에 그분께서는 우리를 자기 자신을 알도록 훈련하시고, 그분의 것들에서 맹목적으로 그리고 은혜를 모르고 우리 자신에게 돌리지 않도록 훈련하시는 것입니다.

마르쿠스 툴리우스 키케로는 이 구절에서 그것을 매우 잘 표현했습니다. "오, 불멸의 신들이여, 내가 당신의 것들을 당신들에게 돌릴 것입니다."[106] 무엇이 더 종교적이고 더 즐거운 것일까요? 일반적으

---

104 〈시편〉 121편 1절. "산들을 향하여 내 눈을 드네. 내 도움은 어디서 오리오?"
105 〈시편〉 124편 8절. "우리의 도우심은 주님 이름에 있으니 하늘과 땅을 만드신 분이시네."
106 키케로, 〈술라를 대신하여〉 40.

로 이보다 더 겸손한 것은 무엇일까요? 만약 오직 "신들이 아닌 하느님"이 그의 생각과 그가 했던 모든 일의 근원임을 고백했더라면 말입니다. 아마 그 자신이 철학자가 신들에 대해 말하는 것은 적절하지 않다고 썼던 일을 기억했다면 그는 이렇게 했을지도 모릅니다.

그러나 비록 마음속의 두려움 혹은 습관 때문에 그의 혀나 펜이 대중의 오해의 홍수에 압도되어 있더라도, 그의 마음은 견고한 토대 위에 남아 있기를 나는 키케로의 천재성에 희망을 두고 있습니다. 나는 이것이 사실이라고 확신합니다. 왜냐하면, "하느님의 보이지 않는 작품들은 만들어진 것들을 통해 보이고 이해된다"[107]는 그의 천부적인 정신력과 타고난 이성 이외에도, 하느님의 영원한 힘과 신성神性은 물론, 그는 플라톤으로부터 하느님이 세상의 주인이시라는 것과 플라톤의 제자 아리스토텔레스로부터 하느님이 모든 것의 첫 번째 원리라는 것을 배웠기 때문입니다.

그러나 신성한 재능을 가진 사람인 키케로가 카틸리나의 음모[108]를 발견하여 처벌하고 진압한 것이 "신"이 한 일이라고 인정하고 발표한다면(고백하건대 그 음모는 심각하고 치명적이었으며, 보통사람이자 눈에 보이는 내부의 적에 의해 선동된 것이 확실합니다), 그리스도인은 한쪽에서는 친숙하고 보통사람의 눈에도 보이는 적이 자기를 죽일 준비를 하고 또 다른 한쪽에서는 보이지 않는 불멸의 적도 똑같은 행동을

---

107 〈로마서〉 1장 20절. "세상이 창조된 때부터, 하느님의 보이지 않는 본성 곧 그분의 영원한 힘과 신성을 조물을 통하여 알아보고 깨달을 수 있게 되었습니다. 따라서 그들은 변명할 수가 없습니다."
108 키케로, 《카틸리나 반박문》 2. 29, 3. 22~23.

할 때 무슨 말을 할까요? 암브로시우스는 보이지 않는 악마들의 침입이나 수많은 도둑이 우리 삶의 길을 포위하고 있다고 말합니다. 보이지 않는 영혼의 파괴자들이 모든 길 위에 덫을 놓는데, 이것은 수많은 사람의 죽음에 대한 원인으로서 두려워해야 할 것입니다. 사도 바오로는 이렇게 말합니다. "여러분은 살과 피를 가진 인간이 아니라 군주들과 권력, 이 세상의 어두움을 다스리는 자, 하늘에 있는 악의 영적 힘을 상대로 싸우는 것입니다."[109]

심지어 아우구스티누스조차 오늘날 내가 자주 읽는 그 책에서 (종교적 여가에 대해, 그가 쓴 《참된 종교》보다 더 훌륭하게 지원을 제공해 줄 수 있는 것은 무엇일까요?) 말합니다.

남자들의 모든 권력은 주인이나 신하의 죽음으로 끝나지만, 타락한 천사의 교만함 아래 놓인 노예는 죽음 뒤에 오는 시간이 특히 무섭습니다. 게다가, 인간인 주인 아래에서는 자유로운 생각을 가질 권리가 있으므로 누구나 이해하기는 쉽지만, 이 다른 주인들에 대한 두려움이 우리의 바로 그 마음을 지배합니다.[110]

그러므로 우리의 임무는 주인이 아닌 자들, 우리 정신의 요새까지 올라오는 매우 거만한 폭군들을 성벽에서 물리치는 일입니다. 이 마

---

109 〈에페소서〉 6장 12절. "우리의 전투 상대는 인간이 아니라, 권세와 권력들과 이 어두운 세계의 지배자들과 하늘에 있는 악령들입니다."
110 아우구스티누스, 《참된 종교》 55. 111.

귀들과 육체의 음모를 발견하는 것이고, 이 음모는 지나가는 쾌락의 구름 밑에 숨겨져 있습니다. 이 음모를 피하고 그것을 저지하는 것이 우리의 임무입니다.

이러한 일이 일어난 사람이 그 키케로풍의 웅변적인 표현을 자신의 것으로 만들 수 있다는 것은 하느님 은총의 장엄한 선물이 아닐까요? "오오, 불멸의 하느님, 제가 주님의 것을 주님께 돌리겠습니다."[111]

또 그는 다음과 같이 말합니다. "저 자신의 타고난 재능 덕분만은 아닙니다. 저 스스로 그렇게 엄청나고, 다양하며, 예상치 못한 많은 것들을 그 거친 폭풍우 속에서 알게 된 것도 있습니다."[112]

오, 하느님! 주님께서는 제 영혼을 구원하시려고 저의 마음에 불을 지른 것이 분명합니다. 다른 모든 생각에서 구원이라는 한 가지 생각으로 저를 이끌어 주셨습니다. 마침내 이렇게 큰 오류와 무지의 그림자 속에서 당신은 찬란한 빛으로 제 마음을 비추셨습니다. 우리는 이 키케로의 말을 상황에 맞게 조금도 바꾸지 말고 우리에게 도움이 되도록 해야 합니다. 그래서 우리는 그러한 권위를 가지고 우리 영혼의 구원과 보이지 않는 적에 대한 승리를 인식하는 법을 배울 수 있습니다. 그리고 이는 모두 다 하느님에게서 옵니다.

그러므로 나의 형제들이여, 이 견해와 이 소망 안에서 인내하며, 어떤 사람도 자기는 죄를 짓지 않았고, 자기가 지은 죄는 용서받았다고 주장하는 사람이 없도록 하십시오. 우리는 많은 죄를 지었습니다.

---

111 키케로, 〈술라를 대신하여〉 40.
112 위와 같음.

주님의 은총이 우리를 구원하러 오지 않았으면 분명 마땅히 죽어야 했습니다. 하느님의 섭리가 그런 큰 악으로부터 우리를 지켜 주시지 않았더라면 우리는 모든 죄를 지었을 것입니다. 아프지 않은 것과 병이 낫는 것은, 비참하지 않은 것과 자비를 얻는 것과 마찬가지로 둘 다 똑같이 하느님의 선물입니다. 우리는 어떤 것이 더 큰 선물인지 궁금할 수도 있습니다. 사실, 전자가 더 순수한 것 같습니다. 하지만 후자는 바로 그 반대의 결합 때문에 더 매력적이고, 위험에 대한 기억 때문에 더 즐겁습니다.

이 경건하고 진지한 하늘의 도우심에 대하여 굳은 인식을 가지십시오. 여러분의 모든 축복을 그 축복이 나오는 근원으로 돌려주십시오. 나는 그러한 견해에 둘러싸인 사람들이 침범받을 수 있지만 압도당하지는 않는다는 것을 확실히 알고 있습니다. 경건한 여가가 침범받지 않는 것이 적절해 보인다면, 그것은 아마도 구원에 완전히 이롭지 않을 수도 있기 때문입니다. 우리는 완전한 안전을 기대해서는 안 됩니다. 종종 그것은 무관심과 위험의 어머니이기 때문입니다. 결국, 안전은 영원할 때 가장 좋고 하느님 왕국에 도달하기 전에는 존재하지 않을 조건입니다. 하지만 확실히, 이 길을 따라 안전하게 걸어가려면 조심해야 합니다. 이 길은 너무 가파르고, 너무 좁고, 너무 가시로 덮여 있고, 너무 미끄럽고, 너무 많은 장애물에 막혀 있고, 너무 많은 좀도둑에게 에워싸여 있습니다. 걱정으로부터의 해방은 의심스럽고 우리의 영적인 여행뿐만 아니라 세속적인 여행을 방해할 수도 있습니다. 나는 그것이 어떤 종류의 안전인지 알고 싶습니다. 그것이 더 평화롭고 더 안정되어 보이긴 하지만, 어떤 갑작스러운 두려움,

뜻밖의 재난, 또는 예상치 못한 죽음으로 인해 중단될 수 있습니다.

이것은 사도 바오로를 통해 알려졌습니다. "주님의 날이 밤에 도둑처럼 올 것입니다. 사람들이 '평화롭고 안전하다'라고 말할 때, 갑작스러운 파멸이 그들에게 닥칠 것입니다."[113]

여러분은 다음을 알고 있습니다. 그래서 그가 여러분의 공포에 질린 마음을 깨울 것입니다. 바오로는 말합니다. "그러니, 다른 사람들처럼 자지 말고, 경계를 게을리하지 말고 맑은 정신으로 깨어 있으십시오."[114]

어쨌든, 그는 염려로부터의 자유가 어떤 종류의 위험을 초래하는지 알고 있었습니다. 그런 염려의 결핍으로 개인뿐만 아니라 얼마나 많은 강력한 나라들이 멸망했는지는 헤아릴 수도 없습니다.

나는 하나의 논쟁에 만족할 것이고 그 논쟁은 잘 알려져 있습니다. 이교도 세계의 예를 잠시 떠올려 보겠습니다. 확실히 모든 나라의 주인이자 세상 모든 국가에 적수가 없는 지도자인 로마인들은 언제나 덕행이 영광스러웠고, 카르타고인들에 대한 두려움과 위험스러운 잦은 군사적 충돌로 끊임없이 무기를 사용함으로써 활기가 넘쳤습니다. 하지만, 나중에 안전함 속에서 태어나고 비활동적이었던 같은 로

---

113 〈테살로니카전서〉 5장 2~3절. "주님의 날이 마치 밤도둑처럼 온다는 것을 여러분 자신도 잘 알고 있습니다. 사람들이 '평화롭다, 안전하다' 할 때, 아기를 밴 여자에게 진통이 오는 것처럼 갑자기 그들에게 파멸이 닥치는데, 아무도 그것을 피하지 못할 것입니다."

114 〈테살로니카전서〉 5장 6절. "그러므로 이제 우리는 다른 사람들처럼 잠들지 말고, 맑은 정신으로 깨어 있도록 합시다."

마인들은 악행으로 녹슬었습니다.

한 사람은 이것을 예견하고 예측하였다고 전해집니다. 스키피오 나시카는 당시 온 나라 안에서 함께 가장 훌륭한 사람으로 여겨졌고, 지혜로 명성을 떨친 카토보다 이 문제에 있어서 더 현명한 것으로 판명되었던 사람입니다. 115 그의 견해는 다른 저명한 동료 시민들인 아피우스 클라디우스116와 퀸투스 메텔루스117의 말과도 일치하는데 그들 중 전자는 "일을 하는 것이 여가를 즐기는 것보다 로마 사람들에게 더 안전하다"118고 말하였습니다. 후자는 카르타고를 패배시킨 후 원로원에서 그 승리가 로마인들에게 평온함을 더해 줄 정도로 군사적 미덕을 약화한다면 로마를 위해 더 유용한지 아니면 더 비참한지 알지 못하겠다고 감히 말하였습니다. 119

또 그들 중 누구도 공포와 어려움과 힘든 일이 활발하게 유지되었던 그 전시 상태 같은 국가의 규율과 그 영광을 뒤집지 않았습니다. 그들은 그것을 안전, 여가, 그리고 휴식과 같은 정도로 잘못 여기고 있었던 것입니다. 풍자시인은 농담으로 쓴 것이 아닙니다. "이제 우

---

115 마르쿠스 포르키우스 카토(기원전 234~149년)는 엄격한 도덕성으로 유명한 인물이었다.
116 기원전 397년과 396년 로마의 집정관 아피우스 클라우디우스는 로마의 영토인 남이탈리아로 진격하는 데 저항했던 에피로테 왕 피루스와 화해하지 말 것을 원로원에 촉구했다.
117 퀸투스 메텔루스는 기원전 207년과 208년에 로마군을 이끌고 한니발에 대항했다.
118 발레리우스 막시무스(Valerius Maximus), 《기억할 만한 공언과 격언에 관하여》 7. 2. 1.
119 같은 책, 7. 2. 3.

리는 오랜 평화의 폐해를 겪습니다. 무기보다 더 야만적인 사치는 우리의 침대로 올라와 정복당한 세계의 복수를 했습니다."120

어쩌면 여러분과 여러분의 모임이 모든 종류의 평화를 누리는 것은 유익하지 않을지도 모릅니다. 평화의 동반자들인 잘못된 생각의 안전함, 섬세하게 부드러운 감정, 그리고 마침내 사치와 악덕이 함께 돌아오지 않도록 말입니다. 이 깨어지기 쉬운 삶의 전쟁이 계속되는 한, 여러분의 미덕에 대한 도전과 보상이 부족하지 않도록, 적대자가 없기를 바라지 마십시오. 바오로 성인이 그를 괴롭히던 타락한 천사 사탄을 가리키며 육체의 고통이 자신에게서 떠나기를 세 번이나 여쭈었을 때, 우리를 자유롭게 해주실 수 있는 오직 한 분께서 "내 은혜는 네가 필요로 하는 전부이다" 그리고 "미덕은 약함으로 완성된다"121라고 말씀하신 데에는 타당한 이유가 있었습니다.

이 은혜를 구하고 바오로 사도와 함께 당신의 약함에서 영광을 찾으십시오. 이것이 여러분의 미덕을 완성하는 방법입니다. 나아가 그리스도의 미덕이 여러분 안에 머물 수 있도록, 전쟁 자체를 위해서가 아니라 그리스도의 영광과 영원한 평화를 위해 전쟁을 희망하십시오.

---

120 유베날리스, 《풍자시집》 6. 292~293.
121 〈코린토후서〉 12장 7~9절. "그 계시들이 엄청난 것이기에 더욱 그렇습니다. 그래서 내가 자만하지 않도록 하느님께서 내 몸에 가시를 주셨습니다. 그것은 사탄의 하수인으로, 나를 줄곧 찔러 대 내가 자만하지 못하게 하시려는 것이었습니다. 이 일과 관련하여, 나는 그것이 나에게서 떠나게 해주십사고 주님께 세 번이나 청하였습니다." "그러나 주님께서는, '너는 내 은총을 넉넉히 받았다. 나의 힘은 약한 데에서 완전히 드러난다'고 말씀하셨습니다. 그렇기 때문에 나는 그리스도의 힘이 나에게 머무를 수 있도록 더없이 기쁘게 나의 약점을 자랑하렵니다."

"우리는 우리 스스로가 상처 없이 평화롭게 살 수 있도록 전쟁을 해야 합니다"[122]라던 키케로의 말이 옳다면, 그는 다른 곳에서 죽음이라고 부르는 이 삶에 대해 말하고 있습니다. 그 진실하고 불멸한 삶의 평화에 대해 우리가 어떻게 생각해야 할까요? 오래 참는 인내심과 이 전쟁에 대한 믿음의 방패로 무장하십시오. 그것은 확실히 일시적이고 영원한 평화의 예고일 뿐입니다. 그러면 여러분의 적들로부터 어떤 것도 두려워할 필요가 없을 것입니다.

그러나 주님께서는 으르렁거리는 사자나 굶주린 늑대처럼 여러분의 양 우리를 돌아다니기를 멈추지 않으실 것입니다. 주님께서는 여러분의 믿음에 대하여 근심을 주실 것이며, 여러분이 구원을 서두르는 것만큼 그 근심으로 상처를 주시고, 지연시키시고, 여러분의 발걸음을 방해하실 것입니다.

여러분의 왕께서 선언하십니다. "나를 믿지 않는다면, 나의 업적을 믿어라."[123] 신성한 모든 것에 의해, 만약 인간에게 어떤 믿음과 어떤 삶의 희망이 있다면 나는 이 딱딱하게 굳은 마음을 가진 사람들에게 다가갑니다. 그들은 지금도 그들의 믿음에 냉담하고, 구원의 서약을 받아들이기를 주저하며 근거 없는 미신에 빠져서 육체 덩어리에 지친 마음이 하늘로 올라가는 믿음의 날개를 펼 수 없습니다. 나는 그들이 절대 아무것도 믿지 않겠다고 단호하고 엄하게 작정하는지 아니면 그

---

122 키케로, 《의무론》 1. 11. 35.
123 〈요한복음〉 10장 38절. "그러나 내가 그 일들을 하고 있다면, 나를 믿지 않더라도 그 일들은 믿어라. 그러면 아버지께서 내 안에 계시고 내가 아버지 안에 있다는 것을 너희가 깨달아 알게 될 것이다."

들이 무엇을 믿고 싶어 하는지 묻습니다.

만약 우연히 누군가 매우 어리석어서 "마음속에 '하느님은 없다'"124고 말한다면, 나는 인간 정신의 작용 때문에 항상 크고 다양한 의견의 차이가 있었을지 모르지만, 하느님의 존재를 믿지 않을 정도로 조잡하거나 비인간적인 사람은 결코 없었다고 주장합니다. 우리에게 가르침을 준 사람들조차 진정한 하느님에 대한 지식이 없었으며, 그들의 글에서 이 사실을 확인하기를 원했습니다.

그러므로 그리스도를 믿지 않는 사람은 누구를 믿겠습니까? 바위를? 상아를? 말 없고 생명이 없어서, 입이 있어도 말하지 않고 손이 있어도 만지지 않으며 발이 있어도 걷지 않고 귀가 있어도 듣지 않고 콧구멍이 있어도 냄새를 맡지 않고 눈이 있어도 보지 못하는 나무를?125 이사야가 말합니다.

그러니, 너희는 누구의 형상으로 하느님을 만들었느냐? 아니면 어떤 형

---

124 〈시편〉 14편 1절. "어리석은 자 마음속으로 '하느님은 없다' 말하네. 모두 타락하여 악행을 일삼고 착한 일 하는 이가 없구나."

125 〈시편〉 113편 5~7절. "누가 우리 하느님이신 주님과 같으랴? 드높은 곳에 좌정하신 분, 하늘과 땅을 굽어보시는 분, 억눌린 이를 먼지에서 일으켜 세우시고 불쌍한 이를 거름에서 들어 올리시는 분."〈시편〉 135편 16~17절. "입이 있어도 말을 못하고 눈이 있어도 보지 못하며 귀가 있어도 듣지 못하고 그 입에는 숨조차 없으니."〈지혜서〉 15장 15절. "저들은 다른 민족들의 우상들까지 모두 신으로 여겼습니다. 앞을 보려고 눈을 쓸 일이 없고 공기를 들이마실 콧구멍이 없고 소리를 들을 귀가 없고 무엇을 느낄 손가락이 없으며 발은 걷는 데에 쓸모가 없는 우상들을 말입니다."

상을 하느님께 입힐 것이냐? 대장장이가 쇠를 벼려서 조각상을 만들까, 아니면 금장사가 금으로 모양을 내고 은박을 입혀 만들까? 아마 숙련된 장인은 썩지 않은 목재를 선택했을 것이다. 그는 어떻게 하면 우상을 똑바로 세우고 넘어뜨리지 않게 할 수 있을지 노력한다. 126

호라티우스도 거의 썩지 않았지만 오래전에 망가지고 쓸모없는 이 나무에 대해 비꼬아 말한 적이 있습니다. "장인은 그가 의자를 만들어야 할지 프리아푸스127의 상을 만들어야 할지 확신이 없었습니다. 그는 그것이 하나의 상이 되는 쪽을 더 선호했습니다."128 신자들을 위한 숭배와 맹신의 대상이기보다는 새와 도둑들이 무서워하는 존재이기를 바랐습니다. 왜냐하면 정원 안에 신과 유사한 우리의 영적 존재가 있기보다는 눈에 보이는 수호자가 있기를 더 원했기 때문입니다.
아마도 여러분은 더 귀중한 금속, 은과 금으로 된 우상을 믿는 것이 더 안전하다 하겠지요? 왜냐하면, "민족의 우상은 은과 금이며 인간의 손으로 만든 것"129이기 때문입니다. 그것은 "그것들을 만드는

---

126 〈이사야서〉 40장 18~20절. "너희는 하느님을 누구와 비교하겠느냐? 그분을 어떤 형상에 비기겠느냐? 우상이냐? 그것은 장인이 쇠를 부어 만들고 도금장이가 금으로 입혔으며 은사슬을 만들어 걸친 것이다. 너무 가난하여 이런 봉헌물을 마련할 수 없는 자는 썩지 않은 나무를 고르고 재주 있는 장인을 찾아내어 흔들리지 않는 우상을 만들게 한다."
127 거대한 남근을 가지고 있는, 다산과 번식을 상징하는 신.
128 호라티우스, 《풍자시집》 1. 8. 2~3.
129 〈시편〉 113편 4절. "주님께서는 모든 민족들 위에 높으시고 그분의 영광은 하늘 위에 높으시다." 〈시편〉 135편 15절. "민족들의 우상들은 은과 금 사람의 손이

사람들과 그것들을 신뢰하는 사람 모두와 비슷해질 수 있기 때문입니다". **130** 심지어 우리 시대에도 우리는 많은 사람, 심지어 그리스도인들도 그것들을 믿는 모습을 봅니다. 수치심과 무감각은, 고대 왕들이 그리스도를 경외하는 거룩한 성직자들의 말에 따라 지시를 받아서 파괴한 그 금과 은으로 만든 신들을 생각하는 사람을 사로잡습니다. 그러나 그것들은 이제 그리스도를 해치려고 우리의 왕들과 성직자들에 의해 재건되었습니다.

그들이 금과 은을 신으로 숭배하지 않고 풍자시인이 신랄한 문체로 말하는 것처럼, "돈과 불행의 원인이 아직 천국에 있지 않고 동전 제단도 세우지 않았기 때문에"**131** 우리는 운이 좋습니다. 그런데도 그들은 은과 금을 그리스도를 숭배하는 것보다 더 열정적으로 숭배합니다. 우리의 살아 계신 하느님은 그 생명 없는 금속을 향한 인간의 탐욕과 숭배 때문에 종종 멸시를 당합니다. 이교도의 의식에는 아마도 더 큰 종교적 광기가 있었을까요? 우리는 격렬한 헤르쿨레스, 살기등등한 마르스, 간통과 근친상간의 유피테르, 또는 신뢰할 수 없는 메르쿠리우스에 더 많은 신뢰를 보내고 있습니까? 비록 저 위대한 예언자의 "국가의 모든 신들은 악마입니다."**132**라는 말이 사실일지라도,

---

만들어 낸 것들."

130 〈시편〉 115편 9절. "이스라엘아, 주님을 신뢰하여라! 주님은 도움이며 방패이시다."〈시편〉 135편 18절. "그것들을 만드는 자들도 신뢰하는 자들도 모두 그것들과 같다네."

131 유베날리스, 《풍자시집》 1. 113~114.

132 〈시편〉 96편 5절. "민족들의 신들은 모두 헛것이어도 주님께서는 하늘을 만드

이것은 사람들이 악마를 섬기고 그들과 매우 유사하다는 의미에서 이해되어야 합니다. 세심한 독자는 악마를 숭배하는 사람들과 악마의 역사를 쓴 작가들에게서 쉽게 사실임을 알게 될 것이기 때문입니다.

그러나 우리 작가 중에서는 이것에 대한 의심의 여지가 없습니다. 특히 락탄티우스 피르미아누스[133]의 작품에서는 신들의 모든 세계와 그들의 범죄 은신처가 보이는 추악함을 드러내며 신들의 존재 범위와 그들이 누구이며 그들이 무엇을 했는지, 그들의 관습이 무엇이었는지, 삶과 죽음과 매장 등 진정한 믿음의 기초를 추적하기 시작한 그 책에 있는 모든 것을 바로 그 심오한 토론에서 아우르고 있습니다. 그가 남의 말을 쉽게 망가뜨린 것처럼 (히에로니무스의 표현을 사용하여) 내 말에 힘을 빌려줄 수 있으면 얼마나 좋았을까요.[134]

사람들이 아직 그리스도가 오셨다는 믿음을 버리지 않는다면요? 메시아가 기다려질까요, 아니면 다가오는 적그리스도가 기다려질까요, 누가 주인으로서 복종을 받기보다는 적으로서 저항을 받을까요? 우리의 진정한 주인인 메시아는 이미 오셨습니다. 그분은 그리스도 자신이십니다. 그분은 아버지에게서 낮은 옷을 입고 내려오셨는데, 그곳에서 "처음에는 말씀이 있었고 그 말씀은 하느님과 함께 있었고 하느님은 곧 말씀이었습니다". 그분을 통해 분명히 "모든 것이 만들어졌습니다". 그분 신성의 위엄은 그동안 숨겨져 있었고, "그 말씀은

---

133 락탄티우스 피르미아누스(기원후 3세기 말)는 키케로풍의 웅변으로 유명한 라틴 교회 신학자이다.

134 히에로니무스, 《서간집》 58. 10.

종교적 여가의 이점을 알리는 첫 번째 편지 71

육신이 되어 우리 가운데 살아 계셨습니다". 135

그런데 유대인들은 왜 계속 잠을 자고 있을까요? 어떤 지독한 졸음이 이 비참한 사람들의 눈과 마음을 이겨냈을까요? 그들은 한 분을 통해 구원을 받아들이기보다는 희망하고 기다리기를 더 좋아했습니다. 아우구스티누스는 이렇게 말합니다. "그들은 그리스도께서 오신다고 예언하고 있었던 것을 읽었고 그리스도를 통해서가 아니고는 이룰 수 없는 것들이 이루어진 것을 보았음에도, 어찌하여 또 다른 그리스도를 기다립니까?"136

예수 그리스도, 성모님에게서 태어나신 그분의 탄생, 그분 생애 동안의 활동, 십자가에서의 죽음, 부활, 승천, 그리고 심판의 재림이 예언자들의 말 안에서 이해되지 않는다면, 그들의 말씀은 성령에 의해 영감을 받았음에도 우화와 무의미한 꿈처럼 보일 것이라는 점은 지금까지 헌신적이고 신앙심 강한 사람들에게는 분명합니다. 그러므로 나의 형제들이여, 이렇게 우리에게 친근한 이 훌륭한 창조주, 구원자, 구세주께 매달리면서 심판하러 다시 오실 그분을 제외하고는 다른 누구도 기다리지 맙시다. 그분의 재림을 기쁨과 두려움 없이 볼 수 있기를 빕니다!

---

135 〈요한복음〉 1장 1절. "한 처음에 말씀이 계셨다. 말씀은 하느님과 함께 계셨는데 말씀은 하느님이셨다." 〈요한복음〉 1장 3절. "모든 것이 그분을 통하여 생겨났고 그분 없이 생겨난 것은 하나도 없다." 〈요한복음〉 1장 14절. "말씀이 사람이 되시어 우리 가운데 사셨다. 우리는 그분의 영광을 보았다. 은총과 진리가 충만하신 아버지의 외아드님으로서 지니신 영광을 보았다."

136 아우구스티누스, 《하느님의 도성》 28. 35.

그러나 유대인들은 무지와 오만으로 현재의 기쁨을 스스로 빼앗고, 미래에 대한 무의미한 희망과 매우 어리석은 기대로 자신들을 고문합니다. 사실, 모든 여섯 살 아이 같은 어리석은 사람 중에서 그리스도의 탄생에서 시작하여 현재 살아 있는 이들보다 더 오래 살고 있는 것은 없습니다. 그렇다면 왜 그 미친 자들은 다른 사람이나 다른 부족이 오기를 기다립니까? 오래전에 그들은 자기 집에서 쫓겨나서 온 세상에 퍼져 있었고, 오직 스스로 조롱하고 그들이 십자가에 못 박았던 예수 그리스도의 증인으로만 구원을 받았습니다. 부활 후에 흩어지고, 하느님의 심판에 의해 반복적으로 닳아 없어진 그들은, 다윗이 노래한 〈시편〉에서 읽은 말씀이 그 안에서 이루어졌다는 것을 이해하지 못하거나 이해하기를 원하지도 않습니까? "나를 다시 살려 주십시오. 그러면 제가 그들에게 보복할 것입니다."[137]

당시 대중의 역사는 이를 증명합니다. 그래서 예루살렘의 멸망은 그 도시가 얼마나 크게 폐허가 되었는지 증명합니다. 나는 여기서 이야기할 수 없는 지독한 기아와 굶주림을 구실로 저질러진 믿기 불가능할 정도로 끔찍한 범죄는 언급하고 싶지도 않습니다. 죽은 사람의 수는 모든 진실의 겉모습을 넘어서기 때문에 하나의 표시로 작용하고 있으며, 특히 그 전쟁 중에 존재했던 일반적인 권위를 지니지 못한 요세푸스의 작품에서 발견될 수도 있습니다.[138] 경건한 사람은 이 모든 악

---

137 〈시편〉 41편 11절. "그러나 주님, 당신께서는 자비를 베푸시어 저를 일으키소서. 제가 그들에게 앙갚음하오리다."
138 플라비우스 요세푸스(기원후 37년경~100년경)는 유대인 출신 역사학자로, 로마와 유대의 전쟁(기원후 66~70년)에 관한 역사인 《유대전쟁사》를 저술했다. 《유

의 원인에 민족의 믿음이 부족했다는 것과 그리스도에 대한 감사를 모르는 것, 이 두 가지 외에 다른 원인이 있었다고 의심하지 않습니다. 그들의 모든 파멸의 시작은 이 이해할 수 없고 비열한 기다림으로 시작되었는데, 그리스도께서 멸망할 운명인 그 도시를 불쌍히 여겨 그 도시가 "자신의 부름의 시간을 인식하지 못했다"[139]라는 이유를 말씀하시고 눈물을 흘리며 예견하셨다고 합니다. 그리고 이러한 필수적 인식의 부족은 분명히 그들이 계속 기다리는 이유였습니다.

가장 부지런한 역사작가인 수에토니우스 트란퀼루스가 정확하게 기억하는 이야기는 모든 사람이 알고 있지는 않지만, 그다지 사실이 아닙니다. "동방 전역에 걸쳐 유대에서 온 사람이 세상을 지배하게 될 운명이라는 오래되고 확고한 생각이 매우 널리 퍼져 있었습니다."[140]

그러나 그는 우리가 의심하는 운명이라는 이름을 사용할 수 있었는데 이는 비非그리스도인의 권리에 의한 것이었습니다. 그는 유대에서 전쟁을 치르다가 황제가 된 베스파시아누스의 상승으로 그 예언이 이루어질 것을 예측했습니다.[141] 그러나 우리는 그것이 이미 그리스도가 오심으로써 이루어진 메시아를 말하는 것이라고 믿어야 합니다.

대전쟁사》 5. 16. 7 참조.

139 〈루카복음〉 19장 44절. "그리하여 너와 네 안에 있는 자녀들을 땅바닥에 내동댕이치고, 네 안에 돌 하나도 다른 돌 위에 남아 있지 않게 만들어 버릴 것이다. 하느님께서 너를 찾아오신 때를 네가 알지 못하였기 때문이다."

140 수에토니우스, "베스파시아누스 편" 4, 《황제전》 8. 수에토니우스 트란퀼루스(기원후 69~122년)는 로마제국 초창기의 카이사르에서 도미티아누스까지 11명의 황제를 다룬 《황제전》을 썼다.

141 베스파시아누스는 기원후 69년부터 79년까지 로마의 황제였다.

시각 장애인들이 그들 앞에 놓인 것을 보지 못하듯이, 그들은 이미 지나간 일을 계속 기다렸습니다. 우리는 그들이 오늘을 기다리고 시간이 끝날 때까지 기다릴 것이라고 믿습니다.

그 자신감과 그들을 조롱하시는 하느님의 지혜로 힘을 얻어서 그들이 얼마나 잔인하고 불손하게 그분을 조롱하고 십자가에 못 박아 버렸습니까? 그들은 이미 세계의 미래 주인인 것처럼 행정장관을 죽이고 시리아에 있는 제국의 총독과 싸워 로마의 멍에를 털어 없애 버리기를 원했습니다. 이 반란은 로마인들을 동쪽으로 진출하게 하고 예루살렘을 포위하도록 만들었습니다. 이것은 베스파시아누스의 지도 아래에서 이루어졌으며 그는 맏아들 티투스를 전쟁에 참가시켰는데 티투스의 조언과 용기가 있었지만, 확실히 하느님의 허락으로 도시는 결국 완전히 폐허가 되고 민족은 멸망하였습니다.[142] 하지만, 그것은 확실히 유대인들에게는 충분합니다.

다음은 무엇일까요? 우리는 모하메드의 교활한 이야기나 철학자들의 모순되고 해독할 수 없는 수수께끼와 무모한 아베로에스의 오물과 독이 든 외침이 그의 더러운 입에서 하늘로 전해지는 것을 들어야 하나요? 우리는 차라리 그의 이야기를 듣겠습니까, 아니면 포티누스의 불경스러운 진술이나, 마니의 우스꽝스러운 말, 또는 아리우스의 신성모독에 귀를 기울이겠습니까?[143] 만약 이 모든 말이 건강한 마음과

---

142 베스파시아누스의 장남 티투스는 기원후 70년 예루살렘의 약탈을 이끌었고, 79년부터 81년까지 로마의 황제였다.

143 시르모의 주교인 포티누스는 안티오키아 회의에서 아리우스파 이단자로 선고받았고 376년에 사망했다. 안티오키아의 신학자(336년 사망)인 아리우스는 그리스

거리가 멀다면, 이교도들의 불쌍한 실수나 유대인들의 완고하고 경직된 눈먼 짓이나 사라센인들의 증오스러운 분노나 잘못된 철학자들의 공허한 궤변이나 편향적이고 이국적인 신조가 우리의 마음을 어루만지거나 기쁘게 하거나 구원의 희망을 보여 주지 않는다면 무엇을 찾고 무엇을 위해 살며, 또 그리스도가 아니라면 이 삶의 난파선에서 어떤 항구로 향할까요?

그리스도께 희망의 닻을 던진 사람은 비록 그가 다른 고통의 돌풍에 노출되어도 참으로 파도를 타고 나가서 계속 일을 할 수 있습니다. 그래서 그는 그리스도께서 기도하시고 동시에 그에게 "네 믿음이 너를 망하게 하지 말라"144고 명령하시는 동안 익사하거나 멸망할 수 없습니다.

그러나 우리는 그리스도의 적, 즉 우리의 적이기도 한 그의 말을 들어서는 안 됩니다. 초대받지 않은 사탄은 우리 마음속에 그분에 대해 많은 것을 속삭이며, 기록된 것처럼 사탄 스스로가 "그분을 믿고 무서워 떱니다"145라고 하지만, 그리스도를 믿어서는 안 되며 경멸해야 한다고 말합니다.

도의 신성을 부정했다는 이유로 325년 니케아 공의회에서 이단자로 선고받았다. 마니(215년경~276년 또는 277년)는 이원론자이며, 선과 악으로 나뉘어 서로 영원히 싸우는 두 신의 존재를 믿었다. 마니교의 창시자이다.

144 〈루카복음〉 22장 32절. "그러나 나는 너의 믿음이 꺼지지 않도록 너를 위하여 기도하였다. 그러니 네가 돌아오거든 네 형제들의 힘을 북돋아 주어라."

145 〈야고보서〉 2장 19절. "그대는 하느님께서 한 분이심을 믿습니까? 그것은 잘하는 일입니다. 마귀들도 그렇게 믿고 무서워 떱니다."

그러나 사탄은 우리의 영혼을 공격하기 위한 무수한 방법과 숨겨진 접근법을 가지고 있습니다. 자주 그는 한 방향에서 끊어질 때, 다른 방향을 사용합니다. 무엇보다도 부지런한 사탄은 자신이 패배한 후 그랬던 것처럼 성공 후 어떻게 쉬어야 할지 모르기 때문에 아무것도 미해결로 남겨 놓지 않습니다. 그러므로 한니발이 마르켈루스에 대해 말한 것을 그에게 꽤 적절하게 적용할 수 있습니다.

이것은 의심할 여지 없이 당신의 적이 좋은 운을 가졌든, 나쁜 운을 가졌든 모두 견딜 수 없는 경우입니다. 만약 그가 이기면 그는 정복당한 자를 맹렬히 압박하고, 패배한다면 승리자들과의 전쟁을 재개합니다. [146]

그리고 사탄도 그러한 공개적인 불신으로 신뢰를 잃지 않기 위해 감히 하느님께서 불가능한 것은 없다고 주장할 수 없을 것입니다.

그러므로 우리는 무엇을 추론해야 할까요? 모든 것을 하실 수 있다는 것뿐만 아니라 하느님께서는 약하고 그분의 은총을 받을 자격이 없는 인간에게 모든 축복을 베푸시기를 바라신다는 것입니까? 사실, 그 생각은 종종 많은 사람의 마음을 어지럽힙니다. 확실히 하느님은 최고지만 나는 최악입니다. 그런 불일치에 비례하는 것이 있나요?

나는 우리 작가들의 권위뿐만 아니라 플라톤의 주장에서도 최고이

---

[146] 리비우스, 《로마사》 27. 14. 1. 한니발(기원전 247~183년)은 제 2차 포에니 전쟁 당시 이탈리아 침공을 주도한 카르타고의 장군이다. 로마의 장군 마르켈루스는 한 니발의 강력한 적수이며 기원전 212년 카르타고로부터 시칠리아를 점령했다.

신 분에게서 질투가 가능한 한 멀리 추방되었다는 것을 알고 있습니다. 반면에 악은 가능한 한 나에게 밀착되어 있다는 것을 알고 있습니다. 내가 그분의 축복을 받을 자격이 없을 때 그분이 축복할 준비가 되어 있다는 것에는 무슨 차이가 있습니까? 하느님에게는 불가능한 일이 없습니다. [147] 죄의 짐이 너무 커서 일어날 수 없는 모든 것은 나에게 달려 있습니다. 그리고 나는 압도당합니다. 그분은 구원을 베푸실 만큼 강하십니다. 하지만 나는 구원받을 수 없습니다. 하느님의 자비가 아무리 크더라도 분명히 공의를 배제하지는 않습니다. 비록 엄청날지 모르지만, 그분의 자비는 나의 비참함에 비례하여 그 무게를 주어야 합니다. 자연과학자들의 말처럼, 물질의 작용은 그것을 받아들일 준비가 되지 않은 어떤 것에도 영향을 미치지 않기 때문입니다. 사실, 작은 불꽃이 마른 그루터기에 불을 지르듯이 물의 힘은 강한 불꽃을 끕니다.

이러한 생각들, 그리고 그와 같은 다른 명상들이 우리의 마음속에 맴돌고 있습니다. 실제로 그것들이 우리의 게으름을 산산조각낸 후 건강한 두려움을 가져온다면, 우리는 그런 무언의 충고를 우리를 사랑하는 천사들의 충고인 것처럼 소중하게 여겨야 합니다. 그러나 그것들이 우리의 희망과 신뢰를 모두 앗아간다면, 우리는 적대적인 거짓과 파멸로 이르는 급박한 길을 피해야 합니다. 그것들을 따르는 영혼을 모든 악 중에서 가장 나쁜 절망으로 이끌기 때문입니다.

---

147 〈마태오복음〉 19장 26절. "예수님께서는 그들을 눈여겨보며 이르셨다. "사람에게는 그것이 불가능하지만 하느님께는 모든 것이 가능하다.""

우리를 두렵게 하지 마십시오. 하느님의 권능은 어떠한 자연적인 경계에 의해서도 제한되지 않습니다. 그 권능은 처분된 대상에 대해 독자적인 힘을 행사할 뿐만 아니라, 준비되지 않은 것도 결정하십니다. 하느님의 자비는 인간의 불행과 정의를 훨씬 초월하십니다. 그리고 자비가 불행과 정의를 없애지 않으면, 그래도 그들을 누그러뜨리고 억제하십니다. 거룩한 사람들이 다윗의 말에 주목하였듯이, 양쪽에 자비의 장벽으로 정의를 둘러싸고 〈시편〉 작가가 그 뒤에 이렇게 말하는 것은 까닭이 있기 때문입니다. "주님은 자비롭고 정의로우십니다."

덧붙여 "그리고 우리의 하느님은 자비를 베푸십니다"[148]라고 마치 그가 하느님은 정의롭다는 것을 부정하는 게 아니라, 정의의 손이 자비의 사슬에 묶였음을 부정하는 것처럼 말했습니다. 아무리 인류의 죄악이 크더라도 그것은 분명 유한하지만, 하느님의 선함과 그분의 권능은 무한합니다. 그러므로 이 생명을 구하는 희망으로 모든 것이 안전합니다. 여러분이 그 희망을 버리면 모든 것이 끝납니다.

주님은 자비의 끝에 정의를 가져다주시듯이, 언젠가는 정의의 끝에 자비를 가져다주신다는 것이 사실 아닙니까? 같은 〈시편〉의 작가가 말하는 "하느님께서 연민을 잊으실 것"이거나 "아니면 분노 때문에 당신의 자비를 누르실 것" 중 하나일 것입니다. [149] 이 일을 하는 것은

---

148 〈시편〉 116장 5절. "주님은 너그럽고 의로우시며 우리 하느님은 자비를 베푸시는 분."

149 〈시편〉 77편 10절. "하느님께서 불쌍히 여기심을 잊으셨나? 분노로 당신 자비를 거두셨나?"

주님과는 거리가 멀고, 이를 믿는 것은 우리와 거리가 멉니다. 어떤 사람이 하느님께서 회개하는 자에게 자비를 베푸시기를 바라지 않으신다고 생각하고, 그 자비가 자신이 죄를 짓는 양에 한정된다고 단정한다면, 그는 하느님을 알지 못하거나 하느님의 권능과 자비를 고려하지 않는 것입니다.

방향타^{方向舵} 없이 우리 영혼의 배는 이 생명의 바다 위에서 사건의 파도와 유혹의 바람에 의해 움직입니다. 희망이 우리를 인도하던 항구는 어디에도 없고 희망이 우리에게 보여 주던 천국은 어디에도 없지만, 베르길리우스의 말처럼 난파선과 폭풍이 오는 곳에 "바다는 사방에 있습니다". 150

따라서 이것이 가장 중요한 목표가 되게 하십시오. 여러분의 소망을 고수하십시오. 아무도 여러분에게서 그것을 왜곡하게 하지 마십시오. 우리가 정말로 위대한 것을 바라더라도 그것은 우리에게 위대한 것이요, 하느님께는 위대한 것이 아무것도 없습니다. 그분 앞에서 "우리의 존재는 없는 것과 같습니다". 151 그리고 그분의 눈앞에서는 "천년이 지나간 어제와 같습니다". 152 그것들을 인간의 장점들과 비교한다면, 고백하건대 그것들이 훌륭합니다, 아니 확실히 엄청납니다. 여러분의 마음을 여러분에게 은총을 주시는 분으로 높이 들어 올

---

150 베르길리우스, 《아이네이스》 3. 193.
151 〈시편〉 39편 6절. "보소서, 당신께서는 제가 살날들을 몇 뼘 길이로 정하시어 제 수명 당신 앞에서는 없는 것과 같습니다. 사람은 모두 한낱 입김으로 서 있을 뿐."
152 〈시편〉 90편 4절. "정녕 천 년도 당신 눈에는 지나간 어제 같고 야경의 한때와도 같습니다."

리십시오. 모든 것이 작게 보일 것입니다. 모든 것이 가능할 뿐만 아니라 쉬울 것입니다.

나는 묻겠습니다. 무엇이 우리의 희망을 흔들게 하고 우리의 영혼을 썩게 하는 것일까요? 우리는 스스로가 벌을 받을 만하고 자비를 받을 가치는 없는 사람으로 보일 것이며, 또한 두 가지 모두 우리가 잘못 알고 있는 것도 아닙니다. 우리가 고통을 받는 것은 우리의 몫이고 자비를 얻는 것은 그분의 몫이기 때문입니다. 그분의 가치가 보다 떨어지는 우리의 가치를 흡수해야 한다는 것은 맞는 말입니다. 그것은 만약 인류의 죄가 신의 자비를 방해할 수 있다면 분명 일어날 수 없는 현상입니다.

비록 우리는 그분의 미움을 받을 만하지만, 그분은 관대하시고 자비를 베풀 만하십니다. 그분은 모든 것을 아끼지 않을 만하십니다. 그분은 그분께서 만드신 모든 것을 미워하지 않을 자격이 있습니다. 그분은 그분의 아버지께서 그분에게 넘겨주신 모든 사람을 잃지 않을 자격이 있습니다. 이 모든 것들을 고려해 볼 때, 인류를 위해 행해진 모든 일은 하느님의 기적적인 업적으로 보이고, 이루 말할 수 없는 은혜로 가득 차 있기에, 불가능해 보이고 믿기 어려운 것은 없을 것입니다. 이 근본적인 점이 있기 때문입니다. 즉, 하느님은 전지전능하시고 선하십니다. 그 결과 그분은 그것을 할 수 있으실 만큼 그렇게 위대하시고 그것을 하기를 원하실 정도로 그렇게 관대하다고 생각할 수 있습니다. 이러한 이유를 바탕으로, 믿음이 낳은 모든 것은 적대적인 폭행, 파괴, 그리고 악마가 세운 것이 무엇이든지 맞닥뜨릴 때 견고하고 온전하게 서 있을 것입니다. 악마의 모든 공격과 힘은 이미 준비되어 있던 대응으로 쉬이 격퇴될 것입니다.

이런 것들이 믿음으로 환영받을 때 모든 것은 명백합니다. 우리는 하느님께서 동정녀에서 나시고 인류 사이에 오셔서 우리 가운데 살아오셨다는 것을 알고 있습니다. 그분은 삶의 길을 가르치셨고 십자가에 못 박히시고 고통받고 돌아가셨으며 저승에 가셨고 부활하시어 하늘에 오르셨으며 때가 되면 다시 오실 것입니다. 고백하건대 이런 것들은 위대한 업적입니다만, 이 모든 것 중 하느님께 불가능한 것은 무엇일까요?

그분께서 모든 것을 할 수 있다면 그분 창조물의 구원과 관련된 어떤 것이라도 하기를 바라지 않으시겠습니까? 하느님의 아들, 참 하느님이신 그리스도께서 순수한 종 이사야가 그 일이 일어나기 전에는 미리 깨닫고 알릴 수 없었던 일 중에서 이루지 못한 것이 무엇입니까? 이사야와 그 밖의 예언자들과 여자 예언자까지도 이렇게 예언하였습니다. 이것은 모든 성별과 모든 조건이 하느님의 오심을 증언하게 하려는 것입니다. 이사야는 말합니다. "보십시오. 처녀가 임신하여 아들을 낳을 것입니다."[153]

나는 유대인들이 이런 구절들을 읽었을 때 그들이 어떤 생각을 하고 무엇을 기다리는지 궁금합니다. 그들은 그들의 의견을 바꾸기를 부끄러워한다고 나는 생각합니다. 하지만 나는 이 비참한 사람들에

---

153 〈이사야서〉 7장 14절. "그러므로 주님께서 몸소 여러분에게 표징을 주실 것입니다. 보십시오, 젊은 여인이 잉태하여 아들을 낳고 그 이름을 임마누엘이라 할 것입니다."

게 이사야의 예언은 마리아에게서 이루어졌고 다시는 처녀가 임신하거나 출산하지 않을 것이라고 거리낌 없는 목소리로 선언합니다.

나는 이런 종류의 다른 거룩한 예언들과 그리스도에 대한 다른 것들을 넘겨 버리는데, 그것은 덧붙이는 데 너무 많은 시간이 걸리고 추가할 필요 역시 없습니다. 그것들은 너무 많고 또 모든 사람에게 너무 잘 알려져 있기 때문입니다. 그러나 에리트리아의 시빌라가 그리스도에 대해 예언한 것을 들어봅시다. 비록 그녀가 아우구스투스 황제에 대해 말하고 있었다고 할지라도 말입니다. 그의 통치 아래에서 그리스도는 성모 마리아에게서 태어날 예정이었습니다. 그녀는 말했습니다. "그러면 부드러운 소의 울음소리와 함께 평화를 가져오는 황소가 전 세계의 거처에서 조공을 가져올 것입니다."

이제 그녀가 〈복음서〉 저자들이 기재한 내용에 어떻게 동의하는지 보십시오. 그 기재에는 "전 세계에 주민등록을 실시해야 한다는 칙령이 아우구스투스 황제에게서 나왔다"[154]는 내용이 전해집니다. 이 무녀는 처음에 "이 칙령이 내리는 날에 하늘의 어린 양이 올 것이다"라고 하면서, 이 말로 주님이 오심을 간략하게 다루었습니다. 얼마 지나지 않아 그녀는 이것을 자세히 말합니다. "마지막 날에 하느님은 그의 신성한 자손처럼 겸손하실 것입니다. 신은 인간과 함께 할 것이고 양 한 마리가 건초 속에 누울 것이며, 하느님과 인간은 처녀의 보살핌으로 길러질 것입니다."[155]

---

154 〈루카복음〉 2장 1절. "그 무렵 아우구스투스 황제에게서 칙령이 내려, 온 세상이 호적 등록을 하게 되었다."

나는 사건들을 본 〈복음서〉 저자들이 영감의 자극을 받은 그 여자 예언자보다 어떻게 그것들을 더 명확하게 표현할 수 있었는지 이해할 수 없습니다. 그녀는 심지어 "믿는 사람들에게는 표징이 먼저 올 것입니다. 아주 나이 든 여자가 미래를 아는 아들을 임신할 것입니다"라고 말하면서 세례자 요한이 오는 것을 예언하기도 했습니다. 그리고 그녀는 이렇게 말하면서 그분의 삶과 죽음의 과정을 따라갔습니다.

그는 어부들과 짓밟힌 자들 가운데서 열두 명을 선택할 것이고 그중에서 한 명은 악마가 될 것입니다. 칼이나 전쟁에 의해서가 아니라 어부의 낚싯바늘로 아이네아스를 추종하는 이들의 도시와 왕들을 타도할 것입니다. 그분의 낮은 지위와 가난으로 그는 부를 극복하고 긍지를 짓밟을 것입니다. 그분의 죽음으로 죽은 자들을 다시 살려내실 것이며 비록 그분은 희생되시지만 살아 계시고 다스리실 것입니다. 그 모든 것들이 지나가게 될 것이고 재림이 있을 것입니다. 마지막 날에 그분께서 선과 악

155 《에리트리아 시빌라의 예언서》 중에서. 《에리트리아 시빌라의 예언서》는 에리트리아(오늘날 튀르키예의 한 지역) 무녀의 예언서를 가리키는 것이다. 에리트리아의 무녀는 제우스의 신탁을 듣던 가장 오래된 도도나(Dodona)의 무녀로, 그리스 역사가 헤로도투스가 전하는 바에 의하면 기원전 200만 년 전에 동쪽 지역에서 인기 높은 무녀였다고 한다. 이탈리아 반도에 있던 고대 에트루리아의 마을 티부르(Tibur)의 무녀, 오늘날 로마 옆에 위치한 티볼리(Tivoli)의 무녀, 혹은 쿠마이의 그리스 무녀와 아우구스투스 황제 간의 신화적 만남은 서양 예술사에서 자주 다루어지는 주제다. 그런데 중세에 이르러 그리스도의 탄생에 대한 무녀의 예언은 성모자(聖母子) 또는 성모(聖母)가 무녀와 아우구스투스 황제에게 나타난다는 이야기로 변형된다.

을 심판하실 것입니다. 156

  그리고 그녀는 〈복음서〉 저자들과 사도 바오로에서 발견되는 것
과 매우 유사한 다른 많은 주제를 추구합니다. 마지막으로 그녀는 또
한 최근에 교회에서 일어난 잘 알려진 의식에 대해서도 말합니다.
  이제 그리스도의 성격과 관련된 문제들에 대해 충분히 언급했습니
다. 우리가 보는 모든 것들은 예측되었던 바로 그 순서대로 이루어져
왔습니다. 우리가 기다리고 있는 그 현실은 확실하지만, 그 시간에
대해서는 확신이 없는 최후의 심판에 대한 명백한 예외와 함께 말입
니다. 이 분석을 위해 나는 의심할 여지 없이 에리트리아 시빌라의 책
에서 나온 이러한 예언들을 조심스럽게 발췌하여 포함했습니다. 왜
냐하면, 그것들이 그렇게 잘 인식되지 않는 것 같았기 때문입니다.
비록 작가들은 그들이 에리트리아 시빌라에 속하는지 쿠마이 시빌라
에 속하는지에 대해 동의하지 않지만, 그래도 많은 다른 진술들은 그
여류 작가가 하느님 도성의 시민들 사이에 포함하는 듯합니다.
  그들 시빌라 중 누구인지는 확실치 않지만, 다음에 나오는 말이 시
빌라의 말이라는 것에는 분명히 동의합니다. 왜냐하면 바로Varro가 시
빌라의 수를 10명이라고 세었고, 그는 라틴 작가들 중에서 가장 진지
하고 배운 사람이었기 때문입니다. 157 그것들은 락탄티우스가 그의

---

156 페트라르카, 《인간의 문제에 대하여》 4. 30. 7.
157 마르쿠스 테렌티우스 바로(기원전 116~23년)는 공화정 말기의 가장 위대한 학자
    로, 로마 종교에 대해 광범위한 저술을 남겼다.

첫 번째 책 《신의 교훈》에서 여러 곳에 넣은 말들이지만, 그 순서대로 이를 다시 수집한 아우구스티누스가 그의 18번째 책 《하느님의 도성》에 포함합니다. 여기에서 그는 말합니다.

그분은 나중에 믿음이 없는 자들의 손에 넘겨지고, 그들은 불결한 손으로 그분의 따귀를 때릴 것이며 그들의 더러운 입은 독이 든 원한을 뿜어 낼 것입니다. 그러나 그들의 매질에 그분은 선량하고 거룩한 보답을 주실 것입니다. 그래서 그분은 죽은 사람에게 말을 하시고 머리에는 가시관이 씌워질 수 있습니다. 그분은 누군가가 그분이 말씀과 그 기원임을 알아채지 못하도록 그들의 매질을 받아들이면서 조용히 있으실 것입니다. 그들은 음식으로 그분에게 쓸개즙을 주고, 갈증에는 식초를 주었습니다. 그들이 제공한 불친절한 식탁은 바로 그런 것입니다. 어리석은 민족이여, 여러분은 자신들의 하느님을 이해하지 못하였습니다. 그분은 보통사람의 마음을 가지고 행동하셨지만, 여러분은 그분에게 가시로 왕관을 씌우고 그에게 더럽고 독한 쓸개즙을 주었습니다. 여러분 성전의 차양은 찢어지고, 한낮에 3시간 동안 가장 어두운 밤이 있을 것입니다. 그리고 그분은 돌아가실 것이고 잠은 사흘 동안 그분을 감쌀 것입니다. 그런 다음 지옥에서 나오시며, 그분께서는 부활의 시작을 보여 주기 위해 살아나신 첫 번째가 되실 것입니다. **158**

---

158 아우구스티누스, 《하느님의 도성(신국론)》 18. 23. 23. 락탄티우스 《하느님의 교훈》 4. 18 참조.

이것들은 시빌라의 예언입니다. 어떤 시빌라든 그들은 고대인으로 밝혀졌습니다. 만약 이것들이 에리트리아 시빌라의 말이라면, 누가 그 예언이 가장 오래된 것이라는 사실을 의심하겠습니까? 사실, 로마 건국 당시 로물루스의 통치 기간 후반에 그녀를 놓고 보는 사람들이 있지만, 다른 사람들은 그녀가 트로이 전쟁이 일어나기 훨씬 전에 예언했다고 전합니다. 그 당시에 쿠마이 시빌라가 활동하였다는 것은 의심의 여지가 없어 보입니다. 만약 누군가가 이 예언들을 열심히 생각한다면, 예언적으로 보이는 것 못지않게 복음적으로 보일 것입니다. 이는 예언 못지않게 역사도 마찬가지입니다. 시빌라의 매우 분명한 명료성은 그들이 과거의 사건을 말하고 있다고 생각하게 만드는데, 이것은 또한 예언자들의 관습이기도 합니다.

내가 인용으로 이것을 더 증명할 필요가 없도록, 그레고리우스가 시빌라의 한 가지 진술이 다윗의 진술과 일치한다는 사실을 보여 주었다는 것을 언급하겠습니다. "그리고 그들은 내 음식에 독을 넣어 주었고, 내가 목마를 때 그들은 나에게 식초를 마시게 하였습니다."[159]

여러분은 그녀가 한 말을 들었고, 확실히 너무나 비슷하여, 두 인물이 같은 입으로 말을 한 것 같습니다. 그리고 의심의 여지 없이, 그 두 사람은 같은 영감을 가지고 말하고 있었습니다. 실제로 이 글과 천 가지 다른 글들은 그리스도께서 육신으로 태어나시기 훨씬 전부터 그리스도에 대해 전해 왔고, 참되고 영원한 하느님의 아들에 대한 인류

---

159 〈시편〉 69편 22절. "그들은 저에게 음식으로 독을 주고 목마를할 때 초를 마시게 하였습니다."

의 믿음을 일깨우기 위해 그분이 태어나실 바로 그 시점에 대해서도 되풀이했습니다.

이것은 예언자들과 주님이 택하신 사람들을 통해서뿐만 아니라 이 방인을 통해서도, 욥처럼 거룩하거나 심지어 무슨 말을 하는지 모르는 이교도들을 통해서도 일어났습니다. 이런 목적을 위해 우리는 베르길리우스가 《목가집》에서 다른 사람에 대해 말할 때 쓴 구절을 사용할 수 있습니다. "지금도 처녀가 돌아오면 사투르누스의 황금기가 돌아옵니다. 이제 새로운 자손이 높은 하늘에서 내려옵니다."160

게다가 앞서 우리가 그리스도께서 탄생하셨다고 말한 아우구스투스의 통치에 대해 자신의 《아이네이스》에 쓴 글에서, 그는 "지금도 그가 올 것을 예상하고 카스피해의 왕국과 마에오티아의 땅은 신들의 반응에 떨며, 일곱 갈래 나일강의 겁에 질린 입들이 괴로워하고 있다"161라고 말했습니다.

사실, 비록 이 글들은 카이사르에 대해 말했지만, 신심이 깊고 경건한 독자는 이 글들이 천상의 왕에 대한 것이라고 돌리게 될 것입니다. 그분의 찾아오심은 전 세계에 징표로 선행되어 오고 있었던 것입니다. 이런 징조들을 듣고 더 높은 것을 바라지 않는 시인은 이것보다 더 위대한 것을 알지 못했기 때문에 로마 황제의 출현으로 단정 지어 버렸습니다. 그러나 그의 눈에 진정한 빛이 비추어졌다면 그는 틀림없이 다른 분께서 오시는 것으로 그 징조들을 돌려 생각했을 것입니다.

---

160 베르길리우스, 《목가집》 4. 6, 7.
161 베르길리우스, 《아이네이스》 6. 798, 800.

88

하지만 다른 출처로부터의 인용이 없어도 이 모든 계시는 이제 우리에게 분명합니다. 우리가 그럴 자격이 없음에도 불구하고 우리를 너무나 사랑하신 한 분 덕분입니다. 그분의 신성한 빛이 그리스도를 "정의의 햇빛"[162]으로 인식하지 않을 만큼 눈이 멀어지게 하는 방식으로 충실한 신자들의 눈에 쏟아집니다. 비록 진리 자체에서 가장 진실한 말이 "너희가 보는 것을 보는 눈은 축복받았다"[163]라는 말이겠지만, 그럼에도 나는 어떤 의미에서는 우리의 정상적이고 육체적인 시각과 이 내면의 빛의 명료함 사이에는 거의 차이가 없음을 증명할 것입니다. 이 내면의 빛으로 헌신적인 영혼들은 인간의 눈으로가 아니라 영적인 시각으로 그리스도의 부활 이후 지금 그리고 시간이 끝날 때까지 그리스도를 볼 것입니다.

참으로 나는 그리스도께서 나타나심을 본 눈은 축복받았다고 대담하게 고백합니다. (누가 부인할까요.) 그분께서 인간 사이를 다니시는 동안, 하느님께서 우리의 육신과 우리 영혼의 숨결로 옷을 입으신 것을 보고 그분의 말씀을 듣고 그분의 걸음을 보며 그분의 행적을 기록하는 것은 참으로 달콤한 일이었을 것입니다! 천사들은 경외심을 품고, 인간들은 숭배하며 그분의 눈짓만으로 먹여지고 그분의 권능 안에서 기뻐합니다. 아! 이 웅장하고 기적적인 광경에 대해 말할 수 있습니다. 오오, 이분은 내가 듣고 만지고 보는 분이십니다. 보통사람

---

162 페트라르카, 《칸초니에레》 366. 44.
163 〈루카복음〉 10장 23절. "그리고 예수님께서는 돌아서서 제자들에게 따로 이르셨다. '너희가 보는 것을 보는 눈은 행복하다.'"

이고 진짜 사람인 나는 말합니다. 이분은 죄와 우리 인류의 더러움을 제외하고 우리들과 같은 인간이십니다. 그리고 다시, 오오, 같은 하느님께서 이제 지상에 살고 계시면서 지상의 고난, 가난, 굶주림, 추위, 더위, 정신적, 육체적 고통을 견디고 있습니다. 결국, 십자가의 고통을 겪으시고 그 위에서 돌아가시겠지만 그분은 죽음을 정복하실 것입니다. 천지를 창조하신 주님이 어떻게 사람으로서 땅을 밟으시는지 보십시오. 그리고 "그분이 세운 지상에서 가장 높은 사람으로 태어나셨습니다". 164

그저 그분께서 죽음으로 옮겨 가는 것을 보십시오. 권능으로 동시에 해와 달과 별을 지배하던 그 한 분을, 힘없이 간신히 머리를 지탱하면서 십자가에 매달려 있는 그를 바라보십시오. 세상을 창조하신 분의 눈짓 하나로 세상이 흔들릴 때 지진이 땅을 흔들 뿐만 아니라 그늘진 창백함이 하늘을 감쌀 정도로 그 권능으로 하늘과 땅과 바다를 완전히 지배하고 지탱하셨던 분을 바라보십시오. 그 모든 사건이 우리의 구원을 위해 일어났다고 믿는 것은 얼마나 달콤했을까요. 이런 기회가 충실한 믿음의 영혼들에게 얼마나 크고 부러운 일이었을까요!

비록 우리가 가장 낮은 인간일지라도, 우리에게 닥친 것처럼 보이는 더 큰 행운도 있습니다. 그가 그리스도와의 우정으로 비난받는데 대해 지금 누가 놀랄까요? 그리스도에게 일어난 것과 같은 일이 그에게 일어나는 것을 꺼리는 사람은 누구입니까? 그분은 성스러운

---

164 〈시편〉 87편 5절. "시온에 대해서는 이렇게 말하는구나. '이 사람도 저 사람도 이곳에서 태어났으며 지극히 높으신 분께서 몸소 이를 굳게 세우셨다.'"

우정을 확립하신 일로 정말로 많은 사람으로부터 놀라울 만큼 충분히 저주받았습니다. 그분께서 구원할 수 있었고 원했던 사람들 사이에서 태어나서 살았기 때문입니다. 많은 사람이 목수의 아들이며 살을 먹는 이 사람이 악마에 사로잡혔다고 말할 만도 하였습니다. 그분은 사람들을 유혹하고 신성모독적인 말을 했습니다. 그러자 그분께서 말씀하셨습니다. "예언자는 자기 고향에서만은 제외하고 영예를 받는다."165

하지만 누군가는 그분이 믿지 않는 사람들의 손에 이런 것들을 겪으셨다고 지적할 수도 있습니다. 나는 그것을 인정합니다. 그러나 우리는 믿는 사람들이 흔들렸고 심지어 사도들의 바로 그 마음마저도 구세주의 죽음으로 흔들렸다는 사실을 알게 되었고, 믿음에 대한 토마스의 의심166은 후세에 도움이 되리라는 것을 읽었습니다. 이런 일들이 살아 계시거나 부활하신 그리스도와 함께 있었던 믿는 사람들에게 일어날 수 있다면, 그분께서 처음 오셨던 하늘로 되돌아가시며 인간의 눈앞에서 사라진 그리스도에 대한 모독자가 이렇게 많은 것을 왜 우리는 이상하게 생각해야 합니까? 우리의 교부들, 특히 아우구스

---

165 〈마태오복음〉 13장 57절. "그러면서 그들은 그분을 못마땅하게 여겼다. 그러자 예수님께서 그들에게 이르셨다. '예언자는 어디에서나 존경받지만 고향과 집안에서만은 존경받지 못한다.'"

166 〈요한복음〉 20장 25절. "그래서 다른 제자들이 그에게 '우리는 주님을 뵈었소' 하고 말하였다. 그러나 토마스는 그들에게, '나는 그분의 손에 있는 못 자국을 직접 보고 그 못 자국에 내 손가락을 넣어 보고 또 그분 옆구리에 내 손을 넣어 보지 않고는 결코 믿지 못하겠소' 하고 말하였다."

티누스는 매우 열심히 그리고 현명하게 대응하여 포르피리오스를 설득하였는데, 날카로운 지성을 가진 포르피리오스는 순수한 진리의 빛에 깜짝 놀랐습니다. [167]

사람의 입이 아니라, 확실히 마귀의 입이라고 부르는 어떤 신의 입에서 나온 말이라고 그들이 주장하는 것에 대해 나는 뭐라고 말해야 할까요? 그리스도의 이름과 슬픔과 고뇌를 전혀 예상할 수 없을 정도로 온 세상 곳곳에서 기념하고, 순교자들의 고난에 의해 참된 신앙이 끊임없이 강해지는 것을 보고, 마귀는 모든 사람의 눈에 확연한 것을 감히 부정하지는 못하고 이상하고 모호한 말로 예언을 하기 시작하였습니다. 그는 그 당시 그리스도를 거스르는 말을 과감히 하지 않은 채 베드로 사도가 마법과 마술로 그리스도교 신앙의 기초를 확립했다며, 그것은 겨우 360년밖에 계속되지 않을 것이고 완성되는 즉시 무너질 것이라고 말했습니다. 나는 그가 단순히 거짓말을 하는 그의 습관을 포기할 수 없었다는 것과 혹은 그가 비참한 사람들의 영혼에 의심을 불러일으키기를 원했다는 것 외에는, 그 거짓말로 자신을 위해 무엇을 얻기를 원했는지 알지 못합니다. 일단 그 영혼들이 부활한 빛의 광선으로부터 멀어지면, 그의 목표는 그들을 이전에 깔려 있던 어둠의 안개 속으로 다시 부르는 것입니다. 이렇게 그는 미래에 대해 절망했기 때문에 그 중간에서 얻을 수 있는 바를 취할 것입니다.

이 문제에 있어서 모든 것이 그의 희망과는 반대로 되어 버렸습니다. 그 시대 순교자의 수는 그 후의 모든 세대에 걸쳐 생겨났거나 우

---

167 포르피리오스(233~304년)는 신플라톤주의 철학자이다.

리가 심판의 날까지 있으리라고 믿는 것보다 더 많았습니다. 그의 어리석고 거짓된 정신이 자발적인 사랑이 아니라 강제적인 숭배로 그리스도를 정당화하는 것과 같은 방식으로, 그는 매우 순진하고 단순한 어부 베드로를 마법의 죄인으로 만듭니다. 그의 말을 뒷받침할 만한 것이 아무것도 없다면, 고난과 많은 위험과 잔인하고 수치스러운 죽음을 겪은 베드로가 마술로 다른 사람을 위해 명성을 얻으려고 하였거나, 또는 우리가 위에서 언급한 것을 열렬히 성취하여 베드로 자신이 아닌 그리스도께서 그렇게 짧은 시간 안에 하느님으로 여겨질 수 있었다는 말은 명백히 잘못되었습니다.

내가 보기에 아우구스티누스의 질문이 가장 날카로운 것 같습니다. "마술사 베드로가 세상이 그리스도를 그렇게 사랑하게 했다면, 죄 없으신 그리스도는 베드로가 그분을 사랑하도록 무엇을 했습니까?"[168] 그에 못지않게 효과적이었던 것은 다음과 같습니다.

그러니 같은 백성들이 스스로 답을 하게 하고, 할 수 있다면 천상의 은총에 의해 이런 일이 일어났음을 알게 해주십시오. 그분께서 우리에게 주신 영원한 생명 때문에 온 세상이 그리스도를 사랑하고, 그리스도를 사랑하는 것이 누구의 은총으로 이루어졌는지를 알게 해주시고, 그리고 오직 그분에게서만 받을 수 있는 영원한 생명 때문에, 또 그를 위하여 잠시 죽음까지 겪으셨기 때문에 베드로가 그리스도를 사랑한다는 것을 알게 해주십시오. [169]

---

168 아우구스티누스, 《하느님의 도성》 18. 53.

그의 남은 말을 인용한들 이런 말들에 경탄하는 것보다 도움이 되지 않습니다. 오, 고귀한 영혼이여, 천재의 신성한 힘이여, 적들의 속임수를 폭로하는 빛도 없고 친구들의 마음을 굳게 하는 힘도 없으며, 그들의 질문과 대답은 투사로도 진리를 위한 선수로도 어울립니다! 그러므로 나는 《하느님의 도성》에서 이러한 문제를 토론하는 그 도성의 지도자가 종종 그의 조언으로 적의 군대에 겁을 주고 성벽에서 그들의 불경스러운 공격을 물리침으로써 교회의 평화를 회복하고 구원하는 것으로 충분하다고 생각합니다.

아우구스티누스는 종종 그의 작품에서, 특히 적에 대한 그 장황한 비난에서 이 능력을 보여 주었는데 그 작품 안에서 그는 악마가 그리스도에 대한 영원한 믿음을 그렇게 덧없는 것으로 줄이려는 거짓말을 쳐부수게 됩니다. 아우구스티누스는 사탄이 예언한 것은 거짓이며 그리스도교 시대의 예정된 종말은 이미 그가 그 책과 심지어 그 구절을 쓰는 동안 그의 시간 안에서 지나갔다는 것을 가르쳤습니다. 더욱이, 내가 올바르게 생각하고 있다면 그리스도의 이름이 완전히 없어졌다고 여겨지던 35년이 지난 후, 우상들은 카르타고 근처의 아프리카에서 바로 그리스도의 이름으로 내던져졌습니다. 이렇게 믿음의 견고한 토대와 교회의 더없는 영광은 모두 적들의 전리품으로 장식되었고, 그 적들은 특히 같은 교회의 몰락을 바라고 있었습니다.

아우구스티누스는 자신의 습관처럼 단호하고 신실하며 분명하고 충실하게 그 신성모독의 약점을 잡고 거짓을 파헤쳤습니다. 170 그렇

---

169 위와 같음.

지 않다면 그 증거는 대단찮은 듯이 보여 영혼이 믿는 것을 늦췄을지도 모릅니다. 악마는 단지 그 시간에 대하여 작은 실수가 있었다고 해서 그의 예언이 완전히 거짓으로 보이지는 않았다고 주장합니다.

이것은 내가 우리 시대가 더 운이 좋다고 주장하기 시작했을 때 말했던 것을 상기시킵니다. 우리는 사도들에게 보여 주신 것과 같은 방식으로 그리스도를 실제 육신으로 본 적이 없습니다. 우리가 눈을 감지 않는 한, 그분 기적의 역사役事에서 끊임없이 그리스도를 볼 수 있지만 말입니다. 적어도 이제 우리는 뿌리가 자라고 튼튼해진 믿음을 봅니다. 우리 선조들의 그 믿음이 종종 흔들렸습니다. 우리는 그리스도에 대한 숭배가 멀리까지 퍼져가는 것을 보고 있으며, 우리의 게으름과 어리석음이 그리스도를 바라보고 성찰하는 대신 우리만 바라보고 반성하지만, 그래도 그리스도에 대한 찬양은 여전히 그때보다 훨씬 더 널리 울려 퍼지고 있습니다.

우리는 과거 그리스도교의 박해자였던 제국들과 왕들이 그리스도의 이름과 십자가의 수난을 자랑하는 모습을 경이로움으로 바라보고 있습니다. 우리는 이제 시골 사람들이 토마스 사도보다 그들의 믿음에 대해 더 확신하고 있는 것을 봅니다. 그들은 그분의 상처도 못 자국도 찾지 않습니다. 우리는 그리스도를 위해 두려움 없이 죽었고 그분을 위해 죽을 각오가 되어 있으며, 집을 돌보는 하녀의 말뿐만 아니라 모든 폭군의 위협과 고문에 흔들리지 않는 많은 사람을 알고 있습니다. 171 우리는 믿음이 부족한 사람들의 광기가 인내심으로 극복되

170 같은 책, 18.54 참조.

었고 학살자들의 비정함이 없어졌으며 수치심이 재판관들에게 떨어졌고 순교자들이 갑자기 사형집행인으로부터 탈출했다는 것을 알고 있습니다.

그러나 나는 이 이유 외에는, 우리 죄인들을 사도들이나 그들의 추종자들과 비교하지 않을 것이며 우리의 시대를 그 시대와 비교하지도 않을 것입니다. 내가 틀리지 않는 한, 나는 하느님 은총의 선물이 "모든 사람에게 풍족하게 베푸시고 비난하지 않으시는 분"172의 너그러운 선물로 우리에게 온 것을 알고 있습니다. 그리고 11시에 일한 사람과 그보다 더 일찍 일한 사람에게 동등한 대우를 해 주실 뿐만 아니라 꼴찌를 첫째로 올리기도 하십니다. 그분께서는 삯을 주시며 그들과 함께 시작하십니다. 173 그리스도께서는 분명히 약속을 지키셨고, 우리 안에서 토마스에게 하신 말씀을 이루셨습니다. "너는 보았기 때문에 믿었다. 아직 보지 못했지만 믿은 사람은 복이 있다."174

그 사람들은 그리스도를 직접 볼 기회가 있었습니다. 그러나 우리

---

171 그리스도께서 붙잡히신 직후, 하녀에 의해 그리스도의 제자로 지목된 베드로는 자신이 그리스도를 알고 있다는 것을 부인하였다. 〈마태오복음〉 26장 67~70절 참조. "베드로는 안뜰 바깥쪽에 앉아 있었는데 하녀 하나가 그에게 다가와 말하였다. '당신도 저 갈릴레아 사람 예수와 함께 있었지요?' 그러자 베드로는 모든 사람 앞에서, '나는 당신이 무슨 말을 하는지 모르겠소' 하고 부인하였다."

172 〈야고보서〉 1장 5절. "여러분 가운데에 누구든지 지혜가 모자라면 하느님께 청하십시오. 하느님은 모든 사람에게 너그럽게 베푸시고 나무라지 않으시는 분이십니다. 그러면 받을 것입니다."

173 〈마태오복음〉 20장 1~16절 참조.

174 〈요한복음〉 20장 29절. "그러자 예수님께서 토마스에게 말씀하셨다. '너는 나를 보고서야 믿느냐? 보지 않고도 믿는 사람은 행복하다.'"

는 그리스도에 대한 확고하고 보편적인 믿음, 편견으로 시달린 오류, 패배한 이단, 그리고 사악한 사람들 또는 뿌리째 뽑힌 불순한 영혼에 의해 만들어진 모든 허위진술을 볼 기회를 가졌습니다. 우리는 더 이상 우상이 타도되는 것을 보지 못하지만 영혼이 죽음을 통해 육체를 떠난 것처럼, 불경스럽고 사악한 영혼들이 우리 믿음의 힘을 통해 우상을 버렸음을 봅니다. 우리 역사의 그 위대한 기간에 작가들은 신앙의 초창기 델포이 아폴로의 신탁(神託)에서 이런 일이 일어났다고 고백합니다. 하지만 그 이유는 모른 채 "그들의 시대에는 침묵으로 자라온 델포이의 신탁보다 더 큰 신들의 선물이 없었다"[175]라고 자랑하면서 그들은 이것을 가장 심각한 손실이라고 애통해 합니다. 하지만 루카누스, 당신은 그 원인을 알아야 했습니다.

사실, 당신은 불평하지 않고 오히려 자신을 축하하고 싶었을 것입니다. 왜냐하면, 락탄티우스가 "신들의 아프리카누스"[176]라고 부른 대상이자 자신이 예언의 신이며 다른 모든 것보다 더 신성하다는 말을 전파하기 위해 거짓 설득을 일삼았던 그 교활한 사탄은, 그리스도께서 세상에 오심으로 말문이 막히고 혼란스러워졌으며 진실의 눈앞에서 거짓말을 하고 세상을 속이기를 두려워했기 때문입니다.

말씀드린 대로 이것이 처음부터 일어나고 있습니다. 그러나 나중에 악마들은 달아났는데, 이는 교회 역사와 성인들의 행적이 확인해 줍니다. 바로 그 악마들은 끔찍한 울부짖음 속에서 외쳤습니다. "예

---

175 루카누스, 《파르살리아》 5. 111∼13.
176 락탄티우스, 《하느님의 교훈》 1. 9.

수님, 살아 계신 하느님의 아드님, 왜 우리의 시대에 앞서 우리를 괴롭히러 오셨습니까?"[177]

마치 그분께서 그들이 예상하는 것보다 먼저, 즉 심판의 날 전에 일찍 오신 것처럼 말입니다. 결국, 신전들은 파괴되었고 조각상들은 전복되어 한동안 신들의 신전도 우상도 더 부서지거나 파괴될 것이 없을 지경에 이르렀습니다.

그러므로 나는 시간의 가장 진실하고 완전한 성취가 지금 그리고 그 이전부터 도래했다고 말할 수 있습니다. 이에 대해 이 두 번째 악마는 어떤 추종자와 친구에게 보다 덜 악의적으로, 그러나 의심할 여지 없이 더 진실하게 속삭여 온 것 같습니다. 아스클레피오스에게 트리스메기스투스가 호소한 저 애절한 불평이 또 무슨 뜻일까요?[178] 내가 아우구스티누스의 말을 빌릴 수 있다면, 트리스메기스투스를 통해 "악마의 슬픔이 말했다"[179]는 것입니다.

트리스메기스투스는 이집트를 하늘의 형상이자 전 세계의 신전으로 여깁니다. 나는 이곳을 모든 미신과 오류의 근원이라고 부릅니다. 이곳은 이시스와 오시리스뿐만 아니라 황소와 저 피 묻은 악어를 숭

---

177 〈마태오복음〉 8장 29절. "그런데 그들이 '하느님의 아드님, 당신께서 저희와 무슨 상관이 있습니까? 때가 되기도 전에 저희를 괴롭히시려고 여기에 오셨습니까?' 하고 외쳤다."
178 헤르메스 트리스메기스투스, 〈아세클로피오스〉 24. 트리스메기스투스라는 이름으로 등장하는 신비로운 글들은 기원전 3세기에 쓰였지만, 훨씬 이전에 쓰인 것으로 여겨져 왔다.
179 아우구스티누스, 《하느님의 도성》 8. 26.

배할 수 있고, 내가 말하기에는 너무 오래 걸리는 저 잡스러운 생물들을 경배할 수 있는 곳입니다. 그는 이집트가 언젠가는 우상을 빼앗길 것이라는 사실에 한탄합니다. 마치 오류와 그릇된 생각에서 해방되는 것보다 더 나은 것이 있을 수 있다는 듯, 또는 비참한 영혼이 스스로 일해야 하고 사람이 자신의 창조물 앞에서 떨어야 하는 것보다 더 나쁜 일이 존재할 수 있다는 듯 애석해 합니다. 사실, 그는 이집트뿐만 아니라 거의 전 세계에서 실제로 일어났던 일들이 일어날지도 모르는 때가 오리라고 말합니다. 아우구스티누스는 이것이 자신의 시대에 이루어졌다면서 진실을 말하지만, 그럼에도 불구하고 예언에 미리 정해진 시간이 얼마 남지 않았기 때문에 모종의 의심이 여전히 약하고 나태한 영혼을 괴롭힙니다.

이제 365년의 한 기간이 아니라, 그 기간의 네 주기도 채 안 되는 기간에 그리스도의 믿음이 항상 굳건히 서 있고 여러 곳에서 시간이 갈수록 늘어나고 있습니다. 그런데 사탄이 이 세월을 우리 종교의 수명 탓으로 돌렸을 때, 그가 거짓말을 했음과 그가 무슨 말을 하고 있었는지 몰랐거나 우리를 속이고 싶었다는 것을 누가 이해하지 못할까요?[180] 비록 우리가 말한 대로이긴 하지만, 많은 사람들이 이 문제에 대해 의심의 안개, 마음의 혼란, 그리고 그렇게 둔한 소심함을 가지고 있어 여전히 의심스럽습니다. 이는 누구든지 하느님의 능력을 완전히 의심하기 때문이 아니라, 인간은 자신의 장점에 대한 믿음이 부

[180] 초기 그리스도교는 365년이 아닌 360년을 지속할 것으로 예측하였다는 점에 주목하라. (앞 페이지 참조)

족하고 그에게 무상으로 주어진 것을 볼 정도로 감히 바라거나 희망을 품지 않기 때문입니다. 그런 천상의 축복을 자신의 가치 부족과 비교하면서 그는 자신의 축복이 진짜인지 망상인지 의심하기 시작하고 자신에게 묻기 시작합니다. 마치 축복받은 꿈에 의해 조롱당한 것처럼, 마치 이 삶에는 인간의 공덕을 위한 역할이 있는 것처럼, 그리고 마치 삶이 전적으로 하느님 은총의 작용이 아니었기 때문에 우리가 행복할 뿐만 아니라 존재할 수 있다는 것처럼 말이죠.

그러므로 내가 위에서 말한 것은 참으로 진실합니다. 우리가 보기에 우리는 은혜가 아니라 벌을 받을 가치가 있다고 보일 것입니다. 또 우리가 사실 틀렸다는 것도 아닙니다. 우리는 마땅히 벌을 받아야 합니다. "우리는 조상들과 같은 죄를 지었습니다. 불의한 행동을 하였습니다. 악한 일을 하였습니다."[181]

그러나 같은 〈시편〉 작가는 우리에게, 우리의 조상들이 벌도 받지 않은 채 하느님의 일을 잊어버렸고 하느님의 조언을 멸시했으며 하느님을 시험하였다고 물어볼지 모릅니다. 또 그분의 종 모세를 화나게 하였고 송아지 상을 만들었으며 조각한 상을 숭배하였고 초막 안에서 속삭였는지도 물어볼지 모릅니다. 게다가 죽은 희생물을 먹었고 그들의 아들을 악마에게 제물로 바쳤으며 무고한 피를 쏟아부었는지 물을지도 모릅니다.[182] 비록 그 〈시편〉이 하느님 안에서 언제나 무한

---

181 〈시편〉 106편 6절. "저희 조상들처럼 저희도 죄를 지었습니다. 불의를 저지르고 악을 행하였습니다."

182 〈시편〉 106편 참조.

하고 끊임없고 한결같은 그분의 자비에 대한 말씀으로 결론을 내렸지만, 그럼에도 불구하고 그는 일찍이 말합니다. "땅이 열려서 다단을 삼키고 아비람의 무리를 덮으니, 성막에서 불길이 치솟아 죄인들을 불태우셨으며 주님께서는 그분의 백성에 대하여 분노하셨고 주님의 자손들을 경멸하셨다."[183]

즉, 주님께서는 그들에게서 등을 돌리셨습니다. 이렇게 이 구절은 해석되는데 이 포기는 최악의 악이며 궁극적인 파멸에 가장 가까운 것입니다.

우리는 혹시 정당한 이유 없이 처벌받지 않고 가는 것일까요? 우리는 매일 벌을 받습니다. 사방에 위협도 있고, 어디에서나 찔리고, 주변에서 채찍질도 합니다. 그럼에도 불구하고, 우리는 어떤 욕망이 우리의 마음을 사로잡든 간에 고삐를 멈추지도 조이지도 않습니다. 우리는 마땅히 받아야 할 고통을 받지 않습니다. 그러나 고백하건대 우리는 죄에 대한 형벌과 처벌이 없었더라면 최소한의 벌만 받았을 것입니다.

저 초기 선조들은 높은 산봉우리들이 세상을 휩쓴 홍수에 잠겼을 때 너무 작은 벌을 받았습니까? 인류의 조상들과 다른 모든 숨 쉬는 것들의 앞에 넓은 바다가 나타났고 물결이 물러가면서 산길이 보였고

---

183 〈시편〉 106편 17~18절. "이에 땅이 갈라져 다단을 삼키고 아비람의 무리를 덮쳤으며, 불이 그 무리 가운데에서 일어나 불꽃이 악인들을 살라 버렸다."〈시편〉 106편 40절. "주님의 분노가 당신 백성을 거슬러 타오르고 당신의 소유를 혐오하게 되셨다."(엘리압의 아들들은 다단과 작당을 하고 모세에 반역하였고 모두 땅에 삼켜졌다.)

생명체들이 내려왔던 저 거대한 방주方舟에 의해 구원되었을 때는? 하느님께서 노하시어 하늘에서 죽음의 유황과 불덩어리들을 불경스러운 문명세계로 쏟아붓는 동안 그들은 벌 받지 않았나요?

이집트인들은 하늘에서 내려온 수많은 재앙에 끊임없이 시달렸을 때 너무 적은 벌을 받았을까요? 아시리아인들은 나약한 왕들을 섬기도록 강요받는 동안 너무 적은 벌을 받았나요? 번성하는 민족과 정복 국가들이 그들에 대항하여 분열되었을 때 그리스인들은 너무 적은 벌을 받았나요? 유스티니아누스가 말한 대로 "개별적으로 통치하기를 원하는 한 그들은 모두 힘을 잃었습니다."[184] 마케도니아인이 도착한 동시에 그런 일이 일어났습니다. 마케도니아는 그때까지 알려지지 않았지만 다른 나라들의 몰락으로 영광을 얻게 됩니다. 마케도니아인들이 너무 적은 벌을 받은 것은, 뜻하지 않게 천하에 오른 후, 갑자기 파멸로 떨어져 그들의 왕족들이 로마 장군들의 전투용 마차 앞에 쇠사슬에 묶여 카피톨리노 언덕으로 끌려가는 것을 보았을 때일까요?[185]

시칠리아인들과 스페인 사람들은 굶주린 늑대들 사이에서 약하고 무방비한 양처럼 로마인과 카르타고인들에게서 너무 적은 벌을 받았나요? 오랫동안 오늘은 이 군대의 먹잇감, 내일은 저 군대의 먹잇감

---

184 유스티니아누스, 《전형본》 8. 1. 1. 유스티니아누스의 《전형본》(3세기) 은 아우구스투스 시대에 활동했던 폼페이우스 트로구스의 《필리포스의 역사》를 요약한 것이다.

185 기원전 168년 마케도니아의 왕 페르세우스가 로마에 패한 후, 왕과 그의 아들들은 정복자 루키우스 아이밀리우스 파울루스가 로마에서 개선 행렬을 할 때 이끌려갔다.

으로 말입니다. 마지막 예로, 이탈리아는 로마인들의 손에 너무 적은 처벌을 받았나요? 그 새로운 종족에게 예상치 못한 노예 상태로 억압당하던 수많은 뛰어난 고대의 이웃들을 보면서 말입니다. 마침내 이탈리아 그 자체는 500년 동안의 소란과 무수한 전쟁으로 끊임없이 쇠약해졌고 큰 저항 없이 정복되었습니다. 카르타고와 그리고 모든 다른 나라들과 악의 온 세계가 공통의 분노와 슬픔 속에서 인류 전체가 한 사람에게 지배당하길 강요당했을 때 너무 적은 고통을 겪었을까요? 역사학자 플로루스의 말처럼, 우리가 방금 말한 500년에 "뒤따른 200년 동안" "아프리카, 유럽, 아시아를 통해 그리고 결국 전쟁과 승리를 통해 전 세계에 퍼져 나가고 있다"[186]는 로마인 때문일까요? 로마인들, 여러 나라를 정복한 그들 자신은 얼마나 잘 행동했을까요? 떠오르는 힘의 번창 속에 그들의 도시가 갈리아 세노네스족의 불길에 불탔을 때, 또는 그렇게 많은 노력으로 세계를 정복한 후에 내부의 불화로 고통스럽게 싸웠고 외부의 승리를 내전의 자극제로 삼아 다른 모든 사람을 정복한 다음에는 승리의 무기들을 돌려 자신들에게 겨누었을 때는 잘 행동하였던 것일까요?[187]

좀 더 최근의 야만성은 넘어가도록 하겠습니다. 우리는 이탈리아, 아프리카, 프랑스, 스페인을 자주 고트족, 훈족, 롬바르드족, 반달

---

186 플로루스, 《전형본》 1. 18, 2. 1. 안네우스 플로루스(기원후 2세기) 는 아우구스투스 시대까지 로마에 대한 짧은 역사를 썼다.

187 기원전 390년 갈리아의 세노네스족은 로마를 불태웠다. 로마는 기원전 88년 마리우스와 술라의 투쟁에서부터 기원전 31년 안토니우스와 클레오파트라를 상대로 한 옥타비아누스의 승리에 이르기까지 여러 차례의 내전을 겪었다.

족이 약탈하는 것을 봅니다. 우리는 너무나 많은 야만적인 침략과 너무나 많은 사람의 학살과 수많은 도시의 폐허를 보게 됩니다. 그리고 이것 외에도 우리 눈앞에는 눈물 없이는 볼 수 없는 우리 시대의 폐해들이 있습니다. 우리는 어디에서나 전쟁을 볼 수 있습니다. 도적들이 들끓어 다닐 수 없는 바다와 살기 힘든 땅과 그리고 인간들 사이의 조약이 깨어져 어디에도 안전한 곳이 없는 것을, 위반으로부터의 불안을, 그리고 한 세기 동안 평화의 집이 있었고[188] 우리 조상들이 들어보지 못한 전쟁의 이름이 있었던 곳에서 이제 우리는 떠돌이 약탈자들 무리와 음울한 고독, 황폐함, 두려움과 심지어 그리스도의 교회 문턱도 거의 피할 수 없음을 볼 수 있습니다.

여기에 왕들의 비참하고 비극적인 몰락을 덧붙입니다. 한 왕의 목은 올가미에 의해 부러졌고, 다른 한 사람의 몸은 칼에 베였으며, 다른 한 사람의 감옥은 칼과 올가미 때문에 더럽혀졌습니다.[189] 어느 시대에 그런 일이 동시에 일어났다고 들었습니까? 그들을 어떤 연보로 알 수 있었습니까? 그럼에도 우리는 이 모든 것을 우리 눈으로 보았습니다. 역사가들은 그런 악의 존재를 증명하였고 우리가 그것을 보는 경험은 어떻게든 그것에 대한 듣는 경이로움을 감소시킵니다.[190] 나는 모든 민족에게 알려진 문제에 대해 말합니다. 여러 왕국, 나폴리, 발레아레스 제도, 파리의 지도자들이 이를 증명합니다.

---

188 페트라르카는 한 세기 동안 프랑스가 큰 전쟁을 겪지 않았다고 여기에서 시사하고 있다.
189 페트라르카, 《행운과 불운에 대처하는 법》 서문 4.
190 같은 책, 1. 88, 2. 91. 세네카, 《서간집》 10. 2.

여기에다 전염병을 더하면, 전례 없이 마치 낫으로 베어내는 것처럼 일출에서 일몰까지 모든 인간 종족을 살육하고 있습니다. 시민이 격감한 도시, 매장에 사용된 들판, 무덤과 시체들을 위한 확장된 장소, 그리고 계급이나 명예의 구별 없이 누워 있는 시체 더미, 그리고 불쾌한 재로 뒤덮인 거대한 땅들을 더해 나갑니다.[191]

이 특이한 지진地震을 여기에 더합니다. 세계의 수장인 로마가 흔들렸고 탑이 무너졌으며 교회들이 쓰러지고 이탈리아와 알프스의 많은 부분과 독일 인근 지역이 흔들렸습니다. 라인강도 강의 왼편의 둑에 견고함을 자랑하며 서 있던 바실레아〔바젤〕라고 불리는 고귀한 반半 라틴풍의 도시와 마찬가지로 떨림을 느꼈습니다. 그 도시는 육지에 안전한 곳이 여기 존재한다고 할 때, 바로 그러한 장소에 가까울 것입니다. 나는 작년에 이 도시를 보았습니다. 이국적인 도시 중에서 가장 이탈리아 도시처럼 보였는데, 그것이 그 땅의 근접성 때문이든 아니면 주민들의 선천적인 상냥함 때문이든, 그곳에서 신성로마제국 황제를 기다리며 한 달을 꽉 채울 때까지 미루어진 기간 동안 나는 만족했을 뿐만 아니라 즐거웠습니다. 결국, 기다림이 헛되이 되어 나는 황제를 찾기 위해 약 20일간 그 도시를 떠나 있었습니다. 내가 돌아왔을 때, 그 도시의 모습은 이상하고 한심한, 아무것도 아닌 것으로 변해 있었습니다.[192] 얼마 전까지만 해도 그 집들의 웅장한 모습, 시

---

191 같은 책, 2. 92 참조. 1345년 아내인 나폴리의 조반나에 의해 살해당했다고 알려진 헝가리의 언드라시의 죽음, 1349년 전투에서의 마요르카의 하우메 왕의 죽음, 그리고 1356년 프랑스 왕 장 2세가 영국에 의해 포로로 잡혔다는 것을 페트라르카는 언급하고 있다.

민들의 교양 있는 성품, 도시의 지도자, 뛰어난 인물들, 그리고 어렸을 때 볼로냐에서 나와 같이 공부했고 그토록 많은 세월이 흐른 지금 나에게 되돌아온 친구들, 이 모든 것들이 내 마음을 즐겁게 하고 기다림의 지루함을 덜어 주었습니다. 그러나 얼마 지나지 않아 산더미 같은 바위와 침묵, 그리고 눈과 마음으로 지켜보는 사람들의 공포 외에는 아무것도 볼 수 없었습니다. 그래서 갑자기 어떤 꿈에 조롱당하고 있다는 생각, 자신이 속았거나 지금 속고 있다는 생각밖에 할 수 없는 변화가 일어났습니다.

이러한 일반적인 불행에 인간 개개인의 삶에서 느껴지는 것들, 즉 고통스러운 일, 신체적·정신적 질병, 온갖 종류의 셀 수 없이 많은 위험을 더하십시오. 왜 두려워하지 않는 거죠? 사람들이 두려워하는 것, 수많은 형태의 노력과 삶의 지루함을 잊게 해주세요. 아무것도 이보다 더 억압적이지 않습니다. 이 수천 가지의 유혹과 영원한 마귀의 음모와 영혼의 격렬한 공격, 우리 영혼을 위해 내면에서 수없이 치르는 끝없는 전투를 더하십시오. 나는 인류의 각 연령대에 적합한 폐해에 대해서는 언급조차 할 수 없습니다. 즉, 어린 시절의 진지함 부족, 청소년기의 열정, 성년기의 투쟁, 걱정과 암울함, 초조한 근심과 해결되지 않은 불평, 그리고 마지막으로 영예도 권력도 매정하게 존중하지 않는 죽음에 대한 두려움입니다. 마침내 모든 인간의 공통적인 두려움을 생각해 보고 내가 종교적인 토론에서 운명의 이름을 사용할 수 있다면, 저 거침없는 괴물과 "탐욕스러운 아케론193의 울부

---

192 바젤을 파괴했던 1356년의 지진에 대해 언급하고 있다.

짖음"194과 세상의 무질서와 죽음의 폭풍 소용돌이와 "발밑에 그것을 던질"195 수 있었던 사람은 누구나 시인의 축복을 받은 것으로 묘사될 만합니다. 그리고 이 눈물의 계곡196속에서 어떤 축복이라도 바라야 할 것입니다.

이 많은 문제 중 몇 가지를 언급하겠습니다. 나는 다른 어떤 생명 체보다 더 비참한 우리의 있는 그대로의 모습에 대하여 침묵하고 있 습니다. 나는 다른 생명체에서는 그렇게 명백하지 않은 우리의 약점 을 무시하고 있습니다. 나는 다른 어떤 생명체에서도 그렇게 빈곤하 고 비참하게 나타난 적 없는 인류의 궁핍함에 대해서는 언급하지 않 을 것입니다. 걱정스럽고 끝이 없으며 만족할 줄 모르는 우리의 헛된 희망에 대해서는 말하지 않겠습니다. 나는 우리의 삶에 대한 맹목적 인 욕망, 죽음에 대한 쓸모없는 공포, 너무 빨리 오는 슬픔, 그리고 너무 늦게 오는 웃음, 자신을 모르는 바로 그 영혼의 무지, 온갖 문제 에 대한 터무니없는 지식의 결핍, 그리고 지식의 부족함을 매일 더 많 이 깨달은 뒤 지식을 늘리는 데 드는 노동, 슬픔, 그리고 가치 없는 것을 가져야 할 더 많은 이유를 축적하는 그 지식을 향한 우리의 고된 탐구에 대하여 침묵하고 있습니다.

이 시점에서 나는 공적인 문제와 사적인 많은 문제를 모두 제기할

---

193 그리스 신화에 나오는 저승의 강으로 슬픔, 비통함을 상징한다.
194 베르길리우스, 《농경시》 2. 492.
195 위와 같음.
196 상징적인 말로서 세상과 삶을 통해 느끼는 슬픔을 의미하며, 슬픔이 인간 경험의 선천적인 부분이라는 것을 암시한다.

수 있지만, 앞에서 서술한 것으로도 충분하고 충격적입니다. 만약 내가 이 모든 문제에 이야기하고자 한다면 나는 한 권의 책뿐만 아니라 여러 권의 책들을 채워야 할 것입니다. 이는 내가 힘과 여가가 있는 한, 다른 일에서 추구해야 할 과제라고 생각하는 일입니다.

그러나 이 노력에 더 부합하는 것은 세상의 모든 문제와 나머지 재앙을 만들어 낸 인류의 죄이고, 이들은 무수하고 무한합니다. 죄가 없다면 인간의 비참함도, 재앙도, 혼란도, 죽음도 없을 것입니다. 그러나 그들은 너무 커서 우리의 양심을 찌르는 것보다 더 커다란 또 다른 악을 가져옵니다. 즉, 심판에 대한 두려움과 우리를 끊임없이 훈계하는 상존의 벌, 이것은 다른 모든 악보다 위입니다. 우리의 죄는 우리를 불성실하게 만들고 믿음이 부족하게 하며 끊임없이 절망하게 하고 마치 하느님이 인간의 걱정을 돌보지 않으시는 것처럼 모든 범죄와 수치를 당하게 합니다. 그러므로 우리는 이와 같은 큰 천상의 은혜가 우리의 공로에 대한 대가로 주어진다는 것을 상상할 수 없는 것 같습니다. 마치 하느님께서 인류가 죄를 지을 수 있는 것보다 더 많이 불쌍히 여기시지 않는 것처럼, 그리고 예언자의 그 구절이 진실이 아닌 것처럼 말입니다. "당신이 화가 나실 때, 당신의 자비를 기억하십시오."[197] 그리고 이 문제들에 대해 앞서 언급되었던 다른 말들도 기억하십시오.

---

[197] 〈하바쿡서〉 3장 2절. "주님, 저는 당신의 명성을 들었습니다. 주님, 저는 당신의 업적을 두려워합니다. 저희 시대에도 그것을 되살리시고 저희 시대에도 그것을 알게 해주십시오. 노여우셔도 자비를 잊지 마십시오."

양심의 힘은 우리 기억의 모든 것을 지워 버리기 때문에, 우리는 다음의 이 구절을 마음에 두지 않고 매일 세상이 존재한다는 사실에 놀라고 있습니다. "하느님의 자비심이 우리가 멸망하지 않은 이유입니다."198 이 자비는 분명 무적의 기둥이며 그렇게 큰 죄의 더미에 짓눌린 세상을 지탱하는 움직일 수 없는 토대입니다. 비록 불쌍히 여기시지만 하느님께서는 벌을 내리시고, 비록 드물게 벌을 내리시지만 그럼에도 매우 가혹하게 벌을 주십니다. 이것이 사실이라고 믿지 않는 사람은 자신을 보도록 하십시오. 누구나 자신의 내면에서 자신에게 주어진 고난의 몫뿐만 아니라, 그가 견딜 수 있는 것보다 조금 더 많은 몫을 발견할 것입니다. 이는 내가 진정으로 말하고 있었다는 것을 증명할 수 있는 발견입니다.

이 세상에는 예외적인 사람들이 몇 명 있습니다. "그들은 고통받는 인간의 일부가 아니며 인간성으로 벌을 받지도 않습니다."199

그러나 누구든지 하느님의 성소에 들어가야 한다면 "이 백성들의 끝이 어떻게 될지 생각하도록 하십시오". 200 아아! 얼마나 더 가혹하고 더 지속적인 벌이 그들에게 남겨졌는가! 이 모든 벌을 보고 내가 내 말로써 하느님의 자비를 깎아내린다고 생각해서는 안 됩니다. 오

---

198 〈애가〉 3장 22절. "주님의 자애는 다함이 없고 그분의 자비는 끝이 없어,"

199 〈시편〉 73편 5절. "인간의 괴로움이 그들에게는 없으며 다른 사람들처럼 고통을 당하지도 않네."

200 〈신명기〉 32장 20절. "그리고 주님께서 말씀하셨다. '나는 그들에게서 나의 얼굴을 감추고 그들의 끝이 어떻게 되는지 지켜보리라. 그들은 타락한 세대 진실이라고는 전혀 없는 자식들이다.'"

히려 나는 자비와 정의가 섞여 있다는 것을 증명합니다.

나는 특히 많은 죄를 지었지만 자비를 감히 바라지 못하는 특정인들의 경직된 마음을 누그러뜨리고, 부수고 싶습니다. 비록 심판자로서 벌을 내리실지 모르지만, 하느님께서는 심판자의 엄격함보다 아버지로서의 자비를 훨씬 더 많이 보이시면서 연민을 품고 계십니다. 만일 그렇지 않고 인간의 본성을 확립하신 하느님께서 그것을 치료하는 데 도움을 주지 않으셨다면, 오랫동안 우리가 벌을 받을 수 있는 것은 이제 아무것도 남지 않았을 것입니다. 병들고 상처 입은 인류의 활력보다 더 큰 것은 질병의 힘입니다. 인류를 위한 하느님의 은총의 크기나 말씀의 드높음을, 누가 인간의 말로 설명하거나 심지어 인간의 마음속에서 상상할 수 있을까요? 진정으로 하느님의 선물을 판단하기 위해서는 하느님의 도움이 필요하며, 하느님의 은총을 알아보는 것은 하느님의 은총에 의해 가능한 일입니다. 인간이 혼자 힘으로 천상의 신비를 알 수는 없습니다. 그럼에도 비록 어둠 속에서 지쳤지만, 눈이 멀고 다리를 저는 사람들이 바른길을 찾으면서 떨고 있으므로, 나는 내가 안다고 자처하는 것보다 더 많이 지식을 얻으려고 하는 이 문제들에 대해 몇 마디 말씀드리겠습니다.

자, 보십시오! 우리의 약점은 항상 눈앞에 있습니다. 우리는 인간의 상태와 불행에 대해 우리에게 경고하지 않은 것은 하지 않으며, 이에 대해 어떤 작가들은 책을 전집으로 발간했고 다른 작가들은 여전히 뛰어난 논문들을 발표해 왔습니다. 대*플리니우스는 그의 《박물지》201 7권에서 이것을 간략하게 언급했는데, 훌륭한 문체와 풍부한 아이디어로 표현했습니다. 아우구스티누스는 그의 저서 《하느님의 도성》202에서 이것에 대해 더 폭넓게 썼습니다. 다른 모든 이들보다 먼저 키케로는 이 주제에 《위안》203을 바쳤습니다.

나 역시 가끔 무언가를 쓰고 방황하는 펜을 그 영역으로 밀어 넣고 싶은 영감을 받았습니다. 다만 너무 대단하고 너무 잘 알려진 것은 제외하고 말입니다. 너무 다양한 생각이 그들에게서 제시되었을 것이기 때문에, 나는 어디서부터 시작해야 할지, 가장 중요한 점이 무엇인지 확신할 수 없을 것입니다. 나는 그토록 큰 문제는 결코 충분히 설명할 수 없으며 그 문제에 대해 무슨 말을 하든 불필요하리라고 생각했습니다. 나는 아무도 그것에 대해 새로운 말을 할 수 없다고 생각했습니다.

그러므로 이 한 가지를 기억하는 것만으로도 충분합니다. 인간보다 더 비참한 것은 없고 더 약한 것은 없으며 더 가난하고 외부의 도움이 필요한 것도 없습니다. 우리가 그런 가난과 나약함과 비참함을 직접 경험했을 수도 있지만, 우리는 책도 없이 누구의 훈계도 없이, 우리가 어디에서 왔으며 우리가 무엇이고 우리의 미래가 어떨지 알고 있습니다. 우리가 스스로 속이지 않는 한, 우리는 자신이 어떤 길을 가고 있는지 어디에서 와서 어디로 갈지를 알고 있습니다. 우리가 자신을 염두에 두고 있는 한, 우리는 이러한 문제들을 잊을 수 없습니다.

---

201 플리니우스, 《박물지》 7. 6. 대 플리니우스(23~79년)는 고대 로마의 박물학자, 정치인, 군인이다.

202 아우구스티누스, 《하느님의 도성》 22. 22.

203 키케로의 《위안》(*Consolatio*)은 기원전 45년에 쓰인 철학적 작품. 딸 툴리아가 죽은 그해에 슬픔을 달래기 위해 썼다.

그러나 이와는 반대로 우리는 하느님 본성의 전능한 위엄을 상상하고 "우리가 이해하게 된 그런 징후들을 통해 하느님의 신비를 바라보는 것"204을 생각할 만큼 잘 알지 못합니다. 경외심을 품고 우리 인간의 눈을 압도하는 태양의 빛과 함께, 자신의 지성이 너무 모자라다고 믿었던 소크라테스가 말했듯 우리는 아무것도 모르는 게 아니라, 이 한 가지를 확실히 알고 있습니다. 즉, 이 존재하시는 분은 말로 표현할 수 없고 이해할 수 없으며 우리의 마음에 와닿을 수도 없습니다. 우리의 얕은 재능과 하느님의 높으심을 동시에 고려하는 사람은 공포와 놀라움을 느끼게 됩니다. 이는 우리가 그 일이 일어난 후에도 완전히 이해할 수 없는 것입니다. 그 일이 일어나기 전에 누가 그런 생각이나 했겠습니까? 하느님께서 우리의 끔찍한 비참함을 위해 마련해 주신 이 치료법이 얼마나 강력하고 자비로운가요! 눈이 멀고 약한 우리는 아직도 우리가 사랑하는 하느님의 빛에 시선을 고정하고자 하지만 그렇게 강렬한 빛의 세기를 견딜 수 없고 감히 그럴 수도 없습니다. 그럼에도 불구하고 우리에게 주어진 은혜는 그런 약함으로 축복받았습니다.

나는 "우리가 마땅히 받아야 할 것 이상" 또는 "우리가 마땅히 받아야만 하는 것 이상"이라고 말하지 않습니다. 나무의 푸르름이 뿌리에서 말라 버리는 것처럼 우리의 모든 장점은 우리의 조상인 아담과 함께 쪼그라들었습니다. 나는 "우리가 적어도 기도 안에서 하느님께 적

---

204 〈로마서〉 1장 20절. "세상이 창조된 때부터, 하느님의 보이지 않는 본성 곧 그분의 영원한 힘과 신성을 조물을 통하여 알아보고 깨달을 수 있게 되었습니다. 따라서 그들은 변명할 수가 없습니다."

절한 감사를 표함으로써 보답할 수 있는 것보다 더 많은 은혜"라고 말하는 것이 아니라, "우리가 이해할 수 있거나 희미하게 의심하는 것보다 더 많은 은혜"라고 말하는 것입니다.

그러므로 기뻐하십시오. 인간의 본성은 극심한 불행으로부터 모든 지성을 동원하여 생각할 수 있는 것보다 더 축복받았습니다. 여러분의 학식 있는 천재들을 이 일에 집중시키십시오. 들어 보세요, 플라톤, 아리스토텔레스, 피타고라스, 여기에 비밀이 숨어 있습니다. 그 우스꽝스러운 순환과 공상에 따른 영혼의 이주가 아니라, 진정한 구원의 더 큰 신비가 있습니다.

들어보세요, 바로여, 인간에 대해 가장 많이 연구한 당신, 신비한 일들에 대해 가장 열심히 탐구한 당신, 여기에 당신 신들의 모임과 그들의 오류가 아니라, 하느님께 대한 진실과 숭배가 설명되어 있습니다.

한 발 더 나가서, 키케로와 데모스테네스입니다. 이것은 세속적인 토론이 아니라 천상의 토론입니다. 여기서 여러분의 재능과 능력이 무엇을 할 수 있는지 보십시오. 또 당신들, 호메로스와 베르길리우스도 정신적으로 참석하십시오. 여기에는 그리스 왕도 로마 황제도 장군도, 그 거짓된 "올림포스의 최고 통치자"[205] 유피테르도 없습니다. 진정한 천국의 통치자인 그리스도께서 찬양받고 있습니다.

하늘과 땅 사이의 먼 거리를 생각해 보십시오. 그리고 여러분이 그토록 오랫동안 일한 것이 헛되게 되었을 때, 나는 여러분이 유익하게

205　베르길리우스, 《아이네이스》 2.779.

일하기를 기도합니다. 그리고 세상이 구원받기 위해서는 반드시 하늘과 맺어져야 한다는 것을 마음속으로 떠올리세요. 어떻게 이런 일이 일어날까요? 여기 여러분의 영리함과 지성이 필요합니다. 나는 여러분이 그런 문제를 고려해 본 적이 없다고 생각합니다. 자, 어서 생각하고 열심히 노력하세요. 여러분의 마음을 날카롭게 하고 타고난 힘을 향상하십시오. 비록 여러분의 마음은 곧 높이 오르겠지만, 나는 이 목표에 도달하지 못하리라 생각합니다. 찾는 데 지쳐서 여러분의 마음은 후퇴할 것입니다.

여러분은 후대에게 구름, 비, 번개, 바람, 얼음, 눈, 폭풍우, 우박, 동물의 성질, 약초의 효능, 물질의 속성과 바다의 만조, 땅의 흔들림, 하늘과 별들의 움직임 등을 예리하게 대하고 세밀하게 조사하여 많은 논의를 남겼습니다. 그러나 여러분은 그 모든 연구에서 하늘이 어떻게 세상과 하나로 연결되고 합쳐지는지는 보지 못했습니다. 아마도 확실히 불가능해 보이고 자연의 법칙에 반하여 이렇게 넓고 멀리 있는 곳과 세상을 연결하는 것은 위대해 보일지도 모릅니다. 그러나 세상을 구하기 위해 움직이고 구부려야 하는 더 크고 더 먼 무언가가 있습니다.

확실히 하늘과 땅 사이의 거리는 정말 멀지만 한정된 한편, 하느님과 인간 사이의 거리는 무한하다고 고백합니다. 사실, 인간은 흙이며, 그로부터 자신의 이름을 얻었습니다. 206 인간은 흙에서 일어났

---

206 페트라르카는 어원이 *homo*(사람)인 라틴어 *humanus*(인간)와 *humus*(땅) 사이에 잘못된 어원적 관계를 이끌어 내고 있다.

고, 흙 위에서 살고, 흙으로 돌아갈 운명입니다. 그러나 하느님은 하늘에 계신 것이 아니라, 하늘 그 자체를 창조하신 분이십니다. 하늘과 땅에, 현재와 먼 미래 모두에 계신 것입니다. 하늘이 땅보다 더 높다고 인정하더라도 창조자와 지배자 모두는 여전히 "하늘과 땅과 바다와 그 안에 있는 모든 것을 만드신 분"[207]이신 같은 하느님이십니다. 그리고 하느님께서는 특정한 공간만을 차지하지 않으시기 때문에, 정의롭게 다스리시고 모든 창조물 위에 우뚝 서 계십니다.

그럼 어떻게 될까요? 필요 이상의 많은 호기심을 가지고 문제들을 책과 기억에 맡기면서도, 가장 위대하고 가장 유익하며 필수적인 한 가지에 대해서는 침묵해 온 학식 높은 여러분에게 묻습니다. 아우구스티누스는 이렇게 증언합니다. 여러분이 지닌 필사본 중 일부는 하느님을 예언하고 그분의 말씀을 담고 있으며, 믿음의 가장 중요한 문제들과 아버지와 영원히 함께하는 아들 예수님에 대한 〈복음서〉 저자들의 글에 동의하는 많은 문제를 담았다고 알려져 있고 아우구스티누스도 이를 증언합니다. 이 말들, "처음에 말씀이 계셨고 말씀은 하느님과 계셨으며 하느님은 말씀이셨다"[208]와 "모든 것은 그분을 통해

---

207 〈시편〉 146편 6절. "그분은 하늘과 땅을, 바다와 그 안의 모든 것을 만드신 분이시다. 영원히 신의를 지키시고, "〈사도행전〉 14장 15절. "말하였다. '여러분, 왜 이런 짓을 하십니까? 우리도 여러분과 똑같은 사람입니다. 우리는 다만 여러분에게 복음을 전할 따름입니다. 여러분이 이런 헛된 것들을 버리고 하늘과 땅과 바다와 또 그 안에 있는 모든 것을 만드신 살아 계신 하느님께로 돌아서게 하려는 것입니다.'"
208 〈요한복음〉 1장 1절. "한 처음에 말씀이 계셨다. 말씀은 하느님과 함께 계셨는데 말씀은 하느님이셨다."

이루어졌고, 그분 없이는 아무것도 이루어지지 않았다", 209 그리고
"말씀이 육체를 이루셨다"라는 말과 그것이 어떻게 세상과 연결되었
고 "우리 가운데 살아 계셨다"210라는 말, "위대한 플라톤은 몰랐다",
또한 "유창한 웅변가 데모스테네스는 그들에 대해 무지하였다"211라
는 말들을 히에로니무스는 하고 있습니다.

　이들 중 플라톤은 "하느님은 인간과 섞이지 않는다"212고 말한 것으
로 알려졌습니다. 그러나 플라톤이여, 당신은 이것을 거짓으로 말했
거나, 또는 이 의견과 관련된 혐오감이 당신에게 거짓말을 하게 하였
던 것입니다.

　이 점에서 세네카는 얼마나 더 나은가요? "신은 인간에게 오십니
다. 신이 없으면 어떤 마음도 선하지 않을 것입니다"213라고 그가 말
했기 때문입니다. 분명 우리 하느님께서는 우리가 그분께로 갈 수 있
도록 우리에게 오셨고, 우리와 함께 살아 계실 때 "사람의 외모와 같
이 자신을 드러내시면서"214 인간과 교류하셨습니다. 플라톤이 부인

209　〈요한복음〉 1장 3절. "모든 것이 그분을 통하여 생겨났고 그분 없이 생겨난 것은
　　　하나도 없다."
210　〈요한복음〉 1장 14절. "말씀이 사람이 되시어 우리 가운데 사셨다. 우리는 그분
　　　의 영광을 보았다. 은총과 진리가 충만하신 아버지의 외아드님으로서 지니신 영
　　　광을 보았다."
211　히에로니무스, 《서간집》 53. 4.
212　위와 같음.
213　세네카, 《서간집》 73. 16.
214　〈필리피서〉 2장 7절. "오히려 당신 자신을 비우시어 종의 모습을 취하시고 사람
　　　들과 같이 되셨습니다. 이렇게 여느 사람처럼 나타나,"

하면서 몰랐던 것과 세네카 또한 인정했음에도 불구하고 몰랐던 것이 확실히 한 가지 있습니다. 이것은 그의 신성神性이 누군가에게 그것을 드러내지 않는 한 인간에게는 전혀 알려지지 않은 것이었습니다. 그리고 그것은 태초부터 하느님의 계획에 따라 이루어졌습니다. 즉, 인간을 나타내어야 하고 신성을 무너뜨려야 한다는 것입니다. 각각은 똑같이 일어났고, 이것이 없었더라면 인류는 영원히 병들고 고달팠을, 유명한 결합입니다.

다른 한 편이 없이 한 편이 일어날 수 없었을 뿐만 아니라, "하늘을 굽어보시고 내려오신 그분"[215]과 땅을 보시고 그것을 떨게 만드시는 그분을 통해서가 아닌 다른 어떤 힘을 통해서도 일어날 수 없었을 것입니다. 그러므로 그분을 통해서, 다른 사람을 통해서가 아니라 이런 일이 일어났습니다.

정말 말로 표현할 수 없는 성사聖事군요! 인간은 이성적인 영혼과 육체를 가진 인간, 피할 수 없는 사고와 위험과 욕구에 노출된 인간보다 더 높은 곳으로 올라갈 수 있었습니다. 간단히 말해서, 진실하고 완벽한 인간, 설명할 수 없는 일이지만 말씀과 함께 있다고 여겨지는 한 사람, 하느님의 아들이자 아버지와 합치되어 있고 영원히 그분과 함께이신 인간입니다. 이 완벽한 인간이 완전히 다른 요소들의 경이로운 결합으로 그분 자신 속에 있는 두 본성에 합류함으로써 인류는 가장 높은 곳으로 올라갈 수 있었습니다. 인간이 하느님이 다다르실

---

215 〈시편〉 18편 10절. "그분께서 하늘을 기울여 내려오시니 먹구름이 그분 발밑을 뒤덮었네."

수 있는 높이보다 더 높이 올라갈 수 있을까요? 반면에 신성은 박해와 모욕과 공포 그리고 죄를 제외한 우리의 모든 악폐를 겪게 될 인간의 육체를 가정하고, 그다음 궁극적인 학대 — 채찍질과 수난과 그리고 "십자가의 죽음"216 — 를 당했을 때 가장 낮아지고 줄어들었습니다. 그분께서는 당신이 붙잡아 올리신 인류의 구원을 위해 겸손히 내려오셨습니다.

인간의 정신은 적어도 지성이 아니라 믿음에 의해서만 파악되고, 완고하고 교만한 지성으로는 파악할 수 없는 사안에 대해 스스로 수많은 이단異端을 만들어 냈습니다. 특히 그러한 이단 중 두 개의 이단이 있습니다. 한쪽은 그리스도가 오직 신일 뿐 인간이 아니었다고 말하고, 다른 한쪽은 그리스도는 신이 아닌 인간일 뿐이라고 주장합니다.217 더구나 이들 이단 각각의 완고함은 진정한 믿음의 충격으로 상처 입은 또 다른 나머지 이단들의 고집과 마찬가지로 충실한 신도들에게는 경고를 주지만, 그들의 지지자들에게는 영원한 파멸을 안겨 줍니다. 이제 그 치명적인 교리의 독이 더 감지되지 않고 속이거나 숨길 수 없을 정도로 참 진리가 널리 퍼져 왔습니다.

우리의 눈과 손은 모든 곳을 감지합니다. 신도들의 문 앞에 이단적

---

216 〈필리피서〉 2장 8절. "당신 자신을 낮추시어 죽음에 이르기까지, 십자가 죽음에 이르기까지 순종하셨습니다."

217 니케아 공의회(기원전 325년) 참조. 니케아 공의회는 325년 현재 튀르키예 북서부에 있던 콘스탄티아누스 황제의 니케아 별궁에서 열렸던 그리스도교의 공의회이다. 부활절과 삼위일체론 등이 논의되었으며, 아리우스파를 이단으로 정죄하여 교회에서 추방하고, 아타나시우스파의 삼위일체론을 정통으로 인정하였다.

인 돌팔이가 나타나는 것은 헛된 일입니다. 보이지 않는 적은 포위되어 있습니다. 그의 모든 속임수는 눈에 띄고 그의 온갖 간계奸計는 속이 뻔히 들여다보입니다. 거친 양치기, 철갑을 두른 병사, 힘든 노동자, 밤샘하는 상인, 떠돌이 뱃사람, 심지어 충실한 늙은 할머니까지도 그를 경멸할 것입니다. 비록 사람들이 자신의 신앙의 규범과 방어를 위한 논리를 정확히 알지는 못하더라도, 진정한 교리에 익숙해졌고 거룩한 하늘나라의 천둥소리로 가득 차 있는 그들의 경건한 귀는 모든 신성모독으로부터 고백의 단순함과 믿음의 힘으로 보호받습니다.

그러나 적은 믿음의 힘에 압도되어 쫓겨나면 다른 계략을 모색할 것입니다. 그는 노동의 수고, 시간 낭비, 그리고 쉽지 않은 성공을 이용할 것입니다. 그는 "좋아, 그리스도를 하느님이라고 치자. 누가 그에게 복종하겠는가? 누가 그런 가혹한 명령을 내릴 것인가? 하느님이 인류가 구원받기를 원했다면 그들에게 더 많은 힘을 주거나 더 가벼운 명령을 내렸을 것이다"라고 말할 것입니다. 다시 말하지만, 인간의 계획조차 다른 사람들에게 감추어져 있는데 누가 하느님의 계획을 알아낼까요? 그러므로 그분께서 우리를 일깨우기 위해 명령을 내리시는지, 심판의 날에 어떤 명령이 이행될지 기억하시고 소홀히 한 것은 잊어버리시려고 겁을 주시는지 누가 알겠습니까?

형제 여러분, 이 사악하고 거짓된 제안에 우리 모두 항의합시다. 다 같이 하느님께 부르짖읍시다. 주님께서는 우리의 목소리를 들으실 것이며 우리의 의로운 부르짖음은 그분의 귀에 울릴 것입니다. 218

---

218 〈시편〉 5편 4절 참조. "주님, 아침에 제 목소리 들어 주시겠기에 아침부터 당신

우리 각자가 혼신의 힘을 다해 그렇게 말합시다. 할 수 있다면 우리 각자가 눈물을 뿌리고 탄식으로 목이 쉬게 합시다. 어떤 멜로디도 하느님을 더 기쁘게 하지 않습니다. 그분께서는 사랑을 받기를 원하십니다. 그분께서는 사람들이 그분 안에서 희망을 품기를 원하시며 그들이 애통하게 기원하기를 바라십니다.

　그러나 각자는 "주님, 저의 영혼을 사악한 입술과 속임수 혀로부터 해방하여 주십시오"[219] 하고 말하십시오. 악의 정신은 살과 뼈를 가지고 있지 않으며 혀와 목소리도 없습니다. 그래서 어떻게 말할까요? 아, 그에게 무기가 없다면 좋겠고, 무기를 가지고 있다면 무장해제하여 우리의 위험이 없어지기를 바랍니다! 아마도 이런 일은 일어나지 않을 것입니다. 왜냐하면, 우리 군대가 이 적과 싸우면 싸울수록, 적은 우리의 지도자인 하느님께 더 눈에 띄고 받아들여질 수 있기 때문입니다. 우리의 영혼 안에서 마귀는 많은 것을 말하는데, 우리는 오랜 훈련 후에 조용히 저항해야 합니다. 우리는 이러한 적들과 그들의 잘 알려진 계략에 대비하여 스스로 튼튼히 하고 경계해야 합니다. 그들은 내가 이미 말했듯이, 우리의 벽 안과 심지어 영혼의 가장 깊은 곳에서도 경험할 수 있는 적들입니다.

　게다가 영혼들은 때때로 혀와 목소리를 모두 가지고 있습니다. 누군가가 "무슨 혀를 말하는 겁니까?"라고 말할지도 모릅니다. 확실히,

---

께 청을 올리고 애틋이 기다립니다." 〈시편〉 91편 15절. "그가 나를 부르면 나 그에게 대답하고 환난 가운데 내가 그와 함께 있으며 그를 해방하여 영예롭게 하리라."

219　〈시편〉 120편 2절. "주님, 거짓된 입술에서 속임수 혀에서 제 목숨을 구하소서."

사악한 사람들의 혀와 폭도들의 목소리가 그렇게 수많은 혀에서 나온 것이라면, 온 사람들은 하나의 목소리를 가지고 있는 것입니다. 그 목소리는 욕망을 찬양하고 미덕을 경멸하며 그리스도의 길은 접근하기 어렵거나 적어도 불확실하다고 말합니다. 진실은 목격자가 거의 없습니다. 우리는 이런 상황에 살고 있습니다. 우리는 이 짧은 시간 안에 던져졌습니다. 나는 우리가 이러한 관행을 이용하지 말고 저항해야 한다고 말합니다. 나는 이 시대의 파도 속에서 여전히 불확실한 결과를 향해 항해하는 우리 비참한 사람들에게 이는 힘들고 꽤 어려운 일이라고 말합니다. 우리는 끊임없이 세속적인 매력의 흐름에 이끌립니다. 오직 우리의 죄와 집착을 멈추는 것만이 우리가 한숨을 돌리게 할 것입니다.

한편, 불확실한 항해 끝에 항구에 이미 도착한 여러분은 안전하고 유리한 고지를 점하고 미래에 대비하기 훨씬 쉬운 기회가 있습니다. 정말로 여러분은 세상의 매듭, 사업의 올가미, 일상생활의 사슬을 끊었습니다. 여러분은 많은 폭풍우 속에서 살아남았고, 이제 휴식을 취하고 시간을 갖는 곳에 있습니다. 그러므로 여러분 투쟁의 목표였던 구원의 특별한 사색에 필요한 자유시간을 축복받길 바라고, 다른 모든 걱정은 냉정하게 무시하십시오. 그리고 단지 소수의 사람만이 이해하고 있지만, 여러분의 여가로부터 어떤 혼란스러운 집착이 생기는 일이 없도록 하느님의 큰 선물을 충분히 이용하십시오. 사실, 여러분은 편안하고 나태하며 여러분의 마음을 약하게 하는 여가가 필요한 것이 아니라, 무엇보다 종교적이고 순명적인 여러분의 독특한 특질을 고려하여 단단한 여가가 필요합니다.

그러므로 형제 여러분, 이렇게 하십시오. 이 구원의 길을 따라 계속 걸으십시오. 다른 길은 더 바르지 않고, 더 안전한 길도 없습니다. 그리고 이런 이유로 나는 오늘 여러분에게 "시간을 가지라"고 자주 요청했습니다.

히에로니무스의 성경 번역 중 더 오래된 번역본은 "시간을 가져라"[220]라고 쓰인 곳에서 "자유시간을 관리하라"라고 말하고 있습니다. 아우구스티누스는 다음과 같이 말하면서 두 번째 말을 고수합니다.

"우리는 확실히 한 가지를 추구하는데, 그보다 더 간단한 것은 없습니다. 그러니 간결하게 찾아보겠습니다. 그는 자유시간을 관리하면 내가 하느님이라는 것을 알게 되리라고 말합니다. 이것은 나태함의 여가가 아니라 장소와 시간의 제약으로부터 자유로워야 할 사고思考의 여가입니다."[221]

형제 여러분, 그가 덧붙인 것이 얼마나 심오하고 멋진 충고입니까? 분명히 이해될 것입니다. 즉, "이러한 자부심과 변덕의 환상 때문에 우리는 지속적인 일체성을 볼 수 없습니다. 장소의 한계는 우리에게 사랑할 무언가를 제공합니다. 시간의 한계는 우리가 사랑하는 것을 빼앗고 우리의 욕망을 이런저런 것으로 자극하는 환상의 무리를 우리의 마음속에 남겨 둡니다. 그러므로 우리의 마음은 불안해지고 책망하게 되어, 그 환상을 끌어당기는 일을 하고 싶지만, 헛수고가 됩니다. 그

---

220 〈시편〉 46편 11절. "너희는 멈추고 내가 하느님임을 알아라. 나는 민족들 위에 드높이 있노라, 세상 위에 드높이 있노라!"
221 아우구스티누스, 《참된 종교》 35. 65.

래서 노력하지 않으면 얻을 수 없는 것들은 바라지 않는다는 결과에 도달하여, 차라리 마음이 편안해지도록 여가를 찾게 됩니다."[222] 헌신과 저술에 모두 위대함을 보인 그 사람은 이렇게 말했습니다.

형제 여러분, 나는 여러분을 이 여가에 부르겠습니다. 나는 이것을 요구합니다. 나는 권유합니다. 간청합니다. 여러분의 여가를 관리하고 시간을 가지십시오. 이 두 가지 조언은 최고입니다. 아니, 그 조언들은 다음의 말과 같습니다. "내가 하느님이라는 것을 깨닫게 될 것이다"와 "내가 하느님이라는 것을 알게 될 것이다."[223]

길은 달콤하고 그 끝은 축복입니다. 시간을 가지면서 보고, 여가를 관리하며 깨닫고 오르는 것은 영원한 휴식을 위한 최소한의 노력으로 그 자체가 매우 바람직한 목표일 뿐만 아니라, 영원한 축복에 대한 세속적인 기쁨을 통해 엄청난 은혜의 보상을 받게 될 것입니다. 더 높이 올라가는 길이 있는 이 정상까지 올라가서, 이 여가의 절정에서 멈추십시오. 여기서 여러분의 귀를 막는 소음도 없고 당신의 눈을 막는 먼지도 없이, 적의 모든 속임수와 유혹을 바라보십시오.

내가 말했듯이, 이 모든 진리를 다 가르쳐 주신 그리스도 덕분에 우리는 잘 훈련된 마음과 귀가 그들 자신의 본성 때문이든 자연스러워진 습관에 의해서든 진리와 반하는 말로 들린다면 어떤 것이라도

---

222 위와 같음.
223 〈시편〉 46편 11절. "너희는 멈추고 내가 하느님임을 알아라. 나는 민족들 위에 드높이 있노라, 세상 위에 드높이 있노라!"

거절하게 되겠지만, 그럼에도 불구하고 우리는 그리스도를 찬양함으로써 그리스도에 도달하는 여러분의 여정을 방해한다고 여길 수 있는 불신자의 더 교묘하고 사악한 속삭임을 조심해야 합니다. 그는 분명히 이런 식으로 행동할 것입니다. 그는 이렇게 말할지도 모릅니다.

"내가 고백하건대, 그리스도의 명령은 모두 거룩하지만, 하느님의 명령을 다 하는 것은 인간이 할 수 있는 것 이상입니다. 그러므로 만약 우리가 인간 문제의 추구에서 종종 그러듯이 자기의 일에 불평등함을 인식하고 보다 나은 조언에 따라 멈추는 지점까지 일한다면, 우리의 거룩한 사업에서 무엇을 기대해야 하나요? 그러니 그 문제들은 천사에게 맡기도록 합시다. 천사들 가운데 최고들조차도 그 무게로 인해 무너졌습니다. 하늘의 존재들이 하늘의 문제를 돌보게 하고, 사람의 일은 우리가 돌보도록 합시다. 어쩌면 우리는 중도에 멈추는 것보다 이 가파르고 험난한 여정에 오르지 않음으로써 더 나은 결정을 내릴 수 있을 것입니다. 불확실한 것을 바라면서 확실한 것을 잃는 것보다 여기 있는 동안 이 삶을 즐기는 편이 더 나을지도 모릅니다."

두 번째 유혹자가 올 것입니다. 가까이 올수록 그는 더 위험합니다. 그는 그리스도의 길이 옳다는 것과 그분의 계명들이 거룩하다는 것을 둘 다 인정하고, 이 길은 지나다닐 수 있으며 이 계명들은 실행이 가능하다는 점을 부정하지 않을 것입니다. 그러나 그는 우리의 문제와 약점, 특히 우리 시대의 어려움에 대해 과장할 것입니다. 이렇게 어려움을 과장하는 것은 누구도 그에 답할 수 없는 절망적이고 파멸적인 방법입니다. 그는 우리의 열렬한 목적에 절망의 냉기를 뿌리거나, 또는 하느님의 계명이 쉽다고 선언하면서, 우리는 그 계명을 성취하기 위해 기다릴 수 있다고 결론지을 것입니다. 우리는 젊음이 분명히 더 잘 받아들이곤 하는 쾌락에 우리 삶의 일부를 할애해야 합니다. 그리고 나머지는 허약한 노년기로 미뤄야 하는데, 이것은 좀 더 성숙한 조언에 적합할 수도 있습니다. 또한, 이 삶의 끝이 가까워지면 다가올 삶에 대해 진지하게 생각해야 하는데, 특히 모든 일에는 아주 자연스러운 순서가 있기 마련입니다. 한번 일찍이 쾌락을 멀리했기 때문에 쾌락으로의 회귀는 혐오스러운 일입니다. 회개하는 모습을 보인 사람들은 이 치료법이 필요하지 않게 살아온 사람들 못지않게 하느님을 기쁘게 하였습니다.

다른 사람들과의 대화나 우리 자신의 개인적 생각에서, 이러한 사고들 그리고 유사한 개념들을 옹호하는 사람들이 적지 않을 것입니다. 이것이 아우구스티누스에게 영향을 미쳤을 때 그 효과에 누가 놀라야 할까요? 이것은 그의 《고백록》을 통해 잘 알려진 사실입니다. 이것은 또한 이전에 단호한 결단력과 확고한 덕과 믿음을 가진 안토니우스에게도 영향을 미쳤는데, 이 사실은 아타나시우스의 증언으로 알려져 있습니다. 그는 말합니다.

그리스도교의 적, 악마는 젊은 시절 많은 미덕에 짜증을 품고 있는 그를 오래된 속임수로 공격하였고, 어떤 식으로든 그를 방어 자세에서 끌어내릴 수 있다면 그의 소유물에 대한 기억, 누이를 보호할 필요성, 가족의 고귀함, 물건에 대한 욕심, 세상의 변덕스러운 영예, 음식의 다양한 즐거움, 그리고 그가 남겨 둔 삶의 다른 유혹들과 같은 것들을 그에게 보내면서 그를 매혹하며 공격했습니다. 마침내 그는 미덕의 어려운 목표와 거기에 도달하는 데 필요한 엄청난 노력뿐만 아니라 육체의 쇠약해짐과 필요한 많은 시간도 보여 주었습니다. 그가 올바른 길로부터 돌아서기를 바라면서 악마는 그에게 커다란 생각의 안개를 불러일으켰습니다. 224

그렇게 아타나시우스는 말했습니다.

그러나 나의 형제들이여, 여러분은 안토니우스 성인이 사용했던 것과 같은 기도의 방패로 적의 무기를 물리칩니다. 악마의 무기가 사악한 자의 입에서 나오는 대로라면 말입니다. 그래서 그는 많은 무기를 던집니다. 왜냐하면, 그는 많은 혀를 가지고 있기 때문입니다. 마치 그가 독침^{毒針}을 날릴 수 있는 많은 새총을 가지고 있는 것처럼요. 그는 혀뿐만 아니라 눈, 귀, 손, 팔, 발까지도 가지고 있습니다. 한마디로 정의로운 사람의 영혼이 그리스도의 거처인 것처럼 악인의 영혼은 악마의 거처이고, 육체가 영혼에 순종하는 것처럼 영혼도 그것을 지배하는 정신에 순종합니다.

그래서 이 시점부터 사탄이 그런 설득력 있는 주장을 할 때 우리는 어떤 대응을 할 수 있을까요? 그 기만적인 말 앞에 우리가 어떤 반대를 할 수 있을까요? 이렇게 물으면 선지자가 대답해 줄 것입니다. "전능하신 하느님의 날카로운 화살과 함께 받을 싸리나무 숯불."225

---

224 아타나시우스, 《성 안토니우스의 생애》 4.
225 〈시편〉 120편 4절. "전사의 날카로운 화살들을 싸리나무 숯불과 함께 받으리라." 페트라르카는 이후의 페이지에서 "싸리나무 숯불"에 대해 더 자세히 설명하고 있다.

거대한 악에 대한 적절하고 효과적인 치료법이군요! 다른 곳에서도 같은 예언자는 말합니다. "화살이 권세 있는 자의 손에 있는 것처럼, 억압받는 자의 아들들도 그렇습니다."226

보통은 이유 없이 누군가가 다음과 같이 묻지는 않습니다. 이 전능한 하느님은 누구입니까? 이 화살은 무엇입니까? 이 싸리나무 숯불은 무엇입니까? 확실히 다음과 같은 말을 들으시는 그분 말고는 모든 권능을 가지신 분은 아무도 없습니다. "저는 당신께서 모든 것을 해낼 수 있으시다는 것을 알고 있고, 어떤 계획도 당신을 피해 가지 않는다는 것을 알고 있습니다."227 그리고 다른 작가는 말합니다.

당신만이 그렇게 많은 것을 할 수 있었다는 것은 항상 저의 이해력을 넘어서는 일이었습니다. 누가 당신 팔의 힘을 거부할 수 있겠습니까? 세상이 당신 앞에서는 저울 위의 곡식 한 알과 같고, 땅에 떨어지는 아침 이슬 한 방울과 같기 때문입니다. 당신께서는 모든 것을 하실 수 있어 모든 사람에게 자비를 베푸십니다. 228

---

226 〈시편〉 127편 4절. "젊어서 얻은 아들들은 전사의 손에 들린 화살들 같구나."
227 〈욥기〉 42장 2절. "저는 알았습니다. 당신께서는 모든 것을 하실 수 있음을, 당신께는 어떠한 계획도 불가능하지 않음을!"
228 〈지혜서〉 11장 22~24절. "온 세상도 당신 앞에서는 천칭의 조그마한 추 같고 이른 아침 땅에 떨어지는 이슬방울 같습니다. 그러나 당신께서는 모든 것을 하실 수 있기에 모든 사람에게 자비하시고 사람들이 회개하도록 그들의 죄를 보아 넘겨주십니다. 당신께서는 존재하는 모든 것을 사랑하시며 당신께서 만드신 것을 하나도 혐오하지 않으십니다. 당신께서 지어 내신 것을 싫어하실 리가 없기 때문입니다."

다른 곳에서 더 많은 것을 볼 것 같으면, "주님, 당신께서는 전능하십니다. 당신의 진실이 당신의 주위에 있습니다".229 또 다른 곳에서는, "왕 중의 왕이시며 주님들의 주님이신 분, 당신 홀로 복되시고 전능하시며, 홀로 불멸하시고 아무도 접근할 수 없는 빛 속에서 사십니다".230 또, 다음과 같은 말로 계속하겠습니다.

그분은 산을 겹쳐 놓으시고 분노 속에서 그것들을 뒤집으셨는데 사람들은 그것을 알지 못합니다. 그분께서 땅바닥을 흔드시고 그 기둥은 요동칩니다. 해에 명하시니 해가 뜨지 않습니다. 빛을 봉쇄하십니다. 하늘을 펼치시며 바다의 파도 위를 걸으십니다. 큰곰자리와 오리온자리, 묘성231과 남녘의 별자리들을 만드십니다. 그분께서는 크고 설명할 수 없는 무수한 기적을 만들어내십니다.232

---

229 〈시편〉 89편 9절. "주 만군의 하느님 누가 당신같이 능하겠습니까, 주님! 당신의 성실이 당신 주위에 가득합니다."
230 〈티모테오전서〉 6장 15~16절. "제때에 그 일을 이루실 분은 복되시며 한 분뿐이신 통치자 임금들의 임금이시며 주님들의 주님이신 분, 홀로 불사불멸하시며 다가갈 수 없는 빛 속에 사시는 분 어떠한 인간도 뵌 일이 없고 뵐 수도 없는 분이십니다. 그분께 영예와 영원한 권능이 있기를 빕니다. 아멘."
231 묘성(昴星)은 황소자리를 뜻한다.
232 〈욥기〉 9장 5~10절. "아무도 모르는 사이에 산들을 옮기시고 분노하시어 그것들을 뒤엎으시는 분. 땅을 바닥째 뒤흔드시어 그 기둥들을 요동치게 하시는 분. 해에게 솟지 말라 명령하시고 별들을 봉해 버리시는 분. 당신 혼자 하늘을 펼치시고 바다의 등을 밟으시는 분. 큰곰자리와 오리온자리, 묘성과 남녘의 별자리들을 만드신 분."

그러므로 형제 여러분, 그분께서는 홀로, 그리고 진실로 전능하십니다. 나는 묻습니다. 다른 그 누가 전능하며, 우리의 이 힘은 얼마나 작은가요? 거주 가능한 세계의 이 좁은 구석에 있는, 혹은 거주 가능한 세계의 이 정확한 지점에 있는 우리의 약함은 얼마나 대단합니까? 왜냐하면, 지구가 우주와의 관계에서 한 지점이라면, 이곳은 한 지점에서의 지점이기 때문입니다. 열심히 일하고 두려워하며 걱정하는 종족인 우리 인간들은 이 지점에 살고 있습니다. 이곳은 거대한 바다와 넓은 늪지대로 덮여 있고, 드넓은 사막과 수많은 강과 산으로 나누어져 있습니다. 또한 수많은 왕국과 제국으로 분열된 데다 숱한 전쟁과 폭동 때문에 뒤집혀져 있으며, 살아가기 어렵고 농지조차 개간되어 있지 않습니다. 우리는 끊임없는 문제들, 오랜 노동, 그리고 그렇게 짧은 시간에도 불구하고 마치 영원히 계속될 것처럼 이 세상을 소유하는 데에 자부심을 느끼고 있습니다. 비록 우리의 눈을 비추는 무슨 이상한 빛으로 뭔가 다른 듯 보일 수 있어도, 그것의 축복은 잠시뿐입니다. 우리는 많은 경험을 통해 그것이 진짜 무엇인지 알 수 있지만, 죽음을 통하는 것보다 더 명확하게 알 수는 없습니다.

　사도들과 그들의 메시지들 외에, 우리가 말하고 있는 전능하신 하느님께서 그분 적의 한복판에 던지신 화살은 무엇을 의미할 수 있을까요? 생명의 말씀과 복음의 증언은 사도들이나 하느님 당신에 의해 멀리까지 퍼져 나갔습니다. 하느님의 말씀은 강렬한 고통이 아니라 달콤한 사랑을 일으키는 상처로 왕과 사람들의 가슴을 뚫었습니다. 이 화살에 대해서 〈시편〉 작가는 기뻐하며, 한 번이 아니라 몇 번이고 썼습니다. "내가 주님의 이름으로 그들에게 복수하였기 때문이다."[233]

그분은 진정으로 전능하십니다. 몇 개의 화살로 세상을 길들이셨고 수많은 적에게 복수하시어 우리 적의 우두머리인 사탄으로부터 수많은 영혼을 구해 냈습니다. 그분의 화살은 힘들이지 않고 던져도 가장 단단한 심장에 꽂힐 수 있을 만큼 정말 날카롭습니다.

〈시편〉 작가가 이 거룩한 노력에 앞서 여러분 앞에 불붙어 타오르는 영혼들보다 싸리나무 숯불이나 파괴자—각 용어는 고대 문헌에서 읽을 수 있습니다—를 두었다는 사실이 의미하는 것은 또 무엇일까요? 종종 말이 도움이 되지 않을 때는 예(例)가 도움이 됩니다. 사람은 누군가의 말을 믿지 않는 것을 부끄러워하지 않지만, 누군가의 예를 따라하지 않는 것은 부끄러워합니다. 말의 침보다 예시의 침이 훨씬 더 무겁습니다. 그래서 기만적인 혀에 대항하여, 그 혀가 그 이중의 갈래로 부드러운 마음을 뚫지 못하도록 우리는 이 두 가지 치료법을 제안받았습니다. 바로 전능하신 분의 날카로운 화살과, 혹시라도 이것만으로 충분하지 않다면 싸리나무 숯불입니다.

나의 주장에 사례가 부족하지 않도록 다른 말을 하겠습니다. 기만적인 혀가 여러분 주위에서 떠들어 대기 때문에 이 삶에서 누구든지, 여러분은 특히 영감을 주신 하느님께서 얼마나 전능하신 분이신지에 대해 명상해야 합니다. 하느님께서 주신 영감을 진척시키고, 그분께서 시작하신 일을 완성하기란 매우 쉬운 일입니다. 여러분은 진리와

---

233 〈시편〉 118편 10~12절. "온갖 민족들이 나를 에워쌌어도 나는 주님의 이름으로 그들을 무찔렀네. 나를 에우고 또 에워쌌어도 나는 주님의 이름으로 그들을 무찔렀네. 벌 떼처럼 나를 에워쌌어도 그들은 가시덤불의 불처럼 꺼지고 나는 주님의 이름으로 그들을 무찔렀네."

거짓이 섞인 말들을 듣게 되므로, 모든 거짓이 똑같이 거부되지는 않을 것입니다. 그들은 이렇게 말할 것입니다.

"아무도 두려워하지 말고 누구에게도 굴복하지 말라. 자유보다 좋은 것은 없으니 자유로워라."

여러분은 왜 공허한 두려움이나 천한 노예 상태 때문에 의기소침해 있습니까?

하느님이 모세의 목소리로 먼저 대답하시고, 살아 있는 진리 자체가 "주 너희의 하느님을 경배하고 그분만을 섬겨야 한다"[234]고 말할 것입니다. 하느님의 또 다른 지지자는 이렇게 말할 것입니다. "주님을 경외하고, 완벽하며 가장 진실한 마음으로 그분을 섬겨라."[235]

또 다른 자는 말합니다. "너희는 이국의 신들을 너희 가운데에서 없애고 주님을 위하여 마음을 준비하며 그분만을 홀로 섬겨라."[236] 같은 작가는 다음에 말합니다. "돌아서지 말고 온 마음으로 하느님을

---

234 〈신명기〉 6장 13절. "너희는 주 너희 하느님을 경외하고 그분을 섬기며, 그분의 이름으로만 맹세해야 한다." 〈신명기〉 10장 20절. "너희는 주 너희 하느님을 경외하고 그분을 섬기며, 그분께만 매달리고 그분의 이름으로만 맹세해야 한다." 〈마태오복음〉 4장 10절. "그때에 예수님께서 그에게 말씀하셨다. '사탄아, 물러가라. 성경에 기록되어 있다. 주 너의 하느님께 경배하고 그분만을 섬겨라.'"

235 〈여호수아기〉 24장 14절. "그러니 이제 너희는 주님을 경외하며 그분을 온전하고 진실하게 섬겨라. 그리고 너희 조상이 강 건너편과 이집트에서 섬기던 신들을 버리고 주님을 섬겨라."

236 〈사무엘기 상권〉 7장 3절. "사무엘이 이스라엘 온 집안에게 말하였다. '여러분이 마음을 다하여 주님께 돌아오려거든, 여러분 가운데에서 낯선 신들과 아스타롯을 치워 버리시오. 여러분의 마음을 주님께만 두고 그분만을 섬기시오. 그러면 그분께서 여러분을 필리스티아인들의 손에서 빼내어 주실 것이오.'"

섬기고 너희에게 이롭지 않은 쓸모없는 것들을 위해 빗나가서는 안 된다."237

또 다른 저자는 이렇게 말할 것입니다. "너희 조상의 하느님을 섬겨라. 그러면 그분의 분노가 너희를 외면할 것이다."238

남자들뿐만 아니라 하느님께 의탁하는 과부까지도 "당신의 모든 창조물은 당신을 섬겨야 한다"239고 말하였습니다.

또한, 그 예언자 다윗 왕은 모든 왕들과 창조물에게 기쁨과 두려움 속에서 주님을 섬기라고 말하였습니다. 그러므로 나는 기쁨과 두려움 속에서 그분을 섬길 것이며, 이처럼 나는 자유로워질 것입니다. 아니, 이로는 충분하지 않습니다. 그분을 섬김으로써 다스리겠습니다.240

사탄은 이렇게 말할 것입니다.

---

237 〈사무엘기 상권〉 12장 20~21절. "사무엘이 백성에게 말하였다. '두려워하지 마시오. 여러분이 이 모든 악을 저질렀지만, 이제부터라도 주님을 따르지 않고 돌아서는 일 없이, 마음을 다하여 주님을 섬기시오. 여러분에게 이익도 구원도 주지 못하는 헛된 것들을 따르려고 돌아서지 마시오. 그것들은 정녕 헛된 것들이오.'"

238 〈역대기 하권〉 30장 8절. "이제 여러분은 여러분의 조상들처럼 목을 뻣뻣하게 하지 말고 주님께 손을 내미시오. 그리고 그분께서 영원히 성별하신 그분의 성소로 와서 주 여러분의 하느님을 섬기시오. 그래야만 그분께서 당신의 타오르는 분노를 여러분에게서 돌리실 것이오."

239 〈유딧기〉 16장 14절. "당신께서 말씀하시자 생겨났으니 모든 조물은 당신을 섬겨야 합니다. 당신께서 영을 보내시니 그것들이 지어졌습니다. 당신의 목소리에 거역할 자 하나도 없습니다."

240 〈시편〉 2편 11절. "경외하며 주님을 섬기고 떨며 그분의 발에 입 맞추어라." 〈시편〉 72편 11절. "모든 임금들이 그에게 경배하고 모든 민족들이 그를 섬기게 하소서." 〈시편〉 100편 2절. "기뻐하며 주님을 섬겨라. 환호하며 그분 앞으로 나아가라."

"노역은 힘들고, 멍에는 무겁다."

여러분은 대답할 것입니다. "네가 거짓인 것처럼 진실하신 나의 주님께서는 반대로 '나의 멍에는 즐겁고 나의 짐은 가볍다'라고 외치고 계신다."241

사탄은 "너는 연약하고 영원히 살 수는 없는 죄인이다"라고 말할 것입니다. 이 대답을 해 주십시오.

"나의 하느님은 거룩하시고 용감하시며 불멸의 존재이시다. 내가 지쳐 있으면, 나는 그분께 매달리고 그분의 무릎에서 쉴 것이다. 피로는 나름의 즐거움이 있고 휴식을 더욱 즐겁게 해준다."

세상일을 열심히 하여 피로를 느끼는 사람들이 있습니다. 확실히, 나를 억누르는 것이 있다면 나는 주님께 갈 것입니다. 그분은 확고하시고 견고하시며 지칠 줄 모르십니다. 그분께서는 나를 사랑하십니다. 주님께서는 내가 멸망하도록 나를 외면하지 않으실 것이고, 내가 그분께 비밀을 털어놓으면 부끄럽지 않을 것이며 내 친구들도 나를 비웃지 않을 것입니다.

그때 여러분은 그분의 신성한 조언에 의지하고 그리스도의 말씀으로 무장할 것입니다. 그분께서 이 삶의 문제, 수고, 위험, 추문들을 예언하시는 것을 들어 보기 바랍니다. 여러분이 살아 있는 동안에 견뎌야 할 것은 무엇이든지 그분께서 하시는 예언을 들어 주십시오. 반대로, 더 나은 삶의 보상과 이 목표를 향해 일하는 사람들에게 약속된 위안에 대해 들어 보세요. 이것은 여러분에게 주어졌으며 사탄의 유

---

241 〈마태복음〉 11장 30절. "정녕 내 멍에는 편하고 내 짐은 가볍다."

혹에 대항하여 여러분을 무장시킵니다.

이것으로도 충분치 않다면, 사탄의 더 날카로운 창이 계속 여러분을 찌르고 수많은 죄악과 허약한 여러분의 상태를 강조한다면, 이는 어려운 길과 힘든 시간과 무거운 짐이 있다는 뜻이고, 이 모든 것들이 사탄의 기만적인 속삭임이라는 것입니다. 그는 물을 것입니다.

"왜 일을 하나요? 어디로 가나요? 왜 이렇게 일찍부터 바쁜가요? 왜 이렇게 늦게까지 일하고 있나요? 할 수 있을 때 기뻐하세요. 당신의 재산은 미래를 지켜줄 것입니다."

여러분이 그 논쟁으로 자주 괴로움을 당할 때마다, 형제들이여, 말이나 날카로운 화살도 여러분의 방어에 충분하지 않다면, 여러분은 그 싸리나무 숯불을 상기해야 합니다. 내가 여자나 소녀들보다 약할까요? 그녀들은 나처럼 가벼운 노고가 아니라, 자주 그리스도의 이름으로 수없는 끔찍한 고문과 최종적인 처벌을 굳게 견디어 내었습니다. 내가 그레고리우스[242]보다 더 미미하고 아르세니우스[243]보다 더 까다로우며, 욕망이 더 많고, 그리고 자신의 왕국과 통치의 즐거움,

---

242 대교황 그레고리우스 1세(재위 590~604년)는 가장 중요한 중세 교황 중 한 사람이자 다작했던 작가이다. 그는 최초로 수도 생활을 체험한 교황이자 라틴 교부 가운데 한 사람으로서, 교회 학자의 칭호를 받았으며, 이전의 그 어느 교황보다 많은 저서를 남긴 것으로 알려져 있다. 전례 분야에서는 로마 양식의 미사 전례를 개혁하여 미사 전문을 오늘날의 형식으로 만들고, 각 지방에서 제각기 불리던 성가들을 재정리해 전례와 전례력에 알맞게 맞추는 업적을 남겼다.

243 로마 원로원 가문의 일원인 아르세니우스(354~450년경)는 콘스탄티노플의 테오도시우스 황제 자녀들의 가정교사이다. 그는 10여 년 동안을 궁중에서 봉사한 후 395년에 콘스탄티노플을 떠나 알렉산드리아에서 수도자와 함께 살았다.

심지어 그리스도를 위해 삶 그 자체도 버린 왕과 그 자손들보다 더 오만한가요?

여러분이 이 여행을 한 처음도 마지막도 아닙니다. 히에로니무스가 말했듯이, 여러분에게도 여러분의 과업을 위한 지도자가 있습니다.

각각의 과업마다 독자적인 지도자가 있습니다. 로마의 지도자들이 카밀란, 파브리카누스, 레굴루스, 스키피오를 모방하게 하십시오. 철학자들이 피타고라스, 소크라테스, 플라톤, 아리스토텔레스를 본받도록 하세요. 또 시인들이 호메로스, 베르길리우스, 메난드로스, 테렌티우스를 본받도록, 역사학자들은 투키디데스, 살루스티우스, 헤로도토스, 리비우스를, 그리고 웅변가들은 그라쿠스 형제, 데모스테네스, 키케로를, 그리고 우리 시대에는 주교와 원로들이 사도들과 그들의 추종자들을 본보기로 삼도록 하십시오.

그들의 명예와 가치를 주교와 원로들은 똑같이 소유하도록 노력해야 합니다. 하지만 우리는 바오로, 성 안토니우스, 율리아누스, 힐라리온, 그리고 마카리오스244를 과업의 스승으로 두고 있고, 우리가 성경의 진리로 돌아갈 수 있도록 이끄는 우리의 지도자는 엘리야와 엘리사이고 안내자는 예언자의 아들들입니다. 245

---

244 테베의 바오로(230?~342년경), 율리아누스 사바(?~377년), 힐라리온(291~371년), 마카리우스(300~390년)는 모두 은수자이다.
245 히에로니무스, 《서간집》 57. 5.

사실, 이 사람들은 히에로니무스의 지도자들이었던 여러분의 지도자입니다.

게다가 히에로니무스, 아우구스티누스, 그레고리우스, 그리고 오늘날까지 그리스도를 사랑하기 위해 은둔하며 외로운 삶을 살아온 모든 사람이 여러분의 지도자와 동료, 지지자, 그리고 조력자들입니다. 그들은 여러분이 여행으로 지쳐 있을 때 일종의 섬기는 이로서 따라야 할 본보기로 자신들을 제시합니다. 이런 이유로, 만일 누군가가 젊다면 여러분은 은둔자 바오로, 안토니우스, 힐라리온을 떠올려야 하는데, 첫 번째는 16살 때 고독으로 들어갔고 세상을 등졌으며, 두 번째는 20살쯤 되었을 때, 세 번째는 겨우 15살 때 그리 했습니다. 만약 누군가가 나이가 너무 많다면, 같은 인물들을 눈앞에 두고 그들의 끈기를 특히 높이 평가해야 하며 그들 삶의 끝은 그 시작과 연결되어야 합니다. 그 거룩하고 종교적인 여가의 열정 속에서, 그들 세 사람 중에 바오로는 113세, 안토니우스는 105세, 그리고 힐라리온은 80세에 이르렀습니다.

나의 저서 《고독한 생활》 후반부에 다른 사람들에 관한 기록을 충분히 남겨 두었다고 생각하기에, 여기서 그들의 이름을 하나하나 언급하면서 이야기하는 것은 나의 의도가 아닙니다. 그러므로 각자가 이 집단이나 다른 집단 중에서 자신에게 가장 적합하다고 생각되는 지도자를 선택하고, 그 지도자의 삶이 남긴 사례들을 고찰하여 우리 주님의 발자취를 따라 이 지도자와 함께 나아가도록 합시다. 만일 누군가가 자신이 저 선택된 지도자처럼 될 수 있다는 믿음을 잃고, 그리스도를 위한 전쟁에서 굴복하지 않았던 옛사람들을 흉내 내는 것을 어렵게 여긴다면, 그들이 노인이 되기 전에 소년이었다는 생각은 그에게 떠오르지 않는 것입니까? 게다가 소녀나 병약자, 그리고 규칙을 잘 지키는 사람들도 할 수 있는 일을 여러분이 할 수 없을까요? 마치 그들이 강하든 약하든 그들을 위로해 주시는 분의 보살핌으로보다는, 또 저 사도〔바오로〕가 "나는 무엇이든 할 수 있습니다"246라고 자랑했던 그 은총 없이도 스스로 무엇이든 할 수 있는 것처럼 말입니다.

여행자가 자신의 하루가 거의 끝나 간다고 생각하고, 길은 짧고 가파른 내리막인데, 근처에 휴식처와 노고의 끝에 준비된 보상이 마련되어 있다는 생각이 들기 시작했을 때, 나이 듦만이 재촉할 수 있는 저 미덕으로부터 노년이 다시 우리를 되돌릴 수 있을까요? 빅토리누스는 모든 것을, 특히 작가로서 오랫동안 널리 알려져 왔던 그의 명성을 거부한 후, 이전에는 알지 못했거나 어쩌면 경멸하고 있었던 그리스도를 위하여 공직을 포기한 후에 늙음 때문에 죽음을 두려워했습니까? 그는 젊었을 때 이교도였고 나이가 들고서도 이교도였지만 노년에는 그리스도인이었습니다. 그는 자신의 인생이 맞이한 황혼에 주어진 쉬운 보답으로 긴 여행의 잘못을 바로잡은 축복받은 사람이었습니다!247

다윗이 얼마나 많은 축복을 잊어버리고 얼마나 많은 죄를 지었는지

---

246 〈필리피서〉 4장 13절. "나에게 힘을 주시는 분 안에서 나는 모든 것을 할 수 있습니다."
247 아우구스티누스, 《고백록》 8. 2. 유명한 웅변가이자 신플라톤주의자인 마리우스 빅토리누스(4세기 중반)의 그리스도교로의 개종은 당시의 세대에 깊은 인상을 남겼다.

를 떠올릴 때 양심의 무게가 사람을 절망에 빠뜨리거나 짓누를까요? 그는 절망하지 않았기 때문에 자비를 얻지 않았나요? 바오로는 얼마나 대단한 그리스도의 박해자였습니까? 그리스도 때문에 그가 얼마나 모진 박해를 지시했습니까? 아우구스티누스는 참된 신앙에 대해 얼마나 막강하고 적대적인 존재였나요? 그러던 그가 그 신앙에 대해 얼마나 위대한 지지자가 되었나요?

막달라 마리아, 죄인이 살지 않는 하느님의 도성이 아니라 세상의 도시에 사는 "그 마을의 죄인인 여자"는 어떠한가요?**248** 그녀는 바빌론 시민에서 천상의 예루살렘 시민으로 변하지 않았나요? 그녀는 하느님의 은혜로 그처럼 거듭나지 않았던가요? 부끄러운 얼룩이 말끔히 지워진 채, 그리스도의 어머니 다음으로 처녀들 가운데 첫째인 것처럼 보이지 않았나요? 처녀성 그 자체는 돌이킬 수는 없을지 모르지만, 그럼에도 참회와 눈물로 처녀성의 영광을 회복할 수 있다는 것은 분명한 논쟁거리입니다. 그리고 매우 진실로 이렇게 말해 왔습니다. "더 큰 빚을 용서받은 사람일수록 더 많은 사랑을 받는 사람입니다."**249**

그러므로 이것들은 불타는 싸리나무 숯불입니다. 그것들을 방어하

---

248 〈루카복음〉 7장 37절. "그 고을에 죄인인 여자가 하나 있었는데, 예수님께서 바리사이의 집에서 음식을 잡수시고 계시다는 것을 알고 왔다. 그 여자는 향유가든 옥합을 들고서 … ."

249 〈루카복음〉 7장 42~43절. " '둘 다 갚을 길이 없으므로 채권자는 그들에게 빚을 탕감해 주었다. 그러면 그들 가운데 누가 그 채권자를 더 사랑하겠느냐?' 시몬이 '더 많이 탕감받은 사람이라고 생각합니다' 하고 대답하자, 예수님께서 '옳게 판단하였다' 하고 말씀하셨다. "

기 위해 사용하는 사람은 누구나 평화를 얻을 것입니다. 자신의 혀의 힘이든 지상의 근심이든 또는 과거의 허영에 대한 기억이든 그것에 이끌려서, 어떤 끔찍하고 비뚤어진 것이 자기 영혼의 깊숙한 곳까지 떨어져야 한다면, — 그중 어느 것도 그 기만적인 혀의 교활하거나 노골적인 제안 없이는 일어날 수 없지만 — 그러한 모든 고통은 즉시 싸리나무 숯불과 거룩한 불이 파괴할 것입니다. 따라서 시기적절한 치유의 연소로 인간의 정신은 회복됩니다. 비옥한 토양이 경작되지 않았을 때 잡초가 무성하게 자라듯이, 영혼의 밭은 하느님 말씀의 자양분을 받아 시기적절하고 알찬 농사로 정화되고 회복됩니다.

확실히 〈시편〉에서 이 구절을 너무 서둘러 전하는 바람에, 강력한 자 — 아니, 진정으로 전능한 자 — 의 화살을 신성한 말의 문장으로 받기를 원하는 사람들이 있을 것입니다. 그들은 싸리나무 숯불을 성령의 불로 받으려고 합니다. 이 성령의 불로 학식 있는 성인들은 그들의 화살을 갈고 닦습니다.

인간의 설교가 신성한 돌풍에 의해 불붙지 않는 한, 서리가 내려 오랫동안 마음이 굳어져 있던 듣는 사람의 영혼을 관통하기에는 약하고 쓸모없는 일이 될 것이라고 그들은 말합니다. 이 해석을 받아들이는 사람도 있겠지만, 다른 쪽이 더 유용하고 의심의 여지 없이 더 생산적입니다. 이 후자의 해석에 따르면, "전능한 자"는 "그리스도"를 의미하고 "화살"은 "그분의 교훈과 말씀"을, "숯불"은 "그분의 예"를 의미합니다. 이것에 대해 아무도 의심하지 마십시오. 그래서 이 해석을 여러분이 더 신뢰할 수 있도록, 내가 어떻게 표현했든 이 해석은 대부분이 성인[*]들의 말에서 발췌되었으며, 무엇보다도 아우구스티누스로부터 인용되었다고 고백합니다.

여러분이 주의를 기울여야 할 것은 이것뿐이라고 생각하지 마십시오. 항상 무장하고 정신을 집중해야 할 수많은 문제가 있습니다. 일반적으로, 여러분이 조용히 고려하거나 다른 사람에게서 듣거나 하는 비합리적인 생각은 그 기만적인 말에서 나옵니다. 그의 속임수를 피하고, 그의 배신에서 멀리 떨어지십시오. 그의 말과 생각은 멋진 논리의 겉치장으로 덮여 있으니 조심하십시오. 적이 아니라 하느님께 표징標徵을 요구하는 일이 위대한 사람들에게도 일어났습니다. 주의하십시오. 이것은 적의 조언입니다. 사탄은 자신의 거짓이 명백하게 드러나지 않도록 자기에게 표징을 구하라고 올바른 정신에게 감히 요구하지 않습니다. 그는 거짓말하는 버릇 때문에 자신에 대한 신뢰가 별로 없다는 것을 알고 있으므로 하느님으로부터 표징을 구하도록 우리를 설득합니다. 그러한 일은 사탄에 대한 믿음을 버리고 경멸할 가치가 있음을 암시합니다. 왜냐하면, 그것은 하느님을 향한 공격에 지나지 않기 때문입니다.

형제들이여, 이것은 생각하지 마세요. 우리는 이 말을 들은 사람 중에 있지 않습니다. "악하고 음란한 세대가 표징을 구하지만, 그 표징은 그들에게 주어지지 않을 것이다."250

우리의 적은 우리가 배우지 않기를 바랍니다. 우리의 무지無知가 그

---

250 〈마태오복음〉 12장 39절. "그러자 예수님께서 대답하셨다. '악하고 절개 없는 세대가 표징을 요구하는구나! 그러나 요나 예언자의 표징밖에는 어떠한 표징도 받지 못할 것이다.'"

를 가장 기쁘게 합니다. 우리의 지식이 그를 방해합니다. 오히려 사탄은 주님으로부터 "물러가라, 사탄아. 주 너의 하느님을 유혹하지 않을 것이라고 쓰여 있기 때문이다"[251]라고 들었을 때, 자신이 그랬던 것처럼 우리가 당혹하기를 바랍니다. 그는 우리가 어떤 증거도 없이 그분으로부터, 그분을 통하여, 그분 안에서 우리가 존재하는 우리의 주님, 그분을 믿는 것을 원하지 않습니다. 대신 사탄은 수많은 그런 증거를 가진 우리에게 아무런 의미도 없지만, 우리를 해칠 새로운 증거를 요구하기를 원합니다. 그래서 우리는 헛된 이야기로 하느님을 성가시게 할 수 있습니다. 그런 과정을 거치며 "우리의 마음을 완고하게 하여 광야에서 이틀째 유혹을 당한 후 고난을 겪은 것처럼 그분이 하신 일을 보고서도 우리 조상들은 그분을 시험하고 그분을 유도하였습니다".[252]

적은 마치 우리가 선조들이 받은 심한 벌을 잊어버렸다는 듯 우리에게 이것을 제안합니다. 그는 미래를 두려워하는 우리에게 현재를 추구하라고 부추기는데, 이는 인류에게는 불가능하고 필요하지 않으

---

251 〈마태오복음〉 4장 10절. "그때에 예수님께서 그에게 말씀하셨다. '사탄아, 물러가라. 성경에 기록되어 있다. '주 너의 하느님께 경배하고 그분만을 섬겨라.'" 〈마태오복음〉 4장 7절. "예수님께서는 그에게 이르셨다. '성경에 이렇게도 기록되어 있다. '주 너의 하느님을 시험하지 마라.'"
252 〈시편〉 94편 8~9절. "백성 가운데 미욱한 자들아, 깨달아라. 미련한 자들아, 언제 알아들으려느냐? 귀를 심으신 분께서 듣지 못하신단 말이냐? 눈을 빚으신 분께서 보지 못하신단 말이냐?"〈시편〉 95편 8~9절. "너희는 마음을 완고하게 하지 마라. 므리바에서처럼 광야에서, 마싸의 그날처럼. 거기에서 너희 조상들은 내가 한 일을 보고서도 나를 시험하고 나를 떠보았다."

며 유용하지도 않습니다. 설령 그것이 가능하다 하더라도, 시간이 너무 오래 걸릴 것 같아 내가 추구하지 않는 주제입니다. 특히 그러한 문제들은 《예언에 대하여》라는 책에서 저자 키케로가 우아하게 다루고 있고, 그의 뒤를 이어 훌륭한 재치와 학문을 가진 철학자 파보리누스가 그를 따르고 있기 때문입니다. 253

그러나 사탄은 우리가 점술占術의 노예, 예언자 또는 이 목적에 부합하는 예술에 의한 점쟁이가 되기를 원합니다. 그런데도, 이 모든 것들을 경멸하는 것은 성경을 깊이 생각하는 사람들에게 매우 쉬운 일입니다. "그것은 과거를 모르고 어떤 조짐으로도 미래를 알 수 없는 인류의 큰 고통입니다."254 같은 성경에서, "미래에는 모든 것이 불확실합니다". 255 마찬가지로, "인류는 그 전에 무슨 일이 일어났는지 알지 못합니다. 그 후에 어떤 일이 일어날지 누가 보여 줄 수 있습니까?"256

그 작가와 같은 선상에서 스타티우스는 "다음 시대가 무엇을 가져

---

253 아를의 파보리누스(Favorinus of Arles)는 로마 황제 안토니누스 피우스(138~161 년) 궁정의 수사학자였다.

254 〈코헬렛〉 8장 6~7절. "모든 일에는 때와 심판이 있다 하여도 인간의 불행이 그를 무겁게 짓누른다. 사실 무슨 일이 일어날지 아는 이가 없다. 또 어떻게 일어날지 누가 그에게 알려 주리오?"

255 〈코헬렛〉 9장 2절. "모두 같은 운명이다. 의인도 악인도 착한 이도 깨끗한 이도 더러운 이도 제물을 바치는 이도 제물을 바치지 않는 이도 마찬가지다. 착한 이나 죄인이나 맹세하는 이나 맹세를 꺼려하는 이나 매한가지다."

256 〈코헬렛〉 10장 14절. "미련한 자는 말을 많이 한다. 그러나 인간은 무슨 일이 일어날지 모른다."

올지 아는 것은 인류에게 잘못된 것입니다"257라고 말했습니다. 이 모든 감정에 대하여 아키우스가 한 말을 여러분에게 권합니다. "조금 도", 그는 말합니다. "나는 점쟁이들을 믿지 않습니다. 그들은 사람 들에게 집에 금을 쌓을 수 있다는 말을 하고 있습니다."258

파쿠비우스의 조롱도 나를 기쁘게 합니다. 그는 말하길, "만약 그 들이 일어날 운명을 예견한다면, 그것들은 유피테르와 비교될 것입 니다".259

이 시점에서 시인의 증언만으로는 부족하다면 이사야의 예언을 들 으십시오. 그는 "앞으로 일어날 일들을 선언하라. 그러면 우리는 너 희가 신이라는 것을 알게 될 것이다"260라고 했습니다. 그러나 이것 은 학식 있는 사람들에게 충분히 잘 알려진 오류이며, 무지한 대중을 제외하고는 이제 누구도 위험하지 않습니다.

사탄은 종종 우리에게 그 경솔하고 무모한 제안, 즉 누군가 죽음에 서 살아나기를 바라야 한다고 은밀히 속삭입니다. 우리는 마치 어떤

---

257 스타티우스, 〈테바이스〉 3. 562~563. 또한 호라티우스 《송가》 1. 11. 푸블리 우스 파피니우스 스타티우스(45년경~96년)는 나폴리 출신의 고대 로마의 시인 이다. 스타티우스는 그의 시 작품뿐만 아니라 단테의 명저 《신곡》의 "연옥편"에 서 단테와 베르길리우스를 도와주는 중요한 인물로 나오는 것으로도 유명하다.

258 아울루스 겔리우스, 〈아테네의 밤〉 14. 1. 34. 루키우스 아키우스(기원전 2세기) 는 라틴 드라마, 축제, 비극 작품을 지은 작가이다.

259 위와 같음. 마르쿠스 파쿠비우스(기원전 220~130년경)는 라틴 비극작가이다. 키케로는 그를 로마의 가장 위대한 비극시인으로 평가했다.

260 〈이사야서〉 41장 23절. "너희가 신이라는 것을 우리가 알 수 있도록 다가올 일들 을 알려 보아라. 우리가 함께 겁내며 두려워하도록 좋은 일이든 나쁜 일이든 해 보아라."

자가 사악하게 살아나 영원하신 하느님이 하신 일, 혹은 그분의 전령과 사도들과 예언자들보다도 더 진실하게 말을 하는 사람이 있을 수도 있다는 듯 그자로부터 다른 삶의 실상과 마지막 심판의 진실을 배울지도 모릅니다. 또는 마치 우리가 그런 자를 더 쉽게 믿을 것처럼 말입니다. 복음서는 이 속임수에 대답하였습니다. "정말 그들에게 모세와 예언자들이 있으니, 백성들이 그들의 말을 듣도록 하라."261 그리고 바로 그 뒤에 "모세와 예언자들의 말을 듣지 않으면, 죽은 자들 가운데서 누가 살아나도 아무도 믿지 않을 것이다"262라고 답하고 있습니다.

그럼에도 사탄은 모든 방법으로 우리에게 이러한 사건이나 다른 징조, 기적, 또는 우리가 읽었기 때문에 신앙의 기초라고 믿는 재능을 보고 싶다는 강한 욕망을 갖게 하려고 분투하고 있습니다. 하지만 내가 말했듯이, 이는 반란의 이유를 찾는 불신과 조급한 영혼의 갈망입니다. 우리가 보는 것만 믿는다면, 아무도 불멸의 보이지 않는 하느님을 보지 못할 것이며 사실 어떤 영혼도, 또는 그 자신의 영혼도, 또는 마침내 어떠한 것도 영원할 수 없을 것입니다. 왜냐하면 이미 쓰여 있듯이 "보이지 않는 것은 영원하기 때문입니다". 263

---

261 〈루카복음〉 16장 29절. "아브라함이, '그들에게는 모세와 예언자들이 있으니 그들의 말을 들어야 한다' 하고 대답하자 …."

262 〈루카복음〉 16장 31절. "그에게 아브라함이 이렇게 일렀다. '그들이 모세와 예언자들의 말을 듣지 않으면, 죽은 이들 가운데에서 누가 다시 살아나도 믿지 않을 것이다.'"

263 〈코린토후서〉 4장 18절. "보이는 것이 아니라 보이지 않는 것을 우리가 바라보

그러나 누구든지 기적이 다시 일어나기를 바라면 그 기적을 믿을 수 있도록 똑같이 대담하게 복음서의 모든 이야기가 반복되기를 원해야 합니다. 그러므로 그리스도께서 우리의 구원을 위해 한 번, 심지어 두 번, 네 번이라도 어떤 일을 하셨다는 것만으로 충분치 않을 것입니다. 어떤 광기의 세습으로 후세들은 우리가 보아온 것이 모든 시대에도 반복되기를 원할 것이기 때문입니다. 이것보다 더 부적절하거나 불성실한 것은 상상할 수 없습니다. 사실 지식과 믿음 사이에는 차이가 있기 마련입니다. 하지만 확실히 믿음은 듣는 데에서 오기 때문에 이 욕망은 믿음을 시각과 접촉의 대상으로 한정 지어 믿음이 아닌 경험이 되게 합니다.

오오, 형제들이여! 충실하고 헌신하는 영혼은 이것을 요구하지도 않고 고려하지도 않습니다. 우리들의 믿음을 위해 사도들과 성인들의 눈을 통해 보는 것만으로도 충분합니다. 우리는 믿고 그들은 압니다.

요한이 다음의 이 말을 했을 때 또 다른 어떤 좋은 소식을 발표했나요? "본 사람이 증언했고 그의 증언은 사실입니다. 그는 여러분이 믿을 수 있도록 진실을 말하는 걸 알고 있습니다."264

이 이상의 것을 추구하는 것은 불필요하고, 오히려 미신에 가깝습니다. 교황 레오가 분명히 말했듯이, "그들을 통해 우리는 무지한 사람들의 속임수와 세속적인 지혜의 논쟁에 대해 경고를 받았습니다.

기 때문입니다. 보이는 것은 잠시뿐이지만 보이지 않는 것은 영원합니다."
264 〈요한복음〉 19장 35절. "이는 직접 본 사람이 증언하는 것이므로 그의 증언은 참되다. 그리고 그는 여러분이 믿도록 자기가 진실을 말한다는 것을 알고 있다."

그들의 눈이 우리에게 가르쳐 주었습니다. 그리고 그들의 말을 들음으로 우리는 더 지혜로워졌습니다. 그들의 손길이 우리를 강하게 하였습니다. 그러므로 우리의 거룩한 선조들의 신성한 지도와 긴요한 경고에 감사합시다. 그들의 의심이 있어서 우리는 의심을 하지 않았습니다". 265

교황 레오의 이런 말들이 상식이 되어 버렸지만, 이제는 우아하고 새로운 것이 아니라 진실하고 효과적인 것을 쓰고자 하는 것이 나의 의도이기 때문에 나는 이 말을 했습니다. 순교자殉教者의 상처와 그가 흘린 거룩한 피로 충분합니다. 이러한 토대에서 우리의 신앙은 경건하게 마음에 새겨져 있습니다. 순교자들은 합당한 약속을 받지 않았다면 그처럼 두려움 없이 행복하게 처벌과 죽음을 맞이하지 않았을 것입니다. 그러므로 다른 사람의 — 비록 중요한 인물은 아닌 주교지만 — 잘 알려진 말을 덧붙이도록 하겠습니다.

많은 사람들의 피로 확인된 종교의 진실에 대해서 우리는 자신들이 큰 위험 속에서 논쟁한다는 것을 배웠습니다. 예언자들의 예언 이후, 사도들의 증언 이후, 순교자들의 피와 땀 이후에도 옛 신앙을 마치 새롭다는 식으로 논의할 것을 상정하고, 그렇게 명백한 지침을 받은 후에도 계속 오류를 범하고, 죽은 자들의 고난 뒤에도 한가롭게 토론한다는 것은 큰 위험이 뒤따르는 문제입니다. 거룩한 순교자의 영광 안에서 우리들의

---

265 대(大) 교황 레오, 《강론집》 73. 1. 교황 레오 1세(재위 440~461년)는 초기 로마 교황 중 가장 유능한 인물 중 하나였다.

믿음을 존중합시다. **266**

그렇게 막시무스**267**는 말했습니다.

이 모든 것들로부터, 형제 여러분, 이 허황하고 경박한 논쟁은 그리스도의 진리가 아니라 대중의 환심을 사려는 의도임을 믿어야 합니다. 우리가 이해할 수 없는 지식을 위한 공허한 탐구와, 특히 기적을 찾고자 하는 모든 욕망은 믿음이 아니라 고집과 호기심의 발로입니다. 이 유혹에 맞서려면 아우구스티누스의 말을 잊지 마십시오. "그 기적들은 우리 시대까지 계속되도록 허락되지 않았습니다." 그는 말합니다. "그래서 마음은 항상 눈에 보이는 것을 추구하지 않을 것이고, 인류는 한때 열정적으로 추구했던 참신함에 익숙해져 굳어지지도 않을 것입니다."**268**

그렇습니다, 그는 정말로 "굳어진다"라고 말했고, 또 사람들이 매일 태어나는 것과 마찬가지로 사람들이 매일 다시 살아나는 것에 놀랄 필요도 없습니다. 왜냐하면 예전의 삶을 되살리는 것보다 없던 것을 창조하는 것이 더 훌륭한 일이기 때문입니다. 그럼에도 불구하고, 우리는 덜 중요한 것들에 더 많이 감동하기 때문에 가장 큰 기적은 드

---

266 막시무스, 《강론집》 88.
267 성 막시무스는 토리노의 주교로 많은 책의 저자이며, 뛰어난 설교가로서 수많은 업적을 남겼다. 특히 그는 성경에 대해 해박한 지식을 가졌다고 기록되어 있다. 브루노 브루니가 편찬한 전집에 의하면 그의 설교문 116개, 6개의 논문 그리고 주일 강론이 118개나 남아 있었다고 한다.
268 아우구스티누스, 《참된 종교》 25. 47.

뭅니다.

아우구스티누스가 이 논쟁을 더 자세히 검토하면서 더 가까운 쪽에 있는 다른 신앙의 적들에게 대답한 것이 분명합니다. 그는 이렇게 말했습니다. "왜 그들은 당신이 말한 그 기적이 지금 일어나지 않는다고 말하고 있습니까?"[269]

이에 대해 그는 이렇게 대답하였습니다.

그 기적은 세상이 믿기 전에 필요했고, 이런 이유로 세상은 믿었다고 나는 말할 수 있습니다. 누군가 믿기 위해 아직도 기적을 찾으러 가는 자가 있다면, 온 세상이 믿을 때 믿지 않는 그 자신이 하나의 기적입니다.[270]

확신이 없는 자들을 향해 그는 "그러나 그들은 그런 기적은 일어나지 않았다고 믿고 이렇게 말하는 것입니다"[271]라고 했습니다. 형제 여러분, 이 점에 유의하여 마음을 굳게 다잡으시기를 바랍니다. 기적을 요구하는 사람들, 그 터무니없는 요구와 재촉으로 우리를 역겹게 하는 모든 사람은 그들이 과거를 믿지 않는 것처럼 현재나 미래에 대한 탐욕이 그리 많지 않습니다. 덜 단호하게, 그러나 덜 선하게 희망하고 의심함으로써 그들은 부정_{否定}으로 감히 비난할 수 없는 그들의 믿음을 비난합니다.

---

269 아우구스티누스, 《하느님의 도성》 22. 8.
270 위와 같음.
271 위와 같음.

그럼에도 불구하고, 우리 시대에 기적이 일어났든 아니든, 가장 높고 홀로 높으신 기적의 그분을 인정합시다. 그리고 더욱더, 기적 없이 지금 우리가 믿는 신앙을 안정시켜 주신 주님께 감사드립시다. 확실히 아우구스티누스는 거룩한 영감에 의해 구름으로 진리의 평온한 얼굴을 가리려는 이러한 애매함과 의심에 맞서 싸웠습니다. 같은 책에서 그는 계속 말하고 있습니다. "그런데 그리스도는 왜 사방에서 그렇게 가득 찬 믿음으로 찬송하는 가운데 사람의 몸으로 하늘로 올라가셨을까요?"[272]

그리고 키케로풍의 웅변적인 구절을 사용했는데, 그는 종종 우리의 신념을 지키기 위해 그렇게 합니다.

교육받은 이 시대가 불가능한 일을 모두 거부하는데, 기적이 없는 상황에서 왜 세상은 믿을 수 없는 것을 그렇게 놀랍게도 믿고 있을까요? 어쩌면 이러한 것들이 믿을 만하였고, 그래서 믿어졌다고 말할 수 있을까요? 그렇다면 왜 그들 자신은 믿지 않는 것일까요?[273]

늘 그렇듯 엄청난 힘으로 끝까지 온 그는, "결론은 간단합니다. 어떤 보이지 않는 믿을 수 없는 일들이 그럼에도 불구하고 발생하고 눈에 보였다는 사실이 믿음을 만들어 냈거나, 또는 다른 사람들을 설득하는 기적이 필요하지 않을 정도로 그 자체를 믿을 수 있다는 사실이

---

272 위와 같음.
273 위와 같음.

하느님에 대한 믿음을 비판하는 자들의 극심한 무신론無神論을 반박했거나입니다"274라고 말하였습니다.

그렇기에 악마와의 교제는 절대로 끊어야 합니다. 사실 거짓말쟁이가 어쩌다 진실을 말할 때 그를 믿지 않는 것은 잘 알려진 처벌입니다. 그러므로 진실이 없는 녀석에게는 어떻게 해야 할까요? 안전한 방법은 그를 피하는 것입니다. 거짓말쟁이를 조금도 믿지 않는 사람은 거짓말에 속지 않을 것입니다. 그러니 시간을 가지십시오. 이보다 더 좋은 것은 없습니다.

---

274 위와 같음.

수사들에게 당부하는 두 번째 편지

명망 높은 시인 프란체스코 페트라르카
《종교적 여가》첫 번째 편지를 마치고, 두 번째 편지를 시작하다.

우리의 한계에도 불구하고, 나는 우리가 그리스도의 지도 아래에서 더 큰 적들의 포학한 짓과 충분히 잘 싸워 왔다고 생각합니다. 우리는 다른 적을 쓰러뜨리기 위해서도 같은 지침을 계속 사용해야 합니다. 그중에서 가장 중요한 적은 이 세상인데, 얼굴이 매혹적이고 겉모습이 매력적인 이 세상은 잔인하고 그 비밀은 더럽습니다. 세상의 겉모습에는 진짜가 하나도 없습니다. 왜냐하면 약속하는 모든 것 중 단 하나도 이행하지 않기 때문입니다. 나는 우리가 세상의 속임수와 모든 지상의 가식으로부터 해방되어야 한다고 생각합니다. 세상이 지닌 이러한 매력은 셀 수 없을 정도일지도 모르지만, 공통의 목적이 하나 있습니다. 우리 손이 닿지 않는 곳에 머물면서 우리를 속이는 겁니다.

여러분은 세속적인 세계에서 살아 왔습니다. 여러분 모두 또는 일부는 그 매혹적인 방법을 경험하였고, 그중에 확실하거나 믿을 수 있는 것이 없음을 알고 있지만, 그 교활한 혀는 의미 없는 말로 유혹하여 마치 우리의 태만한 영혼을 속이거나 기억을 지워버릴 듯이 스스로 위대한 무엇으로 행세하고 있습니다. 확실히 인간의 행동 대부분은 세속적인 대상들과 관련이 있습니다. 하나하나 언급한다면 내가 다른 책을 쓸 수 있을 정도로 자료가 충분해질 것입니다.

모든 존재는 무無로 돌아가는데, 우리는 얼마나 광적이고 눈이 멀 수 있나요! 우리는 얼마나 열심히 멸망할 재물을 모으고, 오래가지 못할 사유재산을 향한 우리의 관심은 또 얼마나 큰가요! 한편, 우리는 죽음까지 우리와 동행하고 천국으로 우리를 인도할 그 미덕을 소홀히 합니다. 그 정신적인 열정과 충동에 대응하여 해줄 만한 이 말보다 더 진실한 것은 없습니다. "오! 허무 중의 허무로다! 모든 것이 허무이다."[1]

그리고 이렇게 말합니다. "나는 태양 아래에서 행해지는 모든 일을 보아 왔는데 보라, 모든 것이 허무요, 영혼의 고통이로다."[2] 그리고 이처럼 말하였습니다. "나는 마음속으로 말하였다. 계속하여 나의 기쁨을 누리며 축복을 즐길 것이다. 그러나 이것 역시 허무임을 알았다."[3]

나는 세상의 나머지 재산과 그 부富를 공허하게 자랑하는 것에 대해서는 언급하지 않겠습니다. 요컨대 이렇습니다. "내 눈이 원하는 것은 무엇이든, 나는 아무것도 거절하지 않았습니다. 또 온갖 즐거움을 즐기거나 자기가 한 일을 즐기는 것도 마음속으로 막지 않았고 일에

---

1 〈코헬렛〉 1장 2절. "허무로다, 허무! 코헬렛이 말한다. 허무로다, 허무! 모든 것이 허무로다!"
2 〈코헬렛〉 1장 14절. "나는 태양 아래에서 이루어지는 모든 일을 살펴보았는데 보라, 이 모든 것이 허무요 바람을 잡는 일이다."
3 〈코헬렛〉 2장 1절. "나는 나 자신에게 말하였다. '자, 이제 너를 즐거움으로 시험해 보리니 행복을 누려 보아라!' 그러나 보라, 이 또한 허무였다."

서 이익을 얻는 것도 당연하다고 생각했습니다"4라고 그의 통치와 지혜에 대한 높은 평판으로 유명한 솔로몬은 말했습니다.

형제 여러분, 여러분이 그와 다른 점이 많다는 사실에도 불구하고, 그의 말 중 많은 부분이 여러분에게 들어맞습니다. 여러분 각자가 그를 대신하여 말하십시오. 나 역시 수도자로 태어나지 않았기 때문에 그런 생각을 하고 또 해왔습니다. 나는 이 세상에서 왔습니다. 나는 바빌론을 경험하였습니다. 나를 속일 수는 없습니다. 세상이여, 나는 당신을 맛보았고 당신을 알고 있으며, 게다가 내 앞에 위대한 지도자의 본보기가 있기 때문입니다. 나는 솔로몬과 같은 왕도 아니었고, 나의 시대 이전에 예루살렘에서 살았던 모든 사람을 능가한 일도 없습니다.

그러나 나는 당신, 즉 세상인 당신 안에 살고 희망을 가지는 바쁜 사람 중의 한 명이었습니다. 그래서 어떻게 되는 거죠? 결국, 나는 당신에게서가 아니라 나 자신에게서 얻은 경험을 신뢰합니다. 왜냐하면 내가 눈을 돌렸을 때, 그리고 솔로몬처럼 "내 손으로 만든 모든 것과 헛되이 땀을 흘린 그 일에 눈을 돌렸을 때, 나는 모든 허무와 정신의 고통을 보았고 태양 아래에서는 아무것도 오래가지 않는다"5라

---

4 〈코헬렛〉 2장 10절. "내 눈이 원하는 것은 무엇이든 나 뿌리치지 않았고 내 마음에게 어떠한 즐거움도 마다하지 않았다. 그렇다, 내 마음은 나의 모든 노고에서 즐거움을 얻었으니 그것이 나의 모든 노고에 대한 몫이었다."
5 〈코헬렛〉 2장 11절. "그리고 나서 내 손이 이룬 그 모든 위업과 일하면서 애쓴 노고를 돌이켜 보았다. 그러나 보라, 이 모든 것이 바람을 잡는 일. 태양 아래에서는 아무 보람이 없다."

고 믿기 때문입니다. 다른 구절들은 생략합니다. 그것들은 대중들이 자주 사용하여 낡았기 때문입니다. 또한, 나는 성경의 〈코헬렛〉을 베껴 쓸 생각도 없습니다.

그렇다면 이 모든 것의 요점은 무엇일까요?

나는 태양 아래 있는 모든 것이 악하며, 모든 것이 허영이고 정신을 성가시게 하는 것임을 보고 내 삶에 싫증을 느끼게 되었습니다. 또한, 나는 내 모든 노력, 내가 태양 아래에서 그렇게 열심히 일했던 모든 것을 싫어하게 되었습니다. 왜냐하면, 나는 뒤를 이을 후계자를 가질 것이기 때문입니다. 그가 현명할지 어리석을지 모르지만, 그는 내가 땀 흘리며 고민해 왔던 모든 일의 주인이 될 것입니다. 이렇게 허무한 일이 있을까요? 그래서 나는 멈추었고, 내 마음은 태양 아래에서 더 이상 수고하기를 거부했습니다. 6

솔로몬이 여기서 말하는 것은 〈집회서〉에서 다른 사람이 더 강하게 이야기합니다. "자신의 목적을 위해 부당하게 비축하는 자는 다른

---

6   〈코헬렛〉 2장 17~20절. "그래서 나는 삶을 싫어하게 되었다. 태양 아래에서 벌어지는 일이 좋지 않기 때문이며 이 모든 것이 허무요 바람을 잡는 일이기 때문이다. 나는 또 태양 아래에서 내가 애써 얻었건만 내 뒤에 오는 인간에게 물려주어야 하는 내 모든 노고의 결실을 싫어하게 되었다. 그가 지혜로운 자일지 어리석은 자일지 누가 알리오? 그러면서도 내가 태양 아래에서 지혜를 짜내며 애쓴 노고의 결실을 그가 차지하게 되리니 이 또한 허무이다. 그래서 태양 아래에서 애쓴 그 모든 노고에 대하여 내 마음은 절망하기에 이르렀다."

사람들을 위해 재산을 쌓는 것이고, 다른 누군가가 그 혜택을 누릴 것입니다."7

서정시인 호라티우스는 그의 책 《송가》에서 이 구절들과 함께 후계자의 향락에 대해 비슷하게 말했습니다.

당신의 더 가치 있는 상속자는 백 개의 자물쇠로 숨겨 둔 그 훌륭한 카에 쿠반 포도주를 축낼 것입니다. 그리고 그 술은 높은 사제직들의 만찬에 더 어울리긴 하지만, 그는 품위 있고 오래 숙성된 포도주로 바닥을 더럽힐8 것입니다. 9

풍자시인 유베날리스는 이런 생각을 이야기하면서 탐욕은 상속자의 쾌락을 위해 봉사하는 한편 자기 자신에게는 불리하고 부담스럽다고 비통하게 주장하며 "부자로 죽기 위해 거지의 삶을 사는 것"10은 의심할 여지 없이 어리석고 명백한 광기狂氣라고 말합니다.

하지만 나는 후계자가 안고 있는 불확실성으로 돌아갑니다. 솔로몬은 자기 후계자가 지혜로운지 어리석은지 모른다고 말합니다. 내가 틀리지 않는 한, 이것은 정말로 사소한 불평입니다. 왜냐하면 그

---

7 〈집회서〉 14장 4절. "제 몸을 돌보지 않고 쌓기만 하는 자는 다른 이들을 위하여 모으는 것이니 그의 재산으로 남들만 흥청거릴 뿐이다."
8 포도주를 마시기 전에 신들에게 바치는 제물로 한 모금 쏟아 버리는 것이 로마의 풍습이었다.
9 호라티우스, 《송가》 2. 14. 25～28.
10 유베날리스, 《풍자시집》 14. 137.

의 후계자가 얼마나 현명하고 어리석을지, 또는 그의 후계자가 동지가 될지, 누가 그의 후계자가 될지는 아무도 모르기 때문입니다. 우리는 어디에서나 적이 자신의 후계자가 되는 것을 볼 수 있습니다. 인간의 운명 중에 이것보다 더 나쁜 저주는 거의 없으며, 그것은 가진 자들만의 특유한 문제입니다.

솔로몬은 자신의 후계자를 향한 의심에 대해 솔직하게 말했습니다. 다윗이 〈시편〉 37편에서 말했듯이, 그는 아버지 말고 누구에게서 그것들을 배웠습니까? "모든 것은 허무하고, 모든 사람은 영원히 살 수 없습니다. 참으로 인간은 그림자처럼 다니지만, 헛되이 소란만 피웁니다. 그래서 그는 누구를 위해 부를 축적하는지 모른 채 부를 모읍니다."11

〈시편〉 49편에서 다시 말합니다. "그들은 다른 사람을 위하여 재산을 남겨둘 것이다."12 여기에서, 무덤의 재와 대중의 호의가 보이는 변덕스러움보다 더 유익하지 않은 부자들의 걱정을 공공연하게 조롱하기 위해 그는 덧붙였습니다. "그들의 땅을 자신의 이름대로 부름에도 불구하고 그들의 무덤이 영원히 그들의 집이며 대대로 피난처가

---

11 〈시편〉 39편 6~7절. "보소서, 당신께서는 제가 살날들을 몇 뼘 길이로 정하시어 제 수명 당신 앞에서는 없는 것과 같습니다. 사람은 모두 한낱 입김으로 서 있을 뿐. 셀라. 인간은 한낱 그림자로 지나가는데 부질없이 소란만 피우며 쌓아 둡니다. 누가 그것들을 거두어 갈지 알지도 못한 채."

12 〈시편〉 49편 11~12절. "정녕 그는 본다, 지혜로운 이들의 죽음을, 어리석은 자도 미욱한 자도 함께 사라짐을, 그들의 재산을 남들에게 남겨 둔 채로! 그들이 속으로는 자기 집이 영원하고 자기 거처가 대대로 이어지리라 생각하며 땅을 제 이름 따라 부르지만,"

될 것이다."13

보십시오! 우리는 영원히 살 수 없는 인간 명성의 덧없음에 대해 들었습니다. 즉, 집을 위한 무덤, 후세의 기억, 그리고 죽을 운명에 대한 어떤 다른 명성들이 있을지 모릅니다. 모든 소유물이 불필요한 곤란과 광기로 가득 찬 것을 보며, 같은 〈시편〉은 어리석은 짓에 대해 신랄한 공격을 전개합니다. "사람은 영예를 누릴 때 알지 못하였습니다. 그는 스스로 짐승처럼 되고 짐승과 비슷해졌습니다."14

이 세상뿐만 아니라 다음 세상에서도 이 어리석음이 처벌을 피하기를 바라는 사람이 없도록, 이 시점에서 그가 덧붙이는 말을 보아 주십시오. "양들처럼 그들은 죽음에 처해져 죽음이 그들을 기를 것입니다."15

그 결과 나의 형제들이여, 그리스도 안에서 한마음으로 이런 종류의 날카로운 화살을 기만과 아부의 세상으로 다시 던지십시오. 여기에는 큰 노력이 필요하지 않습니다. 여러분은 자신의 현재 상태를 알고 있고 여러분이 남긴 것을 기억합니다. 여러분이 사물의 실체보다 얼굴의 분장과 반짝이는 싸구려 장식물을 더 중요하게 여기지 않는다면, 나나 다른 누구의 경고는 필요 없습니다. 그것들은 고귀한 지성의 살아 있는 힘과 전혀 관계가 없습니다. 어떤 궁전도 여러분의 수방16

---

13   위와 같음.
14   〈시편〉 49편 13절. "사람은 영화 속에 오래가지 못하여 도살되는 짐승과 같다."
15   〈시편〉 49편 15절. "그들은 양들처럼 저승에 버려져 죽음이 그들의 목자 되리라. 아침에는 올곧은 이들이 그들 위에 군림하고 그들은 저마다 자기 처소에서 멀리 떨어진 채 그 모습이 썩어 저승으로 사라지리라."
16   수방(修房)은 수도자들이 기거하는 작은 독방이다.

과 비교할 수 없습니다. 어떤 영광도 당신의 겸손한 상태와 비교할 수 없습니다. 어떤 권한도 당신의 멍에와 비교할 수 없습니다. 어떤 죄악의 방종도 당신의 결백과 비교할 수 없습니다. 아무리 현란해도 세속적인 사물에 대한 과시는 여러분의 자유시간과 비교할 수 없습니다. 어떤 연회도 여러분의 단식에 비할 수 없습니다. 마지막으로, 어떤 보라색의 화려한 옷도 여러분의 수도복과 비교할 수 없습니다.

그러므로 다른 사람들이 보라색 예복, 대리석 궁전, 덧없는 권력, 공허한 명예, 즐거운 오락, 그리고 바빌론 시민들이 기뻐하는 다른 모든 덧을 즐기도록 내버려 두십시오. 영원한 예루살렘으로 가는 여러분을 위해, "우리 주 예수 그리스도의 십자가를 제외하고는 어떤 것에도 기뻐하지 않도록 하십시오. 그분을 통해 세상이 여러분을 위해 십자가에 못 박혔고, 여러분은 세상을 위해 십자가에 못 박혔습니다".17

그러니 이제, 비록 세상이 여러분을 유혹할지라도 경멸하십시오. 믿지 마세요. 세상은 자기 왕의 예를 따르는 거짓말쟁이입니다. 저 웅변가 클라우디아누스가 적절하게 말했듯이, "세상은 그 왕의 예를 본떠서 만들어집니다".18 또한, 이 지도자가 누구인지 물어보는 것도 중요하지 않습니다. 사실 우리 자신의 그리스도, 즉 왕들의 왕이자 주인들의 주인인 자 이외에 여러 차례 "이 세상의 왕자"라고 불리는

17　〈갈라티아서〉6장 14절. "그러나 나는 우리 주 예수 그리스도의 십자가 외에는 어떠한 것도 자랑하고 싶지 않습니다. 그리스도의 십자가로 말미암아, 내 쪽에서 보면 세상이 십자가에 못 박혔고 세상 쪽에서 보면 내가 십자가에 못 박혔습니다."

18　클라우디아누스, 〈제 4집정관 호노리우스에 대하여〉 299~300.

그는 누구일까요?

그러나 내가 말했듯이 외관이 사랑스러운 이 세상이 여러분의 이성이 잠들어 있는 동안 여러분의 (사탄에게 매우 친숙한) 감각을 어떻게든 빼앗으려 한다면, 이성을 깨워 그 감각을 억제하고 지상에서 외쳐 천상의 보호를 불러일으켜야 합니다. 다 함께, 그리고 각자 외치십시오. "하느님, 저를 구해 주십시오. 물이 제 영혼까지 들어왔습니다."[19]

만약 이것이 우리의 지도자가 주 아버지께 들려 드리는 외침이라면, 물처럼 불안정한 쾌락과 육욕이 '물'이라는 이름으로 불린다는 것을 알고 있으므로 그 말은 잘 어울립니다. 내가 하고 싶은 질문은, 끝없이 변하는 인간의 일보다 흐르는 물에 더 가까운 게 무엇이냐는 것입니다. 세상의 시작부터 오늘에 이르기까지 불결한 쾌락과 쓸모없는 투쟁에 몸을 바쳐 온 모든 이들의 덧없고 공허한 기쁨은 어디에 있을까요? 그 산만함이 사라지고 아무것도 아닌 것으로 변해 버린 것처럼, 기쁨과 그 기쁨을 사랑하는 사람들도 함께 그러할 것입니다. 그들은 내가 글을 쓰는 것보다 훨씬 더 빨리 사라질 것입니다. 〈시편〉 저자가 말하듯이, "그들은 흐르는 물처럼 어디에도 도달하지 못할 것입니다". 그리고 "흐르는 밀랍처럼 그들은 떠내려갈 것입니다".[20]

이것은 바빌론의 강을 말함으로써 성경이 되새기는 것입니다. 타락과 불안과 세속적인 모든 것들이 떠나는 여행은 바빌론의 길을 바

---

19   〈시편〉 69편 2절. "하느님, 저를 구하소서. 목까지 물이 들어왔습니다."
20   〈시편〉 58편 8~9절. "흘러내리는 물처럼 그들은 사라지고 그들이 화살을 당긴다 해도 무디어지게 하소서. 녹아내리는 달팽이처럼, 햇빛을 못 보는, 유산된 태아처럼 되게 하소서."

라보지, "주민들의 발이 성읍 안에 서 있는, 오오, 예루살렘"21 저 왕도를 바라보지 않습니다. 바빌론에는 혼란 그 자체 외에 또 무엇이 있습니까? 이 세상보다 더 혼란스러운 것은 무엇일까요? 세상을 사랑하는 사람보다 누가 더 혼란스러운가요?

지옥의 이야기가 문자 그대로 그런 사람들에게 적용될 수 있다는 점에 주목한다면, 나는 새로운 말을 하고 있는 걸까요? 내가 틀릴 수도 있지만, 사실이 아닌가요? 인간의 상태, 삶의 성쇠, 그리고 존재의 모든 측면은 타르타로스의 모든 강에 잠겨 각각의 강으로부터 어떤 특징을 전해 받은 것처럼 보입니다. 레테에서 깊이 들이마시면 더 나은 본성의 망각으로 인해 압도되고, 플레게톤에서는 분노와 욕망의 불에 의해 압도되며, 아케론에서는 결실 없는 참회와 슬픔으로, 코퀴토스에서는 한탄과 눈물에 의해, 스틱스에서는 원한과 증오로 압도됩니다.22 결과적으로, 그들의 악행은 내려지는 처벌이 결코 미흡하지 않습니다. 사실 탄탈로스의 갈증은 항상 그들을 괴롭힐 것입니다. 라피테스의 바위는 그들을 두렵게 할 것입니다. 시시포스의 바위가 그들을 지치게 할 것입니다. 티티오스의 독수리는 그들을 쪼아 먹을 것입니다.23 익시온의 회전 바퀴는 그들을 계속해서 돌게 할 것

---

21 〈시편〉 122편 2절. "예루살렘아, 네 성문에 이미 우리 발이 서 있구나."

22 모두 그리스 로마 신화에 나오는 지옥의 강(江)으로, 레테는 그리스 신화 속 망각의 여신이자 강이다. 아케론, 코퀴토스, 플레게톤, 스틱스와 함께 죽은 사람이 하데스가 지배하는 명계로 가면서 건너야 하는 저승에 있는 다섯 개의 강 중 하나이다. 망각의 강이라고 불린다.

23 티티오스는 아폴론과 아르테미스를 낳은 여신인 레토를 납치하여 강간하려 했다

입니다. 24 다른 사람들이 썼듯이, 나는 여러분 중 이 말이 옳다고 생각하는 사람에게 묻습니다. "악인은 지옥 안에서 돌아다닙니다."25

다음 저주는 누구에게 내려졌다고 말하겠습니까? "저의 하느님, 그들을 바람 앞에 놓인 곡식의 겉껍질처럼, 숲을 태우는 불처럼, 산을 타오르게 하는 불꽃처럼 놓아 주십시오."26 그리고 이 저주 또한 마찬가지인가요? "그들의 길을 어둠과 배반으로 내버려 두세요."27

이 모든 인용 속에는 헛된 계략, 욕망의 불꽃, 불협화음, 변덕스러움, 그리고 불분명한 의견들 외에는 아무것도 없으며 이 모든 것들이 삶을 괴롭히고 혼란스럽게 만듭니다.

우리가 주의 깊게 관찰해 온 것처럼 사물이 어떻게 계속되지 않는지를 표현하는 것 이외에, 어떻게 바빌론강을 이해하면 좋을까요? 강

가 그녀의 자식들이 쏜 화살을 맞고 죽었다. 그는 저승에서 두 마리의 독수리들이 그의 심장과 간을 쪼아 먹는 벌을 받았는데, 독수리들이 다 먹어치운 뒤에도 심장과 간이 계속 자라나 다시 쪼아 먹혔기 때문에 끝없이 고통을 당했다.

24 고대 신화에서 탄탈로스는 아들을 죽인 죄로 지옥에서 굶주림과 갈증에 시달리는 벌을 받는다. 시시포스는 영혼이 자신의 몸에 다시 들어가서 계속 살기 위해 바위를 언덕 위로 밀어 올려야 하지만, 임무를 거의 완수할 때면 바위가 다시 굴러 떨어지게 된다. 신의 여왕 헤라를 강간하려던 익시온은 불타오르며 영원히 회전하는 바퀴에 묶였다. "라피테스의 바위"는 라피테스 왕 피리투스가 영원히 앉아야 했던 망각의 바위 의자를 가리킬 것이다.

25 〈시편〉 12편 9절. "악인들이 사방으로 쏘다니고 사람들 사이에서 야비함이 판을 칠지라도."

26 〈시편〉 83편 14~15절. "저의 하느님, 그들을 방랑초처럼, 바람 앞의 지푸라기처럼 만드소서. 숲을 태우는 불처럼, 산들을 사르는 불길처럼 만드소서."

27 〈시편〉 35편 6절. "그들의 길은 어둡고 미끄러우며 주님의 천사가 그들을 뒤쫓으리라."

의 성질이 다음과 같기 때문입니다. 강은 흐르는 동시에 머무릅니다. 비록 물은 달아나더라도 강은 그대로 남아 있습니다. 사실 그것이 헤라클레이토스가 "우리는 같은 강에 두 번 발을 들여 놓지만 실상 그렇지 않습니다"[28]라고 말했을 때의 그 의미였습니다. 그리고 그는 너무나도 모호한 연설에 기뻐했기 때문에 결과적으로 "수수께끼 같은 사람"(모호한 인간)이라는 이름을 얻게 되었습니다. 이에 대해 세네카는 "강의 이름은 그대로이지만, 물은 이미 지나갔다"[29]고 말했습니다.

예를 들어, 내가 지금 여러분에게 글을 쓰고 있는 둑이 놓인 이 강에 누구라도 발을 들여놓아 보십시오.[30] 이곳의 강의 발원지와 최상류의 폭포에서, 물줄기가 활기차고 빠르게 흐릅니다. 그리고 발을 빼고, 곧이어 다시 한번 그곳에 발을 들여 놓도록 하세요. 같은 강, 같은 둑이지만 물은 다릅니다. 이 물이 무슨 상관이죠? 그들에게 감정이 있었나요? 강물이 흘러가는 동안에도 강은 그대로 남아 있나요?

비록 지구가 그대로 남아 있지 않고 오히려 더 미묘하게 자신의 목적을 향해 나아가지만, 인간이 변하는 동안 지구가 안정된 상태를 유지하는 것이 인간에게 얼마나 더 도움이 될까요? 우리가 태어나고 자란 도시들조차 낡아 죽어가는 것을 보지만 더 오래 존속되는 것도 우리에게 유익합니다. 우리의 도시들 가운데 으뜸인 저 로마가 필멸의 존재임을 알고 있기에 어떤 도시도 불멸을 희망해서는 안 됩니다.

---

28 세네카 《서간집》 12. 7 참고. "당신은 같은 강물에 두 번 발을 들여놓을 수 없다. 왜냐면 물은 늘 흐르기 때문이다"라고 해석되기도 한다.

29 세네카, 《서간집》 58. 2.

30 보클뤼즈에 있는 페트라르카의 거처 근처에 소르그강의 발원지인 샘물이 있다.

그러므로 여러분 중 이 글을 읽을 소년들과 초보자들을 기쁘게 하고자 프로스페르의 말을 인용합니다. 프로스페르는 이렇게 우아하게 말합니다. "강들이 오랫동안 고갈되지 않은 채 계속 흘러가는 것이 내게 무슨 소용이 있을까요?"[31] 그는 그 밖에도 많은 말로 이 결론에 도달합니다. "이 강들은 남아 있지만, 우리 조상들은 남아 있지 않습니다. 나는 기간이 한정된 손님으로 살고 있습니다."[32]

나는 또한 좀 더 나이 든 사람들을 기쁘게 해주고 싶어, 앞에서 언급한 헤라클레이토스[33]의 말에 이어 세네카도 바로 같은 말을 했다는 점에 주목합니다. "강이 사람보다 더 명백하게 보여 주지만, 그럼에도 빠른 물줄기는 우리도 역시 계속 앞으로 나아가게 합니다."[34]

더 큰 관찰이 내게 벌어진다고 고백합니다. 비록 강의 물은 흘러가더라도 그 모습은 같기에, 더 빠르고 더 분명한 흐름이 인류를 지배합니다. 하지만 세월이 흐를수록 겉모습은 너무 변하고 달라져서 얼마 지나지 않아 친구나 친척들도 분간하기 힘들 정도입니다. 이처럼 소

---

31 아키텐의 프로스페르, 〈아내에게 보내는 남편의 시〉 35~36. 아키텐의 프로스페르(390~460년)는 초기 교부시대의 그리스도인으로 저술가이며 아우구스티누스의 제자이다. 프랑스의 아키텐에서 출생하였고, 이탈리아의 프렛에서 사망하였다. 프로스페르는 그의 저서《나라들의 부르심》에서 "구세주의 은혜가 어떤 자들은 간과되며, 교회가 그들을 위해 기도하는 것도 들리지 않는다"라며 "간과"라는 용어를 사용하였다.

32 아키텐의 프로스페르, 〈아내에게 보내는 남편의 시〉 39~40.

33 에페소스의 헤라클레이토스(기원전 540~480년)는 우주의 기본 물질은 불이며 끊임없이 움직이는 것이라고 믿었다.

34 세네카, 《서간집》 58. 23.

년기가 유아기를 모호하게 하고 청소년기가 소년기를 모호하게 하고 자연주의자들이 영구적이라고 거짓되게 부르는 성년기가 두 가지를 모두 모호하게 하며 결국, 노년기는 다른 모든 연령대를 같은 방식으로 없애 버립니다.

따라서 만약 접촉이 중단된다면, 짧은 시간 안에 친구를 알아보지 못하게 될 수도 있습니다. 만약 다르다노스가 수천 년 후 트로이로, 혹은 로물루스가 로마로 돌아간다 해도 망설임 없이 다르다노스는 크산투스강을, 로물루스는 티베르강을 알아볼 것입니다.[35] 인류의 변화는 강이 지나가는 것보다 훨씬 더 명백합니다. 그러므로 나는 세네카의 말을 전적으로 지지합니다. "그래서 나는 우리가 육체처럼 덧없는 것을 너무 사랑하여 이성을 잃는 데 대해 정말 놀랍니다."[36]

그러므로 육신의 상실을 돌이킬 수 없는 것으로 생각하고 영혼의 불멸에 대해 여러 가지 의심을 했던 이방인이 감히 이렇게 말한다면, 부패하기 쉬운 육체와 영혼이 미래에 얻을 지위에 대해 확신하는 우리는 과연 무엇을 말할 수 있을까요? 우리가 정숙하고 진지하게 육체를 사용한다면, 영원한 영광과 더없는 행복을 기대할 수 있을까요? 확실히 우리가 불멸에 대해 염려하는 바가 있다면, 축복받은 존재에 관심이 있다면, 우리는 이 짧은 기간의 부패를 경멸해야만 위대한 믿음으로 저 영원한 영광에 도달할 수 있습니다.

---

35   다르다노스는 크산투스강이 흐르는 트로이의 창시자이다. 로물루스는 티베르강을 따라 로마를 세웠다.
36   세네카, 《서간집》 58. 23.

자, 여러분이 살았던 도시를 상상해 보십시오. 하지만 그 도시들을 그리워하지는 마십시오. 항구에서 안전할 때 폭풍우를 갈망하는 사람은 제정신이 아닙니다. 그렇게 커다란 난파선으로부터 안전한 일엽편주一葉片舟를 타고 무사히 탈출했으니 기뻐하십시오. 과거의 고난에 대한 기억은 분명히 즐겁지만, 그것을 그리워하는 것은 미친 짓입니다. 여러분이 '바빌론'의 주민들 사이에 살았을 때, 이 도시들이 어땠는지 생각해 보세요. 왜냐하면, 이 도시들은 우리에게 대부분의 바빌론을 상기시켜 주기 때문입니다. 여러분은 그 도시들의 거리와 산책로를 거닐곤 했습니다. 여러분은 사원에서 기도할 생각도 없었고 시장에서 팔려고도 하지 않았으며, 구경거리에만 정신이 팔려 있었습니다. 여러분은 보기를 바랐고 보이기를 원했으며 방향도 알지 못하는 사람들의 눈을 즐겁게 해주고 싶었습니다. 그러나 '영원한 관객'의 모든 것을 꿰뚫어 보는 눈은 신경 쓰지 않았습니다.

이제 여러분이 같은 도시로 돌아간다고 상상해 보십시오. 무엇이 의심됩니까? 아마도 여러분은 잘 알려진 탑들을 다시 보게 될 것이고, 곧 무너질 수도 있지만, 고대 성벽들을 알아볼 것입니다. 그곳은 그대로이고, 강은 흐르며, 산은 서 있습니다. 여러분이 한때 알았던 사람들을 찾아보십시오. 어떻게 된 일인지 모르겠지만, 거의 다 사라졌을 것입니다. 여러분이 이미 또 다른 도시가 된 그 도시에 들어서면 혼미해질 것입니다. 그리고 우리가 같은 도시에 두 번 들어가더라도 우리는 그 도시에 들어가는 게 아니라는 헤라클레이토스의 말에 여러분은 동의할 수 있을 것입니다. 나는 아직도 세상에서 죄인의 사슬에 묶여 있으므로 내가 알고 있는 옛 도시들을 보면 그 도시들을 알아볼 것 같지만, 막상 들어가 보니 알아보지 못하겠다는 사실을 알게 됩니다.

길을 건너서 왕과 사제들의 궁전과 여러분이 한때 잘 알고 있던 자랑스러운 시민들의 집 앞에 서보십시오. 벽은 아직 무너지지 않았을지도 모릅니다만, 주민들 자신은 어떻습니까? 문을 두드리고 그들을 부르십시오. 만약 그들이 집에 없다면, 그들이 돌아올 때까지 조금 기다리세요. 그 단순하고 꼿꼿한 사람의 말이 얼마나 무서운 일입니까? 그는 괴로움 속에서 이렇게 말했습니다.

나무에는 희망이 있습니다. 잘려 나가면 다시 자라고 가지가 싹트게 됩니다. 그 뿌리가 땅에서 늙고 그 줄기가 먼지 속에서 죽는다고 해도, 물기를 느끼면 싹이 트고 처음 심었을 때와 마찬가지로 잎이 돋아날 것입니다. 37

우리는 어쩌면 우리의 상태가 이전과 같기를 바라나요? 아아! 정말 다른데 말입니다! 이런 말들이 다음에 이어집니다. "그러나 인간이 벌거벗겨지고 쇠약해져 죽으면 그는 어디에 있습니까?"38

이 시대를 사랑하는 사람들이 우리에게 말하게 해주십시오. 그들의 아버지는 어디에 있습니까? 만약 그들이 침묵한다면, 욥 스스로

---

37 〈욥기〉 14장 7~9절. "나무에게도 희망이 있습니다. 잘린다 해도 움이 트고 싹이 그치지 않습니다. 그 뿌리가 땅속에서 늙는다 해도 그 그루터기가 흙 속에서 죽는다 해도, 물기를 느끼면 싹이 트고 묘목처럼 가지를 뻗습니다."
38 〈욥기〉 14장 10절. "그렇지만 인간은 죽어서 힘없이 눕습니다. 사람이 숨을 거두면 그가 어디 있습니까?"

대답하게 하십시오. "바다에서 물이 빠져나가고 물이 없는 강이 마르는 것과 마찬가지로, 인간도 일단 잠들고 나면 다시 일어설 수 없을 것입니다."[39]

하지만 이 말로 부활의 희망을 끊지 않도록 그는 마침내 이렇게 덧붙였습니다. "하늘이 닳아 없어질 때까지 그는 일어나지도, 잠에서 깨어나지도 못할 것입니다."[40]

한편, 나의 형제들이여, 이 지상의 거주자들은 사라져 버리고 돌아오지 않을 것입니다. 그러므로 좋아하는 선술집을 지나가면서 그곳에 두고 온 친구들에 대해 물어보십시오. 눈썹이 치켜 올라간 낯선 손님을 문턱에서 만날 것이고, 두려움이 여러분의 머리카락을 곤두서게 할 것입니다. 그리고 운명이 그들의 재산을 가지고 장난을 치고 죽음이 인간에게 같은 방식으로 작용했다는 말을 들으면 여러분은 기가 막힐 것입니다. 그러면 여러분은 다시 욥이 물을 비유로 한 말을 떠올릴지도 모릅니다. "나의 형제들은 골짜기를 급히 흐르는 개울처럼 내 앞에서 가버렸습니다."[41]

나를 믿으세요. 한때 사랑받았던 도시들이 여러분에게 그 도시들

---

39 〈욥기〉 14장 11~12절. "바다에서 물이 빠져나가고 강이 말라 메마르듯, 사람도 누우면 일어서지 못하고 하늘이 다할 때까지 일어나지도, 잠에서 깨어나지도 못합니다."

40 〈욥기〉 14장 12절. "사람도 누우면 일어서지 못하고 하늘이 다할 때까지 일어나지도, 잠에서 깨어나지도 못합니다."

41 〈욥기〉 6장 15절. "그러나 내 형제들은 개울처럼 나를 배신하였다네, 물이 넘쳐 흐르던 개울 바닥처럼."

을 미워하고 두렵게 만들 것을 알고 있기 때문입니다. 모든 것이 너무 많이 변했습니다. 그렇게 즐거웠던 것은 하나도 남아 있지 않습니다.

나는 옛사람들인 율리우스 카이사르, 아우구스투스, 티베리우스, 가이우스 칼리굴라, 네로, 베스파시아누스, 티투스, 도미티아누스, 트라야누스, 하드리아누스, 그리고 로마와 제국을 통틀어 오랫동안 그 이름이 그토록 사랑받고 찬양받아 온 모든 안토니우스들에게 그들 도시의 운명을 배려해 달라고 부탁할지도 모릅니다. 세베루스, 디오클레티아누스, 콘스탄티누스, 발렌티니아누스, 테오도시우스, 그리고 왕권을 기대하며 자란 가족들에게 물어볼 수도 있습니다! 하지만 우리가 보는 본보기들은 우리의 마음에 더 효과적으로 와닿습니다. 그리고 너무 긴 이야기로 여러분의 시간을 낭비하지 않기 위해 나는 고대의 역사를 다시 언급하고 싶지 않습니다. 여러분이 침묵을 열망하고 있기 때문입니다.

나는 《인간의 문제에 대하여》42라는 책에서 이러한 고대의 사건들을 부지런히 알려 왔습니다. 그러니 여러분에게 더 친숙한 몇 가지 사례를 생각해 보세요. 로마 교황이자 세계의 진정한 경이로움인 보니파키우스 8세는 지금 어디에 있습니까? 내가 틀리지 않는다면, 여러분 중 몇몇은 보신 적이나 있습니까? 그의 후계자인 요하네스, 베네딕투스, 그리고 우리가 틀림없이 보았던 두 명의 클레멘스 교황은 어디에 있나요?43 신성로마제국의 황제 하인리히는 어디에 있습니

---

42 페트라르카의 저서.
43 언급된 교황은 보니파키우스 8세(재임 1294~1303년), 요하네스 22세(재임 1316~

까?**44** 자신을 닮아 매우 매력적이고 차례로 후계자가 되었던 그의 아들들이 제명에 죽지 못했던 것처럼, 갑작스러운 죽음 뒤에 '미남왕'이라는 별명을 얻은 프랑스 왕 필리프는 어디에 있을까요? 그들의 죽음은 너무 때가 안 맞는 것이어서 그들 모두의 삶은 꿈이었던 것 같습니다. 아들이 감옥에 있는 동안 무덤에 살고 있기에 아들보다 더 운이 좋은, 현재 왕의 아버지인 다른 필리프는 어디 있을까요?**45** 최근 사라센인들에게 공포를 안겨 준 스페인의 왕은 어디에 있나요? 그는 신앙의 방패였지만 지금은 서쪽에서 공격을 받고 있습니다. **46** 마지막으로, 갈리아의 영광이고 저 이탈리아의 영예인 시칠리아 왕〔로베르토〕**47**은 어디에 있습니까? 그의 죽음 이후 닥쳐 온 고난의 폭풍은 여러분이 그의 통치 기간에 영원한 왕을 섬긴 것이 얼마나 행운이었는지를 보여 줍니다.

내가 더 말을 하지 않도록, 통치자 대다수와 중요한 왕들을 걸러뛰

1334년), 베네딕투스 12세(재임 1334~1342년), 클레멘스 5세(재임 1305~1314년), 클레멘스 6세(재임 1342~1352년).

44 독일 황제(신성로마제국 황제)는 룩셈부르크의 하인리히(1276~1313년)를 가리키며, 하인리히 7세라고도 한다.

45 페트라르카는 프랑스 카페 왕조의 다음의 왕들을 가리키고 있다. 즉, 필리프 4세(재위 1285~1314년), 루이 10세(재위 1314~1316년), 필리프 5세(재위 1316~1322년), 샤를 4세(재위 1322~1328년), 그리고 발루아 왕조의 필리프 6세(재위 1328~1350년)와 장 2세(재위 1350~1364년).

46 스페인의 왕은 알폰소 11세(재위 1312~1350년).

47 나폴리의 왕이자 프로방스의 백작인 앙주의 로베르토(1278~1343년)는 페트라르카에게 많은 찬양을 받았다. 그의 죽음으로 그의 손녀 조반나 1세는 왕국의 질서를 유지할 능력이 없는 것처럼 보였다.

겠습니다. 이 귀하신 분들이 지금 어디에 살고 있는지 질문한다면, 여러분은 평범한 예술가의 재능으로 장식한 작은 무덤을 볼 수 있을 것입니다. 죽음 속에서 보석과 금으로 장식된 그들의 반짝이는 무덤은 그들 삶에서의 야망을 보여 줍니다. 죽은 자에 대한 묘사는 저 최고 시인의 말에 따라 파로스 대리석에 살고 있습니다. "그들은 대리석으로 살아 있는 얼굴을 만들어 낼 것입니다."[48]

하지만 나는 여러분에게 묻습니다. 그들 자신은 어디에 있을까요? 그들의 직함과 비문은 웅장합니다. 그러나 비문은 고상한 체하지만 공허합니다. 여러분은 그것들을 읽을 때 경악을 금치 못합니다. 그러나 제발 저 마지막 안식처의 문이 열리고, 새로운 기적과 새로운 경이로움이 나타날 때까지 기다려 주십시오.

아아! 재의 양이 얼마나 적을까요, 또 해충과 뱀의 양은 얼마나 많을까요? 정말 의외의 변신이네요! 현실의 얼굴은 얼마나 다른가요! 그 무장한 동료들은 지금 어디에 있나요? 그 소녀들은 지금 어디 있죠? 신들의 잔에 술 따르는 사람으로 소환된 가니메데스[49]는 지금 어디에 있나요? 이제 명인과 살찐 새들의 숙련된 조각가들은 어디에 있을까요? 벽에 걸린 왕족의 태피스트리, 발밑에 놓인 붉은 카펫, 나무에 새겨 넣은 상아, 황금 고삐를 물고 있는 뿔 달린 말들은 지금 어디에 있나요? 그 화려한 가구, 코린트식의 꽃병, 다마스쿠스 예술가들

---

48 베르길리우스, 《아이네이스》 6. 848.
49 그리스 신화에 등장하는 인물로, 트로이 사람인 그를 제우스가 납치하여 천상으로 데려가 신들의 술을 따르는 시종으로 삼았다.

의 작품, 그리고 황금 꽃병에 새겨진 동물들은 지금 어디에 있을까요? 편백과 흑단을 박은 집들, 식당들, 그리고 도장塗裝된 판자들은 지금 어디에 있나요? 땅과 바다의 깊은 곳에서 찾아낸 굉장한 광경, 노래, 연회는 지금 어디에 있습니까? 먼 나라에서 온 와인은 어디에 있나요? 욕망에 대한 많은 유혹, 몸의 더러움을 감추기 위한 훌륭한 옷, 왕관으로 빛을 발산하는 머리, 빛나는 검대50를 두른 복부, 그리고 인도 해안의 전리품과 장인의 솜씨로 치장한 눈부시게 빛나는 손가락들은 모두 어디에 있을까요? 마지막으로 지배하려 드는 아내는 어디에 있을까요? 근래에 매력적인 손길과 달콤한 입맞춤으로 죽어가는 아버지의 목을 달래 준 "새로운 조림목造林木 같은 아들들과 신전에 온 듯 꾸민 딸들"51은 어디에 있을까요? 얼마나 슬프고 불행한 변화입니까! 모든 것이 벌레와 뱀으로 변해 버렸습니다. 결국, 모든 것이 무無가 되고 맙니다.

물론 내가 틀리지 않았다면, 이것은 키케로가 그의 두 번째 저서 《법률론》에서 언급한 것보다 더 생산적인 영혼의 전망과 사색이었을 것입니다. 그는 이 책에서 아테네는 그에게 "장엄한 작품과 고대의 정교한 예술 때문이 아니라, 그들 각자가 살아 있고, 앉아 있고, 논쟁을 벌이는 위대한 인물들의 기록들 때문"52에 즐겁다며, 덧붙여 그때 그들의 무덤에 대해 골똘히 생각하고 있었다고 말했습니다. 나

---

50 검대(劍帶)는 검을 차기 위하여 허리에 두르는 띠이다.
51 〈시편〉 144편 12절. "우리 아들들은 어릴 때부터 무성히 자라는 초목 같고 우리 딸들은 궁전 양식으로 다듬어진 모퉁이 기둥 같으리라."
52 키케로, 《법률론》 2.2.

는 이것이 타고난 재능을 장려하고, 강한 자극제처럼 경쟁하게 만드는 강력한 동기이며, 자신을 선배와 후배에 비교하는 것은 사람이 관대해지는 데 도움이 된다고 고백합니다.

우리는 매우 위대하지만 약간은 덜 특별한 누군가가 이렇게 말한 것을 읽었습니다. "그는 매우 위대한 사람 모두는 자신을 자신의 시대에 사는 사람들뿐만 아니라 모든 시대의 뛰어난 사람들과도 마음속에서 비교하고 있다고 확신합니다."[53]

또 다른 광경, 끔찍하지만 우리의 구원에 매우 효과적인 것은 무덤의 개방입니다. 특히 최근에 생긴 무덤 중에서, 그리고 더 나아가서 유명한 사람들의 무덤이라면, 득실대는 벌레, 흩어진 내장, 떨어져 나온 뼈, 부패해 버린 코, 뽑힌 이빨, 점액으로 게슴츠레해진 눈구멍, 그리고 오물이 묻은 머리카락을 볼 수 있습니다. 오, 맙소사! 우리가 보지 않는 것이 얼마나 다행인가요! 영혼이 육신과 같을지, 자비가 없다면 어떤 거처를 얻을지 누가 알겠습니까?

문학에 관심이 많았던 하드리아누스 황제[54]는 사후 떠나는 영혼의 여행에 대해 무엇이 가장 두려운지를 몇 마디 말로 표현했습니다. 나는 이 말들을 덧붙여, 다른 사람들이 눈물을 흘리고 있는 동안 마지막 숨을 거두기 전까지 계속 지시했던 위대한 통치자의 의견과 연민을 표현하고자 합니다. 가식적으로 행동할 이유가 없었기 때문에 틀림없이 그는 자기의 생각 그대로를 밝혔습니다. 죽음을 맞이하여 그는

---

53 리비우스, "스키피오 편", 《로마사》 28. 43. 6.
54 하드리아누스는 로마의 황제(재위 117~138년)다.

자신의 영혼에 대해 이렇게 말했습니다. "작은 영혼이여, 매력적이고 방황하는, 내 몸의 손님이자 동반자여, 그대는 이제 창백하고 뻣뻣하며 헐벗은 곳으로 떠나, 예전처럼 농담도 하지 않을 것일세!"[55] 여러분에게 묻겠습니다. 그는 자신이 분명히 느끼고 두려워하는 것을 너무 적게 드러냈을까요?

만약 세상이 우리의 지도자들에게 이런 것과 같고, 만약 그들의 죽음이 그렇다면, 우리는 심지어 삶 자체가 매일매일 이어지는 노고의 문제인 다른 사람들의 운명을 어떻게 생각해야 할까요? 그러나 인간은 마지못해 이러한 것들을 듣습니다. 왜냐하면, 자연적으로 우리의 마음은 불쾌하고 비통한 생각을 가능한 한 피하기 때문입니다. 우리는 자신을 위해 고통스러운 것이 아닌 즐거운 것을 상상합니다. 그러므로 우리는 고난 속에서 늙어 왔어도 남은 삶의 행복에 대해 내기하기를 멈추지 않습니다. 우리의 욕망은 너무 강력하므로 우리는 견딜 수 없는 일에 대해 용기 있고 현명하게 주의를 기울이기보다는 일어날 수 없는 일을 기다리기를 선호합니다.

이 문제에 대해 많은 사람이 속고 있습니다. 어쩌면 보다 진실되게 말하자면, 사람들은 알면서도 기꺼이 그 기분 좋은 오류에 빠집니다. 우리는 우리 자신을 속이고 싶기 때문입니다. 우리는 달콤하지만 거짓된 의견에 속아 눈물을 흘리지 않는 한 방향을 바꾸지 않습니다. 많은 거짓된 믿음들이 있지만, 그중 가장 큰 것은 키케로가 그의 저서 《투스쿨룸 대화》에서 언급한 것으로, "각자는 메텔루스의 행운을 스

---

[55] 수에토니우스, "하드리아누스 편", 《황제전》 25.

스로 희망한다"라는 것입니다. **56**

더 크고 위험한 광기가 있습니다. 우리의 본성도 그렇게 많은 본보기도 우리가 죽음에 대해 생각하도록 설득하지 않습니다. 나는 우리가 우리의 죽음과 약점을 완전히 잊어버렸다고 믿지 않지만, 마치 적이 접근해 오는 것을 보지 않는 편이 더 안전하다는 말처럼, 우리는 그 죽음과 약점이 오는 것을 볼 수 없도록 눈을 돌리기를 좋아합니다. 그래서 우리는 그가 공격할 때까지 눈을 감고 기다립니다. 분명히 모든 사람은 모르는 척하지 않는 한 이 약점을 알고 있습니다. 그러나 죽음이 우리를 압박해도, 그것이 우리의 문 앞에 있을 때 우리는 죽음이 지연되는 것에 대해 착각하여 자만합니다. 왜냐하면, 인생의 짧음은 노인뿐만 아니라 한 살배기 아이에게도 죽음을 이웃으로 만들기 때문입니다. 그것의 불확실성은 영원히 우리의 머리 위에 드리워져 있습니다.

그럼에도 불구하고, 나는 지금 죽음을 생각하고 싶지 않은 사람들이 곧 죽음을 생각할 것이라고 큰 소리로 증언해 왔습니다. 하지만 내가 몹시 두려워하는 바는, 그들이 헛되이 그렇게 할 것이라는 점입니다. 내 계산으로는 오늘 논의의 두 번째 부분으로 넘어왔으므로, 이제 이 장을 마치겠습니다.

---

56 키케로, 《투스쿨룸 대화》 1. 36. 로마 공화정의 마지막 3세기 동안 메텔루스 가문이 거둔 승리와 정치적 성공이 너무 많아서, 키케로가 말하는 그 가문의 구성원이 누구인지 알아낼 수 없다. (카이킬리우스 메텔루스는 로마 공화정 시대의 유력한 귀족 가문을 말한다. 기원전 3세기경부터 공화정 말기까지 집정관 등 중요한 관직과 군사령관을 배출한 가문이다.)

육체의 유혹은 아직도 남아 있습니다. 이것이 극복하기 어렵다는 것은 인정하지만, 그럼에도 불구하고 오직 하느님의 도우심에만 의지한다면 가능합니다. 〈지혜서〉에는 이렇게 기록되어 있기 때문입니다. "하느님께서 그 능력을 주신 것 외에는 나의 열정을 다스릴 수 있는 다른 방법이 없다는 사실을 알고 있었습니다."**57**

이러한 권위 있는 증인에 비추어 볼 때, 여러분은 어떤 분에게서 그런 멋진 선물을 찾아야 하는지 알고 있습니다. 이것을 아는 것은 그 자체로 하느님의 은총의 보잘것없는 선물이 아닙니다. 이 구절은 다음과 같습니다. "이것이 누구의 선물인지 아는 것, 이것 자체가 지혜의 일부였습니다."**58**

그러므로, 나의 형제들이여! 여러분의 자립은 헛된 것입니다. 혼자서는 일어설 수 없습니다. 여러분 자신의 힘으로 이 일을 해낼 수는 없는 것입니다. 육체의 무거움은 그 자체의 질량으로 여러분의 가난한 영혼을 누르고 질식시킵니다. 이것은 여러분이 겪을 지속적이고 극복할 수 없는 고통입니다. 사실, 여러분은 악마와 세상과 이별하였고 수도원의 잠긴 문으로 그들 모두로부터 자신을 차단했지만, 육체를 가로막을 수는 없습니다.

베르나르두스 성인은 자신들의 몸을 떠나 영혼으로서 들어가려는 입회자들을 격려하곤 했지만, 이 거룩한 사람의 열정과 그의 연설에

---

57 〈지혜서〉 8장 21절. "그러나 지혜는 하느님께서 주지 않으시면 달리 얻을 수 없음을 깨달았다. 지혜가 누구의 선물인지 아는 것부터가 예지의 덕분이다. 그래서 나는 주님께 호소하고 간청하며 마음을 다하여 아뢰었다."

58 위와 같음.

담긴 "뾰족한 막대기"**59**는 육체적 행위가 아닌 정신적 결의를 격려하기 위한 것임을 이해해야 합니다. 이 격려는 키케로의 《국가론》 제 6 권에 있는 민첩한 영혼의 승천에 대한 설명과 유사합니다.

> 만약 그가 여전히 그의 몸속에 갇혀 있다면, 그는 더 쉽게 이 일을 할 수 있을 것입니다. 그는 과감히 밖으로 나갈 것입니다. 그리고 더 높은 문제를 생각하면서, 그는 가능한 한 그의 몸에서 벗어나려고 할 것입니다.**60**

이처럼 우리는 자신의 몸과 결합하여 순례자처럼 그곳에서 살아야 합니다. 마지막으로, 《파이돈》에서 플라톤이 말한 보편적인 사상을 생각해 보십시오. "철학은 죽음을 명상하는 것 외에는 아무것도 아닙니다."**61**

여기서 "죽음"은 두 가지의 죽음을 의미합니다. 하나는 우리의 자연 본성으로서의 죽음이고 또 하나는 우리 정력의 죽음입니다. 이 가운데 첫 번째 것은 소환을 당하거나 두려워하거나 하지 말고 침착하게 기다려야만 합니다. 두 번째 "죽음"은 여러분의 형제들이 특히 즐겨 온 죽음으로, 이 즐거움은 욕망과 정욕을 모두 잊고 마치 신체의 감옥에서 탈출한 것처럼 몸속에서 살고 있기 때문입니다. 우리가 인내하기 위해서는 철학자들의 가르침이나 베르나르두스 성인의 격려

---

59 '독설'을 뜻하는 표현으로, 베르나르두스가 수도회의 입회자를 지나치게 엄하게 단련한 데에 빗대어 나온 말이다.

60 키케로, 《국가론》 6. 29.

61 플라톤, 《파이돈》 67d.

를 자주 떠올려야 합니다.

자연의 힘, 즉 죽음에 의해서만 우리는 진정으로 자신의 육체를 뒤에 남길 수 있습니다. 우리가 살아 있는 동안에는 이것을 할 수 없습니다. 우리가 어디로 도망가든지, 육체는 우리를 따라올 것입니다. 우리가 숨는 곳이면 어디든 우리를 찾을 것입니다. 인간은 죽을 때까지 걱정으로부터 휴식을 취할 수도, 여기에서 완전히 자유로울 수도 없습니다. 왜냐하면, 사춘기나 청년기에 한때 포기했던 것과 같은 속임수가 이 유혹적이고 불평스럽게 우는 소리와 함께 노년기에 다시 돌아오기 때문입니다.

"돌아올 수 없다면 우리를 두고 어디로 떠나시나요? 우리를 어디서 다시 찾길 바라세요? 잠도, 음식도, 결혼도 없는 곳인가요? 즐길 수 있을 때 즐겨 보는 건 어때요? 주어진 시간을 잃지 마세요. 너무 짧고 눈 깜짝할 사이에 지나가 버리니까요."

아우구스티누스 성인이 《고백록》에서 우리에게 말하는 것처럼, 그 자신이 흔들렸다는 사실에 주목하는 사람은 육체의 유혹에 덜 놀랄 것입니다. 히에로니무스 성인도 기억하십시오. 은둔지에 홀로 앉아 쓰라린 눈물에 젖어, 낡은 옷을 걸친 채 지쳐서, 잠도 못 자고, 굶주림과 단식과 역겨운 불결함 속에서 동료들과는 완전히 격리되어 무시무시한 뱀과 야수들만이 함께하는 그를 말입니다.

가장 가혹한 조건에도 불구하고 여전히 그는 창백하고 극도로 수척한 몸과 정욕에 빠진 마음을 공허한 육체적 욕망으로 들끓지 않게 할 수 없었습니다. 그 자신이 말했듯이, 방황하는 마음이 젊은 처녀들의 춤이나 또 다른 로마에서의 즐거움을 상상하지 않도록, 그리고 영원한 감옥의 처벌을 피하도록 그는 자발적인 감옥을 만들었습니다. **62** 나는 단지 천재성, 삶, 믿음을 무시할 수 없는 저 두 명의 인물을 꼽고 있습니다. 물론, 나는 그 밖에도 수많은 다른 사람들의 이름을 넣을 수 있었습니다.

그럼 무엇을 남기기를 두려워해야 할까요? 죽어 가는 하드리아누스가 했던 말의 앞부분을 보십시오. 가장 친애하는 형제 여러분, 나는 그가 말하는 "작은 영혼, 매력적이고 방황하는, 내 몸의 손님이자 동반자"에 세심한 주의를 기울여 주기를 간청합니다. 아아! 저 비참하고 부끄러운 유혹들이 얼마나 많은지요! 정말 사악한 휴식처군요! 죄인의 육체와 영혼 간의 연결은 얼마나 악한가요! 그것들 모두를 열거했으면 좋았을 텐데, 그렇지는 않습니다. 그것들은 대부분 모두에게 알려져 있습니다. 그러나 정의로운 사람의 육체와 영혼 사이에는 그런 유혹도 그런 사랑도 없습니다. 그런 어마어마한 적을 정말로 사랑할 수 있는 사람이 있을까요? 확실히 현명한 사람은 어떤 위험이 자신을 위협하는지 알고 있으며, "손님은 주인으로부터 안전하지 않다"**63**는 오비디우스의 이 인용문이 사실임을 깨닫습니다.

바오로 사도가 로마인들에게 "나는 내면의 인간에 대해서는 하느님의 법을 기뻐하지만, 또 내 지체 안에서 다른 법이 내 마음의 법과 싸우고 있는 것을 봅니다. 그 다른 법이 나를 내 지체에 있는 죄의 법에 사로잡히게 합니다"**64** 라고 썼을 때 또 무슨 생각을 하고 있었던 걸까

---

62 히에로니무스, 《서간집》 22. 7.
63 오비디우스, 《변신 이야기》 1. 144.

요? 이것은 분명히 그가 갈라티아인들에게 써서 보냈던 육체와 영의 갈등입니다. "육체는 영漢에 반하려는 욕망이 있고, 영도 육체에 반하여 그렇습니다. 그들은 서로 반대되기 때문입니다."**65**

사실, 바오로 성인이 두려워하는 것을 누가 두려워하지 않겠습니까? 아니면 그러한 어려운 처지에 있는 사람이 저 사도의 조언에 따르는 것 외에 다른 곳에서 도움을 바라겠습니까? "성령 안에서 걷는 사람은 육체의 욕망을 채우지 않을 것입니다."**66**

왜냐하면, 내가 말했듯이 이것은 신의 은총 없이는 일어날 수 없으므로 그 사람이 바오로 사도와 함께 울고 두려워하며 이렇게 말하게 하십시오. "나는 불행한 사람입니다. 누가 나를 이 죽음의 육체에서 해방하여 줄 수 있습니까?"**67**

나아가 오직 하느님의 자비에서만 오는 희망을 되찾을 때는, "우리 주 예수 그리스도를 통한 하느님의 은혜"라고 자신에게 대답하게 해 주십시오. **68**

---

64 〈로마서〉 7장 22~23절. "나의 내적 인간은 하느님의 법을 두고 기뻐합니다. 그러나 내 지체 안에는 다른 법이 있어 내 이성의 법과 대결하고 있음을 나는 봅니다. 그 다른 법이 나를 내 지체 안에 있는 죄의 법에 사로잡히게 합니다."

65 〈갈라티아서〉 5장 17절. "육이 욕망하는 것은 성령을 거스르고, 성령께서 바라시는 것은 육을 거스릅니다. 이 둘은 서로 반대되기 때문에 여러분은 자기가 원하는 것을 할 수 없게 됩니다."

66 〈갈라티아서〉 5장 16절. "내 말은 이렇습니다. 성령의 인도에 따라 살아가십시오. 그러면 육의 욕망을 채우지 않게 될 것입니다."

67 〈로마서〉 7장 24절. "나는 과연 비참한 인간입니다. 누가 이 죽음에 빠진 몸에서 나를 구해 줄 수 있습니까?"

68 〈로마서〉 7장 25절. "우리 주 예수 그리스도를 통하여 나를 구해 주신 하느님께

이 내적이고 개인적인 싸움에서 홀로 우리를 구할 힘을 가지신 그분을 부릅시다. 우리는 그분에게 이 죽음의 육체에서 우리를 해방해 달라고 간청해야 합니다. 우리가 육체에서 자유로워지는 것은 우리 자신의 공로가 아니라, 불가능한 것은 물론이고 어려운 것이 아무것도 없는 하느님 오직 한 분의 은혜에 의해서입니다. 그러므로 우리는 바오로 사도처럼 목이 마를 때 그가 그랬듯이, 우리가 목마른 상태에서 멸망하지 않도록 저 자비의 샘으로 서두릅시다.69 히브리인들이 필론70이라고 생각했던 〈지혜서〉의 저자와 함께 기도합시다. 그로부터 우리는 금욕이 하느님의 선물이라는 것을 배웠습니다. 다른 일 뿐만 아니라 이 두 갈래 전쟁의 승리를 위해 하늘에서 "당신 신전에 함께 있는 지혜"71와 같은 큰 선물을 주시도록 지극히 높으신 분께 기도합시다.

그분은 우리와 함께 계시고 우리와 함께 일하실 수 있으며, 우리는 그분이 무엇을 받아들이시는지 알 수 있을 것입니다. 그분은 모든 것을 알고 이해하시며, 우리의 모든 일을 지혜롭게 인도하시고, 권능으로 지켜 주

감사드립니다. 이렇게 나 자신이 이성으로는 하느님의 법을 섬기지만, 육으로는 죄의 법을 섬깁니다."

69 〈히브리서〉 4장 16절. "그러므로 확신을 가지고 은총의 어좌로 나아갑시다. 그리하여 자비를 얻고 은총을 받아 필요할 때에 도움이 되게 합시다."

70 알렉산드리아의 필론(기원전 20년경~기원후 42년경)은 주요한 유대인 신학자이자 성서 해석자였다.

71 〈지혜서〉 9장 4절. "당신 어좌에 자리를 같이한 지혜를 저에게 주시고 당신의 자녀들 가운데에서 저를 내쫓지 말아 주십시오."

실 것이기 때문입니다. 72

우리의 힘은 아무것도 아닙니다. 그 힘은 약한 사람들의 힘이고 시
간은 한정되어 있습니다. 그들의 "소심한 생각과 불확실한 예지력"과
"썩어 없어질 육체는 우리의 영혼에 부담을 주고, 세속적인 삶이 수
많은 생각에 시달리는 마음을 짓누릅니다". 73

하느님의 지혜가 완벽해 보이는 사람을 버린다면, 그 사람은 아무
것도 아닌 사람으로 여겨집니다. 형제들이여, 지금 벌어지는 육체의
투쟁에서 우리는 이 지혜를 통해 힘을 얻고, 모든 죄를 이기고 깨끗하
게 씻어낼 것입니다. 바로잡혔다면 우리는 구원받을 것입니다. 같은
현자가 말하듯이 "처음부터 하느님을 기쁘게 해온 사람은 온전하게
되었습니다"74라는 것은 이 지혜를 통해서입니다. 이것이 여러분이
남길 수 없었던 육체를 정복하기 위해 걸어야 할 길입니다. 바오로 사
도가 고린도인들에게 말한 대로 "속세에서 살지라도 속세에 따라 무

---

72   〈지혜서〉 9장 10~11절. "거룩한 하늘에서 지혜를 파견하시고 당신의 영광스러
      운 어좌에서 지혜를 보내시어 그가 제 곁에서 고생을 함께 나누게 하시고 당신 마
      음에 드는 것이 무엇인지 제가 깨닫게 해주십시오. 지혜는 모든 것을 알고 이해
      하기에 제가 일을 할 때에 저를 지혜롭게 이끌고 자기의 영광으로 저를 보호할 것
      입니다. "
73   〈지혜서〉 9장 14~15절. "죽어야 할 인간의 생각은 보잘것없고 저희의 속마음은
      변덕스럽습니다. 썩어 없어질 육신이 영혼을 무겁게 하고 흙으로 된 이 천막이
      시름겨운 정신을 짓누릅니다. "
74   〈지혜서〉 9장 18절. "그러나 그렇게 해주셨기에 세상 사람들의 길이 올바르게
      되고 사람들이 당신 마음에 드는 것이 무엇인지 배웠으며 지혜로 구원을 받았습
      니다. "

기를 들지 마십시오". 75 이것은 큰 보상을 받을 만한 가치가 있을 정도로 어렵지만, 이 문제에 관해서는 다른 모든 인간의 전쟁과 마찬가지로 지상에서의 약함이 하늘의 도움의 존재를 다소나마 더 많이 느끼게 한다면, 승리와 성공은 모두 하느님에게서 옵니다. 특히 이 경우에는 더욱 그렇습니다.

사실, 형제들이여, 우리는 큰 위험을 무릅쓰고 건너야 할 바빌론의 많은 강을 알고 있습니다. 그 강을 건널 때 우리 주님의 오른손을 찾아서, 그리스도인의 목소리로 진정한 승리자이신 그분께 외칩시다. 우리는 베르길리우스의 지하세계로 난파된 팔리누로스76의 영혼이, 정복되어 트로이에서 추방된 주인에게 한 것처럼 외칠 것입니다. "이 악으로부터 저를 구해 주십시오 … . 이 불쌍한 사람에게 오른손을 내밀어 주시고 파도를 헤쳐 저를 들어 올려 주십시오. 그러면 제가 적어도 조용한 안식처에서 죽을 수 있을 것입니다."77

또 여러분이 종교적인 인용구를 더 좋아한다면, 다윗의 그 말을 인용해 봅시다. "주님, 저를 구해 주십시오. 물이 내 영혼까지 들어왔습니다." 그러고 나서, 그분의 도움으로 우리를 "깊은 수렁과 바닷속에서처럼" 끌어올립시다. 78 하지만 지금 나의 펜이 노를 젓고 있는 이

---

75 〈코린토후서〉 10장 3절. "우리가 비록 속된 세상에서 살아갈지언정, 속된 방식으로 싸우는 것은 아닙니다."

76 팔리누로스는 트로이 선박의 조타수로, 무사히 항해하기 위한 제물로 선택되어 도중에 죽음을 맞이했다.

77 베르길리우스, 《아이네이스》 6. 365, 370.

78 〈시편〉 69편 2~3절. "하느님, 저를 구하소서. 목까지 물이 들어찼습니다. 깊은

강보다 더 길거나 더 빨리 흐르는 강은 없습니다.

모든 일에 있어서 나를 가르치는 내 경험보다, 나는 이 이해의 깊이를 또한 학식 있는 사람들의 권위에 돌릴 수 있습니다. 키케로는 "육체의 즐거움은 흐르다가 곧 사라지고, 기억의 동기動機보다 뉘우침의 동기를 더 자주 남깁니다"라고 말했습니다.[79] 세베리누스 보에티우스는 "모든 욕망에는 이런 것이 있습니다. 채찍으로 충동적인 것을 몰아내고, 날아다니는 벌처럼 달아나 버리고, 우리의 마음을 깊이 찌르는 것입니다"라고 말했습니다.[80]

안정을 추구한다면 바빌론강의 본질을 생각해 보세요. 강은 흘러가고 달아납니다. 이 두 동작은 모두 적절합니다. 왜냐하면 '강'이라는 단어는 '흐름'에서 그 이름을 따왔기 때문입니다.[81] 어느 쪽도 새로운 말을 하지 않았습니다. 우리는 욕망이 '흐른다', 그리고 '(빨리) 지나간다'고 들은 적이 있지만, 오래전에 벌써 이 사실을 알고 있었습니다. 설령 더 나쁜 일이 없었다고 해도 이미 그것으로 충분했지만, 결국 회개해야 할 이유를 듣고 영혼의 괴로움과 짧은 쾌락에 따르는 긴 쓰라림을 볼 때, 금방 후회할 일을 헛되이 바라는 것보다 현명한 사람에게 더 어울리지 않는 일이 무엇이 있겠습니까? 주목할 만한 것은 바오로 성인이 로마인들에게 보낸 편지에서 같은 말을 했다는 것입니다. "여러

수렁 속에 빠져 발 디딜 데가 없습니다. 물속 깊은 곳으로 빠져 물살이 저를 짓칩니다."

[79] 키케로, 《최고선악론》 2. 106.
[80] 보이티우스, 《철학의 위안》 3. 7
[81] '강'을 뜻하는 라틴어 *flumen*은 '흐르다'라는 동사 *fluo, fluere*에서 유래했다.

분이 더러움을 위해 손발을 바쳐 나쁜 일에 빠졌듯이, 이제는 의로움과 거룩함을 섬기기 위해 손발을 바치십시오. 여러분이 죄의 노예였을 때에는 선함에서 자유로웠기 때문입니다."82

그리고 그는 그 말들에 가장 설득력 있는 말을 덧붙였습니다.

그때 여러분이 지금 얼굴을 붉히고 있는 것들 속에서 어떤 즐거움을 누렸습니까? 그러한 것들의 끝은 죽음입니다. 그러나 이제 죄로부터 자유로워졌고, 하느님의 종이 되어 여러분은 거룩함에 기쁨을 느끼고 있습니다. 게다가 그 끝은 영원한 생명입니다. 죄의 품삯은 죽음이지만, 하느님의 은혜는 우리 주 예수 그리스도 안에서의 영원한 생명입니다. 83

나의 친구들이여, 이런 선택 중에 누가 머뭇거리겠습니까? 불명예스러운 것을 더 좋아할까요, 아니면 거룩한 것을 더 좋아할까요? 죽음인가요, 영원한 생명인가요? 선택이 분명하다면, 육체에 복종해야 할지 정신에 복종해야 할지 망설여서는 안 됩니다. 부패와 죽음은 전

---

82 〈로마서〉 6장 19~20절. "나는 여러분이 지닌 육의 나약성 때문에 사람들의 방식으로 말합니다. 여러분이 전에 자기 지체를 더러움과 불법에 종으로 넘겨 불법에 빠져 있었듯이, 이제는 자기 지체를 의로움에 종으로 바쳐 성화에 이르십시오. 여러분이 죄의 종이었을 때에는 의로움에 매이지 않았습니다."

83 〈로마서〉 6장 21~23절. "그때에 여러분이 지금은 부끄럽게 여기는 것들을 행하여 무슨 소득을 거두었습니까? 그러한 것들의 끝은 죽음입니다. 그런데 이제 여러분이 죄에서 해방되고 하느님의 종이 되어 얻는 소득은 성화로 이끌어 줍니다. 또 그 끝은 영원한 생명입니다. 죄가 주는 품삯은 죽음이지만, 하느님의 은사는 우리 주 그리스도 예수님 안에서 받는 영원한 생명이기 때문입니다."

자에서 오지만, 거룩함과 영원한 생명은 후자로부터 자라납니다.

매우 현명한 이교도의 말을 하나 덧붙인다면 적절하겠습니다. 나는 어떤 부분도 바꾸지 않고, 마르쿠스 카토가 누만티아84에서 그의 병사들에게 한 연설을 정확하게 인용하겠습니다.

자신의 노력으로 올바르게 한 것이 있다면, 마음속으로 생각해 보십시오. 그 노력은 곧 여러분을 떠나겠지만, 살아 있는 동안에 그 혜택은 여러분을 떠나지 않을 것입니다. 언제든지 욕망으로 비열한 행동을 했다면 그 욕망은 곧 사라지지만, 비열하게 행동을 했다는 사실은 항상 여러분 곁에 남을 것입니다. 85

우리에게 "항상"은 "살아 있는 동안"86보다 더 좋은 말입니다. 특히 우리는 살아 있는 사람의 업적은 죽은 사람을 따르고, 고통도 보상도 죽음으로 끝나지 않는다고 설득당해 왔습니다. 이 책은 간결해서 여기에는 포함되어 있지 않지만, 많은 글이 이교도들도 그렇게 강력하게는 아니더라도 이를 확신하고 있었음을 나타냅니다. 아마도 내가 인용한 카토의 이러한 훈계보다 더 화려한 말이 나올 수 있을 것입니다. 하지만 그 어떤 것도 더 진실하거나 더 깊은 생각을 불러일으킬

---

84 로마는 기원전 133년 스페인 정복을 위한 마지막 전투에서 누만티아를 포위했다.
85 아울루스 겔리우스, 《아테네의 밤》 16. 1. 4.
86 〈요한묵시록〉 14장 11절. "그들에게 고통을 주는 그 연기는 영원무궁토록 타오르고, 짐승과 그 상에 경배하는 자들, 그리고 짐승의 이름을 뜻하는 표를 받는 자는 누구나 낮에도 밤에도 안식을 얻지 못할 것이다."

수 없으리라고 판단합니다.

자, 형제들이여, 사도들의 가르침과 철학자들의 조언에 온전히 유념하며 여기서 멈춥시다. 각자가 자신의 내면을 들여다보도록 하세요. 그가 살아오면서 뭔가 훌륭한 일을 해왔다면 그는 얼마나 많은 영광과 기쁨을 받았을까요? 만약 그가 정욕情慾에 찬 비열한 일을 했다면 얼마나 많은 부끄러움과 후회, 슬픔의 결과를 낳았을까요? 지나간 일의 기억 중에서 그가 무엇을 해야 할지, 무엇을 피해야 할지를 선택하게 하십시오.

그의 엄청난 비열함과 하찮은 즐거움, 아니 더 현실적으로는 전혀 즐거움이 아닌 것과 비교하도록 하십시오. 또한, 명성이 추락하고 몸과 영혼을 잃어버릴 수도 있다고 생각하게 해주십시오. 달래는 척하면서 사람의 눈을 속이고, 사람의 육체를 세상과 거래하는 자들에게 아주 후한 값으로 팔아 버리는 악마에게로 그의 생각이 예리하게 향하도록 하십시오. 겉모습을 비난하는 법을 배울 수 있도록 사물의 핵심을 깊이 들여다보게 해주십시오. 욕정에 봉사하지 않고, 구원에 봉사하도록 하십시오.

모든 일에서 현재가 지나간다는 것을 고려하고, 시작을 염두에 두고 끝을 바라보게 하십시오. 빛보다 아무리 어둡더라도 어둠 속에서 자신을 더 선명하게 볼 수 있다는 것을 알고 그가 자신의 부끄러움을 기억하게 하십시오. 모든 생각을 미덕의 추구로 향하게 하고, 그 모든 유혹을 강력하게 그리고 엄격하게 거부하게 하십시오.

젊은이가 순결을 자신에게 가장 어울리는 상賞으로 여기도록 하십시오. 나이 든 사람은 욕정을 노년의 가장 더러운 부분이라고 생각하게 하십시오. 아름다운 사람에게는 순결이 아름다움을 더 아름답게 한다고 생각하게 하십시오. 추악한 사람은 자신이 저지른 죄 때문에 자신의 영혼이 보기 흉하게 된다고 생각하게 하십시오. 전자는 추악함을 경계하게 하고, 후자는 내면의 인간적인 아름다움을 갈망하게 하십시오.

소년에게 그가 이제 시작했다는 것을 알리고, 나이 든 사람에게는 그가 아직 끝나지 않았다는 것을 알려 주십시오. 전자가 그의 긴 삶을 돌보는 일을 떠맡게 하고, 후자는 그가 떠맡은 관심사를 제쳐두지 않게 해주십시오.

부자는 금욕으로 찬사를 받게 하고, 가난한 사람은 욕망의 악명을 피하게 해주십시오. 수도자에게 부끄러움의 이유는 거친 수도복 아래뿐만 아니라 마음속에도 있다는 것을 알게 하십시오. 부드러운 생각을 여러분의 엄중한 문턱에서 쫓아내고, 섬세한 욕망을 여러분의 딱딱한 침대에서 사라지게 하십시오.

바오로 사도의 말을 잘 생각해 보십시오. 그는 아우구스티누스 성인의 삶을 바꾼 가장 예리한 자극이었고, 이는 그의 글을 통해 잘 알려져 있습니다. 87 "먹고 마시고, 침대와 추문, 다툼과 가식 속이 아니라, 여러분의 욕망에 따라 행동하지 않도록 우리 주 예수 그리스도와 그분의 희생으로 옷을 입으십시오."88

---

87 아우구스티누스, 《고백록》 8. 12.
88 〈로마서〉 13장 13~14절. "대낮에 행동하듯이, 품위 있게 살아갑시다. 흥청대는 술잔치와 만취, 음탕과 방탕, 다툼과 시기 속에 살지 맙시다. 그 대신에 주 예수 그리스도를 입으십시오. 그리고 욕망을 채우려고 육신을 돌보는 일을 하지 마

그러나 이것이 모든 사람에게 전해진다면, 특별히 여러분에게 그러하다면, 그리스도 군대의 모든 사람 중 누가 굳은 맹세로 이러한 이상理想을 공언합니까? 만약 뭔가 더 유혹적인 것이 은밀하게 살금살금 기어들어 온다면, 일단 여러분이 거처하는 곳의 성격과 여러분의 확고한 결의에 직면하여 매우 쉽게 사라지기를 바랍니다. 사실 특정한 장소가 호화로운 생활을 부추긴다면, 우리가 읽은 키케로가 베레스89를 비난했을 때의 상황이라면, 왜 그것이 육체의 순수함을 요구하지 않는 것일까요? 마찬가지로 장소가 악한 것 못지않게 좋은 것을 장려하지 않습니까?

은둔 생활의 엄격함은 육체의 편안함과 얼마나 다른가요? 정욕은 매우 즐거운 것입니다. 그것은 수면, 휴식, 그리고 음식에 의해 자랍니다. 부드러운 옷과 격식 있는 정장, 은밀한 속삭임, 즐거움, 농담과 노래로 유혹을 받습니다. 그것은 어려움을 싫어하고 회피합니다. 그러니까 여러분의 불편한 숙소 안에는 휴식처도 없고, 또한 철야, 노동, 단식과 활기찬 형제애에 대한 어떤 대가도 없습니다. 항상 슬픈 듯한 한숨과 묵직한 어조로 하느님을 찬양하고 있을 뿐입니다.

그러나 우리는 공정하신 분이신 그리스도께서 부당한 우리를 위해 고통받으셨다는 것을 알고 있습니다. 그분께서는 육체 안에서는 욕정을 억제하지만, 정신 안에서는 살아 있는 우리를 하느님께 회복시

십시오."

89 키케로는 로마의 속주 시칠리아를 탐욕스럽게 약탈한 혐의로 전임 총독 베레스를 기소했다.

키기 위해 이렇게 하셨습니다.

그러므로 우리 주님의 죽음이 이 세상에서 우리를 영원한 죽음으로 부터 해방해 주시고, 저 죽음이 이 육체의 죽음과 우리 죄의 파멸이 되며, 그분의 부활이 우리 영혼의 생명이요, 결국 우리 육신의 생명이 되기를 바라고 기도합시다. 그분께서 고난받는 사람을 불쌍히 여기시고, 어려운 사람을 도우시며, 지친 사람에게 손을 내미시도록 하십시오. 우리가 살아 있는 동안, 우리가 여기 있는 동안, 새로워진 우리 영혼의 단정함에 종종 오래된 얼룩이 갑자기 그리고 은밀히 튀는 동안, 그리고 오랜 습관의 꺼풀에 싸여 있는 젊음의 불명예가 우리 안에 다시 스며들어 피곤하고 지친 노년의 우리를 쫓는 동안, 우리는 무거운 짐에 고통받습니다. 그러므로 우리의 신성한 보호자께서 경종을 울려 우리의 음모를 드러내지 않으신다면, 우리는 이전에 던져 버렸던 그 오랜 죄악에 다시 빠지게 될 것입니다.

그러므로 눈물을 흘리면서 엎드려 "제가 두려워하는 치욕을 거두어 주십시오"[90]라고 말합시다. 우리 다 같이 "저의 눈을 열어 주십시오. 내가 당신 율법의 경이로움을 깊이 생각하겠습니다"[91]라고 부르짖읍시다.

그러나 우리는 욕망의 구름에 의해 피어오르는 안개만큼 신성神性을 사색하는 것을 막는 장막은 없다는 사실을 알게 되었습니다. 이 진리

---

[90] 〈시편〉 119편 39절. "당신의 법규가 좋으니 제가 무서워하는 모욕을 치워 주소서."
[91] 〈시편〉 119편 18절. "제 눈을 열어 주소서. 당신 가르침의 기적들을 제가 바라보오리다."

는 철학의 아버지인 소크라테스에 의해 처음으로 목격되었는데, 특히 삶과 도덕에 관련된 규율이 그렇습니다. 다음으로 우리의 신앙에 가장 적합한, 누구보다도 뛰어난 철학자인 그의 제자 플라톤에 의해 발견되었습니다. 베르길리우스는 나중에 이 진리를 시적으로 꾸몄습니다. 아우구스티누스 성인이나 다른 많은 그리스도교 학자들은 욕망의 속임수를 이 문제가 실제로 필요로 하는 것보다 더 많은 말로 인정하고 있습니다.

천사들은 제쳐두고, 육체에게서 공격과 배신을 당하는 것, 이 두 가지를 전혀 확신하지 못하는 사람이 있습니까? 첫째로, 그들은 가장 순수한 눈으로만 볼 수 있는 하느님은 욕정이 지배할 때에는 보이지 않는다는 것을 알지 못합니다. 둘째로, 욕정에 가득 찬 사람은 "그분의 율법에서 오는 경이로움을 깊이 생각하지"[92] 않는다는 것입니다. 욕망은 이성적인 사고를 위한 장소를 두지 않는다는 것과, 따라서 이성적인 사고 없이는 존재하거나 이해될 수 없는 인간성을 위한 장소역시 없다는 것을 율법은 명령하고 있습니다. 마음이 야만적으로 변하고 그러한 비참함에 도달하면 인간의 본성 자체는 풀어져 버리기 때문에, 하느님의 가장 빛나는 선물인 이성적 재능을 욕망에 대한 어둡고 비열한 탐닉으로 바꾸어 놓습니다. 그런 사람들은 "이해를 못하는 말과 노새처럼" 됩니다. [93] 합리적인 사고는 하늘에서 인간에게

---

92   위와 같음.

93   〈시편〉 32편 9절. "지각없는 말이나 노새처럼 되지 마라. 재갈과 고삐라야 그 극성을 꺾느니. 그러지 않으면 네게 가까이 오지 않는다."

주어졌습니다. 그것은 그분께서 모든 살아 있는 생물들을 다스리기 위해 주신 선물입니다.

내가 말했듯이, 다른 어떤 생물 중에서도 그렇게 다양한 열정을 품은 생물은 없습니다. 모든 사람이 자신의 증인으로서 이 문제에 대해 매우 잘 알고 있지만, 아주 유명한 사람의 증언을 소개하는 것은 즐거운 일입니다. 널리 알려져 있으므로 많은 사람에게 불필요하게 보일 수도 있지만, 은둔처에 살면서 오로지 거룩한 글들을 추구하는 데만 전념하고 있는 여러분에게 그 증언의 참신함과 더불어 확실히 그것의 권위, 진실, 그리고 다양함 덕분에 아마도 환영받을 것입니다.

이 연구를 통하여 산문을 쓸 때 내가 때때로 종교적인 인용으로 세속적인 청중을 위해 펜에 양념을 더하는 것처럼, 나의 청중이 성직자와 수도자로 구성되어 있을 때 세속적인 참고 문헌을 인용하는 데에 기쁨을 느낍니다. 이러한 작업은 우리 작품과 일치하는 곳에 잠깐이라도 적절한 지원을 해줄 것입니다.

타렌툼의 아르키타스를 생각해 보십시오. 그는 피타고라스 이후 이탈리아 철학자 중에서 단연코 선각자이자 가장 위대한 철학자였고, 그 자신이 그리스의 최고 철학자인 플라톤은 그를 방문하기 위해 이탈리아로 항해했습니다. [94] 아르키타스는 우리가 논의한 매우 중대한 문제를 자신의 증언이 지닌 권위로 확인합니다. 나는 키케로가 한

---

[94] 타렌툼의 아르키타스(기원전 4세기 전반)는 고대 그리스의 정치가, 기술자, 천문학자, 장군, 철학자이자 피타고라스학파 소속의 수학자이다. 현재의 이탈리아 타란토 출신으로, 플라톤의 절친한 친구로 알려져 있으며, 정육면체의 배적 문제에 대하여 반기둥을 사용한 해결법으로 아르키타스 곡선을 고안한 업적이 있다.

말을 잃지 않도록 직접 인용하겠습니다.

그는 육체의 쾌락보다 더 치명적인 병이 인간에게 주어진 것은 아니며, 육체를 지배하기 위해 욕망은 무모하고 걷잡을 수 없이 부추겨진다고 말했습니다. 그러한 욕망에서 조국을 배신하고, 국가를 전복하고, 적과 비밀리에 거래하는 사람들이 생겨납니다. 요컨대, 쾌락의 욕망이 우리에게 강요하지 않는 범죄나 사악함은 없습니다. 강간, 간통, 그리고 그러한 모든 범죄는 쾌락 이외의 유혹에 의해서는 선동되지 않습니다. 자연이든 신이든 인간에게 정신보다 더 나은 것을 주지 않았기 때문에, 이 신성한 은혜와 선물에 있어 쾌락만큼 해로운 것은 없습니다. 욕정이 우위에 있을 때 절제의 여지가 없고, 미덕이 쾌락의 영역에 결코 존재할 수도 없습니다.

이것을 더 분명히 하기 위해, 그는 상상할 수 있는 한 육체의 쾌락에 자극된 사람에 대해 생각하라고 지시했습니다. 그는 그 사람이 그렇게 오랫동안 자신을 즐기는 동안 마음으로는 아무것도 할 수 없고, 이성과 반성으로조차 어떤 것도 이룰 수 없음을 누구도 의심하지 않으리라고 생각했습니다. 그러므로 만일 쾌락이 실제로 더 크거나 더 오래 계속되어 영혼의 빛을 모두 가려 버릴 수 있다면, 그것만큼 혐오스럽고 치명적인 것은 없습니다. 95

이것은 키케로의 말을 가지고 내가 여러분에게 설명한 아르키타스

---

95   키케로, 《노년에 대하여》 39~41.

의 의견입니다. 그리고 그러한 증인들의 가치에 조금이라도 무게가 실린다면, 키케로는 또한 아르키타스가 카우디네 분기分岐 전투[96]에서 (관습과는 달리 처벌도 하지 않고!) 로마군을 무찔렀던 저 폰티우스의 아버지와 이런 말을 했다는 것을 알려 줍니다. 가이우스 폰티우스는 적들조차 그 시대에 가장 지혜롭다는 것을 부인하지 않는 삼니움의 장수입니다.

아르키타스는 또한 철학자 플라톤과도 이야기를 나누었습니다. 나는 플라톤을 아우구스티누스 성인의 말처럼[97] 언제나 가장 열정적으로 배우려는 성향이 있는 사람이고, 히에로니무스 성인의 말처럼[98] 아테네의 가장 유명한 스승의 방황하는 학생이자 보편적 지식의 탐구자이기도 하며, 또는 발레리우스의 말처럼[99] 그 보편적 지식의 수집가이자 결국은 그 지식의 분산자이기도 한 사람으로 알고 있습니다. 내가 위에서 말한 쾌락에 대한 플라톤의 의견을 그가 아르키타스로부터 배웠다고 믿지 못할 이유가 있을까요? 종종 논의하고 명상함으로써 자신의 의견을 세우는 것은 열성적이고 끈질긴 천재들의 습관이

기원전 321년 로마인과 로마 라티움 남쪽 산악지대에 살았던 삼니움족 사이의 제2차 삼니움 전쟁. (삼니움족의 장수 가이우스 폰티우스는 사로잡은 로마 기병 600명을 볼모로 삼아 삼니움 침략을 포기하고 삼니움 땅에 로마인들의 식민 지배를 금지한다는 협약을 로마에게 강요하여 이를 맺게 한다. 그리고 삼니움족은 바리케이드를 열어 포로인 로마 군단병에게 모든 무기와 갑옷을 버리고 그곳을 기어서 지나게 하는 굴욕을 선사하고 풀어 준다)

아우구스티누스, 《하느님의 도성》 8. 4.

히에로니무스, 《서간집》 53. 1.

발레리우스 막시무스, 《기억할 만한 공언과 격언에 관하여》 8. 7. 3.

수사들에게 당부하는 두 번째 편지　193

며, 특히 플라톤은 아르키타스와 친구가 된 후, 그의 천재성에 대한 감탄으로 아르키타스에게 책을 헌정했다고 나는 믿습니다.

아카데미100를 염두에 둔 누구의 의견이었든 간에, 나는 그것이 많은 의심스러운 생각 가운데 가장 진실한 생각 중 하나였다고 서슴없이 주장합니다. 그러므로 우리는 매일 기도합니다. "저의 눈을 열어 주십시오."101

그리하여 우리는 하늘을 바라보고 하늘에 대해 사색하는 일로부터 우리를 방해하고 이 땅에 우리를 붙잡아 두는 베일을 벗겨 달라고 하느님께 요청합니다. "그러므로, 깨어 있고 기도하십시오."102

사랑하는 형제 여러분, "찬양하며 주님을 부르십시오. 그러면 원수들로부터 구원받을 것입니다".103 여가를 최대한 활용하면 지식을 얻을 수 있습니다. 시간을 내십시오. 그러면 여러분이 열렬하게 바라는 바를 볼 수 있을 것이고, 여러분을 방해하는 모든 것을 제거하고자 노력할 수 있을 것입니다.

우리의 영혼이나 육체, 명성이나 유산, 또는 돌이킬 수 없다고 여겨지고 실제로도 돌이킬 수 없는 지구상의 시간을 고려하더라도, 정

---

100 아카데미는 일반적으로 플라톤의 철학적 후계자를 가리키지만, 특히 후기 단계에서는 아카데미와 관련된 온건한 회의론적 전통을 가리킨다.
101 〈시편〉 119편 18절. "제 눈을 열어 주소서. 당신 가르침의 기적들을 제가 바라보오리다."
102 〈마태오복음〉 26장 41절. "'유혹에 빠지지 않도록 깨어 기도하여라. 마음은 간절하나 몸이 따르지 못한다' 하시고,"
103 〈시편〉 18편 4절. "찬양받으실 주님을 불렀을 때 나는 원수들에게서 구원되었네."

욕이 내뿜는 장애물은 확실히 크고 수도 많습니다. 육체의 결함은 거의 혹은 전혀 즐겁지 않습니다. "내가 타락에 떨어지면 내 피에 무슨 소용이 있습니까?"[104]

가장 적절하게도 〈시편〉의 저자는 "나는 떨어진다"라고 말하고 있습니다. 왜냐하면, 순결의 정상에서 죄의 심연으로 떨어지는 것과 같이 매우 크고 아주 무서운 일이 가능할 정도로 그렇게 가파른 절벽, 그렇게 깊은 심연, 그렇게 높은 산의 기슭은 어디에도 없기 때문입니다. 설령, 내가 이 글을 쓰는 동안 나를 굽어보는 이 절벽의 꼭대기에서 아득히 아래에 있는 소르그강의 발원지로 누군가가 곤두박질친다고 해도 말입니다. 내 추정 능력이 제대로라면, 이 절벽보다 더 높은 것은 없습니다. 나는 더 가파른 것을 본 적이 없기 때문입니다. [105]

이 문제는 너무나 확실하고 명백해서 진실임을 입증하거나 증거를 제시할 필요가 없다고 말하고 싶지만, 어떠한 유용성이나 즐거움도 그러한 추락, 또는 더 솔직히 말해 그러한 파멸을 따르지 않는다는 것을 증명하기 위해서 나의 마음속에 떠오르는 이 우려를 말하겠습니다.

이제 또 다른 이교도인 스키피오 아프리카누스의 말을 들어 보십시오. 그는 다른 두 스키피오에 비해 문학으로는 덜 기억되지만, 잘생겼을 뿐 아니라 행위에 있어 더 훌륭했고, 젊었으며, 부도덕함에 적

---

104 〈시편〉 30편 10절. "제 피가, 제가 구렁으로 떨어지는 것이 무슨 이득이 됩니까? 먼지가 당신을 찬송할 수 있으며 당신의 진실을 알릴 수 있습니까?"

105 보클뤼즈의 샘에 있는 페트라르카 박물관을 방문하는 이들은 그곳에 들어서는 즉시 소르그강의 발원지에 있었다는 페트라르카의 머리 위로 솟아오른 절벽의 깎아지른 듯한 경관을 감상하게 된다.

대적인 성품을 가지고 있었습니다. 그는 자신과 로마 백성의 위대한 친구인 마시니사에게 말했습니다.106 마시니사는 그의 적이자 전쟁 포로로 생포한 왕의 아내를 탐했습니다. 그녀의 매력과 황홀한 목소리에 빠져 결혼하고자 했던 것입니다. 따라서 그들의 결혼은 합법적이거나 정당한 것이 아니었습니다.

스키피오는 마시니사가 전투에서 정력적이고 용감하게 성취한 것을 공개적으로 칭찬한 후, 그를 외딴곳으로 데리고 가서, 그곳에서 젊은 왕의 무절제한 음란함을 질책한 적이 있는데, 좀 더 길게 덧붙이며 질책했는지 혹은 효과적으로 짤막하게 했는지 나는 알지 못하지만, 스키피오는 마시니사에게 말했습니다. "당신 자신을 다스리십시오. 한 가지 악한 일 때문에 당신의 수많은 선행을 망치지 말고, 당신의 많은 공적에 대해 우리가 느끼고 있는 감사의 마음을 그 대의大義보다 더 중대한 죄로 더럽히지 마십시오."107

오, 얼마나 멋진 발언인가요! 이 말은 젊은 군사지도자보다 노인에게 더 어울립니다. 비극배우 분장을 한 시인, 팔리움108을 입은 철학

---

106 푸블리우스 코르넬리우스 스키피오(기원전 236~184년)는 제 2차 포에니 전쟁(기원전 218~201년)의 후반기에 스페인과 아프리카에서 로마군을 이끌었다. 스키피오는 자마 전투(기원전 202년)에서 한니발을 격파한 후 '아프리카누스'라는 명예 칭호를 받았다. 기원전 3세기와 2세기에는 그 밖에도 위대한 군사적 명성을 가진 코르넬리우스 스키피오가 몇몇 있었다. 마시니사는 카르타고의 바로 서쪽에 있는 왕국 누미디아의 왕 시팍스의 뒤를 이어 스키피오에 의해 왕으로 추대되었다.

107 리비우스, 《로마사》 30. 14. 11. 페트라르카는 이 이야기를 다시 서술하기 위해 그의 《아프리카》 다섯 번째 책을 헌정했다.

196

자, 혹은 심지어 사도使徒라고 할 만하다고 생각하는 사람도 있을 겁니다! "그 대의보다", "더 중대한 죄로"라고 그는 말합니다. 죄를 짓기 쉬운 사람들, 특히 욕정에 빠지기 쉬운 사람이라면 육체가 자극을 받아 그 행동을 억제하고자 할 때 이 말의 장점을 깊이 생각하고 검토해 주기를 바랍니다!

젊을 때부터 제약을 받지 않았던 몸이 쾌락과 자유 속에서 성장한 후에 쉽게 통제된다고 말하는 것은 아닙니다. "어린 시절부터 종을 버릇없이 길러 온 사람은 나중에 난감함을 느낄 것입니다"[109]라고 쓰여 있습니다. 육체는, 아니 우리의 이 작은 당나귀는 우리의 종이며 우리가 수많은 말을 했던 강물 사이에 가로놓인 부드럽고 행복한 욕망의 목초지에서 길러지고 있습니다.

이 세상의 넓고 평탄한 길에 익숙해진 게으른 생명체는 왜 시온산을 오르려고 나서지 않았을까요? 시온산 정상까지는 가파르고 좁고 험준한 길이 이어집니다. 나이가 들수록 고통스럽고 강력하게 그리고 열정적으로 이 일에 전념하는 것 외에 어떤 치료법이 있을까요? 그래서 익숙한 환경을 잊어버림으로써, 우리는 뭔가 다른 것을 알게 될지도 모릅니다. 고백하건대, 이 일은 가혹하고 힘들지만, 우리에게는 좋은 일입니다. 우리가 구원받기를 원한다면 우리가 지금 부추기는 저 작은 당나귀는, 항상 그렇듯이 음탕함에 빠져서 우리를 끌어당

---

108 로마 시대의 실외용 옷으로 학자와 철학자들의 특징적인 복장이기도 했다.
109 〈잠언〉 29장 21절. "종을 어려서부터 응석받이로 기른 자는 결국 곤욕을 치르게 된다."

기지 않도록 고삐에 죄여 두들겨 맞아야만 합니다.

우리는 이것을 성취한 사람들, 특히 이 세상의 유혹을 경멸한 두 명의 뛰어난 사람들인 힐라리온 수도자와 프란치스코 성인에 대해 보고, 듣고, 읽어 왔습니다. 힐라리온은 젊었을 적에 당당하게 숭고한 경멸로 욕망의 불꽃에 맞서 싸웠습니다. 히에로니무스 성인은 힐라리온이 자신에게 너무 화가 나서 마치 손찌검으로 그런 생각을 몰아낼 수 있는 것처럼 주먹으로 그의 가슴을 때렸다고 말합니다. "이 작은 짐승아!" 하고 그는 말했습니다.

그렇게 고집을 부리지 않게 만들어 주겠다. 보리를 먹이는 것이 아니라 짚을 먹이고, 굶주림과 갈증으로 괴롭히며, 무거운 짐으로 부담을 지우고, 네가 쾌락보다는 음식을 생각하도록 밤낮으로 추적할 것이다. 110

프란치스코 성인도 자신의 몸을 '당나귀'라고 불렀기 때문에, 히에로니무스 성인과 힐라리온과 마찬가지로 말하고 행한 것으로 알려져 있습니다. 그는 밤에 벌거벗은 채 눈덩이에 몸을 파묻고 영광스러운 수난의 생각과 육체의 냉기로 정욕의 흉포한 불길을 이겨 냈습니다.

형제 여러분, 이러한 예들을 따라야 합니다. 우리는 이 길을 고수하고 우리 당나귀를 고삐로 공격하며, 먹이를 빼앗고, 무거운 배낭으로 짓누르고 쏠리게 하며, 마지막으로 그 당나귀를 꾸짖고 모든 면에서 복종하도록 자세를 낮추게 해야 합니다. 111 만약 저 천상의 인물

---

110 히에로니무스, 《힐라리온의 생애》 PL23. 32.

바오로 성인이 이 일을 해냈다면, 우리는 어떻게 해야 할까요? 무장한 채, 세속의 군대처럼 가죽옷 아래에서 겨울을 나야만 합니까? 우리의 의기양양한 태도가 우리에게서 멀어지기를 세 번이 아니라 천 번이라도 기도해야 할까요? 만약 우리가 바오로 성인처럼 내면의 귀로 답을 듣는다면 "그리스도의 미덕이 우리 안에도 머물 수 있도록 우리의 약함을 기뻐하는 것"112 외에는 달리 할 일이 없습니다. 바오로가 "그 계시들의 엄청남이 그가 자만하지 않도록" 그를 거절했다는 것을 여러분이 인정하기를 바랍니다.113

따라서 형제 여러분은 우리의 육체, 우리의 내적인 적과 함께 전쟁을 벌이고 있는, 이 진행 중인 위험한 투쟁으로 여러분의 생각을 돌리십시오. 열심히 일하고, 항상 경계하며, 모든 소리에 귀를 기울이고, 그리고 완전히 무장하고, 싸움에 뛰어드십시오. 이 전투에는 다른 전쟁처럼 휴전은 없습니다. 많은 것들이 끊임없이 우리의 구원과 우리에게 가장 소중한 것을 위태롭게 합니다. 우리의 전투는 최고로 기만적인 적과의 싸움입니다. 우리는 힘과 배신에 의해 여러 방향으로 흔

---

111 〈코린토전서〉 9장 27절 참조. "나는 내 몸을 단련하여 복종시킵니다. 다른 이들에게 복음을 선포하고 나서, 나 자신이 실격자가 되지 않으려는 것입니다."

112 〈코린토후서〉 12장 9절. "그러나 주님께서는, '너는 내 은총을 넉넉히 받았다. 나의 힘은 약한 데에서 완전히 드러난다' 하고 말씀하셨습니다. 그렇기 때문에 나는 그리스도의 힘이 나에게 머무를 수 있도록 더없이 기쁘게 나의 약점을 자랑하렵니다."

113 〈코린토후서〉 12장 7절. "그 계시들이 엄청난 것이기에 더욱 그렇습니다. 그래서 내가 자만하지 않도록 하느님께서 내 몸에 가시를 주셨습니다. 그것은 사탄의 하수인으로, 나를 줄곧 찔러 대 내가 자만하지 못하게 하시려는 것이었습니다."

들립니다. 왜냐하면, 그는 때로는 진짜 적처럼 보이기도 하고, 때로는 친구인 척하기도 하기 때문입니다. 변화하기 쉽고 유혹적이지만 욕망보다 음흉한 것은 무엇일까요? 욕망을 경험한 사람들은 그것을 알고 있습니다. 건강한 육체를 지닌 어떤 성숙한 인간이 그것을 경험하지 못했을까요? 그리고 적의 결의가 강할수록 더 축하받는 것이 승리입니다.

키케로는 "매우 비위를 잘 맞추는 정부情婦의 유혹은 우리 마음의 대부분을 미덕에서 비틀어 버립니다"[114]라고 말했습니다. 세네카는 이렇게 말하였습니다. "무엇보다도, 욕망을 쫓아내고 그것을 가장 미운 것으로 여기십시오. 욕망은 이집트인들이 암살자라고 부르는 도적처럼 우리를 껴안고 우리를 목 졸라 죽일 수 있습니다."[115]

정말 그렇습니다. 다른 모든 악은 마치 정면에서 오는 것처럼 우리를 공격합니다. 사치가 우리를 불행하게 만들고자 작정하고 우리를 에워싸고 있어서 우리는 닥치는 대로 저항해야 합니다. 우리는 이러한 악들이 나타나는 즉시 이것들을 마주해야 하며, 이런 말을 머릿속에 간직해야 합니다. "행복하여라, 자신의 작은 것들을 붙잡아 바위에 메어치는 사람."[116]

물론, 우리는 이 "작은 것들"을 새롭고, 작고, 갓 태어난 생각으로 이해해야 합니다. 그것들이 성장하고, 우리를 이겨 내며, 경험으로

---

114 키케로, 《의무론》 2. 37.

115 세네카, 《서간집》 51. 13.

116 〈시편〉 137편 9절. "행복하여라, 네 어린것들을 붙잡아 바위에다 메어치는 이!"

무장하고, 이성적인 사고의 성채에서 우리를 내던져 버리기 전에 바위에 메어치도록 우리는 경고를 받습니다. "그러나 그 바위는 그리스도이셨습니다."[117]

내가 간절히 말합니다만, 그리스도의 상처를 기억하고, 무엇보다도 우리 상처의 뿌리 깊은 더러움을 씻으려는 목적을 이루기 위해 그분께서 피를 흘리셨다는 것을 생각하면서, 그런 불굴의 혹은 불타는 정욕이 식어 버리지 않을 사람이 그 누가 있을 수 있을까요? 그분의 피는 만약 사색의 높은 구름으로부터 그분에게 간청하는 경건한 영혼으로 흘러 들어간다면 인간의 열정을 없애거나 진정시키기에 훨씬 더 좋습니다. 이렇게 마른 풀에는 비나 이슬도 생기를 북돋아 주지 않습니다. 그런데도, 나는 묻습니다. 자신의 아버지, 주인, 친구가 맞이하는 끔찍한 죽음, 바로 우리가 구원을 희망하며 받아들이는 그 죽음을 돌아보면서도 자신의 욕망을 잊지 않으려 하고, 무의미하고 비열한 행복에서 아름다운 눈물로 돌아서지 않으려고 할 정도로 그렇게 비인간적이고 감사할 줄 모르는 사람이 누가 있을까요? 그러나 이 모든 것은 그리스도 안에서 가능합니다.

이사야의 환시(幻視)란 또 무엇을 의미합니까? 그것은 이렇게 시작합니다. "들으시오, 하늘이여, 그리고 땅이여, 귀를 기울이시오. 주님께서 말씀하셨기 때문입니다. '나는 너희 아들들을 기르고 키웠다. 그런데도 그들은 나를 경멸하고 있다.'"[118]

---

117 〈코린토전서〉 10장 4절. "모두 똑같은 영적 음료를 마셨습니다. 그들은 자기들을 따라오는 영적 바위에서 솟는 물을 마셨는데, 그 바위가 곧 그리스도이셨습니다."

아, 우리는 우리의 아버지, 주님의 말씀을 잠시 들었습니다. 확실히 그분은 자신을 우리의 친구로 만드시는 바로 그분입니다. "너희들은 내 친구이다"라고 그분은 말씀하십니다. "더 이상 너희들을 나의 종이라고 부르지 않겠다."[119] 그분께서 우리를 친구라고 부르시니, 그분을 주님으로 인정합시다.

어떤 주인들은 종들을 가족의 일원으로 대하여 그들과 즐겁게 이야기하고, 매우 관대하게 대하며, 많은 것을 용서하고, 많은 비밀을 알려주고, 그들을 자주 숨겨주는 등의 관습이 있습니다. 그런 주인들은 이제 두려워할 것이 아니라 더 사랑해야 합니다. 나는 어떤 어리석은 종들 중에는 주인의 친밀함을 경멸하는 자들도 있다는 것을 알지만, 그런 주인이 일단 심한 상처를 입으면 그들은 화를 내게 되고, 일반적으로 더디게 화를 내는 자들보다 더 심하게 복수를 하는 경우가 많습니다.

"내 마음속에서 내가 온유하고 겸손하다는 것을 내게서 배우라"고 하신 그리스도보다 누가 더 온유할 수 있겠습니까?[120] 아이네아스가 그의 아들에게 "내 아들아, 나에게 미덕을 배우라"고 한 것보다 우리

---

118 〈이사야서〉 1장 2절. "하늘아, 들어라! 땅아, 귀를 기울여라! ─ 주님께서 말씀하신다 ─ 내가 아들들을 기르고 키웠더니 그들은 도리어 나를 거역하였다."
119 〈요한복음〉 15장 14~15절. "내가 너희에게 명령하는 것을 실천하면 너희는 나의 친구가 된다. 나는 너희를 더 이상 종이라고 부르지 않는다. 종은 주인이 하는 일을 모르기 때문이다. 나는 너희를 친구라고 불렀다. 내가 내 아버지에게서 들은 것을 너희에게 모두 알려 주었기 때문이다."
120 〈마태오복음〉 11장 29절. "나는 마음이 온유하고 겸손하니 내 멍에를 메고 나에게 배워라. 그러면 너희가 안식을 얻을 것이다."

하늘의 아버지께서 우리에게 얼마나 더 직접적으로 이것을 말씀하셨을까요?121

오오, 안키세스의 아들122이여, 무슨 미덕을 말하는 겁니까? 비록 베르길리우스의 웅변으로 용서받을 수 있을지도 모르지만, 몇몇 시인과 역사가들이 프리아모스의 가문123을 의견에서 언급조차 하지 않으며 완전히 무시해 버린 그러한 배신, 그것은 당신 나라에 대한 배신이었나요? 친구들을 도살하고 그 피로 악마에게 희생을 바치지 않았나요? 그러나 참된 아버지, 주님, 스승, 그리고 우리 하느님이신 그리스도께서는 우리가 모방할 수 없는 미덕이 아니라 인간의 본성에 어울리는 온유함과 겸손이라는 미덕을 그분의 율법에 따라 그분에게서 배워야 한다고 가르치십니다. 만약 그분께서 더 뚜렷한 온유함의 예를 발견하셨다면, 분명히 우리를 다른 곳으로 보내서 이것을 배우게 하셨을 것입니다.

하느님의 말로는 표현할 수 없는 무한한 은총思寵이 그분을 바라는 모든 사람에게 충분히 알려지지 않을 수 있을까요? 매일매일 그분께서는 전달자를 통해, 성경을 통해, 그리고 그분 자신을 통해 우리를 기다리시고 부르시며, 깨우시고 경고하시며, 격려하시고 우리를 호

121　베르길리우스, 《아이네이스》 12. 435.
122　아이네아스는 트로이 왕족인 안키세스와 여신 아프로디테의 아들이다.
123　프리아모스는 트로이의 마지막 왕이다. 그의 수많은 왕자 중에는 트로이 전쟁을 이끈 장남 헥토르와 전쟁의 원인을 제공한 파리스가 있고, 공주 중에는 예언가 카산드라와 아킬레우스를 홀린 폴릭세네가 있다. 헥토르 사후 그는 그리스 진영의 아킬레우스를 찾아가 애원하여 시체를 돌려받는다.

출하십니다. 그분께서는 손짓하십니다. "나에게 오라. 힘들고 무거운 짐을 지고 있는 너희들."[124]

그분께서는 우리에게 노고로부터 휴식을 주시고, 슬픔으로부터의 위안, 죄에 대한 사면, 더 나은 시기에 대한 희망, 그리고 결국 영원한 삶을 약속하십니다. "죄인은 자신의 길을 버리고, 불의한 사람은 자기의 생각을 버리고 주님께로 돌아오십시오. 그러면 그분께서는 그에게 자비를 베푸실 것입니다. 하느님께 돌아오면 그분께서는 관대히 용서하십니다."[125] 그리고 또 "아버지가 아들들을 용서하는 것처럼 주님께서는 당신을 두려워하는 자들을 불쌍히 여기셨습니다".[126]

이 말씀보다 위로가 될 수 있는 것은 무엇일까요? 조심하십시오, 오, 죄인이여, 그분께서 노하시지 않도록! 그분께서는 다음과 같이 말씀하십니다.

그러나 그들이 내 법을 저버리고 내 판단을 따라 걷지 않는다면, 그들이 내 규칙을 더럽히고 내 계명을 지키지 않으면 나는 그들의 잘못을 회초리로 벌하고 그들의 죄를 매로 벌할 것이다. 하지만 그들에게서 자비를 거두지는 않을 것이다.[127]

---

124 〈마태오복음〉 11장 28절. "고생하며 무거운 짐을 진 너희는 모두 나에게 오너라. 내가 너희에게 안식을 주겠다."

125 〈이사야서〉 55장 7절. "죄인은 제 길을, 불의한 사람은 제 생각을 버리고 주님께 돌아오너라. 그분께서 그를 가엾이 여기시리라. 우리 하느님께 돌아오너라. 그분께서는 너그러이 용서하신다."

126 〈시편〉 103편 13절. "아버지가 자식들을 가엾이 여기듯 주님께서는 당신을 경외하는 이들을 가엾이 여기시니."

여기에서도, 이 엄격함보다 더 진정될 수 있는 것은 무엇일까요? 그분께서 칼도 도끼도 아닌, 회초리와 매로 겁을 주십니다. 이것은 법정이 아니라 아버지의 위협입니다. 그분께서는 우리를 벌주셨고 그 벌로 우리를 멸하시지 않습니다. 하지만, 그분께서는 우리에게 자비를 베푸시고 우리를 바로잡아 주십니다. 왜냐하면, 그분께서는 당신의 창조물을 알고 계시고 우리가 한낱 먼지에 불과하다는 것을 기억하시기 때문입니다. 여전히 온유하시고 인내심이 강하시며, "주님께서는 자비하시고 너그러우시며 오래 참으시고 자애로우십니다".128

"내가 나의 칼을 번개처럼 번쩍이게 갈아 내 손으로 재판을 하면, 나의 적들에게 복수하고 나를 미워하는 사람들을 벌하겠다"129라고 말하는 내용이 다른 곳에 기록되어 있으므로, 그분을 너무 몰아붙이거나 그분께 너무 많은 것을 기대하지 않도록 주의하십시오.

보십시오! 지금 여러분은 온유하거나 아버지 같은 분 대신 지극히 법적이고 엄격한 분과 함께 있습니다. 왜냐하면, 그분께서는 지금 아들, 친구, 종들에게 말씀하지 않으시고 당신의 적들에 대해 말씀하고 계시기 때문입니다. 이제 회초리와 매에 대한 언급은 없습니다. 그런

---

127 〈시편〉 89편 31~34절. "그의 자손들이 내 가르침을 저버리거나 내 법규를 따라 걷지 않는다면 내 규범을 더럽히고 내 계명을 지키지 않는다면 나는 채찍으로 그들의 죄악을, 매로 그들의 잘못을 벌하리라. 그러나 그에 대한 내 자애를 깨뜨리지 않고 내 성실을 거두지 않으리라."

128 〈시편〉 103편 8절. "주님께서는 자비하시고 너그러우시며 분노에 더디시고 자애가 넘치신다."

129 〈신명기〉 32장 41절. "내가 번뜩이는 칼을 갈아 내 손으로 재판을 주관할 때 나의 적대자들에게 복수하고 나를 미워하는 자들에게 되갚으리라."

데요? "나는 나의 화살을 피로 흠뻑 적시고, 나의 칼은 살을 게걸스럽게 먹을 것이다. 내가 죽인 자들의 피를 마시고 사로잡은 적들의 맨머리를 먹을 것이다."130

이것은 아버지의 꾸짖음이 아니라, 적대적인 복수, 즉 살육과 감금, 칼과 화살입니다. 또 같은 성경에서 그분께서 말씀하신 것만큼 위협적인 것은 없습니다. "불은 나의 분노로 타올라 지옥의 깊은 곳까지 태워 버릴 것이다."131

그분께서 얼마나 갑자기 인류의 아들들을 위한 그분의 계획을 크게 바꾸시는지 보십시오. 갑자기 그분께서는 분노하십니다. 그분의 갑작스러운 분노가 우리를 사로잡지 않도록 용서받을 기회를 잡아야 합니다. "그분의 분노가 잠시 타오르면, 그분을 믿는 모든 사람은 축복을 받을 것입니다."132

확실히 진정한 믿음은 진실에서만 일어납니다. 예기치 못한 위험 속에서 우리가 두렵지 않게 하고 축복받게 해주는 믿음을 얻기 위해 진실을 양성합시다.

형제 여러분, 또 어떤 종류의 치료법이 있습니까? 아니면 우리가

---

130 〈신명기〉 32장 42절. "내 화살들이 피를 취하도록 마시고 내 칼이 살코기를 먹게 하리라. 살해당한 자들과 포로들의 피를 마시고 적장들의 머리를 먹게 하리라."
131 〈신명기〉 32장 22절. "나의 진노로 불이 타올라 저승 밑바닥까지 타 들어가며 땅과 그 소출을 삼켜 버리고 산들의 기초까지 살라 버리리라."
132 〈시편〉 2편 12절. "그러지 않으면 그분께서 노하시어 너희가 도중에 멸망하리니 자칫하면 그분의 진노가 타오르기 때문이다. 행복하여라, 그분께 피신하는 이들 모두!"

이 전쟁에서 믿을 수 있는 승리의 도구는 무엇일까요? 우리의 희망을 어디에 둘 수 있을까요? 우리는 막대한 부를 신뢰할 수 있을까요? 종말을 고해야 할 왕국과 권력을 신뢰할 수 있을까요? 아니면 팔다리의 힘과 우리 몸을? 아니면 말, 병거兵車, 전쟁 무기를? 이 모든 것들을 우리의 영혼으로부터 지우십시오! 그것들은 구원의 길이 아닙니다. 우리는 정의로운 사람들이 웃으며 이렇게 말하는 자가 되지 않도록 합시다. "보라, 하느님을 자기에게 도움을 주시는 분이라고 주장하지 않고, 자기의 막대한 재산에 희망을 걸고 그 허영심으로 강해지는 사람이 있다."133

우리는 "왕은 큰 덕으로 구원받지 못하고, 거인은 그의 엄청난 힘으로도 구원받지 못한다"134라고 알고 있습니다. 우리는 "전마戰馬는 구원의 헛된 희망"135이라는 것을 알고 있습니다. 우리는 "그분께서는 말의 힘을 기뻐하지 않을 것이며, 사람의 다리에 만족하지 않으실 것이다"136라고 알고 있습니다. 그러나 우리의 약함을 만회할 수 있는 우리의 왕의 목적은 무엇일까요? 물론 우리는 또한 그것을 알고 있습니다. "주님께서는 당신을 경외하는 자와 당신 자비에 희망을 두는

---

133 〈시편〉 52편 9절. "보라 하느님을 제 피신처로 삼지 않고 자기의 큰 재산만을 믿으며 악행으로 제가 강하다고 여기던 사람!"

134 〈시편〉 33편 16절. "병력이 많다고 임금이 승리하지 못하며 근력이 세다고 용사가 제 몸을 살리지 못하네."

135 〈시편〉 33편 17절. "기마로 승리한다 함은 환상이며 그 힘이 세다고 구원을 이루지 못하네."

136 〈시편〉 147편 10절. "그분께서는 준마의 힘을 좋아하지 않으시고 장정의 다리를 반기지 않으신다."

자들을 기뻐하십니다. "137

이것이 구원의 가장 직접적인 길이며, 우리는 그것을 따라야 합니다. "우리의 활에 희망을 두지 않을 것이고, 우리를 구원해 줄 것은 우리의 칼도 아니라, "138 "하느님의 오른손과 그분의 팔과 그분의 얼굴의 빛"139입니다. 여기에 우리는 희망을 걸고, 여기로 우리의 마음을 돌려야만 합니다. 그러므로 우리는 도움을 구해야 합니다. "어떤 이들은 그들의 병거를, 어떤 이들은 그들의 말을 부르지만, 우리는 하느님의 이름을 부르겠습니다. "140 "사람에 의한 구원은 헛됩니다. 하느님 안에서 우리는 용맹하게 싸울 것이며, 그분께서는 우리의 적을 섬멸할 것입니다. "141

이것은 다른 것이 아니라 우리의 구원입니다. 이것이 우리의 힘입니다. 이것이 우리의 안전입니다. 이것이 주님의 분노에 대한 우리의 유일한 해결책입니다. 즉, 시간을 갖고, 두려워하며, 희망하고, "우

---

137 〈시편〉 147편 11절. "주님께서는 당신을 경외하는 이들을, 당신 자애에 희망을 두는 이들을 좋아하신다. "

138 〈시편〉 44편 7절. "정녕 저는 제 화살을 믿지 않습니다. 제 칼이 저를 구원하지도 않습니다. "

139 〈시편〉 44편 4절. "정녕 저희 조상들은 자기들의 칼로 땅을 차지하지도 않았고 자기들의 팔로 승리하지도 않았습니다. 오직 당신의 오른손과 당신의 팔, 당신 얼굴의 빛이 이루어 주셨으니 당신께서 그들을 좋아하셨기 때문입니다. "

140 〈시편〉 20편 8절. "이들은 병거를, 저들은 기마를 믿지만 우리는 우리 하느님이신 주님의 이름을 부르네. "

141 〈시편〉 108편 13~14절. "저희를 적에게서 구원하소서. 사람의 구원은 헛됩니다. 하느님과 함께 우리가 큰일을 이루리라. 그분께서 우리 원수들을 짓밟으시리라. "

리를 꾸짖지 마시고, 노여움 속에서 우리를 벌하지 마소서"142라고, 그리고 그분께 "우리에게서 저 분노를 멀리하시고, 내리치시지 마소서"143라고 기도하는 것입니다. 그동안 우리는 그분의 관심과 자비를 얻을 수 있는 삶을 살아야 합니다. 144 의심의 여지 없이 그분의 자비는 사랑받아야 하고 그분의 정의는 두려워해야 합니다. 선행으로 주님의 심판을 누그러뜨리고 경건한 기도로 주님의 자비를 구합시다. 145

그러나 나의 주제로 돌아가도록 하겠습니다. 만약 마음이 경건한 사람 누구라도 주님께서 온유하시든 무서우시든 자신을 위해 그런 고난을 겪으셨음을 기억한다면, 모든 욕정의 자극은 사라질 것이며, 육체에 깊이 뿌리박혀 있다고 해도 그 욕정은 정복된 후에는 튀어나올 것입니다. 어떤 생각도 자기의 죽음에 대한 생각만큼 유용하지 않습니다. 또, "여러분의 끝을 유념하십시오. 그러면 영원히 죄를 짓지 않을 것입니다"146 라는 말이 전해져 왔습니다. 그것은 우리가 이러한 치료법으로 끊임없이 잘 훈련되고 무장하도록 도와줄 것입니다. 우리는 항상 경계하며 육체의 불꽃과 맞서 싸울 것입니다. 이보다 더

---

142 〈시편〉 7편 2절. "주 저의 하느님, 당신께 피신하니 뒤쫓는 모든 자들에게서 저를 구하소서, 저를 구해 주소서."〈시편〉 38편 2절. "주님, 당신 진노로 저를 꾸짖지 마소서. 당신 분노로 저를 벌하지 마소서."
143 〈시편〉 38편 11절. "당신의 재앙을 제게서 거두소서. 당신 손이 내리치시니 저는 시들어 갑니다."
144 페트라르카, 《행운과 불운에 대처하는 법》 1. 8.
145 같은 책, 2. 58.
146 〈집회서〉 7장 36절. "모든 언행에서 너의 마지막 때를 생각하여라. 그러면 결코 죄를 짓지 않으리라."

위험한, 더 빈번한, 더 흔한 재앙도 없기 때문입니다. 그것은 모든 종족의 인류를 지배하고 있습니다. 그것은 사회적 모든 계급을 자극하고, 남녀를 괴롭히며, 모든 연령대에 침투합니다. 다른 재앙들이 한 사람만을 괴롭히는 가운데, 이 재앙은 모든 사람을 괴롭힙니다.

악마가 죄 많은 영혼과의 말로 표현할 수 없는 교합으로 일곱 딸을 데려왔다는 몹시 우아하지 않은 이야기가 있습니다. 즉, 이들은 자만, 탐욕, 과식, 분노, 질투, 게으름, 사치입니다.

그가 모두를 결혼을 위해 내보냈을 때, 자유롭게 흐르는 나의 펜이 혹시 누군가를 불쾌하게 하지 않도록 다른 이들의 이름은 밝히지 않겠지만, 막내딸 사치만이 결혼하지 않은 채 남아 있었고 다른 언니들보다 더 유혹적이었기 때문에 모든 사람이 그녀를 찾았고 결혼의 특별한 굴레에 얽매이지 않았습니다. 그러나 공공연하게 매춘을 하고 있었습니다. 결과적으로, 내가 말했듯이 다른 악덕들은 개별적으로 속하지만, 그녀 혼자만이 모두에 속합니다. 그녀는 우리가 어디를 가든지, 언제 어디서나 살아 있는 형태로, 눈부신 장식을 하고, 귀에 스며드는 유혹적인 목소리로, 또는 항상 우리의 감각을 기다리는 어떤 매력으로 거기에 있습니다. 그녀는 대낮에 공공연히 전쟁을 일으키도록 도발할 뿐만 아니라 감히 어둠과 은신처에 침입합니다. 오히려 그녀는 은신처에서 대담함을 되찾고 폭풍우가 치는 밤에 훨씬 더 방탕하게 위세를 떨칩니다. 마침내 어두운 재앙이 잠잠해지면, 그녀는 계속 지켜보며 인간의 휴식을 방해합니다. 꿈속의 징조와 어지러운 환영은 이것이 사실이라고 선언합니다.

만약 위대한 지성인들이 이러한 환영幻影의 본질에 이의를 제기한다고 해도, 나는 우리가 아직 문제의 핵심에 도달하지 못했다고 믿습니다. 그들의 모습은 수가 매우 많고 형태도 다양합니다. 우리의 휴식은 아무 이유 없이, 또는 분명히 알 수 없는 이유로 자주 시달립니다. 모든 것들은 우리가 전혀 생각해 본 적도, 생각하지도 않았던 우리의 꿈에서 일어납니다.

이 일곱 가지 악덕은 우리가 깨어 있을 때는 감히 행동하지 못할 것입니다. 그들은 우리가 자고 있을 때 움직입니다. 때로는 우리가 깨어 있을 때 그것들은 반대할 생각을 불러일으키기도 하고, 깨어날 때 우리는 눈물을 흘리기도 합니다. 영혼이 잠에 압도되어 거의 취해 버리면, 깨어 있고 정신이 맑을 때는 억지로라도 결코 끌고 갈 수 없던 곳으로 그들은 속임수를 써서 영혼을 끌고 갑니다.

이미 영성靈性과 연령에서 모두 원숙해진 아우구스티누스 성인은 이 잠의 조롱을 탄식했습니다.[147] 모든 일에서의 절제와 영혼의 냉정함은 숨어 있던 잠재의식 속에서의 공격에 많은 것을 제공합니다. 꿈조차 지워 버리는 깊은 잠을 유발하는 굶주림, 힘든 노동, 조심스러움도 같은 효과를 냅니다. 마음의 통제는 우리가 원초적인 생각이나 무의미한 문제들을 무시할 수 있게 영혼이 펼치는 최선의 보호막입니다. 왜냐하면, 이는 욥이 "나는 내 눈이 처녀를 생각하는 것조차 하지 않겠다고 내 눈과 약속하였다"[148]고 말한 그 언약의 선하고 진실하며

---

[147] 아우구스티누스, 《고백록》 10. 30.
[148] 〈욥기〉 31장 1절. "나는 내 눈과 계약을 맺었는데 어찌 젊은 여자에게 눈길을 보내리오?"

안정적인 개념으로 우리의 주의를 돌릴 수 있게 해주기 때문입니다. 그는 "보지 않겠다"라고 말하는 것이 아니라 "생각하지 않겠다"라고 말했습니다.

만약 우리의 방황하는 마음이 때때로 지난날 욕망의 광경에 경외심을 품고, 자유로운 생각이 우리의 육체적 감각이 드나들 수 없는 곳을 방황하도록 한다면, 눈을 돌리거나 눈을 감거나 심지어 눈을 잃는다해도 무슨 소용이 있겠습니까? 실제로, 보이는 것만이 열정적인 욕망을 불러일으킨다면, 밤과 어둠은 매우 순수할 것입니다. 그러나 실제로는 저마다 자신의 욕망으로 불타고, 더 큰 욕망으로 밤을 태울 것입니다.

그러므로 우리는 마음을 다스리고 억제해야 합니다. 우리의 사고과정은 족쇄와 같은 것에 채워져야 합니다. 하지만 성경은 우리에게 "죽음은 창문을 통해 들어온다"[149]라고 가르치기 때문에 그러한 생각들은 차단되거나, 경계하는 감시자에 의해 지켜져야 합니다. 그래서 우리 영혼의 구원을 위해서 우리 눈과 계약을 맺어야 합니다. 그러면 우리 눈은 위험한 광경을 보기 위한 길을 열지 않고 영혼이 문턱에서 계속 경계를 하게 되며, 설령 문이 열려 있어도 공상의 군대가 들어오는 것을 막을 수 있습니다.

다시 말해서, 육체를 영혼에 복종시키고 자신을 극복하는 것입니다. 이보다 더 빛나는 승리는 없습니다. 우리는 전에 언급했던 이 특

---

149 〈예레미야서〉 9장 20절. "죽음이 우리 창문을 넘어 들어오고 있다. 죽음은 우리 궁궐에까지 들어오고 거리에서 어린아이들을, 광장에서 젊은이들을 쓰러뜨린다."

별한 무기로 그것을 달성합니다. 검소한 삶, 죽음에 대한 명상, 육체의 고통, 영혼의 겸손, 신중함과 주의 깊음, 여성으로부터의 물러섬, 의복의 거칢, 그리스도의 고난에 대한 기억, 최후의 심판에 대한 기대, 지옥에 대한 두려움, 영원한 삶의 희망 등입니다.

이 견해에 대한 수많은 예는 성인들의 이야기에서 충분히 찾아볼 수 있습니다. 육체의 지배자는 성인들만큼이나 많습니다. 바오로 사도에 대해서는 언급하지 않겠습니다. 그는 자신의 경우에서조차 가장 신뢰할 수 있는 증인입니다. 그 밖에 안토니우스 성인, 힐라리온, 암브로시우스 등이 있는데, 그들의 전기에서 보듯이 이들은 자신을 다스리는 데 뛰어났지만, 프란치스코 성인만큼 출중한 사람은 아무도 없었습니다. 이것이 길이고, 이 성인들은 우리의 안내자입니다. 우리의 목표는 순종적인 몸과 자유로운 영혼을 가지는 것입니다. 아니, 지배하는 영혼을 갖는 것입니다. 그러한 영혼은 하느님을 섬길 수 있기 때문입니다.

전쟁에서도 흔히 있는 일이지만, 이 삶의 전투에서도 어떤 사람이 이전의 어려움을 훌륭하게 끝냈다면, 그는 전투의 종식을 고했을 것입니다. 나는 그가 이 폭풍으로부터 완전히, 또는 거의 자유로워지라 생각합니다. 특히 매일의 단식과 침묵 속의 충실한 저녁기도와 하느님의 도움에 대한 의심 없는 희망이 그의 몫이라면 더욱 그렇습니다. 내가 한 번에 하나씩 열거한 이 모든 노력은 다른 어떤 사람들보다 여러분에게 더 친숙할 것이 분명합니다. 왜냐하면, 여러분 훈련의 엄격함과 고독은 다른 사람들이 일반적으로 엄청난 노력으로 추구해야만 할 수 있는 경험을 강제하기 때문입니다. 균형 감각을 갖기를, 그리고 목적을 염두에 두기를 간절히 바랍니다.

우리는 삶의 간결함, 예측할 수 없는 죽음의 예측 가능성, 육체의 불순함, 죄악의 비열함, 미덕의 영광, 그리고 저 사악한 욕망으로부터 멀어지게 하는 영원한 벌과 보상에 대해 많은 것을 말할 수 있었습니다. 한편으로 마음은 그 위험에 아연하고 무의미한 기쁨의 도덕적 불순물에 겁을 먹으며, 다른 한편으로는 어려운 도전에 흥미를 느끼고 이 인생의 과제를 내일의 보상과 비교합니다. 하지만 모든 사람은 이것을 알고 있고, 이 작은 책은 그 목적을 넘어서 성장하기 시작합니다. 그러므로 끝이 시작에 호응을 일으킬 수 있습니다. "시간을 가지고", "보십시오"150가 따릅니다. 정말, 무엇을 보겠습니까? 그분께서는 "내가 하느님이다. 그래서 너희는 시온에서 신들의 하느님을 보게 될 것이다"151라고 말씀하십니다.

그럼에도 불구하고, 우리도 만약 천사들도 열망할 수 있는 것이 전혀 없는 저 비전에 도달하기를 원한다면, 나는 여러분에게 묻겠습니다. 우리는 어떤 길을 걸어야 할까요? 탐욕과 일시적인 이익을 통해 걸어야 할까요? 욕정, 사치, 그리고 무의미한 기쁨 속에서요? 자만, 분노, 피비린내 나는 싸움을 통해서요? 이 문제는 충분히 이해할 가치가 있고 냉철한 여행자는 올바른 길을 물어보아야 하므로, 나는 잠시 여기서 멈추고 싶습니다.

---

150 〈시편〉 46편 11절. "너희는 멈추고 내가 하느님임을 알아라. 나는 민족들 위에 드높이 있노라, 세상 위에 드높이 있노라!"
151 〈시편〉 84편 8절. "그들은 더욱더 힘차게 나아가 시온의 하느님 앞에 나섭니다."

실제로 이방인 작가들의 말에 따르면, 많은 사람들이(특히 로물루스와 헤르쿨레스) 이 길을 따라 천국으로 갔다는데, 나는 어떻게 그들이 그렇게 대단한 비행을 위해 날개를 펼 수 있었는지는 이해할 수 없습니다. 한 사람은 형제의 피에 젖었고, 다른 한 사람은 많은 사람의 피에 젖었습니다.

카스토르와 폴리데우케스[152] 그리고 로마의 지배자들은 어디에 있습니까? 그들은 그들의 행위, 제국의 위대함, 전쟁의 영광, 그리고 특히 신민臣民들의 믿기 어려울 정도의 맹신盲信 때문에 신격화되어 왔던 것입니다.

키케로가 이것을 충분히 명확하게 고백하지 않았던가요? 사실 그는 "우리가 이 도시의 창시자 로물루스를 불멸의 신들의 드높은 자리로 승격시킨 것은 그에 대한 애정과 그를 미화하려는 열망 때문이었습니다"[153]라고 말했지만, 이것은 분명히 거짓말로 로물루스를 격상시킨 것이나 다름없습니다. 그는 "애정"이라고 말할 때는 약한 사례를 제시하고 "그를 미화하려는"이라고 말할 때는 거짓 신격화를 고백합니다. 이는 키케로의 훌륭한 공로가 아니라, 그릇된 판단의 아버지에 대한 시민들의 지지와 사랑이었는데, 이것은 그들로 하여금 그 피로 물든 왕에게 거짓된 신성함을 부여하도록 강요한 것이었습니다. 즉, 진실이 아니라 미화하려는 열망으로 주어진 신성함이며, 이는 거

---

152 전설에 따르면 그리스 로마 신화의 쌍둥이 신들이 기원전 494년 레길루스 호수에서 벌어진 라틴족과의 전투에서 로마인들을 모아 승리로 이끌었다.
153 키케로, 《카틸리나 반박문》 3. 1.

짓의 시조^{始祖}입니다.

　로마 의원 율리우스 프로쿨루스가 시골에서 돌아왔을 때 믿었던 것처럼 하늘나라로 끌려간 죽은 신^神을 보십시오. 하지만 실제로는 원로원 의원들에 의해 죽임을 당하고 산산조각이 난 뒤 살인의 흔적이 남지 않도록 염소의 늪에 던져졌습니다. 154 이것이 "신격화된 로물루스의 비밀"155로, 서민들의 사랑이 비합리적으로 미화되고, 보잘것없는 명성이 신격화되어 하늘로 올라간 것입니다. 156 이것이 바로 내가 방금 인용한 키케로의 선언이 지니는 진정한 의미입니다. "우리는 애정과 미화로 그를 하늘로 높였습니다."

　이 문제의 진실에 대한 열정으로 키케로는 서민들의 적대감을 두려워하지 않았습니다. 어떤 사람들은 이 부분이 다소 모호하다고 생각할 수 있겠지만, 키케로가 그의 저서 《의무론》에서 쓴 글에서는 매우 분명하게 드러납니다. "이 도시를 세운 왕의 경우에는 그렇지 않았습니다"라고 그는 말합니다. "편의라는 개념이 그의 마음을 지배하고 있었던 것입니다. 다른 사람과 함께 하는 대신 혼자 통치하는 것이 더 유리해 보이자, 그는 자신의 동생을 죽였습니다."157

　로물루스는 자신이 효용이라고 생각하는 것을 얻기 위해 경건함과 인간성에 대한 어떠한 감정도 배제했지만, 실상은 그렇지 않았습니

154　오비디우스, 《로마의 축제들》 2. 491~512 참고.
155　루카누스, 《파르살리아》 1. 197.
156　율리우스 프로쿨루스는 친구이기도 했던 죽은 로물루스가 그에게 나타나 자신이 퀴리누스라는 신이 되었다고 증언했다.
157　키케로, 《의무론》 3. 41.

다. 그는 그 벽을 명예의 문제로 다루고 있었지만, 그것은 받아들일 수도 없고 충분한 설명도 아니었습니다. 그래서 퀴리누스나 로물루스 중 한 명에게 용서를 구한다면, 나는 죄가 저질러졌다고 말하고 싶습니다. 자신의 직분을 의식한 키케로는 자신의 말에서 거의 예의를 잊어버립니다. 철학자의 자유로움으로, 그는 사람들이 자기 도시의 창시자를 두려워해야 한다고 이방인처럼 주장하며 신이 아닌 불경스럽고 사악한 인간의 삶을 벌거벗겨 버립니다.

역사가들은 뭐라고 합니까? 용감한 사람들이 허구의 신격화뿐만 아니라 진정한 영광에 대해서도 자신이 가진 어떤 명성이든 빚을 지고 있는 시인들의 노래를 두고 시인들 스스로는 무슨 말을 하고 있습니까? 분명히 그들은 내가 언급한 신격화에 도달하면 수치심에 멈추게 되고, 그들의 저항에도 불구하고 진실은 제 방향으로 그들을 끌고 갑니다.

리비우스는 도시의 창립에서부터 로마의 역사를 서술한 장대하고 유명한 작품의 서문에서 이 점을 충분히 명확하게 설명하고, 백성도 황제의 판단도 아닌 그 판단을 두려워하며, 로물루스에 대한 존경과 사랑 둘 모두를 동시에 진실에 굴복하도록 강요하지 않습니까? 그는 로마의 창시자에 대해서 이렇게 말했습니다.

우리는 고대에 이러한 특권을 부여해 인간과 신을 혼합함으로써 그 도시의 기원이 보다 빛날 수 있게 만들고 있으며, 만약 어떤 사람이 그들의 기원을 신성화하고 그들의 창시자를 신들에게로 승격시키는 것이 허락된다면, 그들의 조상이자 국부인 마르스를 추앙할 때, 로마인들은 전쟁에 대해 매우 영광스럽게 여길 것입니다. 세계인들은 로마제국을 용인하는 것만큼이나 다른 모든 것에 우선하여 이를 용인합니다. [158]

진실이 얼마나 밝은지 보세요! 로마 이름을 찬양하는 이교도는 로물루스의 신성에 조금도 진실을 부여하지 않고 있다고 나는 말하겠습니다. 대신에 그는 고대에 대한 만족, 그들의 기원을 유명하게 하는 허가증, 그리고 정복한 국가들에 대한 관용으로 시선을 돌립니다. 그러므로 실질적인 것은 아무것도 없고 모두 공허한 가정과 의견일 뿐입니다.

아우구스티누스 성인은 그의 《하느님의 도성》 마지막 책에서 리비우스가 정말로 느꼈던 것이 다음과 같다고 이해했습니다.

로마 이외에 누가 로물루스를 신으로 믿었으며, 실제로 도시 자체가 작아 이제 막 시작되었을 때에만 그것을 믿었을까요? 그 후 후손들은 조상의 전통을 보존해야 했고, 저 신화 속 어머니의 젖으로 길러진 것처럼 국가가 성장하고 힘이 세어지자 어떤 유리한 관점에서 로물루스가 신이라고 믿게 하기 위해서가 아니라, 로마가 아닌 다른 이름을 붙임으로써 그들이 섬긴 국가를 불쾌하게 하지 않도록, 이 믿음을 로마가 지배하는 모든 나라에 강요했습니다. [159]

---

158 리비우스, 《로마사》 서문 7.
159 아우구스티누스, 《하느님의 도성》 22. 3.

위에서 인용한 리비우스의 말에서 그가 고백한 것을 주목하십시오. 여기에서 그는 각국이 로마의 지배 그 자체와 마찬가지로 로물루스의 신격화를 참을성 있게 견뎌냈다고 말합니다. 속박된 자는 찬성하지 않지만, 드러내어 반대할 수도 없고 반대할 생각도 없습니다. 사실 로마 자체는 아우구스티누스 성인의 말처럼 여전히 작았습니다. 그는 로물루스와 그의 형제의 탄생을 덜 경건하게 논의하면서 다음과 같이 말합니다. "강간당한 베스타 처녀가 쌍둥이 자손을 낳았을 때, 그녀는 신을 자신의 죄의 원인으로 주장하는 것이 진실하거나 더 명예롭다고 생각하고 마르스가 의심스러운 자손의 아버지라고 공개적으로 맹세했다."160

그러나 하느님께서는 결코 죄를 지으신 적이 없습니다. 사실 그분께서는 죄에 대해 불쾌해 하시고, 항상 그 반대의 것을 지으십니다. 그러므로 만약 이것이 로물루스의 기원 또는 그의 삶의 본질이며 우리의 정보원인 리비우스를 모두가 잘 알고 있지 않다고 가정한다면, 우리는 애정과 찬양을 통해 그를 하늘로 끌어올릴 사다리가 얼마나 강했을지 쉽게 판단할 수 있습니다.

같은 리비우스는 지배자의 가문을 세우고 신격화되었다고 주장하는 아이네아스에 대해 뭐라고 말합니까? "라틴인과의 두 번째 전투는 아이네아스의 마지막 전투였습니다. 그는 누미쿠스 강에 묻혔습니다. 그를 부르는 것이 공정하고 옳은 일이든지, 그들은 그를 이 땅의 신격화된 영웅이라고 부릅니다."161

---

160 리비우스, 《로마사》 1. 4. 2.

이마저도 진실이 아니라 일반인들의 의견일 뿐입니다. 만약 리비우스가 무덤의 위치를 확신했다면, 아이네아스가 사후 받은 칭호에 대해 의심을 가졌을 것입니다. 아니, 그는 정말로 의심하지는 않고 의심하는 척했으며, 진실의 힘과 로마의 위엄 사이에서 한쪽이 다른 쪽을 불쾌하게 하지 않도록, 이 문제를 두고 특정한 진실의 편에 서서 결정을 내렸습니다.

자, 이제 철학자와 역사가들을 떠나 시인들의 생각을 들어 보시죠. 호라티우스는 《송가》에서 공개적으로 이렇게 말합니다. "레아 실비아와 마르스의 아들인 로물루스는 그의 공로가 질투심 때문에 침묵 속에 묻혀 있다면 어떻게 될까요?"162

우리가 여전히 결정해야 할 것은 아무 말도 하지 않음으로써 누구의 영광이 훼손되고, 누구의 영광이 인간의 대화로 이익을 얻느냐 하는 것입니다. 이것은 그의 다른 시에서 점차 명백해지는 것으로, "강력한 예언자들의 덕과 호의, 그리고 언변이 스틱스의 물결에서 불멸로 빼앗긴 아이아코스163를 신격화하고 그에게 웅장한 신전을 봉헌할 때입니다. 뮤즈는 칭찬받을 만한 사람이 소멸하는 것을 금합니다". 164

들어 보세요! 나는 시인들의 혀와 재능이 불멸을 신성하게 숭배하고 만들어 내는 것을 듣습니다! 뭐가 더 있습니까? 그들은 심지어 그

---

161 같은 책, 1.2.6.
162 호라티우스, 《송가》 4.8.22~24.
163 제우스와 에우로페의 아들인 아이아코스(제우스와 요정 아이기나 사이의 아들이라고도 한다)는 크레타의 미노스 왕과 형제이다.
164 호라티우스, 《송가》 4.8.25~28.

들이 하늘을 향해 숭배하던 신성에 대한 책임도 있었습니다. 왜냐하면, 그는 계속해서 "뮤즈는 하늘에서 기뻐합니다"라고 말하고 있기 때문입니다. 165

　이것은 헤르쿨레스의 이야기, 레다에게서 태어난 카스토르와 폴리데우케스 형제 이야기, 그리고 포도주의 신 바쿠스에 관한 이야기에서 예시됩니다. 그는 헤르쿨레스가 신들의 연회에 참석했고, 카스토르와 폴리데우케스는 난파된 선원들에게 원조를 제공했으며, 바쿠스는 인간들의 기도를 들어주어 그들이 원하는 결과로 이끌었다고 말합니다. 이 모든 출처는 그러한 이야기들이 명성과 시적 설득력에서 나온다는 점에서 일치합니다. 그러한 사람들의 이름에 마음을 빼앗긴 학식이 높고, 총명하며, 분별 있는 사람들을 어떤 종류의 신이 신성을 더럽히는 이러한 잘못으로 유인했는지는 전혀 분명하지 않습니다.

　지배자들에 대한 루카누스의 말은 다음과 같이 말할 때는 설명이 필요하지 않습니다. "내전은 그들을 신성하게 만들고 위에 있는 신들과 동등하게 할 것입니다. 로마는 번개, 후광(後光), 별들로 그들의 영혼을 장식하고 신전의 그늘을 통해 맹세할 것입니다". 166 심지어 권력을 향한 경주가 끝난 후에도, 우리는 그들의 이름이 그 후 수 세기

165　위와 같음.

166　루카누스, 《파르살리아(내란기)》 1. 197. 마르쿠스 루카누스(39~65년)는 로마의 정치가이자 서정시인, 철학자이며 세네카의 조카이기도 하다. 그가 쓴 역사적 서사시 〈내란기〉는 생생한 전투 묘사 때문에 《파르살리아》로 더 잘 알려져 있는데, 《아이네이스》 이후 가장 장대한 라틴 서사시로 꼽히고 있으며, 라틴 서사시 가운데 신(神)들을 개입시키지 않은 유일한 작품으로 주목받는다.

동안 보존되었다는 것을 알고 있습니다.

베르길리우스는 로마와 아우구스투스 황제에 관해 이야기하면서 그의 《목가집》에서 이렇게 썼습니다. "여기 멜리보이아에서 매년 나는 그를 젊은 사람으로 보았는데, 그는 우리 제단들이 한 번에 12일 동안 분향을 올리는 대상과 같은 사람입니다."[167]

그래서 위대한 이 사람은 아우구스투스를 신이라고 부르기를 부끄러워하지 않고, 그의 격찬에 이렇게 덧붙였습니다. "그는 언제나 나에게 신이 될 것입니다. 양의 우리에서 잡은 어린양은 영원히 그의 제단에 피를 바칠 것입니다."[168]

영원히 살 수 없는 인간이 비록 위대한 사람이긴 하지만, 사람들이 그를 어떻게 신이라고 주장하는지, 어떻게 그에게 제물을 바치는지 생각해 보십시오. 아우구스투스에 대한 사람들의 집착은 너무나 커서, 아우구스투스가 살아 있는 동안 그에게 부여해 왔던 것으로는 모자라 그가 죽은 뒤에는 다른 사람들에게 부여될 것들까지도 모두 그에게 헌정되었습니다. 호라티우스의 시에 따르면 "당신이 살아 있는 동안, 우리는 당신에게 드리는 신성한 제물을 쌓고 당신의 이름으로 맹세하기 위해 제단을 세웠습니다".[169]

이 문제에 대한 작가들의 모든 증언을 추적하려면 시간이 부족할 것입니다. 하지만 이러한 인용들은 이제 충분하고 나머지는 그것들

167 베르길리우스, 《목가집》 1. 42~43.
168 같은 책, 1. 7~8.
169 호라티우스, 《서간집》 2. 1. 15~16.

로부터 추론할 수 있습니다. 나는 저 위대한 철학자이자 최고의 천재이며 비길 데 없는 웅변가인 마르쿠스 키케로가 그의 저서 《신의 본성에 대하여》에서 말했던 것을 생략하고 싶지는 않습니다. 그러나 나는 이교도 증인과 그리스도교 증인은 서로 다른 의견을 가지고 있더라도, 무언가에 대해서는 일치하고 같은 방식으로 생각할 수 있음을 보여 주기 위해 키케로 이외의 출처로부터 이 말을 받아들였습니다. 비그리스도인들의 잘못을 무장해제함으로써 우리의 신앙을 위해 최대한의 무기를 제공한 같은 책에서, 그 자신이 위대한 사람이자 우리 중 한 명인 락탄티우스는 신들의 세계를 경이롭고 찬양할 만한 지식욕으로 밝히고, 아우구스티누스 성인과 그를 따르던 다른 사람들을 위한 길을 열어 주었던 것입니다. 신들의 창조에 대한 많은 견해를 논의한 후에, 그는 이렇게 덧붙였습니다.

당시 왕들은 자신이 통치하던 삶을 살던 사람들에게 사랑을 받았기 때문에 그들이 죽었을 때, 자신에 대한 큰 그리움을 남겼습니다. 그래서 인간은 그들의 외관을 생각함으로써 위안을 얻기 위해 조각상을 만들고, 그들의 사랑에서 더 나아가 고인의 기억을 숭배하게 되었고, 그들의 은혜에 감사하고 후계자들이 잘 다스리기를 원하도록 격려하는 것 같았습니다. [170]

이런 말들을 증언으로 하여 주장을 강화하면서, 그는 이렇게 말했

---

[170] 락탄티우스, 《거룩한 가르침》 1. 15. 3~4.

습니다.

이것이 키케로가 신의 본성에 대해 가르쳐 주는 것으로, 그는 이렇게 말합니다. "이것은 인간의 방식이고 일반적인 관습입니다. 즉, 선행에 의해 구별되는 자들을 명성과 애정으로 하늘로 드높이는 것입니다. 헤르쿨레스, 카스토르와 폴리데우케스, 바쿠스, 치료의 신 아이스쿨라피우스에게 이러한 일들이 일어났습니다."[171]

다른 곳에서 그는 "'몇몇 주에서 불멸의 신의 경지에 오른 영예로 거룩해진 권력자의 기억은 덕을 높이거나 국가를 위해 죽음을 기꺼이 감수하도록 높은 사람들을 격려하는 데 사용되었습니다'라고 말하고 있습니다".[172]

로마의 지배자들과 무어인들이 자신들의 왕을 신격화한 것은 분명 이것을 염두에 둔 것입니다. 이처럼 미신은 그들을 처음 알았던 사람들이 그들의 자식과 손자, 그리고 그들의 모든 후손에게 그 의식을 물려주면서 점차 형성되었습니다. 그래서 이 위대한 왕들은 그들의 명성 때문에 모든 지방에서 숭배받았습니다.

하지만, 특히 개인들은 자신의 부족이나 도시의 창시자들에게 최고의 존경을 표했습니다. 용맹이 뛰어난 남자들이나 그들의 정절로

---

171 락탄티우스는 키케로의 《신들의 본성에 관하여》 2. 24. 62에서 해당 구절을 인용하고 있다.
172 같은 책, 3. 19. 50.

주목할 만한 여자들에게 그랬습니다. 이집트는 이시스를 숭배했습니다. 무어인은 주바, 마케도니아인은 카비루스, 카르타고인은 우라니아, 라틴족은 파우누스, 사비네스인은 사쿠스, 그리고 로마인은 퀴리누스를 숭배했습니다. 같은 방식으로, 아테네는 미네르바를 숭배했고, 사모스는 유노, 파포스는 베누스, 렘노스는 불카누스, 낙소스는 바쿠스,173 그리고 델로스는 아폴로를 숭배했습니다. 이렇듯 사람들은 그들의 지도자에게 감사를 표하기를 원했고 그들이 죽은 후에 그들에게 바칠 만한 다른 영예를 찾을 수 없었기 때문에 그들 주민과 지역들 사이에서 다른 의식이 시작되었습니다.

게다가 그들을 따르는 사람들의 헌신이 이 오류에 많은 것을 더했습니다. 그래서 그들의 영웅들이 신의 조상에게서 태어난 것처럼 보이도록 그들의 조상에게 신의 영예를 바치고 다른 사람들에게도 신의 영예를 바치라고 명령했습니다. 베르길리우스의 아이네아스가 한 말을 읽었을 때 신들에 대한 미신이 어떻게 생겼는지 의심할 사람이 있겠습니까? 아이네아스는 동료들에게 이렇게 말했습니다. "이제, 신에게 올리는 술잔을 유피테르에게 바치고 나의 아버지 안키세스를 기도 속에서 부르십시오."174 아이네아스는 그의 아버지에게 불멸뿐만 아니라 바람의 위력도 부여했습니다. "바람을 요청하고 나의 이 신성한 제사가 우리 도시가 세워진 후 그가 원하는 만큼 오랫동안 신전에

173　페트라르카는 신화를 거론하며 그리스와 로마의 이름을 혼동하고 있다. 그리스의 도시와 섬들은 분명히 아테나, 헤라, 아프로디테, 헤파이스토스, 디오니소스를 각각 숭배했다. 아폴로는 두 문화권 모두에서 아폴로이다.

174　베르길리우스, 《아이네이스》 7. 133~34.

서 그에게 바쳐질 것이라고 말합시다."[175]

유피테르, 바쿠스, 파우누스,[176] 메르쿠리우스, 아폴로의 후예들도 같은 일을 했고, 나중에 그들의 계승자들도 그들을 위해 같은 일을 했습니다. 시인들은 진실성이 의심스러운 찬사를 사용하여 왕들을, 심지어 사악한 왕조차도, 그들의 기쁨을 위해 지은 시에서 그들을 하늘로 드높이며 극찬했습니다. 그들의 말솜씨에서 천박함이 엿보이는 그리스인들에게 어떤 악이 생겨났습니까? 이 군중이 일으킨 거짓말의 구름은 정말 놀랍습니다. 그래서 그들은 이 신들을 존경하며 먼저 신들을 숭배하기 시작했고, 이를 모든 나라에 전하였습니다. 이러한 속임수 때문에 무녀는 그리스어로 그들을 꾸짖었습니다. "오오, 그리스여! 그대는 왜 인간을 당신의 안내자로 신뢰합니까? 왜 죽은 사람에게 쓸모없는 선물을 바치나요? 왜 우상을 위해 희생 제물을 쌓는 것입니까? 이러한 일로써 위대한 신의 얼굴을 저버릴 잘못을 누가 그대의 마음속에 심어 놓았나요?"[177]

이러한 인용문에 우리는 〈지혜서〉에서 읽은 것을 첨가할 수도 있습니다.

장인의 희귀한 솜씨는 그를 알지 못하는 이 사람들과 저 사람들이 우상

---

175 같은 책, 5. 59~60.
176 염소의 뿔과 다리를 가진, 음악을 좋아하는 자연과 목축의 신.
177 락탄티우스, 《거룩한 가르침》 참고.

숭배를 하는 데에 기여했습니다. 왜냐하면, 그를 고용한 통치자를 기쁘게 하려고 장인은 통치자와 닮은 점이 더 아름다워지도록 기술을 발휘하여 일했기 때문입니다. 그의 작품이 지닌 매력에 이끌린 군중들은 얼마 전까지만 해도 인간으로 존경하던 그 사람을 숭배의 대상으로 여겼습니다. 이것은 인간 삶의 본성에 대한 속임수였습니다. 사람들은 애정이나 왕실의 권위에 얽매여 돌이나 나무에 공유해서는 안 될 이름을 붙였기 때문입니다. 178

분명히 그가 말하는 "애정"과 "왕실의 권위"는 키케로가 오류의 근거로 삼은 것, 즉 뛰어난 사람에 대한 존경과 락탄티우스가 언급한 "죽은 왕에 대한 충성심"과 관련이 있습니다. 하지만, 락탄티우스는 존경과 조상들에 대한 감정 모두를 이유로 덧붙입니다. 나에게는 각각이 가능한 동기인 것처럼 보입니다.

그러므로 키케로에 따르면 시인들이 과장해서 시를 짓거나, 혹은 락탄티우스가 말하듯 저명한 예술가나 화가나 조각가가 그렇게 하는 것은 옳습니다. 왜냐하면, 오류를 만드는 데 예술만큼 도움이 되는 것은 없기 때문입니다. 장인은 눈을 사로잡고 시인은 귀를 사로잡습

---

178 〈지혜서〉 14장 18~21절. "그리고 장인의 야심은 임금을 알지 못하는 사람들에게까지 우상 숭배를 퍼뜨리도록 부추겼다. 그는 아마도 통치자의 환심을 사려고 솜씨를 다 부려서 그 닮은 모습을 더 아름답게 꾸몄을 것이다. 백성은 그 작품의 매력에 이끌려 얼마 전까지 인간으로 공경하던 자를 경배의 대상으로 여겼다. 이것이 인간에게 함정이 되어 불행이나 권력의 노예가 된 사람들이 하느님만 가질 수 있는 이름을 돌과 나뭇조각에 붙였다."

니다. 바로 이 감각에 의해 진실이 영혼으로 들어가는 것입니다. 게다가, 여러분이 방금 들은 이런 문제들을 설명한 후, 락탄티우스는 키케로에게 돌아옵니다.

마르쿠스 툴리우스 키케로는 뛰어난 웅변가였을 뿐만 아니라 철학가이기도 했고, 딸의 죽음에 대해 스스로 위로하던 그 책에서는 플라톤의 위대한 모방자이기도 했습니다. 그는 숭배받는 신들이 한때 인간이었다고 서슴없이 말했습니다. 키케로 자신의 이 증언은 그가 '복점관'[179]이라는 사제직을 맡아 이 신들을 숭배하고 존경한다고 증언했다는 점을 고려해 볼 때 매우 심각하게 평가되어야 합니다.

그래서 몇 줄의 문장 안에서 그는 우리에게 두 가지를 말해 주었습니다. 그는 고대인들이 신에게 그들의 형상을 바친 것과 같은 방법으로 딸의 동상을 바치겠다고 말하면서 우리에게 그 사람들이 죽었다는 것을 가르쳐 주었고, 공허한 미신의 기원을 보여 주었기 때문입니다.

그는 말합니다. "우리는 진정으로 많은 사람이 남녀를 불문하고 인간에 의해 신격화되어 왔음을 알고 있습니다. 그리고 우리가 도시와 시골에서 그들의 위엄 있는 신전을 숭배할 때는 그들의 지혜를 인정합시다. 우리의 모든 삶은 그들의 재능과, 법과 제도에 대한 그들의 발상으로 세워지고 짜여 있기 때문입니다. 하지만 어떤 살아 있는 생명이라도 숭배해야 한다면, 그 대상은 분명 내 딸 툴리아일 것입니다. 만약 카드모스,

---

179 로마의 복점관(卜占官)은 새의 움직임과 행동을 관찰하고 중요한 사업에 바람직한 징조인지 예측했다.

암피트리온, 틴다레오스[180]의 자손이 그들의 명성 때문에 신격화되어야 한다면, 내 딸에게도 같은 명예가 주어져야 합니다. 진정으로 내가 이 일을 할 것이며, 불멸하는 신들의 승인을 받아 여러분을 가장 훌륭하고 가장 학식 있는 자로 축성하고, 신들의 동반자로 앉혀 모든 인간의 존경을 받게 할 것입니다."[181]

이것은 확실히 그 편지에 대한 키케로의 말인데, 여기에서 그는 자신의 원칙을 고수하고 현자들이 생각하는 진실을 반박하지 않는 방식으로 슬픔을 표현했습니다. 그와 동시에 그는 사람들은 대개 진실이 아니라 그들의 우수함으로 인해 하늘로 올라간다는 것을 상기시켰습니다.

선인들의 예를 따라 그는 자신이 가장 사랑했던 죽은 딸을 숭배하고 그녀가 우수했고 잘 교육받았다는 이유로, 진실이 아니라 모든 사람의 의견을 받들어 그녀를 신들이 모이는 자리에 앉히겠다고 약속했습니다. 실수와 미신에 불과한 것에 기뻐하는 "신들"의 추가 승인과 함께 말입니다. 그들이 악인이든 악마이든 간에, 이러한 "신들"은 키케로의 딸을 신격화하는 데 자발적으로 동의했다는 것을 쉽게 믿을 수 있습니다. 왜냐하면, 그가 실수로 말했든 고의로 말했든, 키케로의 웅변은 적어도 그의 화려한 말로 인해 허약한 지성으로 둔해질 사

---

180 카드모스는 바쿠스(디오니소스)의 인간 세계에서의 할아버지이고, 암피트리온은 헤르쿨레스의 양아버지이며, 틴다레오스는 카스토르와 폴리데우케스의 인간의 몸인 아버지이다.
181 락탄티우스, 《거룩한 가르침》 1. 15. 16~20.

람들의 마음에 오류를 일으킬 것이기 때문입니다.

물론 락탄티우스는 키케로의 이 점에 대해 우려 속에 논의하고 있을 때 이렇게 말했습니다.

아마도 누군가는 키케로가 너무나 깊은 슬픔으로 정신이 혼미해 있었다고 말할지도 모르지만, 학식, 예시, 그리고 그의 완벽한 화법에 관한 한, 그의 논의 전체는 병든 정신의 작용이 아니라 변함없는 정신과 판단력의 결과였으며 그의 언설 자체는 슬픔의 흔적을 전혀 반영하지 않습니다. 또 이성 그 자체, 친구들의 위로, 그리고 시간의 흐름이 슬픔을 누그러뜨리지 않았다면 그가 그런 다양한 문제에 대해 그렇게 유창하게 글을 쓸 수 있었다고 생각하지 않습니다. 182

부지런한 독자는 락탄티우스의 추측이 얼마나 진실했는지 알게 될 것입니다. 이 자료에서가 아니라, 키케로 자신이 아티쿠스183에게 보낸 편지 때문입니다. 의심할 여지 없이 슬픔의 영향으로 쓰인 키케로의 책 《위안》에 대한 의구심을 없애기 위해 락탄티우스는 키케로의 다른 유명한 책을 증인으로 삼아 다음과 같이 말합니다.

키케로가 《국가론》과 《명예에 대하여》에서 같은 말을 한다는 사실은

---

182 같은 책, 1. 15. 21~22.

183 키케로, 《아티쿠스에게 보낸 편지》 12. 14 참고. 키케로의 가장 친한 친구인 아티쿠스는 성인이 된 후 대부분의 시간을 그리스에서 보냈다.

무엇을 보여 줍니까?《법률론》이라는 저 작품에서 플라톤의 사상을 따라, 키케로는 정의롭고 현명한 국가가 사용하리라고 생각하는 법 제안을 바랐습니다. 그리하여 그는 종교에 대하여 다음과 같이 선언하였습니다. "헤르쿨레스, 바쿠스, 아이스쿨라피우스, 카스토르, 폴리데우케스, 퀴리누스처럼 신들, 항상 신성한 존재로 여겨져 온 자들, 그리고 하늘에 올려놓고 숭배를 받을 만한 행동을 한 자들을 숭배하여야 합니다."[184]

여기서 그는 평소보다 더 모호하게 말하는 것처럼 보입니다. 그래서 그는 어떤 인물들은 항상 천상에 있었고 거의 천상의 토박이였으며, 다른 인물들은 태생이 그러하지는 않았지만 인간의 합의로 천상에 놓인, 벼락출세한 사람 같다고 암시할 수 있습니다. 아마도 그는 전자가 사실 항상 신성했던 것은 아니며 단지 인간의 마음속에서, 즉 공통된 의견으로 신격화되었고, 둘 사이의 유일한 차이점은 어떤 자들은 어느 모호한 시점부터 신으로, 어떤 자들은 영원에서부터 신이었다고 믿어진다는 점이라고 말하고 있었을 것입니다.

그는 이것을《투스쿨룸 대화》에서 더 솔직하게 말했습니다. 아마도 그는 공화국을 위해 쓸모없는 법을 작성하는 사람이나, 또는 대중의 믿음을 파괴하는 사람을 국민이 미워하는 상황을 두려워했을 것입니다. 따라서 그는 일반 대중을 위한 법률 서적 속에는 자기의 생각을 숨기고, 학식 있는 사람들을 대상으로 한 철학적 작품에서는 자기의 생각을 더욱 분명하게 표현했습니다.

184　락탄티우스,《거룩한 가르침》1. 15. 23. 키케로,《법률론》2. 19.

그러나 거기에서도 락탄티우스는 키케로가 두려워하고 있음을 알아차렸습니다. 왜냐하면, 락탄티우스는 이렇게 말하기 때문입니다.

키케로는 《투스쿨룸 대화》에서 하늘나라는 거의 인류로 가득 차 있다고 하면서, 다음과 같이 말했습니다. "만약 내가 옛날 책들을 살펴보고 그리스 작가들이 밝힌 말에서 어떤 결론을 내리려고 한다면, 위대한 나라의 신들은 여기에서, 우리 안에서 하늘로 출발했을 것으로 생각됩니다. 그리스에서 무덤으로 주목받은 사람들을 찾아보십시오. 그대는 초보 단계에 접어들었으므로, 신비 속에 전해지는 자가 누구인지 기억하십시오. 그대는 이것이 얼마나 널리 알려져 있는지 이제야 이해하게 될 것입니다."[185]

그러므로 나는 키케로의 이 말에서 아무런 두려움도 느끼지 않습니다. 그는 "주요한 신들"조차도 하늘을 향해 땅을 떠났다고 솔직하게 고백하지만, 모든 사람은 이 한 가지 기본적인 사실을 이해해야 합니다. 바로 이 신들이 실제로 그곳에 도착한 게 아니라, 사람들이 그들이 도착했다고 믿었다는 것입니다.

이 고백보다 더 명확한 것은 무엇일까요? 락탄티우스가 여기서 말하는 출처는 무엇일까요? "브루투스의 지식"에 대해 말하는 편이 나았을지 모르지만 "그는 아티쿠스의 지식에 호소했습니다".[186] 왜냐하

---

185 락탄티우스, 《거룩한 가르침》 1. 15. 24; 키케로, 《투스쿨룸 대화》 1. 29.
186 락탄티우스, 《거룩한 가르침》 1. 15. 26.

면, 그가 《투스쿨룸 대화》라는 책을 쓴 것은 아티쿠스가 아니라 브루투스에게 전하기 위함이기 때문이지만, 이것은 그다지 중요하지 않습니다. 오직 그가 단언한 것에만 주목합시다. "그는 우리가 신비 그 자체로부터 알 수 있다고 주장했습니다. 숭배받는 모든 것이 실은 인간이었다는 사실을 말입니다."187

락탄티우스는 키케로에 대해서는 확실히 옳은 말을 했는데, 여기에는 어떤 종류의 언급이 뒤따를까요? 그는 말합니다.

그리고 그가 헤르쿨레스, 바쿠스, 아이스쿨라피우스, 카스토르, 폴리데우케스에 대해 거침없이 고백했을 때, 그는 그들의 조상들인 유피테르와 아폴로, 그리고 대대代代의 신이라고 불렀던 넵투누스, 불카누스, 마르스, 그리고 메르쿠리우스에 대해서도 이런 사실을 공개적으로 인정하기를 두려워했습니다. 그러므로 그는 이것이 상식이며 유피테르와 다른 고대 신들에 대해서도 똑같이 이해해야 한다고 말합니다.

만약 우리 조상들이 그가 자신의 딸을 모사한 형상과 그녀의 이름을 숭배하겠다고 말하듯 그들의 기억을 숭배했다면 그들은 슬퍼하는 것은 용서받을 수 있지만, 그 신들에 대한 믿음은 용서받을 수 없습니다. 수많은 어리석은 자들의 동의와 기쁨으로 천국이 죽은 자에게 열려 있다고 생각할 만큼, 아니면 누군가가 자신에게는 없는 것을 다른 사람에게 줄 수 있다고 생각할 만큼 판단력이 부족한 사람이 존재할 수 있을까요?188

---

187 위와 같음.
188 위와 같음.

나는 이 말들이 신성한 영감으로 쓰였다고 고백하지만, 키케로가 결코 목소리 내기를 두려워했다고는 생각하지 않습니다. 만약 그가 친구의 기억을 불러내어 그가 말한 것이 얼마나 널리 알려져 있는지 신비로부터 이해 가능하다고 맹세할 수 있다면, 그는 덜 중요한 신들에 대해 언급된 것이 "주요한 신들"에게도 적용되기를 바랐던 것입니다. 그러나 그 자신도 분명히 그 말을 했습니다. 즉, "주요한 신들"이 땅에서 하늘로 갔음이 밝혀졌다는 것입니다. 이 확언의 근거로 그는 자기 친구의 마음과 기억을 이끄는 전통적인 신비를 들고 있습니다. 사실 그리스도교 작가들이 그들처럼 주장하지 않고, 이교도 작가들이 자신들의 종교와 관련된 개별적인 사안들은 무의미하고 자신들과 무관하다고 믿지 않는다면, 그럼에도 불구하고 이교도 작가들이 지구가 모든 신들의 어머니이며 또한 모든 인류의 어머니라고 말하는 것은 모든 지성인에게 충분한 일이었습니다. 이처럼 키케로에 따르면 모든 민족의 모든 신들은 아무리 오랜 세월 동안 그들의 미신이 받아들여졌더라도 계속해서 숭배되어야 하며, 신으로서가 아니라 지상에 묶여 있고 죽음을 피할 수 없는 인간으로서 계속 숭배되어야 합니다.

만약 그들의 이 잘못이 한계 안에 머물렀다면 하느님에게 빚진 것을 인간에게 돌려 버리는 큰 위험밖에 없었을 것입니다. 그러나 악마는 이 기회를 이용하여 타고난 영리함으로 죽은 자의 조각상에 침투했고, 우리의 신뢰와 미숙함을 사용하여 이중의 문제를 일으켰습니다. 인간뿐만 아니라 하느님의 적인 악마에 대해서도 마찬가지로, 몸이 물질이고 영혼은 마귀이며 인류를 속이는 사기꾼인 그에게 단순한 조각상을 통해 신성한 경의를 바친다면 그가 "신"이 되는 것은 놀라운 일이 아닐까요? 트리스메기스투스는 인류가 이렇게 한 것에 대해 악마가 "계략을 주었다"[189]라고 말하면서, 이것을 진정한 신이 오심으로 없애 버리거나 아니면 진작 없애 버렸어야만 했다고 불평합니다.

결론은 이렇습니다. 고대의 영리한 사람들은 저승에 사는 죽은 사람들에 대한 헛된 기억이나 악마의 거짓말과 조각상에 속아 넘어갔다는 것입니다. 그 결과는 그들이 자초한 벌에 시달리며 겪는 믿을 수 없는 고난이었습니다. 사실, 나는 신들이 인간에 의해 창조되었다는 것을 보여 주기 위해 락탄티우스와 키케로의 많은 대사를 본문에 소개하리라고는 전혀 생각하지 않았음을 고백합니다. 내가 인용한 그 책들은 희귀하고 아마 여러분이 구하기 어려울 것이라는 사실을 기억하지 않았다면 말입니다. 그러므로 여러분에게 〈지혜서〉가 바로 옆에 있기에, 내가 알고 있는 사실 중 거기에 우상과 미신의 기원에 대해서 비슷하게 쓰인 것들은 기꺼이 그리고 일부러 생략하였습니다.

인용문은 키케로풍의 의견과 매우 일치하므로 키케로는 그것을 필론에서 참고하였거나, 혹은 필론이 이를 키케로에서 따와 각색한 것으로 여겨질 수도 있습니다. 서로의 방식을 살펴보면, 필시 둘 다 서로의 글을 읽지는 않았고, 천재들이 일정하게 보이고는 하는 재능의 평등함으로 그들이 얼마나 일치하는지 깨닫지 못한 채 같은 길을 걸어갔던 것 같습니다. 특히 아리스토텔레스의 "모든 것은 조화를 이루고 있다"[190]는 말은 진실이기 때문입니다.

---

189 헤르메스 트리스메기스투스, 《아스클레피오스》 37.
190 아리스토텔레스, 《니코마코스 윤리학》 1098b. 11.

우리는 지옥에 떨어진 사람들이 천국으로 올라갔다고 믿어져 온 모든 길을 거부해야 합니다. 그것은 길이 아니라 확실히 막다른 골목이기 때문입니다. 그들은 우리가 나아갈 방향을 인도하지 않습니다. 누가 우리에게 옳은 길을 알려 줄까요? 사막이나 늪지로부터 가능한 한 멀리 떨어져 있어야 합니다. 사실, 우리는 높고 힘든 언덕을 거슬러 나아가야 합니다. 우리는 악덕을 버리고 미덕을 붙잡아야 하며 어리석음을 버리고 지혜를 따라야 합니다. 전자의 끝은 대개 후자의 시작이기 때문입니다. 이것은 호라티우스의 말을 보아 알 수 있습니다. "악덕에서 벗어나는 것은 미덕이며, 지혜는 우리가 어리석은 일을 포기할 때 시작됩니다."[191]

정말로, 풍자시인 유베날리스는 "인생의 유일한 평화로운 길은 미덕에서 비롯되는 것이 분명하다"[192]고 말합니다. 사실, 그것은 인생의 유일한 평화로운 길이며, 우리는 다른 길을 원하지 않습니다. 우리는 미덕을 통해 삶을 추구합니다. 왜냐하면, 미덕은 우리가 가고자 하는 곳 이외의 다른 곳으로 인도하지 않기 때문입니다.

〈시편〉 작가는 뭐라고 말하나요? "그들은 미덕에서 미덕으로 갈 것입니다."[193] 이것이 그 길이며, 그 끝은 다음과 같습니다. "신들의 신을 시온에서 볼 것입니다."[194] 그래서 이 광경으로 가는 길은 미덕을 통해서입니다.

---

191 호라티우스, 《서간집》 1. 1. 41~42.
192 유베날리스, 《풍자시집》 10. 363~364.
193 〈시편〉 84편 8절. "그들은 더욱더 힘차게 나아가 시온의 하느님 앞에 나섭니다."
194 위와 같음.

오오, 정말 영광스러운 여행이군요! 이 얼마나 축복받은 목표입니까! 나는 묻습니다. 지구상에 사는 우리는 친구의 그리운 얼굴을 보기 위해 얼마나 자주 쾌적한 주거지를 향해 길을 떠나는 걸까요? 우리는 그늘진 계곡과 이슬 맺힌 초원을 지나 나뭇잎이 우거진 낮은 언덕을 지나며 기분 좋고 꽃이 만발한 강둑을 따라 열심히 길을 걷고, 그러는 동안 보행의 노고를 잊은 채 눈앞에 마주치는 광경으로 눈을 달랩니다. 이 길이 얼마나 더 즐거운가요? 이 목표가 얼마나 더 축복을 받았습니까?

겨울날처럼 짧은 삶을 고결하며 즐거운 길을 택하여 걷고, 일단 익숙해지면 쉬운 길을 택하여 걸으며, 미덕에서 미덕으로 기어올라 해질 녘에는 시온에서 가장 높고 가장 축복받은 신들의 하느님을 볼 수 있게 되는 것입니다. 내가 완전히 잘못 알고 있는 게 아니라면, 이것이 우리의 진정한 목표입니다. 아우구스티누스 성인이 《하느님의 도성》 마지막 장에서 쓴 것처럼, "끝이 없는 왕국에 도달하는 것 외에 우리의 목표는 무엇입니까?"[195]

우정과 미덕은 의심할 여지 없이 이 삶에서 가장 달콤한 축복입니다.

하느님 집의 충만함에 취하고, 그분 기쁨의 냇물을 마실 때, 그 모든 환희의 가장 평화로운 근원인 저 궁극에 도달하는 것만큼 그들을 즐겁게 하는 것은 무엇일까요? 진실로 그분 앞에는 생명의 원천이 있고, 그분의 빛에서 우리는 빛을 보게 될 것입니다. [196]

---

195 아우구스티누스, 《하느님의 도성》 22. 30.

그래서 나는 어떤 사람들이 얼마나 눈이 멀 수 있는지에 대해 놀라고 있습니다. 왜냐하면, 그들은 쾌락에 탐닉하고 모든 노력을 다해서 그것을 추구하기 때문입니다. 이렇게 작은 쾌락으로 인해 종종 그들은 최고의 기쁨에서 멀어지지만, 쾌락을 향한 욕구는 작은 쾌락에 매우 즐거워하던 사람들이 최고의 기쁨을 찾도록 만들어야 했습니다.

만약 풀밭과 나무 그늘 밑의 작은 샘이 피곤한 나그네에게 그토록 매력적이라면, 삶의 고통 중에서 "영원한 생명으로 솟아나는 물의 샘"197과 태양의 열기와 모든 역경과 모든 두려움으로부터 짧은 시간뿐 아니라 영원히 우리가 보호받을 수 있는 그늘을 발견한 느낌은 어떤 것일까요? 반짝이는 햇살, 양지바른 땅, 꽃이 만발한 가지, 푸른 초원, 또는 장인의 손으로 닦고 광택 낸 금, 인도 해안에 떠밀려온 빛나는 보석, 또는 사랑하는 친구의 얼굴을 보고 이야기하는 것이 달콤하다면, 이들이 기쁨의 원천임을 누구나 알았을 때 어떤 광경이 펼쳐질까요?

우리의 눈과 귀, 감각과 마음을 기쁘게 하는 것이 무엇이든지, 모든 기쁨 위에 우뚝 서 계실 뿐만 아니라 그것들을 창조하시고 우리를 기쁘게 하시며 또한 심지어 존재하는 능력을 그들에게 부여하신 근원

---

196 〈시편〉 36편 9~10절. "그들은 당신 집의 기름기로 흠뻑 취하고 당신께서는 그들에게 당신 기쁨의 강물을 마시게 하십니다. 정녕 당신께는 생명의 샘이 있고 당신 빛으로 저희는 빛을 봅니다."

197 〈요한복음〉 4장 14절. "그러나 내가 주는 물을 마시는 사람은 영원히 목마르지 않을 것이다. 내가 주는 물은 그 사람 안에서 물이 솟는 샘이 되어 영원한 생명을 누리게 할 것이다."

에서 오는 것이 아니라면, 어떻게 우리를 기쁘게 할 수 있을까요? 그래서 나는 인류가 모든 일에서 작고 불확실하며 짧은 기쁨에 정신이 팔려, 저 거대하고 확실하며 영원한 기쁨으로부터 멀어지는 것과 같은 광기나 정신 이상을 갖고 있지는 않다고 생각합니다. 저 확실하고 영원한 기쁨이 없다면 이 순간적인 즐거움은 아무것도 아닐 것입니다. 더 나아가, 축복에 있어서 하느님의 사랑이 인간의 사랑보다 더 확실하고 더 나은 것일 수 있음에도, 현재 있는 것을 사랑하고 미래의 것을 경멸하는 것이 인간의 불안감이 만들어 낸 관습이 아니라면, 우리를 그렇게 쉽게 혼란스럽게 하는 이 악의 이유를 나는 만족스럽게 이해하지 못합니다.

많은 문제들, 특히 성적인 욕망을 다루는 문제에서 희망은 현실 자체보다 훨씬 더 달콤할 수도 있습니다. 하지만 인간의 마음은 변덕이 심하므로 자신이 원하는 것과 원하지 않는 것을 정의하기 어려울 정도로 다른 모든 문제뿐만 아니라 특히 이 문제에서도 정의하기가 어렵습니다. 왜냐하면, 그들은 최고의 선을 세운 기쁨을 찾는 동시에 여기에서 도망치기 때문입니다. 그들이 참된 기쁨과 거짓 기쁨을 구별할 수 있다면, 여기에는 아무런 문제가 없습니다. 이것으로 충분합니다.

형제들이여, 여러분은 하느님께 어떤 감사를 드릴 것입니까? 여러분의 겸손함 속에서 그분께서는 어린아이들에게 그렇게 하셨듯이 여러분에게는 보여 주시고, 교만하고 지혜롭다는 많은 사람에게는 숨겨 오셨습니다. 198 즉, 영혼의 길이 진정으로 무엇이고 인생의 목표는 무엇이며 어떤 지도자가 여러분에게 있는가 하는 것입니다.

많은 현명한 사람들이 선인과 악인의 목표에 대해 활발하게 토론해 왔습니다. 아우구스티누스 성인이 모든 사람 중에서 가장 학식이 깊고 웅변에 능한 사람 중의 하나라고 지명한 로마 웅변술의 대표적인 본보기인 마르쿠스 툴리우스 키케로는 이 주제에 대해 다섯 권으로 나뉜 전집을 헌정했습니다. 또한, 키케로와 동시대인이자 학문적 동반자인 마르쿠스 바로는 아우구스티누스 성인이 회상한 것처럼[199] 그의 저서 《철학에 대하여》에서 같은 질문을 매우 꼼꼼하고 세밀하게 고려하여, 미묘한 구별을 통해 이미 발생했거나 이러한 의견의 근원에서 발생할 수 있는 288개의 부문으로 철학을 세분화했습니다. 이 종파 중에는 우리가 찾고 있는, 바로 이 목표에 대한 복잡하고 해결되지 않은 논쟁이 있습니다.

이러한 문제들도 잘 알려져 있으므로 무시하고, 유명한 세 가지의 학파도 의식적으로 지나칩니다. 에피쿠로스가 어떻게 쾌락을 최고의 선으로 정립하는지 듣지 못한 사람이 있을까요? 비록 세계의 다른 사람들이 이 목표만을 따르고 그 스스로 조정하는 방식으로 이를 주장하는 것처럼 보이지만, 우리와 이 세계의 철학자들 모두 그 의견을 거부합니다. 소요학파逍遙學派는 미덕이 최고의 선이라고 말하고, 스토아학파는 미덕만이 유일한 선이라고 말합니다. 따라서 두 가지 모두

---

198 〈루카복음〉 10장 21절 참조. "그때에 예수님께서 성령 안에서 즐거워하며 말씀하셨다. '아버지, 하늘과 땅의 주님, 지혜롭다는 자들과 슬기롭다는 자들에게는 이것을 감추시고 철부지들에게는 드러내 보이시니, 아버지께 감사를 드립니다. 그렇습니다, 아버지! 아버지의 선하신 뜻이 이렇게 이루어졌습니다.'"

199 아우구스티누스, 《하느님의 도성》 19. 1.

거의 같은 목표를 가지고 있습니다. '최고' 또는 '유일한' 선을 어디까지 넘어설 수 있을까요? 더 이상 갈 곳이 없거나 멈출 곳이 없을 때 멈춰야 합니다. 확실히 그곳이 인생의 목표입니다.

더욱이 온 인류가 걸어가는 저 세 가지 길, 즉 욕망의 길, 시민으로서의 의무의 길, 사색의 길을 모르는 사람이 있을까요? 아리스토텔레스는 이것을 《윤리학》200에서 논의합니다. 많은 시인이 신화라는 모호한 변장 아래 세 여신의 논쟁 속에서 이러한 목표에 대해 논의합니다.201 박식하지만 명백히 타락하기 쉬운 심판관이 다툼을 결정하기 위해 선택되었을 때, 그는 약해진 감각 또는 마음의 열정으로 인해 정욕에 찬 삶을 선택하는 경향이 있는 모든 남자와 마찬가지로 베누스와 사랑에 빠져 보내는 삶을 다른 둘을 제치고 선택했습니다.

그럼에도 불구하고 이 모든 종파와, 다른 종파가 존재한다면 다른 종파에서도, 저 철학자들 사이에서는 하느님을 전혀 혹은 거의 언급하지 않습니다. 어떤 사람들은 쾌락에 도달하지만, 어떤 사람들은 다른 것을 성취하고, 더 높이 오른 사람들은 미덕에 이릅니다. 거기서 그들의 철학적 탐구는 목표에 도달한 것처럼 멈추어 쉬지만, 진리의 더 지속적인 빛은 우리 자신의 공로가 아니라 신성한 재능으로 우리에게 나타났기 때문에 우리는 그 자체부터 시작하여, 미덕을 통해 하느님을 향해 나아가고자 노력합니다. 그래서 이렇게 쓰여 있습니다.

---

200 아리스토텔레스, 《니코마스 윤리학》 1095b~1096a.
201 트로이 전쟁이 일어나기 전 헤라, 아테나, 아프로디테 중 누가 가장 아름다운지 판정한 파리스의 일화.

"그들은 미덕에서 미덕으로 갈 것이고, 신들의 신은 시온에서 볼 수 있을 것입니다."202

미덕은 길이고, 신은 시온에서 볼 수 있는 목표입니다. 우리는 성경의 증언을 통해 시온이 "거룩한 산"203임을 알게 되었습니다. 그래서 이 축복받은 희망에 도달하기 위해서는 고상한 마음과 높고 거룩한 생각이 필요하다는 것을 알아야 합니다. 그러므로 모든 나라의 저명한 철학자들이 모든 것을 미덕과 관련짓지만, 그리스도교 철학자는 미덕 그 자체를 미덕의 창조자인 하느님과 관련짓습니다. 미덕을 사용하여 하느님을 향유하고 그 목표를 전혀 저버리지 않습니다. 그는 한 위대한 그리스도교 철학자가 "당신께서 자신을 위해 우리를 세워 주셨으니, 우리의 마음이 당신에게서 평안을 찾을 때까지 불안할 것입니다"204라고 말하는 것을 듣습니다.

나는 에피쿠로스를 언급하지 않을 수 없습니다. 만약 아리스토텔레스와 플라톤, 키케로 또는 세네카, 에피쿠로스학파와 견유학파大儒學派, 그리고 그들의 신념에 대해 혹평을 받아 온 다른 작가들에게 좋은 작품의 목표나 가장 큰 축복이 무엇인지 질문한다면, 모두 대답을 망설이거나 혹은 단지 다른 사람들에 동의하지 않거나 둘 중 하나일 것입니다.

---

202 〈시편〉 84편 8절. "그들은 더욱더 힘차게 나아가 시온의 하느님 앞에 나섭니다."
203 〈시편〉 2편 6절. "나의 거룩한 산 시온 위에 내가 나의 임금을 세웠노라!"〈요엘서〉 4장 17절. "그때에 너희는 내가 나의 거룩한 산 시온에 사는 주 너희 하느님임을 알게 되리라. 예루살렘은 거룩한 곳이 되고 다시는 이방인들이 이곳을 지나가지 못하리라."
204 아우구스티누스, 《고백록》 1. 1.

진정한 그리스도인이라면 선한 사람과 악한 사람의 목표에 대해 의심을 가질 수 있을 정도로, 아우구스티누스가 그랬듯이 "가장 큰 축복은 영원한 삶이며, 영원한 죽음은 가장 큰 악"[205]이라고 단호하게 선언하지 않을 정도로 단순하고 무지한 이가 과연 있을까요? "당신 홀로 진정한 하느님이신 우리 아버지를 알고 당신께서 보내신 예수 그리스도를 아는 것이 영원한 생명입니다"[206]라고 한다면, 각자 영원한 죽음이 무엇인지 스스로 판단하십시오.

이것들이 인류의 목표이며, 그 하나를 우리는 할 수 있는 한 열심히 받아들여야 합니다. 우리에게 그런 것들을 가르쳐 주신 하느님께서 우리에게 손을 내미시고 우리를 일으켜 세우시며 우리의 약함을 도와주신다면 말입니다. 우리는 다른 목표를 최악의 가능성을 염두하며 신중하게 의도적으로 거부해야 합니다. 그리스도께서는 스스로 "길"[207]이라고 부르시기 때문에 그리스도께서는 방해가 되지 않으십니다. 같은 구절에서 그분께서는 스스로를 "생명"이라고 부르고 계십니다. 세베리누스 보이티우스는 진리를 말하고 있습니다. "그분께서는 지도자이시고, 길이시며, 모든 것이 하나인 끝이십니다."[208]

---

205 아우구스티누스, 《하느님의 도성》 19. 4.

206 〈요한복음〉 17장 3절. "영원한 생명이란 홀로 참 하느님이신 아버지를 알고 아버지께서 보내신 예수 그리스도를 아는 것입니다."

207 〈요한복음〉 14장 6절. "예수님께서 그에게 말씀하셨다. '나는 길이요 진리요 생명이다. 나를 통하지 않고서는 아무도 아버지께 갈 수 없다.'"

208 보이티우스, 《철학의 위안》 3. 9. 28. 세베리누스 보이티우스(470 또는 475~524년)는 로마의 집정관으로 로마 후기의 마지막 위인 중 한 명이다.

오오, 천부적인 지성으로 우리를 압도하는 위대한 철학자들과 근면한 자들이여! 우리가 은혜와 자유의 축복 속에서 어떻게 당신을 앞질렀는지 보십시오. 당신은 노력했지만, 지금 우리가 어떻게 쉬고 있는지 보세요. 당신은 심었지만, 지금 우리가 어떻게 수확하고 있는지 보세요. 당신은 찾았지만, 지금 우리가 어떻게 발견하는지 보세요. 이는 당신의 잘못도 우리의 공로도 아니며 하느님의 은혜일 뿐입니다. "야곱을 사랑하셨고, 에사우를 미워하신 분"209이십니다. 그분께서는 당신들에게 많은 신비와 많은 사물의 원인을 보여 주셨지만 최상의 그리고 최고의 존재로 스스로를 숨겨 두셨습니다. 왜 당신네 철학자들은 더 높은 것은 보지 못하고 미덕에만 "선"을 두었을까요? 당신은 자신이 비참하게 어둠에 둘러싸인 채 목표에 도달한다고 생각했나요? 당신은 길에 누워 노고와 불행의 거처에서 감히 행복을 약속했나요? 당신들 중 어떤 사람들은 오로지 미덕을 통해서만 행복해질 수 있다고 생각했고, 다른 사람들은 사소하고 일시적인 소유물을 많이 획득함으로써 행복해질 수 있다고 생각했습니다. 이 얼마나 짧은 시간이며 얼마나 터무니없는 "행복"인가요! 정말로, 교육받은 사람들의 무의미한 정의定義군요!

차게 식힌 후식을 불 속에 넣고 생명을 죽음의 한가운데에 넣으며, 그리고 수많은 막다른 골목과 가파르고 거친 오르막, 미끄러운 장소, 도적들의 매복 속에서 그가 위험과 고난을 확신하고 휴식을 의심하며

---

209 〈로마서〉 9장 13절. "이는 성경에 기록된 그대로입니다. '나는 야곱을 사랑하고 에사우를 미워하였다.'"

어디에서도 환영받으리라는 확신이 없을 때 그를 축복받은 나그네라고 부르는 것은 얼마나 어리석은 짓입니까? 그렇게 많은 불행에 노출되고 인생의 운명을 모르는 사람이 그의 여정이 어디로 갈지 또는 어디에서 끝날지 모르는데, 때로는 인간의 미덕에 따라 나아가는 것처럼 보인다는 이유만으로 감히 자신을 축복받은 사람이라고 부를 수 있을까요? 그것은 즐거운 여행을 시작해 목적지를 확신하는 사람이라면 누구라도 행복할 수 있다고 말하는 것이나, 혹은 목표가 아닌 길이 여행자를 만족시킬 수 있다고 말하는 것과 비슷합니다.

분명히 시인뿐만 아니라 철학자인 당신들 중에서 가장 학식이 있는 사람들은 누구나 축복을 받기 위해서는 인생의 마지막 날을 기다려야만 하고, 이 생각에 따라 사는 사람은 축복을 받을 수 없다고 느낍니다. 210

그럼에도 불구하고, 그들은 일종의 축복을 꿈꾸고 있지만 나는 그 이유를 모르겠습니다. 그들은 자신과 대립하면서 인생을 행복함과 동시에 비참함이라고 부릅니다. 지혜로 무장한 그들은 신중하게 고려하여 내린 결론을 완곡한 표현으로 방어하고 보호합니다. 나는 그들이 자기 자신이나 그들 삶의 과정에 눈을 돌린다면, 진실보다는 오히려 그럴듯한 것들을 회상하고 있음을 이해하리라고 믿습니다. 게다가 우리 주 그리스도께서는 우리에게 이런 불행의 길을 보여 주셨고, 우리는 다른 곳에서 행복을 찾아야 한다는 것을 보여 주셨습니다. 나는 인간의 고난에 대해 묘사하지 않습니다. 그 고난들이 우리 모두에게 그렇게 잘 알려지지 않았다면 좋겠는데요! 그러나 키케로

---

210 아리스토텔레스, 《니코마스 윤리학》 1100a. 32~34.

는 그의 《위안》에서 가능한 한 최선을 다해 설명했고, 그의 뒤를 이어 아우구스티누스 성인도 《하느님의 도성》의 마지막 책에서 똑같이, 그러나 더 신중하게 설명했습니다. [211]

나의 주장을 간결하지만 효과적으로 증명하기 위해 플라톤의 위대한 추종자인 아풀레이우스가 그의 저서 《소크라테스의 신에 대하여》에서 쓴 글을 언급하겠습니다. 그는 자신과 이 비참하고 고통스러운 삶을 사는 우리에 대해 이렇게 말합니다.

불멸의 영혼과 죽을 운명인 육체, 변덕스럽고 걱정스러운 마음, 둔하고 더러운 몸, 아주 다른 습관, 매우 유사한 결함 등과 함께 이성을 신뢰하고 그들의 말에서 힘을 얻는 인간, 그리고 완고한 대담함, 불안정한 희망, 결실 없는 노동, 덧없는 운명에 의해 특징지어지는 인간은 개인으로서는 죽음을 맞겠지만 인류의 일부로서는 죽지 않습니다. 개인은 차례로 사라지고, 자신의 자리를 대신할 충분한 자손만 남기고, 지구에 잠시만 거주하며, 모든 것에 대해 불평합니다. 인간은 지혜를 얻는 데에는 느리지만 죽음에는 빠릅니다. [212]

이 인생을 너무 사랑해서 내가 하는 이런 말들이 행복한 사람을 특징짓는 일이라고 생각하는 사람이 있나요? 나에 관한 한, 전혀 아닙니다. 그들은 떠돌이 동물들을 묘사하고 우리가 찾고 있는 바로 그 행복

---

211 아우구스티누스, 《하느님의 도성》 22. 22.
212 아풀레이우스, 《소크라테스의 신에 대하여》 4.

으로부터 가능한 한 멀리 떨어져 있는 것처럼 보입니다. 고달프고 불안한 고문과도 같은 삶을 생각하면, 나는 이 사람〔아풀레이우스〕이 진리와 자연의 근원에서 이런 말을 끌어냈다고 생각합니다. 그리고 그가 틀렸다면 얼마나 좋을까요! 하지만 확실히 그는 그렇지 않습니다.

이 인생의 흐름이 이렇게 빠르고, 위태롭고, 불확실한데 감히 무엇인가를 자기 것이라고 주장하는 사람들의 대담함이 나는 몹시 궁금합니다. 행복한 삶을 살고 있다고 가정하더라도 죽음과 불행은 늘 우리곁에 있습니다. 확실히 그들은 미덕이라는 존재가 인간의 열망 속에서 인간의 노력을 통해 추구되어야 한다고 믿었으며 행복은 미덕이나 미덕과 관련된 다른 것들에서 온다고 믿었습니다. 그래서 그들은 인류의 문제를 다룰 때 신의 역할을 남기지 않았던 것입니다.

그러나 아리스토텔레스 자신은 "그러므로 완벽한 미덕에 따라 살고 있고 넉넉한 외부 재물을 가진 사람을 '행복한' 사람이라고 부르지 못하게 하는 것은 무엇일까요?"[213]라는 말과 그가 목재, 석조, 석회 건물처럼 행복을 쌓기 위해 애썼다고 하는 또 다른 말을 한 후, 곧이어 이러한 말을 덧붙입니다. "우리가 말한 그 속성을 소유하거나 소유할 살아 있는 사람들을 '행복한' 사람이라고 부를 것입니다."[214]

마지막으로 그는 이 철학적 오만함을 다소 누그러뜨린 듯 보이는 한 가지를 덧붙였습니다. "하지만 인간으로서 행복합니다"[215]라고 그

---

213 아리스토텔레스, 《니코마스 윤리학》 1100a. 14~21.
214 위와 같음.
215 위와 같음.

는 말합니다. 마치 내가 그들이 인간임을 기억하면서 "이런 식으로 그것들을 행복이라고 부릅니다"라고 말하듯 말입니다. 이것은 또 무엇을 의미하는 걸까요? 그는 그가 비참하다고 알고 있는 사람들을 단지 행복한 사람들이라고 불렀습니다. 이처럼 노력을 제안하는 철학은 모두 농담으로 이어지고 맙니다. 지혜를 짜내고 억지 이론을 모아서 어떻게든 그 문제에서 말을 돌려 보십시오. 실수나 희망 외에는 인간의 삶에 행복은 없습니다.

이 중 첫 번째, 실수는 가장 비참한 것입니다. 두 번째는 여전히 불완전한 행복입니다. 왜냐하면, 이 경사진 길에 들어설 수 없기 때문입니다. 만약 이에 이의를 제기하는 사람들이 토론에 대한 열의를 제쳐 두고, 내가 말한 것처럼 자신의 내면을 들여다보거나 그냥 둘러본다면 비록 암묵적으로나마 내가 진실을 말하고 있고 그들이 교묘하게 거짓을 옹호하고 있음을 인정하게 되리라고 생각합니다. 아마도 그들은 내가 앞서 언급한 로마의 장군 메텔루스와 아르카디아의 무일푼 농부 소피디우스가 행복했다고 주장할지도 모릅니다. 발레리우스 막시무스는 인류 전체에서 이 두 사람만이 행복이라는 잘못된 명칭에 걸맞다고 생각한 모양입니다. 216 내가 직접 심문할 수 있도록 둘 다 여기에 있으면 좋겠는데요.

헤르쿨레스에 따라, 나는 역사가와 의견이 달라서 발레리우스가 이 점에 있어서 진실했던 것처럼 그들이 스스로 행복하다고 말할 것이라고 믿으며, 또한 소피디우스가 리디아의 왕보다 더 행복하다고

---

216 발레리우스 막시무스, 《기억할 만한 공언과 격언에 관하여》 7. 1. 1~2.

말한 발레리우스가 신탁의 아폴로보다 더 진실하다고 믿습니다. 단, 덜 비참한 사람이 더 큰 비참함에 비해서는 행복하다고 말을 하지 않는 한 말입니다. 확실히 위대한 지성과 풍부한 학식을 가진 사람인 플리니우스는 말합니다. "그가 절대 떠나지 않았던" 작은 농장의 경작자인 저 소피디우스는 그다지 행복하지 않았지만 "한정된 욕망 때문에 그의 삶에서 거의 악을 경험하지 않았습니다". 217

가장 작은 악과 행복을 포함하는 저 가장 크고 높은 선 사이에는 얼마나 큰 틈이 있는지 아무도 모르는 것일까요? 그러므로 플리니우스는 발레리우스가 행복하다고 분류한 그 사람을 덜 비참하다고 분류하고, 메텔루스와 함께 더 놀랍게도 아우구스투스 카이사르가 행복하지 않았다는 것을 증명하기 위해 무게감 있는 주장을 여럿 사용합니다. 218

개개의 예에 얽매이지 않도록 플리니우스는 소피디우스에 대해 제한적이고 간결한 진술을 내놓는데, 이 진술에서 플리니우스는 거의 모든 사람이 그랬던 것처럼 소피스트〔궤변론자〕가 아니라 뛰어난 철학자임을 증명합니다. 그는 "만약 우리가 공정하게 판단하고 운명에 희망을 걸지 않는 결정을 내리기를 원한다면, 우리는 어떤 인간도 행복하지 않다는 사실을 인정할 것입니다"219 라고 말합니다.

내 말을 들어 보십시오! 여러분이 만든 작은 그릇처럼 여러분 같은 부류

---

217 플리니우스, 《박물지》 7. 46. 151.
218 같은 책, 7. 44~45.
219 같은 책, 7. 40. 130.

의 사람을 행복하게 만드는 자들이여, 비록 이 사람을 상상할 수는 있을
지라도, 이 위대한 사람은 인간들 사이에서 결코 찾을 수 없다"고 말하
면서 또 이렇게 덧붙였습니다. "그는 온전히 살고 있으며, 진정으로 불
행하지 않다고 불릴 수 있는 행운의 축복을 받고 있습니다. 220

나는 그가 이 말들에 무엇을 덧붙였는지 고려하지 않을 것입니다.
비록 그 말이 수도 많고 타당하지만, 그럼에도 이 진실을 강화하고 옹
호하는 무한하고 완벽한 이유가 있으므로 나는 이 명백한 사실에 너무
오래 머물러 있지 않도록 침묵하면서 지나치겠습니다. 개인이 지닌
양심이 고하는 무언無言의 증언만으로 충분하다고 나는 생각합니다.
사람들이 저마다 마음과 양심의 가장 깊은 곳에서 스스로 그것들을 연
구하도록 하십시오. 누구든지 자신을 행복하다고 생각하는 사람은 내
가 거짓말을 한다고 항의하십시오. 정말로 나는 몇 가지 경우에서 거
짓말하는 죄를 지었다면 좋겠습니다. 얼마만큼의 즐거운 일들이 상상
되든지, 어떤 행운이 있든지, 어떤 마음의 평화를 얻든지, 그것은 우
리가 추구하는 행복이 아닐 것입니다.

우리에게는 우리가 아무것도 부족한 것이 없음을 보장해 주는 단
한 가지가 확실히 부족합니다. 그것 없이는 다른 모든 것은 아무것도
아닙니다. 지상의 모든 풍요로운 것들은 유배자流配者의 것입니다. 우
리가 처한 지상의 유배 상태는 복을 부르는 모든 즐거움을 감소시킵
니다. 우리는 지금 우리의 영원한 고향으로부터 유배 생활을 하고 있

---

220 위와 같음.

으며, "하느님에게서 떠나 방황하고 있고 그분의 면전과 눈앞에서 쫓겨났습니다". 221 우리는 어떤 행복을 찾고, 어떤 기쁨을 꿈꾸고 있나요? "우리는 바빌론강 가에 앉아, 오 시온이여! 너를 기억하면서 눈물을 흘린다. 쓰라린 버드나무에 우리의 하프를 매달아 놓았네."222

하지만 우리가 시온을 잊어버린 지도자라도, 기억을 잃어버렸다면 얼마나 더 비참한 일일까요? 그 기억은 그 자체만으로도 우리를 고향으로 데려가 주고 우리의 비참함을 덜어주며 때로는 우리를 행복하게 할 수 있을 만큼 강력한 힘이 되기 때문입니다. 그러므로 행복은 이곳 지상에 있다고 규정한 옛사람들이 고향도 하느님도 기억하지 못한다는 것을 사람들이 용서할 때, 그들은 분명히 그들의 무지를 변명하는 것이 아니라 그들의 비참함을 증가시키는 일을 하고 있다고 생각합니다. 너무 비참해서 우리가 비참하다는 것을 잊어버릴 뿐만 아니라, 게다가 우리 스스로가 행복하다고 생각하는 것보다 더 비참한 일이 있을 수 있을까요?

그러니 거짓 행복에 관한 토론은 충분합니다. 철학자들이 행복의 토대라고 주장하는 미덕에 대해서 뭐라고 말해야 할까요? 그들이 그

---

221 〈코린토후서〉 5장 6절. "그러므로 우리가 이 몸 안에 사는 동안에는 주님에게서 떠나 살고 있음을 알면서도, 우리는 언제나 확신에 차 있습니다." 〈시편〉 31편 23절. "질겁한 나머지 제가 말씀드렸습니다. '저는 당신 눈앞에서 잘려 나갔습니다.' 그러나 당신께 도움 청할 때 당신께서는 애원하는 저의 소리를 들어주셨습니다."

222 〈시편〉 137편 1~2절. "바빌론강 기슭 거기에 앉아 시온을 생각하며 우네. 거기 버드나무에 우리 비파를 걸었네."

토대의 건축가와 왕관을 인정하는 한 그들은 잘못되지 않습니다. 물론 철학자들은 미덕이 인간의 노력에 의한 자제력이나 실제로는 하느님의 선물인 다른 미덕에 기인한다고 생각하고 있습니다. 그들은 습관은 마치 하나의 미덕 행위나 선택 그 자체가 신의 도움 없이 인간의 힘 안에 있었던 것처럼, 반복되는 행위를 통해 만들어진다고 믿습니다. 그러나 그들 사이에는 그분의 도움에 대한 언급이 없습니다. 내가 말했듯이 그들 가운데 하느님에 대한 언급이 나오기란 정말 드문 일입니다.

인간의 자존심에 수치심과 연민을 느낍니다. 그런 자존심이 무관용으로 강력히 처벌받아 마땅하다는 것 외에는 내가 무슨 말을 할 수 있겠습니까? 단지 그가 원한다고 해서 노력 없이 혼자서 정결하고, 정의롭고, 거룩하고, 순수해질 수 있는 사람이 있을까요? 철학자들은 모두 만장일치로 이렇게 대답할 것입니다. "분명히 노력 없이는 이것을 할 수 없지만, 정신을 집중하고 결단력을 갖춘다면 할 수 있습니다"라고.

일단 이 부분에 우리의 관심을 고정하고 나면, 우리가 선에 이르지 못하도록 막을 수 있는 것은 무엇일까요? 의심의 여지 없이 오만한 배은망덕과 감사할 줄 모르는 자존심밖에 없습니다. 적절한 근원에서 적절한 방법으로 이 목표를 추구한다면 그 무엇도 선을 향하는 것을 막을 수 없습니다. 그렇지 않으면 모든 시도는 소용이 없을 것입니다. 그러나 일부 신중한 사람들은 이것을 보지 않고 영원하신 왕의 자리를 빼앗습니다. 그들은 지상의 왕의 분노와 반역죄를 피하기 위해서는 많은 주의를 기울이지만, 영원하고 존엄하신 천상의 저 왕에 대해서는 용서할 수 없는 신성모독을 저지르는 것을 두려워하지 않습니다. 그래서 그들은 광기를 다루는 다양한 권위의 원천이 부족하지 않도록 심지어 철학자 같은 시인을 여기에 포함하기도 하는데, 그 시인은 정신적 선善을 위해 신의 도움을 요청하지 않을 뿐만 아니라 다른 문제에서 그것이 필요하다는 것을 부정하지는 않지만, 그 도움을 불필요한 것으로 배제하고 있습니다.

호라티우스는 자신의 서간에서 다음과 같이 말하고 있습니다. "그러나 주기도 하고 가져가기도 하는 신에게 생명과 재물을 달라고 부탁하는 것으로 충분합니다. 나는 평온한 마음으로 준비할 것입니다."223

그럼, 호라티우스, 당신 자신을 위해 평온한 마음을 준비하겠어요? 이것은 아마도 당신 무모함의 일부일 것입니다. 당신이 희망하는 것이라고요. 당신은 결코 그 희망을 이룰 힘을 갖지 못할 것입니다. 당신은 그래서 사람은 생명, 부와 같은 것 중에서 가장 중요하지 않은 것과 가장 나쁘고 사악한 사람들에게 운명이 주는 그러한 것들을 구할 곳이 하느님이라고 생각하기 때문에, 하느님 없이도 만족스러운 마음을 가질 수 있다고 생각합니까? 인간에게 평온한 마음보다 크거나 좋은 것은 없고 아주 선한 사람만이 그것을 얻을 수 있지만, 그들이 말하는 것처럼 당신은 작은 일은 하느님에게, 그리고 큰일은 자신에게 돌리기 위해 사람들이 말하듯이 완전히 "배를 놓쳤다"〔기회를 놓쳤다〕는 것입니다.

---

223 호라티우스, 《서간집》 1. 18. 111~12. 그러나 호라티우스는 "신"이 아니라 "주피터"라고 말하고 있다.

당신은 다른 곳에서는 표적에 더 가까이 다가갑니다. 불행에 시달렸음에도, 당신은 꼭 했어야만 하는 그분 하느님께는 기도하지 않고 당신이 이미 가지고 있는 것을 즐길 기회뿐만 아니라, 심신의 건강과 지성도 언변도 없는 명예로운 노년을 허락해 달라고 신에게 기도했습니다.224 이 점에서 당신은 옳은 일을 했습니다. 이 개별적인 선물들은 마땅히 하늘에서 구해야 합니다. 그것들은 우리 자신 의지의 문제가 아니라 하느님의 선물입니다.

이는 현명한 그리스도교 저자 바오로 성인이 매우 잘 말했는데, 그가 확실히 더 겸손하고 신중했다고 봅니다. 다른 미덕이나 어떤 좋은 것도 우리의 힘만으로는 얻을 수 없다는 것을 알고, 하느님으로부터 자제심을 구해야만 한다고 고백했습니다. 그는 "당신이 가지고 있는 것 중에서 받지 않은 것은 무엇이 있습니까?"225라고 썼습니다.

그러나 그리스도교 이전의 철학자들은 그것들을 낮게 평가하거나 여기에 무지하며, 인간의 힘이 작은 것에서조차도 얼마나 보잘것없는지 경험한 적 없는 마냥, 그들 자신에 대해 장대한 희망을 품고 자신의 소유물에 대해서는 매우 고상한 생각을 떠올립니다. 그리고 그들이 스스로 그러한 생각에 속았을 때, 그들은 자신의 주장으로 다른 사람들을 속이고 싶어 하며, 물론 자신의 기술과 지성을 신뢰합니다. (그리고 그러한 것들에 관해서, 페르시우스가 말한 그 사람이 누구였는

---

224 호라티우스, 《송가》 1. 31. 17~20.

225 〈코린토전서〉 4장 7절. "누가 그대를 남다르게 보아 줍니까? 그대가 가진 것 가운데에서 받지 않은 것이 어디 있습니까? 모두 받은 것이라면 왜 받지 않은 것인 양 자랑합니까?"

지 묻지 마세요.) 226 정말 대단하게 글을 읽고 쓸 줄 아는, 배운 사람이군요! 가장 중요하고 위험한 문제에 대해서 그들은 얼마나 많이 배워야 할까요!

아우구스티누스 성인은 그런 사람들에 대해 말하던 중 이렇게 이야기합니다. "인류는 인간에 관한 지식은 풍부하지만, 신성神性에 관한 지식은 부족합니다. 자신의 강점을 충분히 인식하지 못하기 때문에 그들은 자신의 신념을 뒷받침할 이야기를 만들어 냅니다."227

다른 곳에서 그는 그들에 대해 이렇게 말합니다. "그들은 신성한 순간에 철학적으로 말하지도 않으며 자신들의 철학에서 종교적으로 이야기하지도 않습니다."228

사실 내가 틀리지 않았다면, 논쟁의 열정과 흥분은 그런 사람들을 자극하지만, 진실을 찾고자 하는 욕망은 그들을 움직이지 않습니다. 그래서 철학의 거짓 이름을 가정한다면, 여러분에게 아리스토텔레스는 위대하며 플라톤은 위엄이 있지만 그리스도의 이름은 낮고 초라합니다. 여러분은 삼단논법을 통해 도달하지 않는 한 진리를 거의 가치 없다고 여기지만, 진리를 발견하고 추구하기 가장 좋은 장소는 침묵 속입니다.

그래서 나는 이러한 기준들에 따라서 하느님의 것을 자신에게 귀속시키는 것은 여러분의 본성과 일치한다고 말하겠습니다. 이런 비뚤

---

226 이것은 아마도 난외에 적힌 페트라르카의 기록이 본문에 잘못 포함된 부분일 것이다.

227 아우구스티누스, 《참된 종교》 7. 12.

228 위와 같음.

어진 생각이나 비슷한 의견들은 우리 자신의 나약함을 잊어버린 데서 오는 것입니다. 하느님께서 인간의 일에 상관하지 않으신다고 믿는 사람들이 모든 게 자기 자신에게서 나오기를 바라는 것이 왜 이상한 일일까요? 키케로는 자신의 저서 《투스쿨룸 대화》에서 이 같은 자신감의 원천(적어도 나는 이것을 '오만의 원천'이라고 부릅니다)으로부터 다음과 같이 말하고 있습니다. "떠나가는 삶이 자신의 공적으로 스스로 위로할 수 있는 그 시점에서 죽음은 가장 평온한 마음과 마주하게 됩니다."[229]

그는 다른 곳에서도 같은 생각을 다른 말로 표현했습니다. "삶의 끝과 함께 모든 소유물의 끝이 덮쳐 오는 사람들에게 죽음은 끔찍하지만, 자신의 공적이 죽을 수 없는 사람들에게는 그렇지 않습니다."[230]

위대한 키케로여, 무슨 말씀이신가요? 뭘 바라는 것인가요? 자신의 잘못에 대한 기억에 시달리지 않고 자신의 공적으로 스스로 위로할 수 있을 만큼 그렇게 공적으로 가득 찬 삶을 살았던 사람이 누구일까요? 게다가, 당신이 한 말을 보십시오.

"그의 공적으로." 우리가 공적을 얻는 이유뿐만 아니라 우리가 존재하는 바로 그 이유가 하느님께로부터 나오는데, 하느님이 아닌 인간에 속하는 공적은 무엇이었을까요?

여러분에게 묻겠습니다. 인류의 영광이 무엇인가요? 여러분이 다윗에게 배운 것을 제외하고 영광은 무엇입니까? (그리고 그것을 바오로

---

229 키케로, 《투스쿨룸 대화》 1. 45. 109.
230 키케로, 《스토아학파 비판》 2. 18.

사도에게서 배웠기를 바랍니다.) "나의 영혼이 주님 안에서 찬양받을 것입니다."[231] 그리고 나의 공적은 하느님께 있고, "기뻐하려는 자는 주님 안에서 기뻐할 것입니다"[232]라는 말입니다.

결국, 이것이 우리의 영광이며 양심의 증거입니다. 그러므로 여러분이 죽어야만 하는 보통사람에 대해 생각하고 있는 것을 보십시오. 여러분은 어떻게든 평온한 마음으로 죽음을 견뎌낼 수 있도록 영광의 삶으로 스스로 위로하라고 보통사람인 자신에게 스스로 가르치고 있는 것입니다. 우리의 죄를 없애 주시는 바로 그 은총을 제외하면, 이 공적들이 무엇인지 또 죽어 가는 삶이 어떻게 스스로 위로할 수 있는지 나는 이해하지 못하겠습니다.

우리의 암브로시우스가 죽어 가고 있을 때, 이 위대한 사람의 죽음으로 이탈리아가 멸망할까 봐 울면서 두려워하던 그의 친구들은 그에게 하느님께 더 오래 살도록 해주시기를 간청하라고 말했습니다. 그는 승낙하지 않았고 오히려 다른 모든 철학자보다 바르고 냉정하게 그리고 더 훌륭하게 답을 하였습니다. "우리에게는 좋은 주인님이 계시기 때문에, 나는 여러분과 함께 살면서 부끄러워할 만한 생활을 한 적이 없으며, 죽는 것을 두려워하지도 않습니다."[233]

---

231 〈시편〉 34편 3절. "내 영혼이 주님을 자랑하리니 가난한 이들은 듣고서 기뻐하여라."
232 〈코린토전서〉 1장 31절. "그래서 성경에도 '자랑하려는 자는 주님 안에서 자랑하라'고 기록되어 있습니다."
233 포시도니우스, 《아우구스티누스의 생애》 27; 파울리누스, 《암브로시우스의 생애》 45.

이 거룩한 사람은 확실히 그리스도의 현명하고 진정한 철학자입니다. 죽음에 대한 두려움을 스스로에게 하는 칭찬이 아닌 하느님의 선함과 은총으로 달랬고, 자신의 희망을 자신의 공로가 아닌 선한 주님에 두었기 때문입니다.

이제 키케로가 나서서 가에타 근처에서 죽은 바로 그날, 할 수 있다면 자신의 철학에서 스스로 위로하도록 하세요. 암브로시우스는 다른 분, 주님을 바라봄으로써 위로와 믿음을 키웠습니다. 왜냐하면, 그는 그 말("나는 여러분과 함께 살면서 부끄러워할 만한 생활을 한 적이 없습니다") 대로 절대적인 판정자 밑에서 그분께서 엄밀히 조사할 수 있도록 자신의 공적을 언급하지 않았으며, 그 재판관 앞에서는 아무도, 심지어 태어난 지 하루밖에 안 된 영아조차도 죄가 없는 사람은 한 명도 없기 때문입니다.

오히려 그는 그들과 함께 살아온 사람들의 의견, 그들이 보지 못하는 우리 안의 삶에 관해 판단을 내릴 수 없는 사람들의 의견을 언급했습니다. 만일 그 문제를 논의할 시간이 왔다면, 그는 자신이 살아온 삶에 대해서가 아니라 선하고 친절한 주인님이 있다는 자신감을 드러내며 말했을 것입니다. 암브로시우스의 대답은 그의 친구이자 그리스도의 아들로 살았던 아우구스티누스 성인에 의해 이렇게 이해되었습니다. 하느님의 그 사람으로 살아남은 그는 내가 방금 말한 암브로시우스의 마지막 말을 자주 떠올리고, 세련된 언설의 화려함이 아니라 그의 서술의 진지함에 감탄하며 높이 칭찬했다고 합니다. 이것은 아우구스티누스 자신의 전기에도 기록되어 있습니다.

"그가 먼저 말했던 '우리에게는 좋은 주인님이 계셔서 나는 죽는 것

이 두렵지 않습니다'라는 말은 '나는 여러분과 함께 살면서 부끄러워
할 만한 생활을 한 적이 없습니다'라고 자신의 공로의 순수성을 자신
하면서 한 말로 이해되어야 합니다. 그가 후자에 대해 논하는 것은 한
사람이 다른 사람을 이해할 수 있는 범위 안에서뿐입니다. 그는 자신
의 선함을 살펴볼 때는 하느님을 더욱 신뢰했습니다. 매일 그는 하느
님께 '우리가 진 빚을 용서하여 주십시오'234라고 요청했습니다."

　　이렇게 아우구스티누스 성인은 죽어가는 암브로시우스의 말을 해
석했습니다. 그러나 다른 사람들은 그들 자신의 공로를 가지고 스스
로 위로했습니다.

　　나는 사람이 "자신이 인정하는 악행과 항상 자신 앞에 있는 잘못"235
이외에 자신의 죄를 무엇이라고 부를 수 있는지 알고 싶습니다. 이 죄
를 생각할 때, 그는 정신을 잃지 않는 한, 자기 안에 있는 모든 선善인
그분께 "저에게 자비를 베풀어 주소서"라고 외칩니다. 이런 식으로 그
의 악은 그 자신의 악일 뿐이며, 다른 사람들과 자신의 속성을 공유하
고 싶다면, 인간에게 어떤 미덕이 있든지 그것은 하느님께만 속하는
것입니다. 비록 우리가 일반 대중에게 그들이 운명에 속할 수 있다고
양보하지만, 외적인 것조차도 하느님의 것이기 때문에 미덕은 다른
것에 속할 수 없으며, 또 다른 것에 속한다고 말할 수도 없습니다.

　　약하고 작은 육체는 남아 있고, 그것도 역시 하느님의 선물이지만,

---

234 포시도니우스, 《아우구스티누스의 생애》 27.
235 〈시편〉 51편 5절. "저의 죄악을 제가 알고 있으며 저의 잘못이 늘 제 앞에 있습
　　　니다."

때로는 병이 들며 죽음이 기다리고 있습니다. 그러면 죄를 제외하고 무엇이 남을까요? 그것은 자발적인 것이지 영혼 그 자체 이외의 곳에서 온 것이 아니기에 분명히 인간이 자신의 소유라고 부를 수 있는 유일한 것입니다. 다른 것에서는 위로나 영광을 얻을 수 없다는 사실과 자신의 능력으로 가진 것에는 수치심과 두려움이 많이 담겼다는 점을 모를 만큼 죄의 노예가 되어 있는 사람은 없습니다.

나는 최대한 키케로의 영예를 거리낌 없이 인정하지만, 지금은 이것이 허용되지 않기 때문에 기꺼이 이 위대한 사람의 변명을 받아들이거나, 심지어는 나 자신의 이익을 위해 지어내겠습니다. 그는 확실히 강하고 날카로우며 민첩하고 기민한 지성(연기에 있어서 칭찬받을 만한 자질)을 가진 사람이었습니다. 그러나 사람이 자신의 길을 막으면 과연 어디까지 속도가 나올 수 있는 것일까요?

그에게 민첩한 지성을 부여하신 하느님께서는 참된 진리에 대한 접근을 차단하셨고, 그 후 둔한 지성을 가진 우리에게 그 진리가 가치 있다고 여기셨습니다. 그래서 키케로와 그의 동료들의 민첩한 지성은 어디에도 닿지 못하지만, 우리의 능력은 지금으로서는 더디더라도 우리들 지성의 진보와 우리 앞에 놓인 길의 평탄함을 선물로 주신 그분 덕분에 한 걸음 한 걸음씩 전진해 갑니다.

또한, 키케로가 우리가 아는 것만 알고 있다면 인간이 자기에게 아무런 쓸모가 없다고 말할 것 같지는 않지만, 키케로는 바로 그 진리의 빛에 예리하게 눈을 돌릴 만큼 강하지는 않았습니다. 하지만 내가 잘못 알고 있는 게 아니라면 그는 더 나은 운명을 가질 만도 했습니다. 나는 그가 지닌 지성의 우수성이 약간의 우아함을 얻을 수 있도록 이런 식으로 표현했습니다. 아마도 그는 어떤 분께서 그에게 그렇게 뛰어난 지성을 주셨는지를 알았더라면 이렇게 했을지도 모릅니다. 하지만 그는 자신의 희망의 닻을 어디에 던져야 할지 몰라 출항出航하는 삶이 불행 그 자체에서 위안을 찾을 것이라고 잘못 말했고, 그 결과로 인간의 추측에 근거한 바위 위로 뱃머리를 돌렸습니다.

비록 이것이 키케로에게 변명이 된다고 해도, 살아 있는 동안에는 그들을 속이고 죽었을 때는 그들을 버린 신을 섬기는 자들은, 감사하게도, 자신들을 넘어서는 희망을 어디에서 찾을 수 있을지 말해 주십시오.

나는 이교도의 신들에 대해 잘못된 비난을 새롭게 지어내는 것이 아닙니다. 그들의 시인 중 가장 위대한 자는 유노를 죽음을 목전에 둔 투르누스에서 도망치게 했는데, 그의 삶과 승리는 그녀가 좋아했던 것입니다. 236 모든 면에서 베르길리우스를 모방한 스타티우스는 아폴로가 테베에서 죽을 때 예언을 버리는 모습을 묘사했습니다. 237 그들은 분명히 거짓이거나 연약한 신들(또는 둘 다라고 나는 믿습니다)이며, 추종자들이 가장 도움이 필요할 때 그들을 죽음으로 내팽개쳐 버립니다. 하지만 우리의 하느님은 그분을 따르는 자들을 살아 있을 때나 죽었을 때나 버리지 않으셨고, "그들과 함께 구덩이로 내려가시고 그들이 사슬에 묶여 있을 때는 저버리지 않으셨습니다". 238 다윗이

---

236 베르길리우스, 《아이네이스》 12. 841~842.

237 스타티우스, 《테바이스》 7. 789~90.

238 〈지혜서〉 10장 13~14절. "의인이 팔려 갈 때에 지혜는 그를 버리지 않고 죄악에서 구해 내었으며, 또 그와 함께 구덩이로 내려가고 사슬에 묶였을 때에 그를 저

스스로 위로한 것은 이 희망과 함께였습니다. "죽음의 어둠 속을 제가 걷는다고 하여도 당신께서 저와 함께 계시기 때문에 재앙을 두려워하지 않을 것입니다."[239]

모두 악마인 이교도異教徒의 신들은 보통 그들의 신봉자들이 죽음을 맞거나 극도의 절망적인 불행의 순간이 찾아올 때 내팽개치지 않습니까? 그들은 문제가 훨씬 덜 심각하고 운명이 바뀔 때마다 패배자의 공적보다는 승자의 힘과 부富만을 따르는 것처럼 쉽게 저들을 버리고 있습니다.

이처럼 인간의 숭배와 신앙은 어느 시대나 운명과 함께 계속 변화하여, 누가 보든지 어떤 '신'이 불행한 사람을 버리고 행운이 따르는 사람만을 치켜세운다는 점을 쉽게 알 수 있는 방식으로 신들에게 귀속되어 있습니다. 나는 여러분이 전에 들어본 적이 없을지도 모르지만, 우리에게 친숙하고 잘 알려진 문제에 관해 이야기합니다.

완전한 재난이 닥쳤을 때, 포위된 도시의 수호신들을 주문을 외어 불러내어 그 도시를 무방비 상태로 남겨 두고 그들을 정복 도시로 옮기는 것이 우리 조상들의 관습이었습니다. 트로이가 그 증거입니다. 시인 중 가장 위대한 자는 이렇게 말했습니다. "여러분은 운명의 길

버리지 않았다. 마침내는 그에게 나라의 왕홀과 그를 지배하던 자들을 다스리는 권위를 주었다. 그리고 그를 고발한 자들의 거짓을 밝히고 그에게 영원한 영광을 주었다."

239 〈시편〉 23편 4절. "제가 비록 어둠의 골짜기를 간다 하여도 재앙을 두려워하지 않으리니 당신께서 저와 함께 계시기 때문입니다. 당신의 막대와 지팡이가 저에게 위안을 줍니다."

을 보고 있는 것입니다. 이 왕국을 지탱하고 있던 모든 신이 그들의 신전을 떠나 제단을 버렸습니다."240

베이이241시ⓗ는 또 다른 예를 제공합니다. 승리한 로마의 지도자는 베이이에서 가장 큰 종교적인 헌신으로 추앙받고 있던 유노에 대한 숭배의 관습을 바로 로마로 가져왔다고 합니다.242 다른 많은 도시도 같은 증언을 하고 있으며 이것이 로마의 진짜 이름이 알려지지 않은 유일한 이유라고 주장합니다. 운명의 반전으로 인해 로마인들이 다른 많은 도시에 그들이 한 짓을 겪게 될지도 모르기 때문입니다. 손가락을 입술에 대고 침묵의 서약을 나타내는 이것이 앙게로나 동상의 의미라고 그들은 말합니다.243 그리고 어떤 호민관이 이 비밀을 폭로했기 때문에 사형을 선고받았다고 덧붙입니다.

그러나 우리의 하느님은 운명이 아니라 인간의 공로를 선호하십니다. 그분의 보호 아래 있는 성읍들의 믿음과 경건함의 결핍이 당신을 자극하지 않는 한, 그분은 결코 그들을 버리지 않을 것입니다. 반대로, 수고하는 자들뿐만 아니라 곤란 속에 있는 자들에게도 모든 희망은 하느님께 있습니다. 그리스도인들이 이렇게 노래하고 있습니다.

---

240 베르길리우스, 《아이네이스》 2. 350~352.

241 이탈리아 로마시 근교에 있던 에트루리아인의 도시이다.

242 리비우스, 《로마사》 5. 21. 3.

243 플리니우스, 《박물지》 3. 5. 65. 앙게로나는 보통 입을 다물고 있는 모습으로 묘사되는 무명의 로마 여신이다. 그녀는 매년 12월 21일에 기념되었는데, 그 이유는 그녀의 이름인 라틴어 동사 *angerer*(일어나다) 그리고 동지(冬至)라는 절기적 특징과 관련지어 볼 수 있을 것이다.

"하느님께서 우리 성읍을 지켜 주지 않으신다면, 그것을 지키는 사람은 헛되이 깨어 있는 것입니다."[244]

우리는 우리 삶과 죽음의 최고의 길잡이인 이분 하느님을 공경하고 숭배해야 합니다. 우리는 자신에게 희망을 두지 말고, 모든 희망을 그분께 두어야 합니다. 그러므로 이 부분을 마무리하면서, 죽음은 죽어 가는 생명이 자신의 공로가 아닌 (우리가 진실을 직면하고 싶다면) 다른 분의 공적으로, 즉 창조주의 공로인 자비와 용서에 대한 희망으로, 그리고 수많은 축복의 기억으로 위안을 찾을 수 있을 때 진정으로 가장 평안한 마음으로 맞게 된다는 것을 기억하십시오.

우리에게 이런 일이 일어나기를 바라고 기도합시다. 그리고 이 삶 속에서 헛되이 그들 자신의 희망, 그들 자신의 공로, 그들 자신의 미덕, 그리고 그들 자신의 행운을 지키고 있는 다른 사람들에게도 이런 일이 일어나길 바라며 기도합시다. 겸손하게 우리가 아닌 다른 그분께서 주실 우리의 보상을 기다리도록 합시다.

형제들이여, 우리는 고대의 위대한 정신들이 갖지 못한 최종적인 목표를 가지고 있습니다. 그곳으로 우리는 삶의 방향을 가리켜야 합니다. "죽음의 어두운 곳에 사는 사람들에게 빛이 비쳤습니다."[245] 그리고는 어둠 속에서 길이 밝혀졌습니다. "그러므로 어둠이 우리를 덮치지 않도록, 빛이 있는 동안 걸읍시다."[246] 우리는 이제 곧 그분께

---

244 〈시편〉 127편 1절. "주님께서 집을 지어 주지 않으시면 그 짓는 이들의 수고가 헛되리라. 주님께서 성읍을 지켜 주지 않으시면 그 지키는 이의 파수가 헛되리라."
245 〈이사야〉 9장 1절. "어둠 속을 걷던 백성이 큰 빛을 봅니다. 암흑의 땅에 사는 이들에게 빛이 비칩니다."

로 갈 것입니다. "그분은 다가가기 어려운 빛 속에 사시며 그분의 빛으로 우리는 그 빛을 봅니다."247 그러므로 시간을 가지고 이것을 보십시오. 〈시편〉의 또 다른 인용문에서도 알 수 있듯이, "하느님께서 달콤하다는 것을 맛보고, 보십시오". 248

시간을 가지면 그분께서 하느님임을 볼 수 있을 것입니다. 맛을 보면 그분께서 얼마나 달콤한지 알 수 있을 것입니다. 시간을 가지면, 정말로 하느님의 거룩한 달콤함을 보고 맛볼 수 있습니다. 이 바라봄과 맛봄에는 끝없는 즐거움이 더해졌습니다. 결과적으로, 가장 큰 선은 자유시간과 여가에 존재합니다.

여러분 자신을 더 멀리 바라보고 고대로부터 아폴로에게서 전해 내려온 충고라고 하는 훈계를 들으십시오.

"너 자신을 알라."

요컨대, 하늘 아래 있는 모든 인간적인 문제들을 바라보고, 다른 모든 사람과 함께 여러분 자신을 바라보며, 어떤 사람들은 하릴없이

---

246 〈요한복음〉 12장 35절. "그러자 예수님께서 그들에게 이르셨다. '빛이 너희 가운데에 있는 것도 잠시뿐이다. 빛이 너희 곁에 있는 동안에 걸어가거라. 그래서 어둠이 너희를 덮치지 못하게 하여라. 어둠 속을 걸어가는 사람은 자기가 어디로 가는지 모른다.'"

247 〈티모테오전서〉 6장 16절. "홀로 불사불멸하시며 다가갈 수 없는 빛 속에 사시는 분 어떠한 인간도 뵌 일이 없고 뵐 수도 없는 분이십니다. 그분께 영예와 영원한 권능이 있기를 빕니다. 아멘." 〈시편〉 36편 10절. "정녕 당신께는 생명의 샘이 있고 당신 빛으로 저희는 빛을 봅니다."

248 〈시편〉 34편 9절. "너희는 맛보고 눈여겨보아라, 주님께서 얼마나 좋으신지! 행복하여라, 그분께 피신하는 사람!"

영원하리라고 생각하는 이 세상 그 자체를 바라보십시오.

결국, 무에서 창조된 모든 것이 위대한 힘에 따라 어떻게 제거되는지, 그리고 자신들을 창조하신 그분 안에 머무르지 않는다면 그들이 어떻게 무로 전락할 수 있는지 보십시오. 그보다는 이 말이 어울리는 오직 그분 안에 머무십시오. "나는 있는 나다."249 우리에게 안전하고, 즐거우며, 다행스럽고, 기쁜 일은 "좋으신 분께 매달리는 것"입니다. 250

그분께서는 여러분을 무에서 창조하셨고, 당신의 피로 죄에 빠져 무로 떨어진 여러분을 회개시키셨습니다. 우리는 그분께 "우리를 괴롭히는 악한 자들에게서 당신 날개의 밑의 그늘로 우리를 보호해 주십시오"251라고 간청하고, 우리가 힘든 일에 지쳤을 때 그분의 거룩한 보살핌으로 우리가 무로 되돌아가지 않도록 우리를 불쌍히 여겨 주시기를 간청해야 합니다.

나는 종교적인 여가를 적극적으로 주장해 왔기 때문에, 여러분이 항상 쓸모없고 목적 없는 걱정으로부터 시간을 가질 수 있도록, 그리고 유용한 일에서 시간을 빼앗기지 않도록 이 생각을 발전시켜 왔습

---

249 〈탈출기〉 3장 14절. "하느님께서 모세에게 '나는 '있는 나다' 하고 대답하시고, 이어서 말씀하셨다. '너는 이스라엘 자손들에게 '있는 나'께서 나를 너희에게 보내셨다' 하여라."

250 〈시편〉 73편 28절. "그러나 저는, 하느님께 가까이 있음이 저에게는 좋습니다. 저는 주 하느님을 제 피신처로 삼아 당신의 모든 업적을 알리렵니다."

251 〈시편〉 17편 8~9절. "당신 눈동자처럼 저를 보호하소서. 당신 날개 그늘에 저를 숨겨 주소서, 저를 억누르는 악인들에게서 저를 미친 듯 에워싼 원수들에게서."

니다.

"가장 중요한 문제들은 한 나라의 안전에 관한 것입니다"라고 키케로는 말했습니다. **252** 나는 이것을 부정하지 않습니다. 그러나 나의 형제들이여! 영원한 예루살렘에 대한 여러분의 사랑과 열망이 여러분을 이 지상의 조국에 대한 걱정에서 멀어지게 하였습니다. 여러분의 가장 큰 관심은 여러분 영혼의 구원을 위하는 것입니다. 하느님께 찬양을 드려야 하는 여러분의 의무에는 많은 시간이 필요합니다. 들어주기 너무 어렵고 부정할 수 없는 자연의 요구는 단지 여러분 시간의 일부만을 필요로 할 뿐입니다.

남은 시간을 종교적 문헌에 바치십시오. 그러면 그 뒤틀린 뱀은 여러분 가운데에서 자신과 같은 종류를 찾을 수도 없고 여러분 영혼의 갑옷에서 어떠한 틈도 발견하지 못할 것입니다.

형제들이여! 이 문제에 맞서 여러분의 마음을 단련하십시오. 여러분의 눈, 귀, 그리고 혀를 이것에 집중하도록 하십시오. 이것에만 집중하십시오. 여러분은 이보다 잘할 수 없고, 더 생산적이며 더 즐거운 일을 할 수도 없습니다. 이것은 히에로니무스가 파울리누스에게 편지를 쓴 "천국의 거처"**253**이기 때문입니다.

그러므로 형제들이여, 히에로니무스가 그에게 간청한 것과 같이 여러분에게 간곡히 부탁합니다. "이러한 문제들 속에서 살면서 그것들을 명상하고, 다른 것은 아무것도 알지 말며, 다른 것은 아무것도

---

252 키케로, 《국가론》 6. 29.
253 히에로니무스, 《서간집》 53. 9.

구하지 마십시오."254

성경의 "단순함"과 그 단어의 "투박함"에 감동하지 마십시오. 같은 히에로니무스가 말하는 것처럼, "통역의 오류를 통해서든 또는 의도적으로든 이러한 것들은 교육받은 사람이 같은 문장을 한 가지 방식으로 이해할 수 있도록, 그러나 교육을 받지 못한 사람은 다른 방식으로 이해할 수 있도록 표현되었습니다."255 껍질의 질이 어떻든 가장 안쪽 부분보다 더 달콤한 것은 없고, 더 즐거운 것도 없으며, 우리에게 더 좋은 것도 없습니다.

그러므로 모든 글 중에서 성경은 분명히 가장 고귀한 것이지만, 질투가 많은 자는 시기심에 불탈 수 있고, 거만한 사람들은 잘난 척할 수 있으며, 귀가 막힌 자들은 진실을 듣지 못할 수도 있습니다. 우리가 '글'이라는 일반적인 용어를 들을 때마다, 우리는 오직 그리스 사람들이 환유換喩256라고 부르는 것에 의해서만 이 글을 이해합니다.

물론, 몇 년 전이라면 내가 지금 주장하고 있는 것은 심지어 나 자신까지도 공공의 장소에서 부인했을 것입니다. 내가 전에는 뚜렷하게 볼 수 없었던 것을 볼 수 있도록 눈을 뜨게 해주신 그분께 감사드립니다. 또한 그분께서 흐린 나의 눈을 맑게 하시어, 지독한 아둔함 때문에 아직도 보지 못하는 내 눈이 볼 수 있기를 바랍니다. 이방인의

---

254 위와 같음.

255 위와 같음.

256 환유(metonymy)는 어떤 사물을, 그것의 속성과 밀접한 관계가 있는 다른 낱말을 빌려서 표현하는 수사법이다. 예를 들면 숙녀를 '하이힐'로, 우리 민족을 '흰옷'으로, 간호사를 '백의의 천사'로 표현하는 식이다.

책에 빠진 후에야 비로소 거룩한 글에 눈을 돌린 히에로니무스 성인이 "그들의 정제되지 못한 말에 소름 끼쳤다"라고 고백하는 것을 듣고 나 자신에게 덜 실망하게 됩니다. **257**

만약 이런 일이 청소년기부터 거룩한 성경 교육을 잘 받은 사람에게 일어날 수 있다면, 왜 그런 일이 나에게 일어나지 않았을까요? 세속적인 문학 ─ 솔직히 나는 어릴 적부터 이 문학을 좋아했지만 ─ 에서 배웠다고 말할 수조차 없는 죄인인 나에게 말입니다. 나는 나지안주스의 그레고리우스가 그랬듯이 높은 지능을 가진 사람도, 적어도 충실하고 헌신적인 마음을 가진 사람도 아니라 오히려 단 한 페이지에 그 어떤 글보다도 더 많은 지혜를 담고 있는 다윗의 〈시편〉을 늙은 아내의 이야기라고 비웃는 사람들을 스승으로 삼아 왔습니다. 이러한 영향을 받아 밀랍처럼 여리고 쉽게 흔들리는 마음이 형성될 수밖에 없었습니다. 아버지들이 자기 자신이 아니라 아들을 사랑한다면, 이렇게 영향을 잘 받는 나이의 아들들에게 얼마나 큰 관심을 가져야 할까요? 더 솔직하게 말해서, 만약 그들이 그들의 아들들에게서 얻는 이득을 사랑한다면 말입니다. 이렇게 불운한 소년들은 시민법, 탐욕을 조장하는 기술, 그리고 목적 없는 웅변술을 위해 길러집니다. 그들은 생명을 가져오는 성경을 경시하고 버립니다. 그리고 성경을 받아들이는 사람이 있다면 성경에서 구할 이득이 그의 생각과 바람의 이유입니다. 이런 식으로 천상 말씀의 은총은 이제 지상 재화들의 상거래로 바뀌어 버렸습니다.

───

257 히에로니무스, 《서간집》 22. 30.

하지만 나는 나 자신에게로 돌아옵니다. 내 인생의 후반기에, 너무 늦게, 아무런 안내도 없이, 나는 진리를 찾기 시작했습니다. 처음에는 의심이 들었지만, 그다음에는 언제나 우리의 불행을 당신의 영광을 위해서, 그리고 종종 우리의 구원을 위해 사용할 줄 아시는 그분의 보살핌으로 한 걸음 한 걸음 나아가기 시작했습니다. 혼란과 실패를 열거하려면 엄청난 양의 말이 필요하지만, 그 혼란스러운 과정에서 아우구스티누스 성인의 《고백록》을 읽어야 한다는 것이 나에게는 명백해졌습니다. 나는 그가 키케로에 대해 고백한 내용을 바탕으로 그에 관하여 고백하지 않을 수 없습니다. 258

아우구스티누스 성인은 비로소 나를 진리에 대한 사랑으로 인도해 주었습니다. 그는 내가 그렇게 오랫동안 보람 없이 살아온 후, 처음으로 나에게 건전하게 살도록 가르쳐 주었습니다. 그가 영원한 축복 속에 쉬도록 해주십시오. 그는 먼저 나에게 그 책을 주어서 방황하는 내 마음을 다스리게 하였습니다. 259 나는 그의 고상하고 유익한 재능과 그리 정교하지는 않지만 냉철하고 진지한 설득력, 그리고 복잡하면서도 다양하고 효과적인 가르침에 매우 기뻐하였습니다.

내가 왜 그렇게 많은 말을 하고 있을까요? 나는 여전히 소심한 태도로 자기의 목적을 바꾸기를 쑥스러워하는 사람(자부심이 강한 사람들에게 흔히 있는 일입니다)처럼 그를 따라가기 시작했습니다. 나는 오

---

258 아우구스티누스, 《고백록》 3. 4.
259 산 세폴크로의 디오니지는 1333년 페트라르카에게 아우구스티누스의 《고백록》 사본을 주었다.

래된 관심사, 무모한 습관, 그리고 나를 다시 되돌리기 위한 개혁에 대한 절박함을 가지고 출발했습니다. 왜냐하면, 아무리 보잘것없다 하더라도 내가 평생 축적하기 위해 노력했던 것을 잃을까 봐 두려웠기 때문입니다. 그럼에도 불구하고, 나는 처음에는 천천히 그를 따라갔고, 이 목적을 위해 모든 날을 바쳤습니다. 그리고 좀 더 속도를 내었고, 마침내 세네카의 "속도로 시간을 번다"[260]는 말을 어떻게든 이행할 수 있는 것처럼 빠르게 진행하였습니다.

하느님의 도우심으로 그 일은 내가 기대했던 것보다 더 성공적으로 이루어졌습니다. 그래서 그에 의해 나는 처음 낚아채어지고 점점 나의 길에서 벗어나게 되었습니다. 고개를 숙이고 이름을 불러야 할 암브로시우스 성인이 내게 왔습니다. 히에로니무스 성인과 그레고리우스 성인이 그 뒤를 따랐습니다. 그리고는 황금 같은 목소리의 성인과 젖이 흐르는 듯 영양가 있는 말로 넘쳐 나는 락탄티우스도 나를 돕기 위해 찾아왔습니다.

이처럼 경외심으로 가득 차서, 이 저명한 동료들과 함께 이전에 경멸해 왔던 성경의 세계로 들어갔고, 모든 것이 내가 생각했던 것과 정반대임을 알게 되었습니다. 치료에 대한 욕구는 나에게 하느님을 찬양하게 하였고, 잘못 미루어 왔던 매일의 찬미하는 의무를 이행하게 만들었습니다. 이런 이유로 나는 종종 다윗의 〈시편〉을 깊이 생각하지 않을 수 없었습니다. 이 〈시편〉의 샘물에서, 내가 좀 더 학식이 높은 사람이 되기보다는 더 착한 사람이 되기를, 또한 가능하다면 내

---

260 세네카, 《서간집》 68. 13.

가 변증법학자가 되기보다는 덜 타락한 죄인이 될 수 있도록 그 샘물을 들이켜기를 간절히 바랐습니다.

그래서 그들의 아늑한 위안에 이끌린 낯선 사람으로서, 나는 아직도 잘 모르는 성경을 사랑하게 되었습니다. 비록 인생에 있어 늦었지만 말입니다. 그러나 그들에게서 태어나고 처음부터 그들에 의해 길러진 여러분은 그들을 사랑하고, 그들과 관계를 쌓으며, 그들을 공경하고, 그리고 자주 뒤쫓아 가야 합니다. 만약 그것이 가능하다면, 결코 그들을 놓지 마시고 절대로 그들이 여러분의 생각에서 떨어지지 않게 하십시오.

그러나 여러분이 이 성경에 대한 권위를 구한다면, 그것은 성령에 의해 발현되어 그리스도의 음성으로 확증된 것입니다. 만약 여러분이 이 성경의 기원을 찾는다면, 그것은 모든 세속적인 글들보다 훨씬 앞서 있습니다 — 이 글들은 그리스의 창시자인 카드모스가 탄생하기 전 이집트의 이시스, 그리고 라틴인의 조상인 카르멘티스가 태어나기 전부터 전 세계에서 유명했습니다. 만약 여러분이 미덕을 구한다면, "그 화살은 날카롭고" 빛나며 그것이 뚫은 심장을 되살려 줍니다. 만약 여러분이 이익을 추구한다면, 다른 "화살"의 열매는 짧은 이익, 일시적인 영광, 또는 거짓 호의일 것입니다. 이러한 "화살"의 목적지는 영원한 생명과 진정한 행복입니다. 만약 더 꾸미기를 원한다면 이것에 대해 많은 것을 말할 수 있습니다. 하지만 이게 가장 중요한 점인데, 어떤 것들은 겉으로 보기에 더 매력적일 수도 있겠지만 성경보다 더 아름다운 것은 없다는 사실입니다.

한편으로 수수하고 정숙하며 검소한 복장에 만족하는 아름다운 여

272

성을 상상해 보십시오. 그리고 다른 한편으로는 짙은 화장으로 치장하여 매우 정교하게 꾸민 매춘부를 상상해 보십시오. 어느 쪽과 결혼하고 싶은지 고민할 정도로 어리석은 사람이 있나요?

많은 사람이 훌륭하고 학식이 있으며, 일부는 유창한 언변을 가지고 있기도 했습니다. 말 잘하는 사람보다 학식이 있는 사람을 만나기가 더 쉬울 것 같지만, 사실 그 이유는 학문은 웅변 없이 존재할 수 있어도 웅변은 학문 없이는 존재할 수 없기 때문입니다. 혹시라도 정말로 말을 잘하는 사람보다 말이 많은 사람을 더 좋아해야만 하는 경우 외에는 웅변은 다양하고 복잡해야 합니다. 이보다 더 기만적인 것은 없으며, 이것은 키케로가 그의 《웅변에 대하여》에서 그러한 영감을 얻어 논했던 시인과 웅변가의 희귀성을 말해 주고 있습니다.[261] 세계 각지에서 처음부터 오늘날까지 번성했던 모든 사람의 숫자를 세려면 매우 오랜 시간이 걸리겠지만, 현명하고 웅변에 능한 사람들의 모든 집단은 철학적이고, 논쟁적이며, 연설을 좋아하고, 어떤 형식의 주제를 선택하든지 그들의 주제를 가장 얄팍한 기교와 시적인 베일로 치장합니다.

그리스도의 음성이 반대편에서 천둥처럼 울려 퍼지고 웅장한 선지자 다윗이 전한 가장 귀한 진리의 말씀이 분명해질 때, 그들은 모두 무지하고 형편없는 말솜씨를 가진 사람들처럼 보이지 않을까요? "그들의 심판관들은 삼켜지고 바위에 묶여 있습니다."[262] 나는 그리스도

---

261 키케로, 《웅변에 대하여》 5. 18, 20.
262 〈시편〉 141편 6절. "저들이 심판자들의 손에 떨어지면 제 말이 얼마나 좋은지 들

를 의미하는 저 바위에 대하여 "삼켜지고"라고 말하고 있습니다. 이 시점에서 스스로 "가장 위대한 이"라고 자처했던 사람들은 전혀 아무것도 아닌 이들로 간주될 것입니다.

형제들이여, 이것이 내가 종교적 여가에 관하여 쓰기 위해 선택한 모든 것입니다. 그러나 나는 고통이 계속되는 한 이 담론이 길어질 수 있다는 것을 잘 알고 있으며, 고통의 끝이 없음도 알고 있습니다. 그럼에도, 나는 지금껏 충분히 이야기했습니다. 나머지는 이 문제들의 주인인 여러분의 경험으로부터 듣고 싶습니다. 이 여가와 자유로운 시간은 여러분에게 하느님께서 우리의 주인이심을 깨닫는 기회를 제공할 것입니다. 하느님에 대한 지식은 여러분의 구원에 가장 적합한 것들, 특히 속세의 문제에서 벗어나는 법을 자세히 살펴보는 데 도움을 줄 것입니다. 그것은 여러분이 감각을 단호하게 거부하는 데 도움이 될 것이고, 그러면 이 세상과 육체 및 악마의 속임수에 사로잡히지 않을 것이며, 따라서 적이나 사악한 자들을 믿지 않게 될 것이고, 마지막으로 누구나 헤어져야만 하는 곳에서 울면서 또는 마지못해 억지로 떼어지지는 않을 것입니다.

여러분은 이런 것들을 볼 수 있는 영광스럽고 조용한 장소를 선택했고, 곧바르고 근심에서 자유로운 길을 택했으며, 효과적인 위안으로 여러분의 안목을 거룩하게 하였습니다. 그러니 시작했던 방향으로 계속 나아가십시오. 263 아무도 되돌아가지 맙시다. 뒤돌아보고 있는 저

어 알리이다."

263 〈요한묵시록〉 3장 18절. "내가 너에게 권한다. 나에게서 불로 정련된 금을 사서

274

여인의 소금 상(像)264은 건강한 맛으로 여러분의 영혼을 조미(調味)해 왔습니다. 죄 없는 사람은 아무도 없습니다. 다만 죄인에게 "죄를 지었는가? 조용히 하고 있으라"265라고 말할 뿐입니다. 그러므로 여러분께서는 침묵하고, 시간을 가지며, 여가를 잘 활용하고, 보고, 기뻐하십시오. 안녕히 계십시오. 그리고 언제나 나를 생각해 주십시오. 오오, 여러분이 자기 자신과 자신이 받은 축복을 안다면, 여러분은 얼마나 운이 좋은 이들인가요!266

부자가 되고, 흰옷을 사 입어 너의 수치스러운 알몸이 드러나지 않게 하고, 안약을 사서 눈에 발라 제대로 볼 수 있게 하여라." 키케로, 《카틸리나 반박문》 1. 5.

264 소돔과 고모라에서 도망칠 때 롯의 아내는 뒤돌아보는 순간 소금 기둥으로 변해 버렸다. 〈창세기〉 19장 26절 참조. "그런데 롯의 아내는 뒤를 돌아다보다 소금 기둥이 되어 버렸다."

265 〈집회서〉 21장 1절 참조. "애야, 죄를 지었느냐? 그러면 더 이상 죄짓지 말고 지난날의 죄악에 대하여 용서를 빌어라."

266 베르길리우스, 《농경시》 2. 490 참조.

1. 《종교적 여가》의 저술 배경

페트라르카의 《종교적 여가》를 논하기 위해서는 사랑하는 여인을 잃고 방황하던 동생 게라르도가 회심하여 수도회에 입회한 사건을 이야기하지 않을 수 없다. 동생 게라르도는 아비뇽에서 만난 진실한 사랑이 사망하자 이를 계기로 이제껏 시간과 돈, 열정을 바쳐 오던 모든 것을 버리고 완전히 다른 인생의 행로를 택한다.

　1334년에 게라르도는 카르투시오 수도회 수사로 평생을 살겠다고 종신 서원했다. 그로부터 3년이 지난 뒤 1347년 1월이나 2월 초에 페트라르카는 프랑스 몽트뢰^{Montreux}에 있는 카르투시오 수도회의 수도원(1137년 설립)을 잠시 방문하는데, 이곳은 동생 게라르도가 종신서원한 바로 그 수도원이다. 그가 몽트뢰에서 보낸 낮과 밤 동안, 페트라르카는 게라르도와 개인적으로 이야기를 나누었고, 다른 수도자들과 활발하게 대화했으며, 그들이 "천사의 노래"로 축하하는 종교 예식에도 참석했다. 그는 수도원의 엄격한 규율을 더 방해하지 않기 위해 다음 날 아침 수도원을 떠나기로 한다. 수도원장과 수사들은 그들에게 허용된 범위 내에서 최대한 성의 있게 페트라르카를 배웅했다. 그리고 그는 자신이 그들의 시야에서 사라질 때까지 그들이 계속 지켜보고 있을 것이라 상상했다.

보클뤼즈로 돌아온 페트라르카는 아직 "여러분과 함께 마셨던 그 축복받은 달콤함에 대해 곰곰이 생각하고 있다"라고 하면서, 급하게 방문하는 동안 그가 하고 싶었던 많은 말을 다 하지 못한 것에 못내 아쉬워하면서 글로 쓰겠노라 마음먹는다.

《종교적 여가》가 될 작품의 본문은 그해 1347년 사순절이나 2월 11일에서 3월 29일 사이에 작성되었다. 그러나 페트라르카는 1356년까지 본문에 계속 글을 추가해서 썼고, 완성된 글은 1357년 이후에야 게라르도에게 보냈을 것이다.

1347년 수도원을 방문하고 원고를 완성할 사이의 10년 동안 페트라르카는 그의 동생을 한 번 더 만났는데, 1353년 4월 자신이 프로방스에서 이탈리아로 떠나기 직전에 마지막으로 작별하기 위한 만남이었다. 그런데 그 몽트뢰의 수도원에서 페트라르카는 그의 동생을 제외하면 온통 새로운 인물들만을 만났을 뿐이었다.

1348년 여름, 프로방스에 흑사병이 처음 유행하던 때 게라르도를 제외한 수도원의 모든 수도자가 사망했다. 그들을 버리고 고향으로 도망친 수도원장 역시도 나중에 병으로 죽었다. 그 두 번째 방문이 아직 미완성이던 텍스트를 작성하는 데 영향을 미쳤다는 증거는 없다.

두 형제는 어린 시절부터 친하게 지냈으며, 페트라르카는 동생이 수도원으로 들어가 세상을 등지기로 한 결정에 깊이 관여했다. 페트라르카보다 세 살 어린 게라르도는 그의 형과 함께 몽펠리에와 볼로냐에서 공부했다. 그러나 1326년 아버지 페트라코가 사망하면서 그들의 삶은 바뀌었다.

아버지의 재산을 물려받은 두 젊은이는 도시의 상류사회를 즐기기 위해 아비뇽으로 돌아왔다. 주로 연회와 춤에 바친 삶이었다.[1] 그들은 당대의 여느 젊은이들처럼 항상 멋진 옷을 입고 행동해야 한다는 생각에 사로잡혔고, 나중에 페트라르카는 젊은 시절의 수많은 환락을 "힘든 달콤함"[2]이라고 언급했다. 발목과 다리 힘줄은 당시 유행하던 꽉 끼는 신발에 시달렸고, 고통스럽게 짠 머리카락 모양을 고정하기 위해 밤새 머리에 감은 억센 밴드는 아침에 이마를 붉고 주름지게 하였다. 이렇게 그들은 외출할 때 입을 옷에 신경을 쓰느라 시간을 허비하곤 했다. 한편 페트라르카는 라우라에게, 게라르도는 그의 "아름다운 여인*bella donna*"[3]에게 각각 현지 언어로 사랑의 시를 썼고, 두 사람 모두 시인으로서의 명성을 쌓으려 했다.

두 형제 모두 아비뇽 상류사회 최고의 모임에 참여하며 쾌락을 갈망했지만, 페트라르카는 연구에 헌신하고자 처음부터 이를 자제했다. 그 후 1330년, 재산관리인들이 관리하던 아버지의 재산이 의심

---

1 《친근 서간집》 10. 3; 2. 296.
2 같은 책, 2. 289.
3 같은 책, 2. 292. 두 젊은이는 "소녀들에 관한 거짓되고 비열한 칭찬으로 가득 찬, 더러운 욕망의 공공연한 고백"을 노래했다. 게라르도의 사랑하는 사람의 죽음을 위로하기 위해 쓰인 페트라르카의 《칸초니에레》 91번 소네트에서, 시인은 그녀를 오직 그 이름으로만 언급한다.

스러운 정황으로 사라지자, 페트라르카는 로마의 유력한 집안인 콜론나 가문이 관리하던 아비뇽 지부의 관리인이 되어야 했다. 그의 자유시간은 더욱 제한받았다. 게라르도의 경우, 재정적 상황의 변화가 오락을 추구하는 데에는 큰 지장을 주지 않은 것처럼 보인다. "약하고 불확실하며" 학구적인 면에는 관심이 없고, 다소 낭비벽이 있는 게라르도는 프란체스코에게 "두려움과 걱정"의 원천이었다.

그런데 1340년대 초, 게라르도에게 갑작스러운 변화가 일어난다. 1337년 가을부터 그와 그의 형은 아비뇽 외곽의 보클뤼즈 계곡에 살았는데, 아비뇽에서 하루면 갈 수 있는 곳이었다.4 페트라르카가 좀 더 성찰적인 삶을 살기 위해 새로운 거주지를 선택했다면, 게라르도도 이에 동참하여 교황청이 있는 인근 도시의 사회생활에 참여하는 것을 포기했다고 생각할 이유가 없다. 그러나 1340년경 "아름다운 여인"의 죽음은 그의 근본을 뒤흔들었다. 1348년 12월, 파도바에서 동생에게 보낸 편지에서 페트라르카는 최근 마주한 라우라의 죽음과 게라르도가 사랑하던 사람의 이른 죽음을 언급하며, 두 사람을 그들 각자의 열정으로부터 구해 주신 하느님을 찬양했다.

우리를 억압하지 않는 위대한 사랑, 주께서 자비로우시어, 우리의 기쁨의 대상들을 빼앗으시고, 그렇게 함으로써 그들이 겨우 뿌리를 내릴 때

4　같은 책, 10.4; 2.303. 페트라르카는 이렇게 쓰고 있다. "3년 전, 내가 프랑스를 방문하는 동안, 더위 때문에 소르그 샘으로 가야 했는데, 알다시피 그곳은 우리가 한때 영구적 거주지로 선택했던 곳이었다."

당신의 오른손이 우리의 희망을 땅에서 뽑아내셨다. 당신께서 젊은 시절에 죽음으로써 부르셨으니, 우리에게 필요한 만큼 그들에게도 도움이 되었기를 바란다. 5

그러나 이러한 찬양에도 불구하고 그들 형제가 겪었던 상실감은 고통스러웠다.

얼마나 많은 탄식, 얼마나 많은 한탄, 얼마나 많은 눈물을
바람에 쏟았는가, 그리고 그들의 의사를 매도하는 미친 사람들처럼,
당신의 손이 우리의 상처에 가장 좋은 연고를 바르려고 하셨을 때 우리는
당신의 손을 거부했다네! 6

1340년 또는 1341년 초에 쓰인 페트라르카의 소네트 91번인 〈그대 그토록 사랑했던 아름다운 여인〉은 게라르도를 위로하고 그의 여인이 맞은 죽음을 긍정적으로 해석하기 위한 시도로 보인다.

그대 가장 고통스러운 짐에서 벗어나,
다른 모든 것은 쉽게 내려놓을 수 있으니,
마치 홀가분한 순례자인 양 오르리라. 7

---

5 《친근 서간집》 10. 3; 2. 292.
6 《친근 서간집》 10. 3.
7 프란체스코 페트라르카 저, 김효신 역(2020), 《칸초니에레 51~100》, 208쪽, 작가와비평.

게라르도는 이 권고를 자신의 방식으로 이해하고자 했다. 페트라르카는 1341년 2월 프로방스를 떠나 이탈리아로 갔고, 1년 후인 1342년 2월 다시 돌아왔을 때 게라르도가 상당히 달라졌음을 깨달았다. 수도원에 들어가는 문제는 이제 그들이 나누는 대화의 중심에 있었다. 그런 상황이었음에도 게라르도가 마침내 결정을 내렸을 때 페트라르카는 "갑자기"8라는 표현을 사용함으로써 그 결정이 생각보다 빨랐음을 짐작하게 한다.

1343년 3월 13일 클레멘스 6세가 교황청 감옥의 서기관으로 임명해 달라는 게라르도의 청원을 받아들였을 때도 그는 아직 결심하기 전이었다. 교황청의 결정을 받아들이라는 권고에 쫓겨 게라르도가 막달라 마리아가 참회자로 살았다는 이야기가 전해지는, 몽트뢰 수도원 바로 근처에 있는 생 봄Sainte Baume 동굴에서 서원을 다짐한 것은 그때였을 것이다. 교황청이 임명을 발표하고 한 달이 지난 후인 1343년 4월 13일 부활절에 게라르도는 이미 수도원 가족의 일원이었으리라 보인다.

게라르도가 수도원에 입회하며 페트라르카는 자신의 특이한 삶의 방식을 더 열심히 검토할 수밖에 없었다. 이후 10년 동안 그는 종종 그의 동생이 천국으로 가고자 선택한 곧고 안전한 길과, 같은 천국을 향하는 자신의 모순된 노력을 비교하곤 했다. 그의 형제와 함께 방투

---

8   《친근 서간집》 10. 3; 2. 290 참조. "그러나 하느님의 손에 의해 일어난 갑작스러운 변화가 너를 오류의 짙은 그늘에서 나오게 했다." 또한 같은 책, 16. 9; 3. 199 도 참조. 게라르도는 "갑자기 바뀌었다".

산에 오른 일(《친근 서간집》 4. 1)을 말하는 그의 글은 그 모순된 대조를 가장 잘 표현한 유명한 대목이다.

1345년에서 1350년 사이에 쓰였지만, 이 이야기는 형제가 1336년에 프로방스에서 가장 높은 산에 오른 일을 설명한다. 이 글은 게라르도가 정상에 직접 오르는 데 따르는 어려움을 받아들일 준비가 되어 있었던 반면, 그의 형은 더 쉬운 길을 찾느라 상당한 시간을 잃어버렸음을 대비시킨다. 또한 그의 형이 간신히 정상에 도착하기 훨씬 전에 동생이 바로 그곳의 정상에 도달했다고 묘사한다.

마찬가지로 1347년 《종교적 여가》를 집필했을 시기에 작성된 것으로 보이는 페트라르카의 《목가시Bucolicum》 첫 번째 시는 실비우스(페트라르카)와 모니쿠스(게라르도)가 벌이는 논의를 다루는데, 전자는 베르길리우스와 호메로스를 대변하는 자로, 후자는 다윗을 대변하는 자로 그린다. 비록 실비우스는 곧 성스러운 연구에 전념하리라고 약속하지만, 그는 우선 라틴어 서사시 《아프리카》를 끝내는 데 집중해야 한다고 선언한다.

의심할 여지 없이 몽트뢰의 엄격한 수도원 규율은 페트라르카에게 그의 영혼이 빚던 갈등을 조화시키고, 영원한 생명을 얻을 기회를 늘릴 입증된 처방을 제공했다는 점에서 강한 매력을 지녔다. 그러나 동시에 페트라르카는 수도원의 일과가 주체성을 탐구할 자유를 구속하는 데에 굴복할 수 없음을 깨달았다. 그는 또한 고대 이교도와 그리스도교 문헌에 대한 지식을 넓히려는 자신의 열정이 어떠한 수도원이더라도 그 벽 안에서는 결코 충족될 수 없음을 알았다.

1346년 사순절 동안에 많은 부분을 작업한 《고독한 생활》은 페트라르카가 자신의 생활 방식을 바라보는 관점의 복잡함을 드러냈다. 한편으로 그는 자기 시대가 지닌 독특함과 고대를 향한 부채의식을 또렷이 인식하고 있었다. 그는 성직자였고 은거 생활을 했으며, 성직자의 의무를 지는 일 없이 교황청에 소속되지 않은 채 문학 연구, 그 중에서도 많은 부분을 이교도적인 문학을 연구하는 일에 나날을 바쳤다. 또한 학식이 드러나는 작품과 함께 이탈리아어로 사랑의 시를 쓰는 데 전념했다.

다른 한편으로, 그는 보클뤼즈에서 실천한 '여가^{otium}'를, 아우구스티누스가 최초로 수도원 생활과 동일시했던 여가와 연속된 개념으로 상상함으로써 그의 삶의 방식을 정당화할 필요가 있었다.

2. 용어 '여가'에 대한 고찰

고대 로마에서 '여가'라는 용어는 "행동으로부터 자유롭고 활동의 동반자인 집착에서 자유롭다"라는 일반적인 의미를 지녔다. 즉, 고요한^{quies} 생활과 동일시되며, 안전^{securitas}이나 평온^{tranquillitas}에서 자유롭다는 것이다. 그러나 세네카 시대(기원전 65년)에 이르러, 여가의 보다 구체적인 의미는 정신적 풍요로 이어지는 삶의 방식을 뜻하는 것으로 발전했다. 세네카에게 이 단어는 단순히 휴식으로 이해될 수 없었다. "그들의 즐거움을 바쁜 일로 삼는 사람들은 빈둥거리지 않는다." 오히려 "모든 사람 중 그들만이 철학을 위해 시간을 보내는 여유로운 사람들이다. 그들만이 진정으로 살기 때문이다".

게다가 한가할 때의 지혜로운 사람들은 "그들이 군대를 이끌고, 공직에 종사하고, 법을 만들었을 때보다 더 큰 것들을 성취했다".

아우구스티누스 이후, 그리스도교 사상가 일파는 수도원 생활을 여가의 진정한 구현으로 주장했는데, 이는 세상의 근심에서 벗어나 그리스도교의 영적 삶을 성취하는 데 필요한 조건을 제공했기 때문이다. 11세기와 12세기 베네딕토회, 시토회, 카르투시오회 등의 수도회는 특히 여가 또는 고요한 생활의 이점을 논의하였다.

피에트로 다미아니Pietro Damiani (1072년)는 "구원적 여가"와 "영적 여가의 방해받지 않는 휴식"을 칭찬한 한편, 가경자可敬者 베드로(1156년)는 "이미 영원한 지복至福에 참여하는, 일 없는 자들의 행복한 여가"에 대해 말했다. 카르투시오 수도회의 발언은 이러한 점과 특히 관련 있다. 수도회의 창설자인 브루노(1101년)는 이렇게 썼다.

"이곳 수도원에서는 그 시선이 배우자를 사랑으로 매료시키는 눈을 얻으려고 노력합니다. 9 그리고 그 순수함 속에 하느님이 보이시는 것입니다. 여기서 사람들은 활동적인 여가에 전념하고 평온한 행동으로 응답합니다."

카르투시오회 모수도원母修道院 5대 수도원장인 드 귀뉴De Guignes (1136년)는 수도원에서의 여가가 보이는 적극적인 성격을 강조하였다.

"그것〔고독한 삶〕은 전혀 한가하지 않지만, 여전히 평온합니다. 그것은 일을 너무 늘려서 다양한 할 일이 부족하다기보다는 시간이 부

---

9   〈아가〉 4장 9절. "나의 누이 나의 신부여, 그대는 내 마음을 사로잡았소. 한 번의 눈짓으로, 그대 목걸이 한 줄로 내 마음을 사로잡았소."

족한 경우가 더 많습니다."10

한편 연구는 권장되는 일이었고, 특히 "말의 거품보다 의미의 깊이"에 더 많은 관심을 기울이는 "권위 있고 종교적인 책"에 대한 연구가 장려되었다.

이와는 대조적으로 후대의 또 다른 드 귀뉴와 도미니코회, 프란치스코회 등의 빅토리아 동시대인들은 여가를 사용하는 데 매우 상반된 모습을 보였다. 그들은 아우구스티누스, 테르툴리아누스, 락탄티우스, 그리고 아우구스티누스의 동시대 인물인 히에로니무스와 이러한 태도를 공유했다. 이들 교회 교부들의 여가는 종종 "조용한 삶quies"과 "평화pax"의 동의어였지만, 그것은 또한 "나태함otiositas"을 의미한다고 받아들여질 수 있었다.

이와 비슷하게, 13세기 프란치스코회 수련修鍊 수사들은 여가를 피하라고 권고받았다. 성 토마스 아퀴나스도 이 단어가 단순히 "자유시간"을 의미할 수도 있음을 인식했고, "여가는 거룩한 성경을 묵상하고 신성한 찬양을 함으로써 해소된다"라며 이를 태만의 의미로 보았다. 14세기에 이르러서는 여가에 대한 부정적 인식이 팽배해졌고, 15세기에는 디오니시오스 같은 카르투시오 수도회의 주요 작가조차 부정적 의미로 사용했다(1471년).

만약 페트라르카가 긍정적 의미에서 여가를 사용한 일이 사실상 용어의 긍정적 의미가 사라져 가던 즈음 이 용어를 다시 부활시킨 것이

---

10 드 귀뉴, 《이름 모를 친구에게 바치는 고독한 생활에 대하여》(*De Vita Solitaria ad Ignotum Amicum*) 1. 4.

었다면, 그는 확실히 이 말을 둘러싼 부정적 인식이 확산되고 있음을 깨닫지 못했다고 볼 수 있다. 오히려 그는 《고독한 생활》에서 제시된 바와 같이 보클뤼즈에서 택한 자기 삶의 방식을 정당화하기 위해 그 의미를 확장하고자 노력했다.

그런 의미에서 수도원 생활과 그의 생활 사이의 직접적인 비교를 작품상에서 생략하는가 하면, 고독한 생활을 설명하기 위해 후기에 도입된 이질적인 사례들을 다수 열거하면서 자신의 고독한 생활에 힘을 실어주고자 했다는 것이다. 그 사례들은 구약성경과 신약성경의 인물들에서 시작해 교황, 수도사의 예로 이어지고, 다시 호메로스, 아낙사고라스, 키케로, 그리고 어떤 브라만, 칼란두스와 같은 고대 이교도의 다른 예들로 이어진다. 결과적으로 여가의 정의에서 일관성이 사라지면서 페트라르카는 손쉽게 이 용어를 그가 원하는 개념으로 만들 수 있었다.

3. 《종교적 여가》와 《고독한 생활》

《종교적 여가》는 고대에서부터 시작된 도시 생활과 시골 생활이 보이는 상대적인 미덕 사이의 논쟁을 불러일으킨 장본인이면서, 다른 한편으로는 이러한 이분법적 태도에 구원론적 의미가 있었다는 사실을 상기시킨다. 다시 말해 페트라르카는 은퇴자의 삶을 도덕적 완성에 이르는 수단으로 구상했던 이교도들의 여가를, 그리스도교적 맥락안에서 구원의 길로 재설정해야 한다는 강박감을 느꼈던 것으로 보인다. 그는 인간의 일에서 벗어나는 일에 관해 자신의 가장 큰 관심사는 난파선에서 자신의 영혼을 구하는 것임을 분명히 했다. 그는 다른 사람들이 하느님께 가는 길을 찾을 수 있도록 도와줌으로써 그가 실천할 수 있는 선善을 깨닫는 동시에, 도덕적 갈등에 몹시 시달리느라 활동적 삶을 포기하고 오직 자신을 구하는 생각만 할 수밖에 없었다.

그러나 그는 조심스럽게 고독이란 혼자 사는 것을 의미하지는 않는다고 말했다. 마음이 맞는 동반자의 존재는 고독을 방해하지 않으며, 오히려 고독을 풍요롭게 한다는 것이다.

《고독한 생활》에서 페트라르카는 고독이 이미 얻었던 내면의 평화를 보존하고 강화하는 데 도움이 되는 평온한 정신을 스스로 만들어 내지는 않았다고 인정하면서도, 고독이 그 획득에 무엇인가 이바지했다고 주장했다. 적어도 그의 경우, 고독에서의 삶은 정신적 기질을 함양하는 가장 좋은 방법이었다. 동시에 그는 많은 사람, 특히 문학에 대해 전혀 아는 바가 없는 사람들에게 고독은 죽음보다 더 비참하다고 생각했기 때문에 모든 사람에게 고독을 권하지는 않았을 것이다.

페트라르카는 문학적인 여가로 조성된 자신의 정신적 상태를 가장 광범위하게 다룬 진술에서 그 여가를 구원에 대한 그의 우려와 연관시키고자 최선을 다했다. 그는 문학을 연구함으로써 세계와 자신을 시간 속에서 사라지는 필멸의 존재로 간주하고, 우리가 인생이라고 부르는 것은 단지 실제 인생의 그림자에 불과하다는 사실을 깨닫는다. 또한 그는 인생의 덧없음을 탓하지 않고 주어진 환경에 순응하면서 항상 그리스도의 부활과 더불어 영원히 살리라는 불멸의 약속을 열망했다. 그리고 "모든 시대와 모든 땅에 걸쳐 상상력의 범위를 넓히고, 자유롭게 돌아다니며 과거의 모든 영광스러운 사람과 대화한다"라는 목표를 세웠다. 때로는 자신의 머릿속에 떠오른 생각을 가지고 천상의 지역으로 올라가 그곳에서 일어나는 일들을 명상하고, 명상으로 자신의 욕망을 불태워 버린 다음에는 스스로를 격려하며 자신의 마음에 불을 붙이는 것을 목표로 하고 있었다.

그는 고대의 이교도 작가들이 남긴 글이 문체의 탁월함으로 우리를 유혹하지만, 진정한 교리의 빛이 없음을 아쉬워한다. 그러면서 "그것은 귀를 진정시키지만, 마음에 안정을 주지도, 최고의 안전한 기쁨으로 인도하지도, 지성의 평화로 이어지지도 않"는다고 단정 지으며, "그리스도의 겸손함을 통해서가 아니면 어떤 방법도 없"다고 결론짓는다.

그러나 작품이 보이는 모순과 관계없이 《고독한 생활》의 전체적인 어조는 그의 생활양식에 긍정적으로 지지를 보낸다. 어느 순간 그는 고독을 향한 자신의 사랑이 책에 대한 사랑, 군중에게 드는 혐오감, 그리고 자기의 삶을 둘러싼 험담에 대한 두려움에서 비롯되었음을 인정했고, 적어도 처음에는 다른 삶에 대한 걱정이 부차적이었음을 암시했다. 그러나 그가 《고독한 생활》을 썼을 무렵 비록 그가 추구했던 영적인 선물들을 아직 얻지 못했지만, 이를 얻고자 하는 그의 간절한 희망은 기도와 공부가 함께하는 여가의 삶에 있다고 믿었다는 데에는 의심할 여지가 없다.

《고독한 생활》과 비교하여 《종교적 여가》는 학자들의 관심을 거의 불러일으키지 않았다. 《종교적 여가》는 내용과 형식에서 페트라르카의 가장 인문주의적이지 않은 작품 중 하나이다. 이교도들의 저서, 성경, 교회 교부들로부터 수집한 논거들의 저장소에 널리 의존하여 세상을 끊임없이 질책하는 내용 때문에, 페트라르카의 《종교적 여가》는 처음 읽을 때 그리스도인들이 수도원을 위해 세상을 버리고 이미 그곳에 있는 사람들에게 계속 노력하기를 촉구하고자 바친 글로 보인다. 그의 접근법은 형식에 충실하여 단일적이며, 페트라르카의 다른 저서에서 새로운 통찰을 표현하기 위해 비옥한 사상적 기반을 종종 제공하던 모호함의 영역은 크게 드러나지 않는다.

《종교적 여가》에서 사용된 페트라르카의 라틴어는 그의 다른 작품에서 사용된 라틴어보다 고전적인 성격이 덜하다. 구내식당에서 소리 내어 읽도록 설계된 듯, 문장 구조는 기본적으로 구두점에 거의 얽매이지 않는다. 저자의 다른 라틴어 저서들과 달리, 라틴어 설교를 듣는 데 익숙한 사람이라면 최소한 윤곽만이라도 그의 생각을 따를 수 있었을 것이다. 수도원에 거주하는 청중을 대상으로 한 《종교적 여가》는 평신도의 영성과의 구체적인 연관성을 드러내 보이지 않는다.

그러나 페트라르카는 처음부터 사람의 불행과 관련된 전통을 재정립하였다. 그는 새로운 수도자를 모집하거나 몽트뢰 사람들에게 그들의 서약을 충실히 지키도록 격려하는 데에는 별로 관심이 없었다.

"오래전에 여러분은 자기 자신을 위해 깊이 뿌리내린 행동 습관을 만들었습니다."

오히려 그는 자신을 위해 글을 쓴다. 그는 "지치고 무지하며 근심에 압도된 죄 많은 사람"인 자신을 "우리의 주님의 꿀벌, 선택받은 자손"인 상대방과 갈라놓은 영적 격차를 숨기지 않았다. 페트라르카의 다른 많은 작품과 마찬가지로, 그는 "내가 말하는 것을 듣고 나의 말에 주의 깊게 귀를 기울이기 위해" 자기의 생각을 적어 놓았다. 또한, 페트라르카가 문제에 접근하는 방식의 특징은 자기 자신의 목소리와 영혼을 유혹하는 자의 목소리가 서로 말을 교환하는 형식을 제시함으로써 이를 극화하는 경향이 하나요, 이교異教와 그리스도교의 대조적인 문화에 보이는 집착이 또 다른 하나이다.

그러므로 비록 이 《종교적 여가》라는 작품이 그의 작품 중에서 인문주의와 가장 거리가 먼 것으로 평가받는 작품이라 하더라도, 이미 이처럼 중세의 장르를 혁신적으로 각색한 것 그 자체만으로도 작가의 인문주의적 경향을 보여 준다고 할 수 있다.

페트라르카의 독창성은 《종교적 여가》를 페트라르카 이후 세대의 대표적 인문주의자가 쓴 같은 장르의 작품과 비교해 볼 때 더 뚜렷해진다. 서원誓願하기로 한 자신의 결정을 확인하는 글을 원했던 수도자의 요청에 대한 응답으로, 콜루초 살루타티Coluccio Salutati(1331~1406년)11가 지은 《시대와 종교에 대하여De Século et Religione》(1381년)에서도 세상에서의 삶에 대한 모든 비난을 열거하고 여기에서 벗어나는 방법을 알려 준다. 살루타티의 작품은 페트라르카의 저술만큼 광범위하지는 않다. 하지만 페트라르카와 마찬가지로 이교도와 그리스도인의 문화를 대비

---

11 르네상스 초기의 이탈리아의 문필가이자 인문주의자. 피렌체 도시정부의 서기관장을 지내며 이탈리아의 고대 문화 부흥에 힘썼다. 그의 저작 《전제군주제》는 마키아벨리의 《군주론》의 선구가 되었다.

하고, 그들이 가진 미덕과 관계없이 이교도를 향한 절대적 비난을 긍정하려는 목적으로 쓴 작품이었다.

비록 살루타티는 수도자의 삶이 지닌 가치를 가르치기 위한 글을 쓸 때 죄 많은 평신도로서 겸양을 고백했지만, 일단 그가 결단의 지혜를 수도자에게 설득하는 일에 착수하자 그는 수도원 생활을 옹호하는 역할을 맡았다. 그리고 그 문제에 개인적으로 관여하지 않았다. 약간의 새로운 통찰을 제외하면, 전반적으로 그 작품은 《종교적 여가》보다 전통적인 장르에 훨씬 더 가까웠다. 그러나 두 저술 모두 후대의 인문주의자들에게 인기가 별로 없었다고 이야기해야 할 것이다.

페트라르카의 저서를 통틀어 《종교적 여가》는 금욕적 입장에 대한 그의 가장 일관된 표현을 담았다. 이 금욕적 입장은 구원의 과정에 내재한 도덕적 개혁에 도움이 되는 이교도의 지식을 익히는 데 대한 그의 자신감을 끈질기게 약화했다. 이는 분명히 페트라르카가 보클뤼즈 체류에 품고 있던 의구심을 증폭시켰을 것이며, 같은 해 초안이 완성된 《나의 비밀》에서 프란체스코와 아우구스티누스가 직접 대립하는 계기가 되었을 것이다.

《종교적 여가》의 도입부는 종교적 여가의 삶을 찬양하는 데 전념한다. "시간을 갖고 〔내가 하느님임을〕 보라."(〈시편〉 45편 11절)에 나오는 두 개의 권위적인 명령('시간'과 '보다')에서 페트라르카는 "당신이 해야 할 일, 당신이 소망하고 희망해야 할 일은 무엇이든, 일시적인 삶뿐만 아니라 영원한 삶에서도"라고 선언한다. 사실, 두 명령은 하나일 뿐이다. 두 번째 "보는" 하느님은 시간의 결과이기 때문이다.

금욕주의자에게는 휴식만이 휴식을 낳는다. 휴식으로 페트라르카는 "비활동"이 아니라, "여가와 종교적인 목적을 위한 것"을 의도한다. 페트라르카가 "여가"라고 표현하듯 이는 자유를 수반한다.

우리의 몸과 정신을 지치게 하는 불필요한 일들로부터, 우리 전체를 더럽히고 약하게 만드는 육체적 욕망으로부터, 지식의 습득으로부터 우리를 막는 시각적 욕망으로부터, 발톱과 족쇄로 우리를 꼼짝 못 하게 하는 이 시대의 야망으로부터, 보이지 않는 횃불로 우리를 자극하는 쓸모없는 걱정으로부터, 그리고 마침내 우리의 불행한 영혼을 파괴하는 모든 죄로부터 여가를 즐기십시오. 12

영혼은 이러한 여가의 상태, 열정과 더불어 과거의 기억으로부터도 자유로운 상태에서 열리며 신성한 말씀을 최대한 받아들일 수 있다. 그가 나중에 《종교적 여가》에서 간결하게 쓴 것을 살펴보자.

여러분 투쟁의 목표였던 구원의 특별한 사색에 필요한 자유시간을 축복받길 바라고, 다른 모든 걱정은 냉정하게 무시하십시오. 그리고 단지 소수의 사람만이 이해하고 있지만, 여러분의 여가로부터 어떤 혼란스러운 집착이 생기는 일이 없도록 하느님의 큰 선물을 충분히 이용하십시오. 13

---

12   이 책의 32쪽 참조.
13   이 책의 121쪽 참조.

그리스도인의 영혼에 위안을 주고 이를 지도하기 위해 설계된 일련의 성경 인용구들을 폭 넓게 제공한 후, 페트라르카는 작품의 본문에 돌입한다. 그는 영혼의 3대 적인 악마와 세상, 육체에 따라 《종교적 여가》를 세 부분으로 나누지만, 이러한 죄의 원천들이 너무 상호 연관되어 있어서 종종 이들을 구별하는 데 어려움을 겪는다. 나머지 부분은 고대 이교도들의 종교와 그리스도교의 비교에 할애된다.

페트라르카는 질투와 교만에 자극받은 악마가 이끄는 "보이지 않는 적들"에서 이야기를 시작한다. 악마는 "누구도 아닌 그리스도의 종에 대해서만" 획책하고 있다. 악마는 "여러분의 양 우리 주위를 마치 포효하는 사자와 굶주린 늑대처럼" 서성거리기를 멈추지 않을 것이다. 악마는 그가 부추기려는 많은 불안 가운데 특히 그리스도 약속이 타당한지에 대해 의구심을 던져 죄로 짓눌린 영혼에 구원의 절망을 불러일으키려 한다. 페트라르카는 유혹적이지만 기만적인 쾌락을 제공함으로써 영혼을 구원의 길에서 벗어나게 하는 세계와 육체로 눈을 돌린다. 그중에서도 페트라르카의 마음에는 악마의 일곱 딸 중 가장 젊고 가장 유혹적인 '사치'에 육체가 끌리는 것이 가장 위험하다.

인간의 불행을 나열한 목록은 대체로 전통을 따르지만, 개선책에 대한 페트라르카의 해석은 그 자신의 것이다. 악마가 그리스도의 약속을 증명하려면 하느님께서 징표를 보이셔야 한다고 촉구한 데 대해 페트라르카는 그리스도교가 세워진 역사적 기반이 그 타당성을 증명한다고 주장한다. 이를 위해 그는 이교도와 그리스도인 간의 신앙 관계와 이교 사상가들, 심지어 그들 중 가장 훌륭한 사상가들도 이성을 통해 그리스도교의 진리에 도달하지 못한 범위를 논하는 데 가장 많은 부분을 할애한다. 그는 "신의 존재를 믿지 않을 정도로 조악하거나 비인간적인 민족은 없었다"라고 주장한다.

게다가 키케로와 같은 현명한 이교도들은 그들이 숭배하는 신들의 신성을 의심했다. 키케로는 리비우스와 마찬가지로 많은 신은 죽은 뒤 그들의 업적 때문에 신성한 지위로 격상된 인간이었음을 솔직히 인정했다. 키케로는 언제나 천상에 속하던 신들과 사람들에 의해 천상으로 올라간 신들을 구분하는 것처럼 보이는데, 그는 정말로 모든 신이 "하늘을 위해 땅을 떠났다"고 믿은 듯하다. 에우헤메로스설14에 따르면, 이교도 관습에서 악마가 신들의 조각상을 차지하지 않았더라면 영적으로 그리 파괴적이지는 않았을 것이다. 숭배자들의 믿음을 이용하여, 이 악마들은 스스로 신으로 추앙받았다. 그러나 그리스도의 출현으로, 악마들은 그들의 신전에서 도망쳐 나와 조용해졌다.

비록 자신들이 하는 말의 진정한 의미를 알지 못했지만, 몇몇 고대 권위자들은 그리스도교의 진리를 예언하는 말을 했다. 이를 증명하면서 페트라르카는 에리트리아 무녀의 예언을 이야기한다. "비록 그녀가 아우구스투스 황제에 대해 말하고 있었더라도", 무녀는 세례자 요한의 출현을 예언하고, 그리스도의 생애에서 일어난 주요 사건들을 묘사했다. 이것들은 모두 트로이 전쟁 전의 일이다. 이와 비슷하게, 비록 아우구스투스에 대해 말하려고 의도한 것이지만, 베르길리우스

---

14 신화의 신들은 뛰어난 업적을 이룩한 태곳적의 왕이나 영웅을 신격화한 데서 나왔다고 하는 에우헤메로스(Euhemerus)의 학설로, 신화사실설(史實說)이라고도 한다. 신을 옛적의 뛰어난 인간이라고 간주하는 사실적 해석을 말한다.

는 육화(肉化)의 신비를 두고 예언적인 말을 쏟아냈다.

이와는 대조적으로 구약성경의 예언자들은 그들의 예언이 지닌 중요성을 의식했고, 그리스도의 육화와 함께 예언들은 사실이 되었다. 그러나 유대인들은 "무지와 교만을 통해 현재의 기쁨을 스스로 박탈하고, 미래에 대한 무의미한 희망과 매우 어리석은 기대로 자신을 괴롭히면서" 그리스도를 믿길 거절했으며 그 이후로도 계속 거부하고 있다.

믿음의 결여로 인해 그들은 심한 벌을 받았다. 티투스가 그들의 도성 예루살렘을 파괴하여 그들은 막대한 인명 피해를 입었고, 그들의 백성은 온 세계로 흩어졌다. 그들은 "자기 자신에 대한 조롱과 그들이 십자가에 못 박은 예수 그리스도의 증인으로만 구원되었다". 그러나 만약 유대인의 운명이 악마가 제기한 의심에 대항하기에 충분하지 않다면, 우리는 이러한 의심들을 "싸리나무 숯불과 함께 전능하신 하느님의 날카로운 화살"로 공격할 수 있다.

그것은 이제 온 세상에 그들의 메시지가 전파된 사도들과, 참혹한 죽음으로 신앙을 증언한 순교자들의 상흔과 함께하는 것이다. 의심할 여지 없이 기적은 그리스도교 신앙이 전파되던 초기에 이교도들을 개종하는 데 도움이 되었지만, 악마들이 주장하듯 지금 기적을 요구하는 것은 "복음서 전체 이야기의 반복을 요구하는 것"이다. "하느님의 말씀이 왕들과 백성들의 가슴을 강렬한 고통이 아니라 달콤한 사랑을 일으키는 상처로 관통했다"는 시대에는 불필요한 일이다.

그러나 영원한 생명을 약속하신 그리스도의 진리를 인정하더라도, 사탄은 우리의 죄의 무게가 그런 보상을 받을 수 없게 만든다고 우리 스스로가 믿게 하고자 노력한다. 그는 우리를 속여 신에게 불가능한 것이 없음을 잊게 할 것이다. 육화에서 인간과 신의 결합을 끌어내신 하느님께 불가능이란 무엇인가? 자연계의 사고에 갇힌 우리는 행동의 대상이 행동에 대한 준비가 되어 있지 않으면 원인은 작동할 수 없다고 믿는다.

> 우리를 두렵게 하지 마십시오. 하느님의 권능은 어떠한 자연적인 경계에 의해서도 제한되지 않습니다. 그 권능은 처분된 대상에 대해 독자적인 힘을 행사할 뿐만 아니라, 준비되지 않은 것도 결정하십니다. [15]

이 구절에서 페트라르카는 신을 상상할 때 합리적이고 자연주의적인 사고는 어울리지 않는다고 주장한다. 이것은 그가 다른 곳에서, 특히 《자신의 무지와 많은 타인의 무지에 관하여》에서 스콜라 철학에 제기하는 주요한 비판 중 하나다. 또한 이러한 사고방식, 즉 인간을 정의 내리는 이 개념은 사람의 행동을 두고 선함과 악함의 척도로 처벌과 보상을 가려낸다.

> 어떤 사람이 하느님께서 회개하는 자에게 자비를 베푸시기를 바라지 않으신다고 생각하고, 그 자비가 자신이 죄를 짓는 양에 한정된다고 단정한다면, 그는 하느님을 알지 못하거나 하느님의 권능과 자비를 고려하지 않는 것입니다. [16]

---

15   이 책의 79쪽 참조.
16   이 책의 80쪽 참조.

죄는 감각에 있는 것이 아니라 마음에 있는 것이며 하느님은 전능하시고 모두에게 자비로우신 분이라는 믿음으로 강화된 마음은, 악마든 세상이든 육체든 어떤 유혹에도 저항할 수 있다. 자연계에 홀로 남겨진 우리는 욕망으로 분열되고 절망에 빠진다. 그러나 육화의 신비와 그리스도와의 교제를 믿으며 미래를 자신한다.

마지막 페이지에서 페트라르카는 이제는 자신이 숭배하는 성경이 그의 인생 초기에 자신에게 조롱의 대상이었음을 고백함으로써 스스로에게로 돌아온다. 그는 자신의 사고방식을 학생들에게 전달한 선생님들, 그리고 영적인 성장보다는 아들의 세속적인 지위에 더 관심이 있는 부모들에게 책임을 돌린다. 그는 1333년 아우구스티누스의 《고백록》을 처음 읽은 뒤 그리스도교 문학에 관심을 두기 시작했고, 시간이 지남에 따라 교회 교부들의 저서를, 다음으로 성경 자체를 집중적으로 연구하는 계기가 되었다고 말한다.

이처럼 경외심으로 가득 차서, 이 저명한 동료들과 함께 이전에 경멸해왔던 성경의 세계로 들어갔고, 모든 것이 내가 생각했던 것과 정반대임을 알게 되었습니다. 치료에 대한 욕구는 나에게 하느님을 찬양하게 하였고, 잘못 미루어 왔던 매일의 찬미하는 의무를 이행하게 만들었습니다. 이런 이유로 나는 종종 다윗의 〈시편〉을 깊이 생각하지 않을 수 없었습니다. 이 〈시편〉의 샘물에서, 내가 좀 더 학식이 높은 사람이 되기보다는 더 착한 사람이 되기를, 또한 가능하다면 내가 변증법학자가 되기보다는 덜 타락한 죄인이 될 수 있도록 그 샘물을 들이켜기를 간절히

바랐습니다. 17

그러나 페트라르카는 독서가 자신을 변화시켰는지에 관해서 아무
말도 하지 않는다. 실제로 이 작품은 수도자들에게 "그 방향으로 나
아가십시오. 여러분은 시작했습니다"라거나 "나를 위해 울어 주십시
오"라고 충고했을 때 시작된 것과 같은 영적 상태를 대조하며 끝난다.

---

17 이 책의 271~272쪽 참조.

지은이 · 옮긴이 소개

지은이_프란체스코 페트라르카(Francesco Petrarca, 1304~1374)

중세와 근대를 연결하는 과도기적 인물이면서 '최초의 르네상스인'이라고 평가받는 프란체스코 페트라르카는 이탈리아 인문주의를 대표하는 라틴어 학자다. 1304년 7월 20일 이탈리아 아레초에서 태어나 1374년 7월 19일 아르콰에서 생을 마칠 때까지 70년간의 삶을 통해 문학에 대한 사랑을 철저하게 실천한 계관시인이기도 하다. 페트라르카의 라틴어 산문 작품 중 가장 대표적인 《나의 비밀》, 《고독한 생활》, 《종교적 여가》는 명상적·종교적·사상적 특성을 띠며, '개인'의 의미와 가치에 비중을 둔다. 《나의 비밀》에 이어 페트라르카는 인간 한계의 속성에서 비롯된 고통의 의미를 사랑으로 극복하고자 한 시집 《칸초니에레》를 탄생시킨다. 이탈리아어로 쓴 《칸초니에레》는 이탈리아 인문주의 시인 페트라르카가 남긴 불후의 명작으로, 이탈리아 서정시의 효시이자 서양 시문학사에서 가장 절대적인 영향력을 보여 준 시집이다.

옮긴이_김효신

서울에서 태어나 한국외국어대 이태리어과 및 동 대학원을 졸업하고, 영남대에서 국문학 박사(비교문학전공) 학위를 받았다. 현재 대구가톨릭대 한국어문학과 교수 겸 안중근연구소 소장이다. 저서로 《한국문화 그리고 문화적 혼종성》(2018), 《시와 영화 그리고 정치》(2014), 《한국 근대문학과 파시즘》(2009), 《이탈리아문학사》(1994), 《문학과 인간》(공저, 2014), 《세계 30대 시인선》(공저, 1997) 등이 있으며, 역서로 《페트라르카 서간문 선집》(2020), 《칸초니에레:51~100》(2020), 《이탈리아 시선집》(2019), 《칸초니에레: 1~50》(공역, 2004) 등이 있다. 대표 논저로는 〈페트라르카의 라틴어 산문 《나의 비밀》 연구〉(2023), 〈페트라르카의 《고독한 삶》 연구〉(2023), 〈단테와 페트라르카의 사랑과 시 연구〉(2022), 〈단테와 페트라르카의 삶과 정치〉(2021), 〈페트라르카와 로마〉(2021), 〈페트라르카의 서간문 방투산 등반기 소고〉(2020), 〈페트라르카의 서간집과 키케로〉(2019), 〈단테의 시와 정치적 이상〉(2015), 〈페트라르키즘과 유럽 문화 연구〉(2014), 〈이탈리아 시에 나타난 조국과 민족 담론 소고〉(2008) 외 다수가 있다.